Camille Neuer

Le reflet d'Ana

© 2024, Camille Neuer

Édition : BoD • Books on Demand GmbH, In de Tarpen 42, 22848 Norderstedt (Allemagne)
Impression : Libri Plureos GmbH, Friedensallee 273, 22763 Hamburg (Allemagne)

ISBN : 978-2-3224-9605-1
Dépôt légal : septembre 2024

Illustration 1ère de couverture : Emma Weick (@emmaa_wck)

Illustrations 4ème de couverture : Canva
Police couverture : Canva
Icône 3ème page : Flaticon.com

Ce livre est une œuvre de fiction.

En application de l'art. L.137-2.-I. du code de la propriété intellectuelle, toute reproduction et/ou divulgation de parties de l'œuvre dépassant le volume prévu par la loi est expressément interdite.

Tous droits réservés à l'auteure Camille Solodovnikoff (sous le nom de plume Camille Neuer).

Avertissement

Ce livre aborde des thèmes sensibles, tels que le harcèlement et les troubles du comportement alimentaire (TCA), avec un accent particulier sur l'anorexie. Vous y trouverez des descriptions détaillées concernant ce comportement alimentaire restrictif, son impact sur la santé mentale et physique, ainsi que des discussions sur la perception corporelle.
Ces passages peuvent être déclencheurs pour les personnes ayant des antécédents ou des sensibilités liés aux troubles du comportement alimentaire. Veuillez en tenir compte avant de poursuivre votre lecture.

À toutes mes Jade dont la joie de vivre a été volée, sachez que même le ciel le plus sombre finira par s'éclaircir…

1

Mes yeux ne cessent de faire des allers-retours en direction de la pendule.

Les secondes passent comme des minutes, les minutes comme des heures, c'est comme si le temps s'était arrêté.

Debout sur la balance, en sous-vêtements, je n'ose pas baisser les yeux. Une fois de plus, je n'ai pas le cran de voir le nombre s'afficher sous mes pieds vernis. Mes jambes tremblent, mon cœur tambourine violemment au fond de ma poitrine. *Quel sera le verdict cette semaine ?*

Mon regard effectue un aller supplémentaire en direction de l'horloge métallique accrochée au mur. Trente secondes seulement se sont écoulées, des milliers de pensées envahissent ma tête. Suis-je enfin parvenue à faire augmenter ce chiffre maudit, ou ai-je encore échoué lamentablement ?

Je jette un coup d'œil furtif vers mon médecin. Celui-ci me fixe d'un air déconcerté, son regard est plutôt déroutant, ce qui me met encore plus mal à l'aise.

Malgré la grande aiguille qui enchaîne ses tours, personne ne semble être prêt à briser le silence. L'ambiance est nonchalante, l'atmosphère est lourde, *très* lourde. Le seul bruit qui se dégage de cette salle est le grésillement des vieux néons clignotants accrochés au plafond.

Vous l'aurez sûrement compris, ce cabinet n'est pas des plus accueillants, et pourtant, c'est sans aucun doute l'un des endroits où je me rends le plus régulièrement. Je dois venir dans cet établissement deux fois par mois, au minimum, et je n'arrive jamais à tenir en place. Je suis constamment rongée par l'envie de m'enfuir en courant, de fuir mes problèmes.

L'homme en blouse blanche baisse les yeux en direction de la balance puis les écarquille d'une manière démesurée, voire surjouée. Il tape machinalement sur son clavier sans prendre la peine de me donner la moindre information.

Qu'est-ce que cela signifie ? Ma pizza de la semaine dernière a-t-elle eu raison de moi ? Je n'ose toujours pas baisser les yeux et j'attends impatiemment que Monsieur Lefèvre se décide à faire usage de ses cordes vocales.

Lorsque la grande aiguille de l'horloge finit de parcourir son second tour, le médecin se racle la gorge puis me regarde droit dans les yeux, tout en essayant de capter mon regard. Ses petites lunettes rondes et sa moustache finement taillée lui donnent un air plutôt sérieux.

Quand il joint ses mains et qu'il soupire, je devine facilement que cela n'annonce rien de bon.

– Trente-neuf kilos, lance-t-il de but en blanc.

Il est complètement atterré.

De mon côté, honteuse de l'avouer, je jubile intérieurement à l'idée de ne pas avoir pris le moindre gramme. *On a réussi !* Triomphe ma petite voix intérieure.

– Ce sont deux kilos de moins depuis le dernier rendez-vous il y a quinze jours, soupire-t-il. Mademoiselle Martin, êtes-vous consciente que le but de cette thérapie, c'est de vous faire prendre du poids. Pas d'en perdre !

Loin de moi l'envie de lui donner une réponse chargée de cynisme, je me contente de fermer ma bouche et de rouler des yeux. *Évidemment* que j'en suis consciente. Si ce fichu docteur pense que je viens dans son cabinet pour le plaisir, il est complètement à côté de la plaque.

Je déteste mes rendez-vous chez le médecin, tout autant que ceux chez le nutritionniste ou le psychologue.

J'entortille machinalement une mèche rousse autour de mon index et je prends une profonde inspiration.

— Votre indice de masse corporelle est égal à treize ! Je ne sais pas si vous êtes consciente de la situation actuelle mais c'est très grave. Un kilo de moins et vous vous retrouvez entre quatre murs d'hôpital, et je suis très sérieux. Vous mettez votre santé en danger Jade. Il faut agir, et vite !

Je me sens terriblement impuissante face aux mots de mon médecin, je pousse un rire nerveux tout en essayant de me déresponsabiliser. Cette situation est inéluctable et j'en suis pleinement consciente, mais j'ai pris l'habitude de fermer les yeux là-dessus.

Parce que c'est beaucoup plus simple comme ça.

Le discours de Monsieur Lefèvre, je le connais par cœur. Je pourrais même dire que je suis devenue incollable. Mais malgré tout, la douleur est la même à chaque fois que je l'entends. Il résonne en moi comme la cloche d'une église.

Oui, peser moins de quarante kilos lorsqu'on mesure plus d'un mètre soixante-treize n'est pas normal.

Oui, faire une heure de course quotidiennement n'est pas responsable.

Oui, manger un repas et demi par jour est inhumain.

Oui, pleurer devant une assiette de pâtes est absurde.

Oui, je suis anorexique. Et je le sais.

J'en entends suffisamment parler au quotidien, que ce soit de la part du personnel de santé, de ma famille ou encore de mes camarades de classe, on me le rabâche sans cesse. Alors qu'on me fiche la paix une bonne fois pour toutes !

— Vous consultez toujours votre psychologue ?

— Oui, malheureusement, je renchéris.

— Vos séances hebdomadaires jouent un rôle clé dans le processus de guérison, vous finirez par vous en rendre compte. Il ne faut surtout pas les négliger.

Je fais semblant de l'écouter mais ses paroles entrent par mon oreille gauche et ressortent à la seconde même par mon oreille droite. Ou alors c'est le contraire, je ne sais pas quelle est mon oreille dominante. Enfin, a-t-on une oreille dominante ?

– Excusez-moi Monsieur, a-t-on une oreille directrice ? je lui demande, sans même m'apercevoir que je viens tout juste de lui couper la parole.

– Pardon ?

– Lorsque je vous écoute, est-ce que vos paroles entrent directement dans mon oreille gauche, dans mon oreille droite, ou alors les sons perçus entrent dans mes deux oreilles de la même manière ?

Le médecin me regarde d'un air consterné.

– Ce n'est pas le moment de se divertir. Ce dont nous parlons est important. Il s'agirait de se concentrer sur le sujet principal.

Je tente de me focaliser sur les mots de mon médecin, tout en continuant à me questionner. Cette interrogation me perturbe réellement, mais je ne dois pas m'égarer.

Monsieur Lefèvre continue son discours. Celui-ci prend un malin plaisir à me faire la morale et à me menacer quant aux conséquences qui me guettent si je ne me décide pas à agir vite.

En sortant de mon rendez-vous, déçue par cette absence de réponse à ma question, je longe les murs blancs de l'hôpital tout en repensant à cette foutue maladie qui me gâche la vie depuis plus d'un an maintenant.

Quand j'ai commencé à tomber dans l'anorexie, j'ai rapidement été amusée par la situation. C'en est même devenu une addiction. Et finalement, je me suis si bien prise au jeu que j'ai fini par me faire avoir : j'ai perdu la partie. Je me suis laissée entraîner dans un gouffre si profond que je suis dorénavant coincée avec mes démons intérieurs, je ne vois plus aucune sortie.

Au début, rentrer dans du 32 et devoir dire adieu à mes vieux jeans en taille 36 me plaisait. C'en devenait jouissif. J'appréciais mes os saillants, ne pas avoir une seule trace de cellulite, pouvoir faire le tour de mes cuisses avec mes mains.

Je me trouvais plutôt cool, pour ne pas dire *incroyablement cool*. Je ressemblais aux filles sur les magazines. Qui ne rêve pas de ressembler à tous ces mannequins ?

Hélas, la réalité a refait surface assez rapidement, elle est arrivée aussi vite qu'un coup de soleil sur le nez lors d'un après-midi au bord de la mer. On se rend brutalement compte que tout cela n'est en fait qu'une vision superficielle de la minceur.

Tout ce que j'y récolte finalement, c'est un teint terne, des cernes tombantes ainsi qu'un regard complètement vide, dépourvu de toute expression. Sans parler de mon visage creusé, de mes cuisses aussi fines que des allumettes et de mes mains constamment gelées.

Je n'ai aucune forme féminine, je suis aussi plate qu'une crêpe, aussi droite qu'un « i ». Je me sens comme une gamine de douze ans qui n'a pas encore fait face aux chamboulements hormonaux de l'adolescence.

Je suis arrivée à un point où je peux décréter que je déteste mon corps. Cette minceur parfaite et le fait de rentrer dans tous les stéréotypes n'ont été qu'une phase passagère, une simple illusion.

Malgré tout, je ne suis pas encore prête pour le changement. Je ne suis même pas certaine d'espérer une situation différente, il m'est totalement impensable de prendre le moindre kilo supplémentaire.

Vous vous demandez sans doute quel est mon problème ?

C'est une très bonne question.

Tout est si paradoxal, si démesuré. Moi-même, j'ai du mal à m'y retrouver. Rien n'a plus de sens. Pourquoi se détester autant mais refuser à tout prix de s'en sortir ? C'est comme si on avait pris possession de moi. Je suis comme enfermée dans un piège dépourvu de sortie.

Je suis emprisonnée dans l'anorexie, dans ce corps que je ne sens plus mien et cet esprit qui m'échappe.

Je scrute la place à la recherche de mon père mais j'entends rapidement sa musique résonner à travers tout le parking. Sa petite voiture bleue est garée à l'arrache, comme toujours. Il empiète sur deux places et ses roues chevauchent à moitié le trottoir. C'est un miracle qu'aucun de ses pneus n'ait encore crevé !

Papa prend la peine de donner un puissant coup de klaxon pour s'assurer que je le remarque bien, sauf que ce n'est pas comme s'il pouvait passer inaperçu.

David, mon père, est un électricien de quarante ans. Ses longues boucles négligées descendent le long de son visage et lui donnent un style plutôt décontracté. C'est sans doute de lui, que j'ai hérité de ces boucles irrégulières.

Papa est très atypique. Il est toujours bloqué dans son enfance, en pleine crise d'adolescence, et ce n'est pas facile à vivre tous les jours ! On se demande parfois qui est l'adulte entre nous deux.

Mon père est généralement vêtu de vieux jeans déchirés et de longues chemises à carreaux, sans oublier de mentionner ses fameuses *Doc Martens*. Il tient à cette paire de chaussures comme à la prunelle de ses yeux. Je suis certaine qu'il demandera à être enterré avec dans son testament.

Papa a une passion assidue pour le hard-rock. Il passe la plupart de son temps à écouter en boucle ce genre de musique violente et assourdissante, ceci tout en chantant par-dessus des paroles qui n'ont rien à voir avec le texte initial.

Le décor est planté, je vous présente David Martin, mon père. C'est un sacré personnage, des hommes comme lui, ça ne court pas les rues.

Papa ne prête pas attention à l'avis des autres et c'est l'une des choses que j'admire énormément chez lui.

Dommage, je n'ai clairement pas hérité de cette qualité.

J'entre dans la voiture et je prends la peine de baisser de dix crans au moins, le son de la radio. Papa me regarde d'un air insistant, une insistance un peu trop significative à mon goût. L'espoir qui vit dans ses yeux me rend mal, il attend beaucoup de moi, et je le sais.

— Je suis sincèrement désolée papa… je commence, lui laissant à peine le temps de poser *cette* fameuse question.

Je suis assise à côté de mon père qui ne renchérit pas face à mes mots. Dans la voiture, le soleil tape violemment contre le pare-brise. Pour couronner le tout, la climatisation de ce vieux tas de ferraille est cassée. On se croirait dans un sauna, ce qui rend le moment encore moins agréable.

Je n'ose pas croiser le regard de mon père. Je sais qu'une fois de plus, je le déçois. Je suis tout ce qui lui reste de précieux à ses yeux (sans oublier ses *Doc Martens*, les fameuses) et je ne cesse d'enchaîner les déceptions. Je ne supporte pas l'idée de lui faire du mal, et pourtant, c'est la seule chose que je parviens à faire.

Durant le trajet, personne ne parle. Papa a une tâche de ketchup à la commissure de sa bouche mais je n'ose même pas le lui faire remarquer. Une fois arrivés à la maison, je cours m'enfermer dans ma chambre, dans cette pièce aux murs rose bonbon que je connais tant.

Je vis ici depuis ma naissance. Je suis née à Rouen et j'ai toujours vécu à Rouen, je n'ai en réalité jamais mis un pied en dehors de cette ville. J'ai toujours passé mes vacances dans les alentours (c'est-à-dire dans un rayon de quarante-cinq kilomètres autour de ma maison, chez mes grands-parents, plus précisément).

Depuis que je suis toute petite, je rêve de voyager et de découvrir d'autres cultures et paysages. C'est pourquoi, le jour où papa m'a annoncé que nous allions déménager à Paris, j'ai sauté de joie, littéralement.

Mon père est plutôt casanier, il n'aime pas que son quotidien soit chamboulé. Il aime sa petite vie paisible, son travail redondant et cette vieille maison de famille dans laquelle il réside depuis quarante ans maintenant.

Il m'a fallu plusieurs heures pour réellement croire à ses paroles.

C'est seulement quelques jours plus tard que j'ai compris pourquoi ce choix était si soudain et insensé. Papa avait en effet oublié de mentionner un petit détail, un petit détail qui était finalement loin d'être futile.

Sa nouvelle compagne vit à Paris. Et c'est chez elle que nous partons nous installer.

Je ne me réjouis pas à l'idée de voir mon père vivre avec une femme différente de ma mère, mais le point positif dans cette histoire (car il faut toujours relativiser), c'est que je vais *enfin* pouvoir mettre un pied en dehors de Rouen.

Autour de moi, les murs roses de ma chambre me donnent la nausée. Le décor qui m'entoure est vide. Un tas de cartons est empilé dans un coin, tous les posters et photos qui habillaient auparavant ces murs et qui cachaient cette atroce couleur ont été retirés.

Je ressens toutefois un petit pincement au cœur à l'idée de quitter ma maison. Cet endroit reste le lieu où j'ai grandi, où toutes les premières épreuves de ma vie se sont déroulées.

Mais surtout, il s'agit du lieu où maman a longtemps vécu, elle aussi.

M'en aller d'ici reste toutefois la meilleure chose à faire. Je ne peux pas rester vivre dans cette ville, pas après ce qui m'est arrivé.

– Livraison à domicile !

Papa entre en trombe dans ma chambre, ce qui me fait sursauter. Il sautille dans tous les sens avec un sourire niais.

– Tu n'es pas… énervé ? je le questionne, étonnée par ce trop-plein d'enthousiasme.

– Ce n'est pas en te criant dessus que la situation va s'arranger, soupire-t-il. Je te fais confiance Jade, je sais que tu vas t'en sortir.

Cette responsabilité est bien trop lourde à porter pour mes petites épaules et j'aimerais tant qu'il s'en rende compte.

Papa tient entre ses mains un gros sachet en papier qu'il agite devant mes yeux, tout en esquissant un énorme sourire sur son visage (la tâche de ketchup a disparu, *ouf !*). Il ouvre lentement le sachet, comme s'il souhaitait faire durer le suspense, puis en sort deux énormes muffins.

Il ne me faut pas beaucoup de temps – je dirais une demi-seconde au maximum – pour savoir d'où viennent ces pâtisseries. Je les reconnaitrais parmi mille : ce sont les muffins au caramel beurre salé de notre boulangerie préférée.

Papa m'en tend un et croque dans le sien à l'instant même, comme s'il n'avait pas mangé depuis deux jours. Je tiens cette bombe calorique entre mon pouce et mon index, incapable de faire quoi que ce soit.

Je fixe le muffin, tout en ressentant un sentiment étrange. Une sensation partagée entre le dégoût et l'envie.

J'approche lentement le gâteau de ma bouche et je prends une profonde inspiration. *Allez Jade, ce n'est qu'un petit gâteau. Croque !* Je sais pertinemment qu'à la seconde même où j'aurai croqué dans cette douceur, un profond sentiment de culpabilité m'envahira.

Et j'en suis terrifiée d'avance.

Je n'ai même pas tant faim que ça en plus, je n'ai pas besoin de manger. Mon ventre me prend en traître et se met alors à gargouiller. *Quel lâche.*

Papa qui, lui, a déjà entamé la moitié de son muffin, jette un coup d'œil furtif dans ma direction.

– Qu'est-ce que tu attends ? C'est ton gâteau favori !

Comme si c'était aussi simple...

L'insistance de mon père se fait tellement ressentir que je finis par croquer à contre cœur dans la pâtisserie. Vous ne pouvez même pas imaginer à quel point c'est difficile.

Papa ne m'aurait pas lâchée, de toute manière.

La douceur du beurre salé et du sucre caramélisé se mélange à merveille. *Merde, c'est sacrément bon quand même !* L'odeur du caramel et le goût subtil de ce muffin me replongent promptement en enfance.

Ces simples gâteaux ont une grande signification pour mon père et moi.

Pendant mon enfance, lorsque je revenais de l'école, mes parents et moi passions chaque vendredi soir par la rue Saint-Jacques, à Rouen. Nous nous arrêtions devant notre boulangerie favorite : *Aux Délices de Rouen*.

Je restais collée aux vitrines sans même compter les minutes, je me rappelle à quel point j'étais fascinée par toutes les brioches, les muffins, les cookies ou encore les tartes aux fruits. Mes petits yeux d'enfant étaient émerveillés.

Il devait y avoir au moins soixante-dix pâtisseries différentes. Elles étaient toutes aussi belles et appétissantes les unes que les autres et me donnaient cette irrésistible envie de dévaliser la boutique afin de faire grimper mon diabète en flèche.

Malgré l'abondance de choix, les douces odeurs de fruits, de chocolat et de beurre ainsi que les nappages de toutes les couleurs, papa, maman et moi prenions toujours la même chose.

Notre choix s'est toujours porté sur trois gros muffins au caramel beurre salé.

Chaque vendredi, nous entrions dans la boutique avec l'envie et l'ambition de tester une nouvelle pâtisserie. Cependant, nous ne sommes jamais parvenus à sortir avec quelque chose de différent que ces fameux muffins au caramel.

Après cet achat, nous rentrions à la maison et nous mangions notre goûter devant la télé. C'était incroyable. J'attendais toujours avec impatience ces fameux vendredis soir.

C'est étrange comme des choses aussi banales peuvent avoir une grande représentation pour certains. Ce sont des souvenirs à jamais gravés dans ma mémoire, des instants de vie qui me manquent terriblement. À l'époque où les seules choses dont je me souciais réellement étaient la couleur de mes jupes ou la tenue que j'enfilais à mes poupées.

Si seulement j'avais su ce que la vie me réservait. Cette innocence me manque. Maman me manque, elle aussi.

– Ce n'est qu'un petit gâteau ma puce, ajoute papa en voyant la peine que j'éprouve à manger ce muffin.

Comme j'envie mon père. Il mange toujours tout avec tant de simplicité et de spontanéité. Il ne se pose pas de questions sur les calories, lui, sur la quantité de lipides ou de glucides qu'il ingère au quotidien. Il profite tout simplement de la vie. Comme tout le monde, finalement.

Tout le monde, sauf moi.

Je me demande souvent s'il y en a beaucoup, des adolescents de mon âge qui se questionnent autant avant de croquer dans un morceau de chocolat ou d'avaler une assiette de pâtes.

Au fond, je connais déjà la réponse. *Non, bien sûr que non*, personne ne se pose autant de questions que moi.

Tout simplement car eux, ils ne sont pas malades.

J'aimerais être en mesure de vivre avec tant de simplicité et de spontanéité. Hélas, les choses ne se passent pas toujours comme on le souhaiterait. Les choses sont bien plus compliquées que ça.

Ce que papa a du mal à saisir, c'est que pour moi, pour cette foutue maladie, ce n'est pas « qu'un petit gâteau ».

Bien au contraire

2

Vous croyez au destin ?

Moi, j'y crois intimement. J'aime cette idée, celle de me dire que tout est déjà tracé, lié et défini. Que tout arrive pour une certaine raison. À chaque étape de ma vie, je m'en remets au destin. Et croyez-moi ou non, ça aide à positiver, ou du moins, à relativiser.

C'est ma mère qui m'a inculqué cette croyance, et depuis qu'elle n'est plus de ce monde, j'y crois encore plus. C'est l'une des seules choses qui me rattachent encore à elle, alors j'essaie de ne pas briser ce lien.

L'an passé, j'ai envoyé ma candidature pour entrer dans une école britannique. J'avais pour ambition de passer ma dernière année de lycée au Royaume-Uni. Le jour où j'ai découvert une lettre provenant de l'école internationale de Londres dans la boîte aux lettres, j'ai longuement hésité avant de l'ouvrir.

C'est bête à dire, mais mes derniers espoirs reposaient sur ce simple morceau de papier (qui en plus, avait pris la flotte). Je voulais quitter la France et partir le plus loin possible de ce pays, de cette ville, de ces gens. Je ressentais la nécessité de m'en aller, de me couper de ces années difficiles et de ces mauvais souvenirs.

Je n'ai jamais vraiment cru en moi, mais le jour où j'ai reçu cette lettre, j'étais persuadée que la réponse serait positive. Du moins, *il le fallait*, j'en avais besoin.

De ce fait, je ne peux pas vous décrire l'ampleur de ma déception lorsque j'ai sorti la lettre de son enveloppe. Le mot « REFUSÉE » était tamponné en rouge, en gros, au milieu de la feuille. Ma candidature n'a pas été admise, et ceci, sans me donner une quelconque raison.

J'ai inévitablement fondu en larmes.

Comment étais-je censée le prendre ? Je n'ai même pas su quelle était la cause de cet échec, et c'en était d'autant plus frustrant. Parce qu'il y a une différence entre un refus lié à des difficultés administratives et un refus lié à un manque de potentiel.

Peut-être que je n'étais pas à la hauteur, après tout.

J'ai commencé à me morfondre, puis maman est entrée dans ma tête, maman et son esprit de battante. Dès lors, je me suis efforcée de penser que ce refus était un coup du destin. Et j'en suis même persuadée aujourd'hui.

Si ce ne sont pas celles de Londres, d'autres portes s'ouvriront à moi.

Finalement, peut-être que mon déménagement à Paris n'est pas un pur fruit du hasard. Je suis impatiente de découvrir quel coup le destin me réserve.

Mais s'il te plaît, ne sois pas trop cruel avec moi.

Tu as déjà assez donné.

– Jade ? On va bientôt y aller, lance papa, ce qui me sort aussitôt de mes pensées.

Je souris bêtement et je m'efforce de masquer mon anxiété, même si je reconnais que je suis démesurément angoissée à l'idée de m'installer chez sa nouvelle compagne.

Après le décès de ma mère, papa a retrouvé l'amour. Avec du recul, je ne peux pas le lui reprocher, il a veillé à laisser plusieurs mois s'écouler avant qu'une femme entre à nouveau dans sa vie.

Et dans la mienne, par ricochet.

J'avais treize ans à cette période et je ne lui ai pas mené la vie facile. Accepter la présence d'une nouvelle figure maternelle est compliqué, surtout quand on vous a arraché votre mère peu de temps auparavant. C'est difficile, d'imaginer son propre père dormir et vivre avec une femme différente de sa maman.

Faustine – la femme en question – est une femme d'allure très classe. D'après mes souvenirs, je ne l'ai jamais vue vêtue d'une tenue différente que ses tailleurs à rayures, achetés à un prix exorbitant. Elle occupe un haut poste dans le marketing au sein d'une grande entreprise.

De *son* entreprise.

Faustine est différente de papa. Elle n'a pas ce petit grain de folie, elle est trop stricte à mon sens. Au premier abord, elle semble terriblement ennuyante, trop centrée sur la perfection et le travail.

Ses chignons sont toujours symétriques et centrés au centimètre près, ses vêtements sont repassés avec soin et sa manucure est toujours intacte, *même* après une séance de yoga. Elle est trop parfaite pour être humaine !

Je ne comprends toujours pas comment papa a pu tomber amoureux d'elle, et vice versa. Leurs mondes sont bien trop différents. Après tout, c'est peut-être *ça*, l'amour ? Qu'est-ce que j'y connais, au fond ?

Bien sûr, comme un malheur n'arrive jamais seul, il fallait qu'une complication supplémentaire entre en jeu, j'ai nommé : Garance. *Garance*, la fille de Faustine. Je n'arrive pas à me faire à l'idée que désormais, je ne serai plus l'enfant unique de la maison.

Dépourvue de frères, de sœurs et de cousins, on m'a toujours habituée à être la *petite princesse* de la famille. Et ça me plaisait. J'ai toujours reçu une tonne de cadeaux, j'ai constamment été au centre de l'attention et on m'a toujours donné plus d'amour que nécessaire.

Je dois grandir et aller de l'avant, *je vous l'accorde*. Cependant, je ne sais pas encore si je suis prête. Je n'aime pas le changement et je sais qu'en changeant de foyer, mes habitudes ne seront plus jamais les mêmes.

Je dois me faire à l'idée que, oui, ma zone de confort sera chamboulée, et je ne pourrai rien faire pour contrer cela.

Que je le veuille ou non, *ce* grand jour est enfin arrivé. Et c'est aujourd'hui que nous quittons Rouen.

Il s'agit du premier déménagement de ma vie, c'est donc tout nouveau pour moi. Je ressens à la fois un sentiment d'excitation et d'appréhension. Les piles de cartons, les murs vides dépourvus de toute histoire, les pièces qui résonnent... je ne suis pas habituée à tout cela, à voir mon « chez-moi » aussi vide, aussi triste et impersonnel.

C'est comme si je laissais tous mes souvenirs derrière moi, comme si je faisais une immense trahison à la vie que je menais ici.

Papa se débat avec des cartons qu'il tient profondément à faire entrer dans le coffre de sa vieille voiture. Pendant ce temps, je jette un dernier coup d'œil à notre maison.

Un gros bruit me contraint toutefois à détourner le regard, des cartons s'effondrent du coffre et des affaires gisent sur le sol. Papa ramasse le tout avec déception mais ne baisse pas les bras. Je sais qu'il continuera à forcer jusqu'à ce qu'il parvienne à faire rentrer ces cartons dans le coffre, même si cela implique des chutes répétées.

C'est encore l'une des qualités que j'admire chez lui, il est très persévérant.

Il tente avec acharnement de caser son fichu carton entre une boîte de vêtements et un vieux fauteuil en cuir, qui plus est ignoble. Et encore, je pèse mes mots. Je sais déjà que Faustine refusera de placer cette horreur dans son appartement, et elle n'aura pas tort.

– Papa, arrête de forcer bon sang ! Tu vois bien que cette boîte ne va pas rentrer !

Le carton est plein à ras bord de vieux CD qui sont bien trop rayés et poussiéreux pour être encore audibles. À de multiples reprises, je tente de faire comprendre à mon père que ce bazar ne sera pas d'une grande nécessité à Paris.

Borné, celui-ci ne veut rien entendre.

– Ce sont des pièces de collection Jade, tu comprends ? Ce sont de réels petits bijoux.

Non, justement papa, j'ai du mal à saisir. Je pense tout bas. Après tout, lui aussi ne comprend pas pourquoi je veux emmener mon entière collection de livres et de recueils. D'ailleurs, il ne s'est pas privé de me le faire remarquer.

Je voue un culte à ma propre panoplie de bouquins. Je préfère laisser tous mes vêtements, mes photos ou mes peluches ici plutôt que de ne pas pouvoir les emmener avec moi.

– Ça y'est ! crie papa avec joie en fermant le coffre de la voiture.

Il s'assoit sur le siège conducteur et tente ensuite de régler la radio. Mon père possède ce vieux tas de ferraille depuis près de dix ans maintenant, mais niveau technologie, ce n'est pas encore ça. Il jette un regard dans ma direction puis me demande naïvement pourquoi mes amis ne sont pas venus me dire au revoir.

On a déjà fait une petite fête d'adieu dans un parc, après les cours, je balbutie.

C'est la première excuse qui me sort par la tête et elle est pourrie. Cependant, papa semble y croire. J'essaie de changer de sujet de conversation afin de me sortir le plus rapidement de cette situation.

Je déteste mentir... mais mon père ne sait pas que je n'ai pas d'amis. Il ne sait pas que je passais l'entièreté de mes journées seule, au lycée, et que je n'avais personne avec qui partager mes secrets et mes déjeuners du midi. L'apprendre lui ferait trop de mal et je sais qu'il éprouverait de la pitié pour moi.

Je n'ai pas besoin de pitié, pas de celle de mon père en tout cas. Les gens en éprouvent déjà suffisamment à mon égard lorsqu'ils voient mon corps de lâche.

– C'était bien ? me questionne mon père quelques minutes plus tard.

– De quoi ? je bredouille.

– Ta fête d'adieu.

– Ah oui, je réponds, tout en culpabilisant à l'idée de lui mentir. C'était super, ils ont fait les choses bien.

Je devrais être honnête envers mon lui, mais ce n'est pas encore le moment. C'est bien trop tôt.

Quand on a commencé à me harceler en seconde, j'ai coupé les ponts avec tout le monde. Depuis cette période, je refuse de laisser entrer quiconque dans ma vie. Vous savez, quand on se fait avoir par ses propres amis et qu'on se retrouve seule du jour au lendemain, sans aucun repère ni personne à qui s'accrocher, c'est dur.

Accorder à nouveau sa confiance aux gens, c'est encore plus dur.

De toute manière, je crois que personne n'aimerait réellement entrer dans ma vie. Qui voudrait s'occuper de la risée du lycée ?

Ces deux terribles années de lycée m'ont fait sombrer dans l'anorexie. Les élèves contrôlaient tout autour de moi, j'étais totalement impuissante face à eux. Je suis devenue leur petite marionnette.

À cette période, ma vie est devenue si infernale que j'ai ressenti le besoin de prendre les commandes, il fallait que je prenne le dessus sur quelque chose, là où ma propre vie me glissait des doigts.

Alors j'ai commencé à prendre le contrôle sur tout ce que j'avalais en dirigeant drastiquement mon organisme. Et cela a plutôt bien fonctionné. Je maîtrisais complètement mon corps, je me sentais tellement puissante.

Erreur de débutante. Si seulement j'avais su.

— Nous aurions quand même pu organiser une fête à la maison pour ton départ… insiste mon père, innocemment. Je n'ai jamais eu l'occasion de rencontrer tes amis…

— Je n'aime pas être le centre de l'attention. Leur petite fête était suffisante, je t'assure.

Avec papa, posséder une vie privée est une affaire compliquée, voire impossible. Il veut toujours tout savoir sur tout. J'ai l'impression qu'il ne parvient pas à comprendre que l'adolescence est une période durant laquelle il est tout à fait normal d'avoir des secrets, de boire ou de fumer, de faire la fête avec ses copines ou encore de sortir avec des garçons.

Pourtant, il a bien été adolescent, lui aussi, et je mets ma main à couper que sa jeunesse n'a pas été de tout repos !

En plus, mon père a de la chance, je ne suis pas une fille turbulente. Je ne sors plus, maintenant. Je ne suis plus de ce monde-là. J'ai assisté à mes premières soirées et eu une expérience avec un garçon lorsque j'avais quatorze ans et demi, mais tout cela reste du passé.

Avec du recul, je me rends compte à quel point j'étais jeune, *bien trop* jeune. Je regrette encore aujourd'hui les conséquences de cette insouciance sur le déroulement de ma vie. Après quelques évènements, j'ai dû dire adieu à ce monde qui n'était en fait pas le mien, et je me suis consolidée une carapace.

Voilà ce qui a fait de moi la fille renfermée et solitaire que je suis aujourd'hui.

Désormais, j'ai peur des gens, peur de la communauté. En même temps, comment la situation pourrait-elle être différente ? Au lycée, je suis connue sous les surnoms « squelette », « zombie », « anorexique », « cure dent », et j'en passe. Ce n'est pas sous le nom « Jade », qu'on m'identifie.

Je sais qu'au fond, eux, ils s'en fichent complètement. Ils se fichent de moi, de ce que je peux endurer et ressentir. Ils cherchent juste une personne sur qui se défouler.

Et je semble être la candidate parfaite.

Je ne crois plus à ce qu'on peut qualifier d'*amitié*, ni même aux relations humaines. En réalité, tout repose sur de l'hypocrisie et du mensonge.

Depuis que je suis petite, je fais face à l'hypocrisie des individus. S'esclaffer devant son amie en lui assurant que sa robe lui va à merveille alors qu'elle ressemble à un saucisson sur pattes, c'est courant, en amitié.

C'est plus simple de mentir, mentir pour ne pas blesser, pour ne pas faire de vagues, pour ne pas faire de faux plis. Mentir est devenu une pure banalité. L'amitié devrait rimer avec soutien et entraide, pas avec mensonge ni duplicité.

Je préfère donc rester seule.

Seule, car je sais qu'avec moi-même, je ne serai pas déçue.

– On mange quoi ? lance papa, ce qui me fait sursauter et sortir de mes pensées.

– Pardon ?

– Je vais m'arrêter sur une aire d'autoroute. Que souhaites-tu manger ? répète-t-il.

Je pose ma tête contre la vitre tout en regardant le décor qui défile autour de moi. Les paysages qui longent les voies d'autoroutes ne sont pas très agréables à regarder. Je redoute ce moment depuis que nous sommes partis ce matin, où je serai contrainte d'avaler un sandwich industriel bourré d'additifs alimentaires et de sucres ajoutés.

Lorsque papa insiste une troisième fois, la panique commence à m'atteindre et me fait perdre mes moyens. Mes mains tremblent et mes yeux se remplissent de larmes, je ressens la cadence de mon cœur s'accélérer. Mes petites voix intérieures commencent à émerger.

Bonjour, vous.

Bienvenue dans mon quotidien.

3

Tout en suivant les pas de mon père, j'entre dans la station-service. Celui-ci s'efforce de me faire comprendre que nous rendre dans le magasin à deux n'est pas très utile, mais je suis encore incapable de laisser quelqu'un choisir mon déjeuner à ma place.

Il ne le comprend toujours pas et je crois qu'il ne le comprendra définitivement jamais.

Mon père ne cherche pas à saisir ma maladie, il se contente juste de vivre avec et d'attendre que ça passe. Il est bien trop rationnel. Pour lui, on ne peut pas être autant dans le déni, on ne peut pas s'affamer sans aucune raison.

Malheureusement, l'anorexie n'est pas logique. On ne peut pas toujours faire appel à la raison et encore moins lorsqu'il s'agit de maladies mentales.

Retenez bien ça et pensez-y, la prochaine fois que vous jugerez une personne anorexique ou même boulimique.

Lorsque j'arrive en face des rayons réfrigérés, je suis abasourdie de constater qu'il n'y a que des sandwichs triangles à la viande et au fromage. Mes yeux parcourent toutes les étagères avec espoir, jusqu'à tomber sur un wrap végétarien. *Ouf !* Je l'attrape et je le retourne instinctivement de sorte à analyser les valeurs nutritionnelles dans les moindres détails.

J'espère qu'il n'est ni trop gras, ni trop calorique.

Cinque-cent-soixante calories pour une pauvre galette de blé, trois pousses d'épinards et des fallafels. Qu'on se le dise, c'est énorme ! Je m'apprête à le reposer dans le rayon mais papa me regarde avec insistance.

À en voir ses yeux, je réalise que je n'ai désormais plus le choix. Si je ne prends pas ce wrap, je devrai me contenter d'un sandwich jambon beurre ou d'une salade de pâtes noyée sous la mayonnaise.

À contre cœur, je tends l'emballage à mon père qui ne se prive pas de lever les yeux au ciel lorsqu'il voit le mot « végétarien » écrit dessus.

Il est toujours aussi réticent face à mon nouveau régime alimentaire.

Environ quatre ou cinq mois après être tombée dans l'anorexie, j'ai pris la décision de devenir végétarienne. La réelle raison de ce choix est assez discutable, je vous l'accorde. Il est généralement plus facile d'utiliser le végétarisme comme excuse plutôt que de se forcer à avaler des plats gras et caloriques.

Certes, auparavant, j'étais une fan inconditionnelle de viande rouge, j'étais capable d'avaler à moi seule une entrecôte de deux-cents grammes. Tout ça accompagné d'une généreuse assiette de frites fraîches et d'une quantité astronomique de mayonnaise.

Avec le temps, ne plus consommer de produits animaliers est devenu une habitude tant j'ai essayé de me persuader de détester cela. Désormais, je m'y suis fait. Ce mensonge est ancré en moi, il fait partie de moi.

Vous saisissez, quand je vous dis que tout est basé sur le mensonge ? Ils sont partout, qu'on le veuille ou non.

Je sais que je ne me suis pas lancée dans le végétarisme pour la bonne raison mais j'essaie de ne pas trop y penser.

Non, je ne soutiens pas la cause animale, même si le respect des animaux est une chose qui me tient à cœur.

Non, je ne fais pas ça non plus à cause des dégâts que l'agriculture intensive cause sur notre planète, même si je suis consciente des quantités démesurées d'eau que l'élevage et l'agriculture intensifs puisent, ainsi que l'augmentation considérable de gaz à effet de serre qu'ils produisent.

Je ne cherche pas non plus à suivre les nouvelles tendances et faire comme toutes ces influenceuses *lifestyle* qui prônent les régimes de légumes verts et de pois chiches.

J'essaie juste de réduire la quantité de calories que je consomme quotidiennement, tout simplement.

Pendant que papa paie, je me dirige vers la machine à boissons dans le but de me faire couler un thé vert. C'est ma boisson par excellence, j'en bois au moins trois tasses par jour. Le thé vert est réputé pour être un allié minceur, alors je ne peux qu'approuver !

Une fois que nous sommes de retour dans la voiture, je triture l'emballage de mon wrap dans tous les sens, sans même l'ouvrir. Cette simple galette de blé me terrorise.

– Ton sandwich ne te plaît pas ? me questionne papa en me voyant le manipuler dans tous les sens.

– Si, mais je n'ai pas faim pour l'instant.

– Mange, je ne veux rien entendre.

Je me force à l'ouvrir et la panique émerge instantanément lorsque mon compteur de calories se remet en marche. Instinctivement, je bourre le wrap dans ma bouche à toute allure afin de ne pas laisser le temps à mes voix intérieures d'émerger.

Hélas, c'est déjà trop tard. Mes démons intérieurs se manifestent rapidement et chaque bouchée supplémentaire devient un réel calvaire.

Sur le trajet, mon père me fait l'éloge de Faustine, sa petite amie. Si j'en crois ses mots, sa nouvelle compagne est une femme dévouée, ambitieuse et bienveillante. Il semble envoûté par cette fée sortie de nulle part.

Je me rends bien compte que mon père aime et admire Faustine... et je crains que cette puissante admiration lui fasse oublier maman.

– Tu crois que tu pourrais oublier maman ? je lance, sans même réfléchir.

– Qu'essaies-tu de me dire ? répond papa d'une faible voix.

– Laisse tomber, ça n'avait aucun sens. C'était idiot de ma part.

– Tout va bien, ma chérie ?

– Ça va, enfin je crois. Ce déménagement m'angoisse et ma rentrée au lycée ne me rend pas indifférente. Être baignée dans une foule d'élèves, le stress du baccalauréat, la nouveauté.

– Tu as vécu deux années difficiles mais tout cela appartient désormais au passé ma puce. Tu dois laisser le passé derrière toi et te concentrer sur le futur. Je te garantis que tout va bien se passer, tu quittes Rouen et tu ne connaîtras personne à Paris.

Choc générationnel, papa ne se rend pas compte qu'il n'y a qu'une heure et demie de distance entre Paris et Rouen et que sur les réseaux sociaux, les nouvelles se propagent vite. Je ne suis pas à l'abri d'une seconde vague de harcèlement et cela me terrifie.

Je ne sais pas si je tiendrai le coup une seconde fois.

Le reste du trajet me semble rapide. Je m'amuse à inventer l'allure de ma nouvelle vie à Paris, plusieurs questions sans réponse se bousculent dans ma tête.

Papa traverse des petites rues pavées avec sa vieille voiture. Les amortisseurs sont tellement vieux que le véhicule se projette d'avant en arrière à chaque mètre parcouru.

D'immenses demeures se dessinent devant nous, des feuilles de lierre s'étendent à profusion le long des anciennes bâtisses, des petites clôtures d'un blanc éclatant protègent les jardins.

Je jette un coup d'œil au GPS, nous sommes officiellement à Montmartre. Papa emprunte une étroite rue montante et nous finissions par arriver.

Nous nous garons devant un immeuble assez ancien mais élégant. Mon père se gare extrêmement mal, comme d'habitude. Il ne sait pas faire de créneau, pire encore, il ne fait aucun effort.

LE REFLET D'ANA

Ce n'est pourtant pas si compliqué... C'est en tout cas ce que mon professeur d'auto-école n'a cessé de me répéter pendant mes vingt-quatre heures de formation.

Néanmoins, grâce à lui, je sais désormais faire des créneaux à la perfection : on recule à quarante-cinq degrés et dès qu'on est suffisamment près du trottoir, on braque à fond.

Rien de plus simple !

En ce qui concerne papa, deux de ses roues sont sur le trottoir et son rétroviseur est rentré en collision avec le lampadaire. La voiture est alors marquée d'une grosse trace blanche.

– Oh. Ce n'est plus qu'une trace parmi tant d'autres, soupire-t-il d'un ton neutre.

La voiture de mon père est complètement cabossée et déjà bien abîmée, alors en effet, ce nouvel impact est sans importance.

Dans mon champ de vision, un immeuble attire rapidement mon attention. De petites portes-fenêtres encadrées par des pierres blanches donnant sur de minuscules balcons se trouvent à chaque étage.

Les sept étages sont surplombés d'un toit en tuiles noires duquel dépassent des conduits de cheminée et de vieilles antennes de télévision.

Une femme sort par la porte principale de ce bâtiment puis elle nous salue énergiquement. Je reconnais alors Faustine. Fidèle à elle-même, elle est vêtue d'un tailleur bleu marine qui met en valeur sa taille marquée.

La femme saute dans les bras de mon père puis m'embrasse brièvement.

– Bienvenue à Paris ! nous lance-t-elle avec beaucoup *(trop)* d'enthousiasme. Vous avez fait bonne route ?

Il suffit d'observer l'immense sourire qui prend place sur le visage de mon père pour comprendre à quel point il est heureux de retrouver sa copine.

Faustine nous mène dans ce fameux immeuble. Sa fille et elle habitent à l'avant-dernier étage, au sixième étage, plus exactement.

Papa et sa chérie prennent l'ascenseur pour monter tandis que moi, je décide de prendre les marches. L'ascenseur est si vieux qu'il grince à chaque centimètre parcouru, je refuse de monter là-dedans. En plus, grimper les escaliers à toute vitesse me fera brûler un maximum de calories.

Eh oui, mon wrap ne va pas s'éliminer tout seul !

La cage d'escalier est recouverte de fines planches de bois et l'escalier en lui-même est fait de pierres marbrées. Un tapis bleu marine le surplombe, ce qui donne une allure raffinée au hall de l'immeuble.

Je monte les escaliers en courant, tout en sautant les marches deux par deux. C'est une fois arrivée au quatrième étage que je n'ai pas d'autre choix que de m'arrêter. Mon souffle se saccade inévitablement et je me sens suffoquer.

Défaitiste, je m'assois sur les marches et je tente de me calmer. Je n'ai pas assez d'énergie pour me permettre de courir à travers les étages, et ça, je le savais. *Quelle idiote !*

La blancheur de mon visage laisse place à un teint rouge écarlate et j'ai l'impression de cracher mes poumons à chaque expiration. Même avec une courte pause, je continue d'haleter comme une vieille grand-mère qui porte ses cinq kilos de courses.

Un garçon descend les marches et s'arrête à côté de moi.

– Ça va ? lance-t-il lorsqu'il me voit avachie contre la rampe.

Il porte un sweat orange et tient une planche de skate dans ses mains.

– Oui, je réponds. Chute de tension, c'est tout.

Il me dévisage et à en voir son regard, je saisis qu'il ne croit pas un mot de ce que je lui raconte. Je lui laisse à peine le temps de renchérir que je me lève d'un bond.

– Tu vis ici ? me demande-t-il.

Prise de panique, je ne lui donne aucune réponse et je survole les deux étages restants. Je m'arrête un instant sur le pas de la porte afin de me remettre de cet effort, le cœur qui bat toujours à une vitesse excessive.

J'entre dans l'appartement.

Quand l'intérieur de l'appartement s'immisce dans mon champ de vision, je suis comme émerveillée. J'en oublierais presque toute la douleur que je viens d'infliger à mon corps.

Je pose mes pieds sur le parquet vernis et je retire immédiatement mes chaussures, soucieuse à l'idée de l'abîmer. Les murs sont recouverts d'une peinture beige et d'un papier peint à motifs art déco.

L'appartement de Faustine est extrêmement lumineux. Le couloir n'en finit pas, tout semble si immense. En pénétrant dans la salle principale, je tombe nez à nez sur la cuisine, elle est à moitié ouverte sur le salon.

Cet appartement est bien décoré, il faut se l'avouer, cela change catégoriquement des murs rouges et des vieux canapés verts de Rouen.

Lorsque j'atteins le balcon, j'écarquille les yeux en admirant la vue, elle est à couper le souffle. L'immeuble offre un panorama sur toute la ville de Paris et le quartier de la Défense se dessine à l'horizon.

On peut y voir tous les toits de la capitale, même la tour Eiffel se tient fièrement face à moi. C'est magique, je suis tant subjuguée par ce décor que j'ai l'impression de vivre un rêve.

Une main se pose sur mon épaule droite. En me retournant vivement, une jeune fille me salue. Garance, la fille de Faustine, me lance un chaleureux sourire.

Ma demi-sœur est plutôt grande et légèrement corpulente. Elle est vêtue d'une combinaison en cuir qui épouse parfaitement ses formes et ce léger embonpoint lui donne un charme puissant.

J'en parviens même à ressentir une pointe de jalousie en la regardant. *De la jalousie ? Arrête Jade, qu'est-ce que tu peux être hypocrite parfois. Elle est grosse !*

Garance a de longs cheveux blonds extrêmement raides et ses yeux sont d'un bleu perçant. Elle est sublime, elle respire la joie de vivre. Autrement dit, *elle est parfaite.*

À ce moment-là, je ressens un intense sentiment au fond de moi. C'est assez étrange, plutôt désagréable. Une sensation de dégoût, de jalousie et de déception.

Je sais que je ne suis pas à sa hauteur, je me sens comme une minable gamine à côté de cette superbe femme.

– Ça me fait plaisir de te revoir, lance-t-elle avec enthousiasme. Maintenant, j'ai enfin quelqu'un d'autre que ma mère à embêter.

Je souris doucement en guise réponse à sa blague, un peu gênée et ne sachant trop comment réagir. Afin de détendre l'atmosphère, Garance me propose de me montrer ma chambre. Nous traversons alors le long couloir recouvert de vieilles œuvres d'art et nous atteignons la dernière porte.

Je ne peux m'empêcher de rire nerveusement quand j'arrive dans la pièce qui représente en réalité ma chambre.

– Je sais ce que tu dois penser, suggère-t-elle, c'est ignoble. On fourrait toutes nos babioles dans cette pièce. C'est pour cette raison qu'elle n'est pas très... accueillante. Mais c'est ta chambre désormais, alors tu peux la transformer comme tu le souhaites.

Ma chambre (si on peut appeler ça une chambre) est très petite. Une grande porte fenêtre éclaire la pièce et mène sur un minuscule balcon sur lequel seul un fauteuil repose.

Les murs sont blancs et le sol est revêtu d'une vieille moquette rouge. La moquette est ignoble, c'est le genre de moquette qui doit avoir une centaine d'années, qui a vu passer plusieurs générations et qui abrite inévitablement des milliers d'organismes vivants.

Je ressens un intense sentiment de répulsion à l'idée d'imaginer toutes les bactéries qui se trouvent sous mes pieds.

On trouve un imposant lit en bois massif dans un coin de la pièce, un petit bureau en fer forgé est placé juste en face. La chambre est impersonnelle, non-accueillante et n'a rien à voir avec le reste de l'appartement. Une odeur de renfermé flotte dans l'air.

Garance s'éloigne ensuite afin de me laisser découvrir mon nouveau « chez-moi » et j'en profite pour m'asseoir sur le lit. Le matelas est très épais et mou, il forme un gros creux sous mes fesses, même sous l'influence de mon faible poids.

Je prends une profonde inspiration.

Puis j'expire.

Ça y'est, c'est officiel. Je vis à Paris. Désormais, je n'espère qu'une seule chose : mettre mes soucis de côté et tout recommencer à zéro.

Alors bonjour nouvelle vie. S'il te plaît, ne sois pas trop dure avec moi.

4

Premier réveil dans la capitale parisienne.

Quand l'heure s'affiche sur l'écran de mon téléphone, je ne prends même pas le temps de m'étirer que je bondis hors du lit. Il est déjà neuf heures !

S'il y a bien une chose que je ne supporte pas, c'est me lever aussi tard. J'ai l'impression de gâcher mes journées. En plus de ça, je déteste manger en dehors de mes horaires planifiés. Tout est programmé et je suis très stricte sur ce point-là.

Mon petit déjeuner est prévu à huit heures pétantes, mon déjeuner doit se tenir à midi pile et mon dîner doit forcément se faire avant vingt heures, pas une minute après.

Avec ça, la vie en communauté est assez compliquée, je vous l'accorde. Lorsque je ne me conforme pas à ces horaires, je deviens facilement anxieuse, voire irritable.

Cela peut paraître un peu psychorigide mais c'est en réalité l'une des nombreuses conséquences de l'anorexie : ce besoin excessif de tout planifier, de se créer une routine stricte et une zone de confort bien douillette.

En tirant sur le rideau de ma chambre, de petites particules de poussière s'en détachent et flottent dans l'air. Je soupire, assez consternée.

Dehors, le ciel est gris et terne. *Bonjour la grisaille parisienne !* Tout ce qu'on a pu me dire n'était donc pas un mythe, les rayons du soleil percent à peine à travers les nuages.

Ma fenêtre donne sur le Sacré-Cœur mais la Basilique est à peine perceptible tant la brume est épaisse. *La vue, ce sera pour une autre fois*, je soupire.

Je sors timidement de ma chambre et j'atteins la pièce principale où Faustine et papa sont installés sur la grande table en verre. Papa feuillette le journal tandis que Faustine avale son petit déjeuner.

La compagne de mon père est déjà prête, elle est toute pomponnée et son chignon serré est parfaitement centré. Aucune mèche ne peut s'échapper de cette coiffure et je crève d'envie de retirer une de ses pinces tant ce perfectionnisme m'angoisse.

Une douce odeur de café mélangée à celle de viennoiseries venant tout doit de la boulangerie me chatouille les narines. J'aperçois le panier rempli de croissants et de pains au chocolat qui trône fièrement au centre de la table.

— Faustine est allée acheter des viennoiseries, lance papa d'une voix enjouée. Elle t'a pris des pains au chocolat. C'est ce que tu aimes, n'est-ce pas ?

— C'est ce que j'aimais, *oui*. Papa, tu sais que désormais, je ne mange plus de viennoiseries. Merci quand même.

Papa m'énerve quand il se comporte ainsi. Il lui arrive assez régulièrement de m'acheter des pâtisseries ou de me mettre des aliment caloriques et peu équilibrés sous le nez. Pourtant, il sait que je n'y toucherai pas.

Je n'en suis pas encore capable, je ne sais pas à quoi il s'attend.

Je m'enfuis rapidement afin d'éviter les remarques désagréables de mon père puis j'attrape un bol dans la cuisine. Je me sers une louche généreuse de la salade de fruits que Faustine a préparée la veille.

Papa me rejoint par la suite et tente de me parler mais je demeure assez irritée, je ne réponds que brièvement à ses paroles. Je n'aime pas discuter le matin et encore moins lorsque je prends mon petit déjeuner.

À vrai dire, je suis rarement enjouée lorsqu'on est ou qu'on approche l'heure du repas.

— Si je te dis que nous allons rénover ta chambre aujourd'hui, acceptes-tu de t'intéresser à ton vieux papa ou c'est une peine perdue d'avance ? finit-il par me demander.

— Là, je crois qu'on peut négocier, je réponds en souriant.

J'avale donc mon bol en vitesse puis je pars me préparer. J'enfile un jean large et un sweat noir, rien de plus simple et efficace, puis je me pomponne rapidement afin de masquer mes taches de rousseur.

Ces taches couvrent toute la surface de mon visage et je ne trouve pas ça très joli, en tout cas pas sur moi. *Encore un complexe de plus...* Je relève ensuite mes longs cheveux roux en un chignon lâche.

Ça fera l'affaire.

Je donnerai tout pour m'immiscer dans la tête de Faustine lorsqu'elle m'aperçoit dans le salon avec mon chignon qui n'est ni parfaitement serré, ni parfaitement centré et duquel ressortent des petites mèches ébouriffées.

Papa descend fouiller la cave tandis que ma mission à moi, c'est de retirer la vieille moquette. Ce n'est qu'après de multiples tentatives (comptons dix bonnes minutes au moins et trente-six coups de cutter) que je parviens à déchirer une extrémité de cet ignoble morceau de tissus.

En retirant plusieurs centimètres de moquette, je m'aperçois qu'un superbe parquet en chevrons se dissimule juste en dessous. Quelle idée de cacher une chose aussi belle et authentique par une affreuse moquette rouge ?

Papa remonte ensuite avec quelques trouvailles et amorce la construction d'une étagère en métal sur laquelle je pourrai exposer fièrement tous mes livres. J'attends ce moment avec impatience.

Le temps défile et mon ventre crie famine. *Merde*, il est déjà midi. J'essaie tant bien que mal de masquer ces bruits désagréables – bien que significatifs – mais papa finit rapidement par s'en rendre compte.

– C'est l'heure de la pause, décrète-t-il. On a bien travaillé, allons manger.

Le stress m'empare alors. Il se répand lentement dans ma cage thoracique et atteint ensuite mon estomac.

Avec conviction, je m'efforce de répéter à mon père que je n'ai pas faim. Cependant, comme à son habitude, il n'en fait qu'à sa tête et ne cesse d'insister malgré mes supplices. Papa veut m'emmener tester le restaurant du bas de la rue, fraîchement recommandé par sa nouvelle compagne.

Je sais au fond de moi qu'il s'agit d'une très mauvaise idée alors je refuse sa proposition sans même me laisser le temps d'y réfléchir plus sérieusement.

J'aimerais que les choses soient plus simples mais je ne suis pas encore capable de manger dehors. C'est encore quelque chose d'insurmontable pour moi et je sais déjà comment cette histoire va se terminer. Je refuse de prendre le risque d'y aller et de ne pas trouver de plat en adéquation avec ce que je m'autorise à avaler.

Je ne veux pas manger quelque chose de gras dont je ne pourrai calculer qu'approximativement le nombre de calories et je ne veux pas faire d'esclandre ni éclater en sanglots en public.

Sans m'écouter, mon père attrape son portefeuille et me fait sortir de l'appartement. Je marche en traînant des pieds, tout en essayant de retarder le moment.

– Arrête de faire ton bébé, m'ordonne mon père.

Ce à quoi je lui réponds en soupirant excessivement.

Papa lève les yeux au ciel puis s'installe en terrasse. J'hésite à m'enfuir en courant mais je sais qu'il ne me le pardonnerait pas. *Prends sur toi*. Je me contente alors de fermer ma bouche et de m'asseoir, à contre cœur.

Une serveuse nous apporte le menu.

– Bonjour, lance-t-elle avec un grand sourire qui nous laisse percevoir ses dents blanches. Le plat du jour est un filet mignon de porc accompagné de ses légumes en sauce et de ses grosses frites maison.

J'écoute à peine ce qu'elle nous récite et rive immédiatement mes yeux sur le menu. Je parcours la carte avec attention, tout en lisant chaque ligne avec détail. Je remarque que tous les plats sont accompagnés de frites ou de pâtes en sauce.

Je ne me sens pas capable de manger quoi que ce soit figurant sur cette carte, mes organes se contractent et mes yeux commencent à s'humecter. Ma petite voix intérieure émerge alors et ne se prive pas pour me donner ses commentaires.

Tu vas grossir Jade, tu en es consciente ? Des frites ? Tu sais qu'elles sont inscrites sur la liste des aliments interdits, n'y pense même pas ! Grosse vache. Grosse, grosse, grosse, grosse !

– Je n'ai pas faim ! je crie, sans même pouvoir me retenir.

Mon père, surpris, lève la tête de son menu et me fixe avec des yeux de merlan frit.

– Tiens-toi bien Jade. Ne commence pas.

– Je ne trouve pas de plat, je n'ai pas faim et je ne veux pas manger.

– Mets-toi dans la tête que tu dois manger, que tu le veuilles ou non. Choisis un plat sur le menu et arrête tes caprices !

Quand la serveuse refait surface, papa passe directement sa commande : un double croque-monsieur à la raclette. Moi, je l'ignore et je finis de parcourir la carte avec anxiété.

Un instant plus tard, sous les regards insistants de mon père et de la brune munie de son bloc-notes, je n'ai pas d'autre choix que de passer commande.

– Je vais prendre une omelette s'il vous plaît, mais sans emmental et sans jambon. Pour l'accompagnement, je voudrais une salade plutôt que des frites, mais sans sauce.

— Juste des œufs ? Et de la salade verte sans aucun assaisonnement ? me fait répéter la jeune femme tout en écarquillant les yeux.

— Oui, je renchéris. Juste des œufs et de la salade verte, non assaisonnée.

Elle me lance un regard chargé d'incompréhension, plutôt désagréable et hautain, ce à quoi je réponds en la fusillant des yeux. Elle finit donc par s'éclipser.

Papa, de son coté, ne me regarde même plus. Il refuse d'entrer en contact avec moi et n'écoute pas ce que je lui dis. Pourtant j'essaie de lui parler, et ceci par tous les moyens.

Je lance le sujet du nouvel album de son groupe de musique préféré mais il est réticent à l'idée de tourner sa tête dans ma direction. Rien n'y fait ! Je le connais par cœur et je n'ai pas besoin de plus de détails pour savoir qu'il est en colère contre moi.

Je parle dans le vide, comme une idiote, donc je finis par me taire. Un profond silence s'installe entre nous deux, c'est plutôt désagréable et assez pesant. L'air est lourd.

J'aimerais m'enfuir d'ici.

Autour de nous, la vie continue à battre son plein. Des passants traversent la rue, certains sont vêtus de leurs plus beaux costumes tandis que d'autres sont habillés d'une manière bien plus décontractée.

Je me surprends à les observer pendant quelques minutes. Mes yeux défilent au fur et à mesure que des personnes circulent dans la rue. J'aime observer les gens, imaginer leur vie, leur personnalité, leurs secrets. C'est assez amusant.

C'est une manière comme une autre de compenser sa frustration : celle de ne pas avoir la vie qu'on souhaiterait. Alors j'invente celle des autres, à ma façon.

Les pigeons volent sur la place, les voitures passent et les enfants crient. La ville est plutôt bruyante et elle réussirait presque à me faire oublier le mauvais moment que je suis en train de passer.

– Je ne te comprends pas… m'avoue papa en rompant le silence.

– Je sais, je réponds froidement. Pardonne-moi, c'est plus fort que moi… j'ajoute ensuite afin de ne pas compliquer encore plus la situation.

– J'imagine… enfin non… je ne peux pas comprendre. Je n'arrive pas à saisir ce qui cloche chez toi, je ne sais plus quoi faire pour t'aider. Cela va bientôt faire deux ans que tu joues avec ta vie, Jade. Deux ans. Comment comptes-tu t'en sortir si tu ne te bouges pas ?

– C'est difficile.

– La guérison ne viendra pas en un claquement de doigts mais elle ne viendra pas non plus si tu ne cherches pas à l'atteindre. Pourquoi refuses-tu de t'en sortir ?

Je le regarde, les yeux baignés de larmes. *Si seulement il savait.* Je suis habitée par un puissant paradoxe. Une partie de moi veut s'en sortir, veut me sauver, alors elle me pousse vers le haut.

Du moins, elle essaye.

Mais une autre partie n'est pas de cet avis, elle préférerait que je continue à me morfondre dans ce gouffre. C'est vrai après tout, à quoi bon essayer de s'en sortir ? C'est une peine perdue d'avance…

Comment expliquer cela à papa ? C'est totalement suicidaire, non ?

Je n'ai pas le temps de lui répondre que la serveuse apparaît dans mon champ de vision avec deux grosses assiettes généreusement remplies.

En posant mes yeux sur l'omelette, mes angoisses apparaissent aussitôt. Vous verriez sa taille… elle est énorme, elle est bien trop grosse pour une fille comme moi qui essaie de limiter ses calories quotidiennes. Il doit y avoir au moins trois œufs là-dedans.

J'imagine que les cuisiniers ont cherché à combler le manque de jambon et de fromage.

— Elle est énorme cette omelette ! je lance à mon père, effrayée. Tu crois qu'ils ont mis combien d'œufs ?

— Je n'en sais rien, soupire-t-il. Parfois, on y ajoute du lait pour la rendre plus volumineuse et moelleuse. Ne t'inquiète pas, tu n'as pas cinq œufs. Et puis quand bien même ? Tu ne vas pas mourir.

Je tente de masquer mon angoisse ainsi que toutes les pensées qui se bousculent dans ma tête. J'aurais préféré qu'il ne dise rien, les produits laitiers ont leur place sur ma liste des aliments à ne plus consommer.

Je n'ai même pas la force d'estimer le nombre de calories contenues dans ce plat. Je repousse alors mon assiette avec un puissant sentiment de dégoût. Papa, de son coté, a déjà entamé son croque-monsieur et ses frites.

Du fromage dégouline sur ses doigts qu'il porte immédiatement à sa bouche par gourmandise. Je le regarde manger, sans toucher à mon assiette.

— Qu'est-ce que tu attends ? finit-il par me lancer, tout en reposant son morceau de pain.

— Je ne peux pas.

Il ne répond pas à mes paroles et saisit un autre morceau de son sandwich dont il ne fait qu'une seule bouchée.

Inutile de résister, papa refusera de quitter cette terrasse tant que je n'aurai pas mangé. C'est très difficile mais j'essaie de prendre sur moi. Je prends alors ma fourchette et je coupe mon omelette en petits morceaux afin d'en prendre une bouchée.

Le morceau que j'avale est petit, certes, mais pour moi, c'est déjà un grand pas. Malgré les difficultés, je tente de retenir mes larmes et de masquer mes voix intérieures.

Contrainte de ne pas faire de scandale, je reste sagement assise sur cette fichue chaise en ferraille et je me tais, tout en continuant à manger. Chaque fourchette qui arrive en direction de ma bouche entre à contre cœur.

Dans ma tête, des milliers de petites voix se mélangent, toutes aussi méchantes et violentes les unes que les autres.

– Tu veux un dessert ? demande papa lorsque la serveuse reprend nos assiettes, la mienne à moitié entamée.

Je le contemple d'un air minable sans même lui répondre. Pourtant, il sait que je ne veux pas de dessert. Même si j'en avais envie, je ne pourrais pas. Je n'en suis pas encore capable et malgré tous mes espoirs, je doute l'être un jour.

Papa règle donc l'addition, puis, d'un pas décidé, nous retournons à l'appartement. Nous avons encore un peu de travail.

Une fois arrivé sur le pas de l'immeuble, mon père attrape un carton qu'il a laissé dans le hall puis il prend l'ascenseur afin de le monter au sixième.

– Reste ici, me demande-t-il. Je pose ce carton dans l'appartement et je reviens pour t'aider à monter les autres.

– Je peux en porter toute seule.

– Ne fais pas de bêtises, tu vas te blesser. Reste là, j'arrive !

Un peu vexée, je m'assois bêtement sur l'escalier en pierre et j'attends que papa revienne. Je fais glisser mon index le long du carton sur lequel est écrit au gros feutre noir : **Livres Jade**. Dans ce carton, se trouve ce qu'il y a de plus cher à mes yeux. Je suis aussi excitée qu'une gamine qui attend le matin du 25 décembre, rien qu'à l'idée d'imaginer toute ma collection disposée sur mon étagère.

Ça va être majestueux.

Alors que j'entends un grincement provenant de l'ascenseur qui redescend, un garçon entre dans l'immeuble. Je ne veux pas détourner le regard mais j'en suis contrainte à la vue du boucan qu'il fait en ouvrant la porte.

Il jette un bref coup d'œil dans ma direction avant d'en jeter un second quelques secondes plus tard. Je ne détourne pas le regard.

– Oh, je ne t'avais pas vu. Je suis désolé pour le bruit, s'excuse-t-il. Eh, mais c'est toi que j'ai vu hier, tu vis ici ? me demande-t-il.

– Ouais, dis-je froidement.

C'est le type que j'ai croisé hier dans l'escalier. Il me dévisage sans gêne, ce qui me rend mal à l'aise. Cependant, je ne désemplis pas et je décide d'agir comme lui. Je le dévisage, moi aussi, de haut en bas.

Ce garçon est très grand, son crâne est caché par un bonnet à carreaux noirs et blancs. Il est vêtu d'un large T-Shirt violet sur lequel est dessinée la pochette d'album d'un vieux groupe de musique.

Il tient une planche de skate entre ses mains.

J'aime bien son style, ses chaussettes bleu turquoise dépassent de sa vieille paire de *Vans*.

– Tu viens d'emménager ? me questionne-t-il, curieux.

– Oui, j'ai emménagé hier. J'habite au sixième.

– Tu as besoin d'aide pour monter ce carton ?

– Ça va merci. Je peux me débrouiller seule.

Mon manque d'enthousiasme l'a sûrement refroidit puisqu'il se tait immédiatement et détourne le regard. Le garçon s'éloigne alors et j'en profite pour me lever et attraper mon carton. Je ne vois pas pourquoi je ne serai pas capable de le porter, je ne suis pas si faible que ça.

Il faut arrêter de sous-estimer les filles.

Aïe.

Ce carton a beau être petit, il n'en résulte pas plus léger. Je perds l'équilibre, mes pieds partent en avant et je manque de renverser mes livres sur le sol. Le garçon, qui semblait être passé à autre chose, vient à ma rescousse et saisit la boîte de mes mains, tout en m'aidant à rester debout.

– Laisse-moi t'aider ! Tu es bien trop frêle pour porter ce gros carton.

Ce crétin parvient à me vexer. J'écarte avec assurance sa main de mon avant-bras et je me remets sur mes pieds, en furie. Avec force, je tente d'arracher le carton de ses mains mais celui-ci se défend.

Il refuse de le lâcher et insiste pour le garder dans ses bras.

– Laisse-moi faire ! je crie, furieuse. Je peux me débrouiller !

Je veux prouver que, malgré ma minable condition physique, je suis encore capable de faire quelque chose toute seule.

Le garçon et moi sommes alors en train de nous débattre en plein milieu du hall de l'immeuble afin de savoir lequel de nous deux va monter ce fichu carton au sixième étage. Si seulement il pouvait se mêler de ses propres affaires, ça me simplifierait bien les choses.

– Jade, William ! Je vois que vous avez fait connaissance ! lance Faustine avec enthousiasme lorsqu'elle entre dans l'immeuble.

Le type et moi finissons par lâcher le carton qui s'écroule violemment sur le sol et nous nous fixons, tout en écarquillant les yeux.

5

Finalement, c'est lui qui gagne la bataille.

Le garçon aide papa à porter les cartons pendant que je les regarde défiler devant mes yeux, impuissante. Ce crétin affiche un sourire stoïque, ce qui m'énerve encore plus. Ils attrapent les boîtes une à une puis les montent par les escaliers sans même me laisser le temps ni la possibilité de les aider.

C'est frustrant et je comprends qu'une fois de plus, je suis une incapable.

J'entends mon père parler du groupe de rock qui figure sur le T-Shirt du voisin. En fait, je suis sûre que cet idiot porte ce genre de T-Shirt pour attirer la convoitise des adultes, du style « Regardez-moi, je suis cool et éduqué musicalement ! ».

Faustine est à mes côtés et je suis contrainte de prendre l'ascenseur avec elle. L'ambiance dans cette vieille cage de bois est relativement froide, pour ne pas dire gênante.

– Qui est-ce ? je finis par lui demander.

– C'est William, notre voisin, m'explique-t-elle d'une voix enjouée. Ce garçon est un ange, sa mère et moi sommes de très bonnes amies. Il passe beaucoup de temps chez nous, alors ne sois pas étonnée si tu le croises dans notre canapé.

Je regrette immédiatement ma question puisque Faustine prend un malin plaisir à me raconter la vie de *ce William* dans les moindres détails. Mon nouveau voisin a mon âge et il entre en terminale, dans le même établissement que moi. *Il ne manquait plus que ça…*

D'après la description très étoffée de ma belle-mère, je sais désormais que c'est un garçon brillant qui, en partie grâce à son père hollandais, sait parler cinq langues à la perfection. William est une bête de sport qui enchaîne les prix et les trophées, ceci depuis tout petit.

Pour finir, il est, je cite : « absolument craquant » (ces mots proviennent de la bouche de ma belle-mère, pas de la mienne).

La compagne de mon père a cette fâcheuse tendance à trop parler. C'est un trait de caractère qu'on repère facilement chez elle, je m'en suis rendue compte dès notre première rencontre. Faustine est gentille mais elle est trop bavarde, *beaucoup trop* bavarde. Elle peut monopoliser la parole pendant cinq bonnes minutes sur un sujet que les autres auraient traité en une simple phrase.

Quand nous parvenons au sixième étage – après une discussion interminable au sujet de William – je m'enfuis de l'ascenseur afin d'éviter tout autre sujet de conversation avec Faustine. Je n'ai pas le courage de l'écouter parler pendant une heure.

Une fois à l'intérieur de l'appartement, je contourne papa et William qui déposent des cartons dans ma chambre. Je me dirige dans la cuisine et je me sers un grand verre de limonade sans sucre.

Je souffle quelques instants, heureuse de m'être débarrassée de ma belle-mère et de ce fichu voisin.

Malgré tout, le voilà qui arrive alors que je n'ai même pas eu le temps d'entamer ma boisson. William s'approche de moi et me bousculerait presque pour se servir, lui aussi, un verre de limonade. Je crois qu'il se sent plus à sa place dans cet appartement que moi-même.

Après tout, cela n'est pas très compliqué.

– Ne t'excuse pas surtout ! je lance d'une voix forte qui traduit mon agacement.

– Quoi ?

– Tu m'as bousculée.

Le garçon glousse d'une manière assez condescendante puis sirote son verre de limonade. J'évite à tout prix de croiser son regard mais je sens ses yeux se poser sur moi. Vous savez, parfois, on se sent observé et les circonstances sont tellement perturbantes qu'on ne sait pas si on doit détourner le regard ou bien fixer la personne en retour.

C'est exactement la situation dans laquelle je me trouve en ce moment-même.

Mal à l'aise, je décide de me retourner vers lui. William me fixe bien, je n'avais pas tort. Je tente de le provoquer en retour en effectuant un haussement de sourcils, histoire de lui dire : « Eh, mec, tu fais quoi là ? Tu provoques la mauvaise personne ! ».

Il ne réagit pas.

Déconcertée, je lève les yeux au ciel pour lui faire comprendre que son insistance me dérange mais rien n'y fait. Rien ne semble suffisant pour qu'il détourne ses yeux de mon visage, et donc, nous nous fixons pendant quelques secondes, ce qui nous engage dans un duel de regards.

Je suis gênée mais je ne dois pas lui montrer ma faiblesse.

Ses iris mélangent harmonieusement des teintes bleues et grises, c'est plaisant à voir. Il a une puissance inexplicable dans son regard, ce qui me pousse à détourner les yeux.

Je soupire bruyamment. Il est parvenu à m'intimider.

– Qu'est-ce que tu veux ? je lui demande, excédée.

– Rien de spécial, renchérit-il.

– Alors lâche moi.

Je m'en vais d'un pas décidé mais je me retrouve aussitôt face à un tailleur gris, *Faustine*. Elle entre dans la cuisine avec allégresse et sourit à pleines dents lorsqu'elle tombe sur William et moi.

– Vous êtes déjà en train de vous chamailler ! devine-t-elle.

— Non, je renchéris. Je félicitais William pour ses exploits sportifs, j'ajoute avec cynisme.

Je lance un regard provocateur en direction de mon voisin, ce qui ne passe pas inaperçu. Il comprend facilement que je me moque de lui et je suis heureuse de lui montrer que moi aussi, je sais jouer.

— C'est vrai ! rebondit ma belle-mère. William, ta maman m'a parlé de ta dernière performance, ton équipe a remporté le tournoi pour la sixième année consécutive. Félicitations mon grand, tu ne cesses de nous épater.

— Et ce n'est pas tout, ajoute-t-il en me regardant, comme s'il cherchait à me taquiner. J'ai également reçu le prix du meilleur joueur du match, j'ai fait quelques passes décisives.

Faustine le couvre de compliments — comme s'il n'en recevait déjà pas assez — et le garçon lance un sourire fier comme Artaban. *Bon sang, il est insupportable !*

Je m'échappe discrètement de la cuisine tout en tendant l'oreille avec attention afin d'écouter quelques fragments de leur conversation.

Je ne suis pas intéressée, je suis simplement *curieuse*.

— Mon audition de piano s'est bien passée, explique-t-il à Faustine. L'enjeu était important donc j'étais relativement stressé, mais je pense m'être bien débrouillé. Sinon, j'ai obtenu un dix-neuf sur vingt à mon oral de français, je crois que j'ai oublié de te le dire !

Dix-neuf sur vingt ? Rien que ça ? Alors que moi, j'ai dû me battre pour atteindre la moyenne. En même temps, l'inspecteur a décidé de m'interroger sur une pièce de théâtre… si on m'avait laissée analyser une poésie, j'aurais obtenu la meilleure note, j'en suis certaine.

Si j'écoute ce garçon parler une seconde de plus, je vais perdre patience. Je pars alors m'enfermer dans ma chambre.

Toutefois, je dois reconnaître que William m'intrigue, son style de skateur décontracté semble si différent de la personne qu'il est réellement. Je n'ai pas besoin de le connaître depuis des années pour savoir à quel type de garçon j'ai affaire et je n'ai qu'un seul mot en tête : fuir.

Mon voisin semble très sûr de lui, il est fier de sa personne et savoir qu'il excelle dans tous les domaines n'arrange pas les choses. Je devine facilement qu'il est ce genre de personne trop confiante qui aspire à révolutionner le monde et à aider toutes les personnes dans le besoin. Sauf qu'il n'agit pas dans l'intérêt des autres mais pour satisfaire sa propre personne, pour sa propre satisfaction personnelle, pour que les autres l'admirent et le chérissent.

Plus tard, je le vois avec une famille nombreuse et une magnifique femme. Ils habiteront dans une maison de campagne de taille démesurée au jardin parfaitement entretenu et ils posséderont un labrador aux poils dorés, qui plus est parfaitement éduqué.

Bref, je déteste ces hommes trop parfaits, trop imbus de leur personne et à la recherche constante de validation.

De toute évidence : William est un type dangereux, un garçon qui ne semble faire aucune vague mais qui au fond, est un réel connard. Je cerne parfaitement le personnage et je tenterai de m'en tenir la plus éloignée possible.

Afin de calmer mes nerfs, j'ouvre un carton et je commence à ranger les vêtements dans ma commode. Heureusement, cette étape s'annonce plutôt rapide : je ne compte qu'un nombre misérable de sweats noirs et de jeans larges.

Quelqu'un toque à ma porte. En suggérant qu'il s'agit de mon père, je l'autorise à entrer.

Sauf que cette fois-ci, ce n'est pas mon père.

— Qu'est-ce que tu mets dans tes cartons ? me questionne William en posant une boîte sur le parquet. Ils sont lourds !

Il n'a pas bientôt fini celui-là ? Il n'a pas sa propre maison ?

— Fais attention à ce carton ! je l'ordonne. Il y a toute ma collection de livres et de recueils là-dedans, c'est fragile.

– Sympa. C'est quoi ton style de livres ?

– J'aime les poèmes, je réponds froidement.

Je remarque qu'il meurt d'envie de me poser une question supplémentaire mais il la laisse finalement tomber et s'enfuit de ma chambre.

J'ai la tête dans les cartons et le désordre qui commence à s'accumuler autour de moi m'angoisse. *Oups,* je crois que Faustine et son souci du détail commencent à déteindre sur moi.

Je range soigneusement mes deux-cent-quarante-trois livres sur mon étagère et je suis rapidement coupée par ma demi-sœur qui me demande si elle peut entrer dans ma chambre.

Elle entre puis s'assoit sur le rebord de mon lit.

– J'espère que tu vas te plaire ici, me souffle-t-elle.

– Oui, j'espère aussi... je réponds, gênée, manquant de lui faire remarquer que jusqu'à présent, ce n'est pas le cas.

– Tu sais, je suis contente que tu sois là. Vivre seule avec sa mère n'est pas facile tous les jours.

Et ça doit l'être encore moins lorsqu'on a un voisin comme William.

Faustine m'a dit que sa fille et William sont meilleurs amis depuis tout petits, alors j'évite d'avouer à ma demi-sœur à quel point je déteste l'arrogance de ce garçon.

– On pourrait faire des sorties ou des activités ensemble, histoire d'apprendre à se connaître ! me propose-t-elle.

– Oui, j'imagine que ça peut être sympa, je réplique, prise de court.

– Demain j'ai prévu de boire un coup avec mes copines. Tu voudrais venir avec nous ?

Je souris d'un air craintif tout en réfléchissant à la meilleure manière de décliner sa proposition. Garance me laisse à peine le temps de réagir qu'elle saute de joie et me répète à quel point elle est enjouée à l'idée de me présenter à ses amies.

Ma demi-sœur est bienveillante mais trop intrusive. Ma personnalité m'empêche d'accorder ma confiance trop facilement, alors pour le moment, je reste sur la défensive.

Vous savez, il faut toujours se méfier des autres, même s'ils vous paraissent mignons. Car au début, tout est beau, tout est rose.

Puis la réalité refait vite surface.

Garance quitte ensuite ma chambre et je décide de prendre une pause bien méritée. J'espère secrètement avoir dépensé suffisamment de calories pendant cette journée riche en bricolage et en travaux.

Je m'endors immédiatement, sans prendre la peine de manger quoi que ce soit.

La journée m'a épuisée et une bonne nuit de sommeil est la seule chose dont j'ai besoin. De toute façon, je n'ai pas besoin de manger ce soir.

6

Cela fait depuis ce matin, huit heures trente, que je tente de simuler une migraine.

Malgré tous mes efforts, mon rôle d'actrice ne semble pas être à la hauteur. J'ai fait quatre ans de théâtre lorsque j'étais plus jeune et je suis déçue de constater que je n'ai plus la moindre compétence dans le domaine…

Garance n'a cessé d'insister pour que je vienne au moins « passer une petite heure au café » avec ses copines et elle. Celle-ci a eu raison de batailler puisqu'elle a gagné, je vais l'accompagner à ce fichu rendez-vous.

« Fais un effort », m'a discrètement répété mon père tout au long de la matinée.

Tout en ruminant, j'enfile un vieux T-Shirt noir et un jean ultra large. Je n'ai pas besoin de faire un quelconque effort vestimentaire, je n'ai personne à impressionner. Je détache mes cheveux de leur queue de cheval et les laisse se dévergonder sur mes petites épaules.

Les trois couches de fond de teint qui recouvrent mon visage laissent mes taches de rousseur imperceptibles, *c'est parfait*.

Garance est assise sur le canapé et m'attend, tout en trépidant. Elle pousse un soupir de satisfaction lorsqu'elle me voit enfin entrer dans la pièce principale. *Wahou !* me dis-je en la voyant, elle est vraiment jolie, *elle*.

Elle a coiffé ses cheveux en deux tresses collées et est vêtue d'une légère robe à volants aux motifs fleuris. Elle porte des sandalettes rose fuchsia qui rappellent la couleur de sa robe. Son teint est éclatant, ses yeux sont brillants. Un doux parfum de fleur d'oranger émane de ses cheveux.

Je ressens une pointe de jalousie en l'observant, cette femme est parfaite. À côté d'elle, je ressemble à un sac à patates.

Et encore, c'est un euphémisme.

En sortant de l'appartement, je dévale les escaliers tandis que ma demi-sœur emprunte l'ascenseur. Un peu de cardio ne me fera pas de mal. Nous remontons ensuite la rue longeant notre immeuble et nous déambulons à travers les ruelles de Montmartre, tout en nous dirigeant vers la place du Tertre, une grande place aux pavés symétriques.

Nous passons devant une jolie galerie qui attire toute mon attention : la *galerie Butte Montmartre*, devant laquelle sont exposées des dizaines de petites affiches vintage et pittoresques. Dessus, des œuvres connues et de vieilles publicités sont représentées d'une manière charmante. Je reconnais par exemple celle du cabaret *le Chat Noir*, une enseigne parisienne encore bien connue de nos jours.

Lorsque nous atteignons la place du Tertre, je suis émerveillée par la beauté et le romantisme du paysage. Au loin, mes yeux s'arrêtent sur le Sacré-Cœur. Cette imposante Basilique est l'un des monuments phares de la capitale française et je comprends bien pourquoi : elle est magnifique, voire époustouflante.

Sur la place, de nombreux artistes sont implantés sous l'ombre des arbres. Certains peignent des œuvres d'art, d'autres dessinent des caricatures. Leurs œuvres reposent sur des chevalets en bois. Chacun d'entre eux tient une palette de peinture entre ses doigts. Il y a des couleurs de partout, c'est magique.

Je me prends d'amusement à comparer le panel de chaque palette et à observer le style de chaque peintre. Autour d'eux, se tiennent des stands immenses qui exposent et vendent des toiles sur lesquelles sont représentés plusieurs quartiers de Paris.

Les terrasses qui entourent la place sont pleines à craquer, les gens profitent sans doute des derniers jours du mois d'août avant que la grisaille automnale reprenne à nouveau sa place.

J'aime la féerie de ce décor.

Garance saisit ma main et me fait courir à toute vitesse à travers les stands, les touristes et les palettes de peinture. À plusieurs reprises, nous manquons de renverser quelqu'un ou de nous prendre un coup de pinceau mais c'est finalement intactes que nous nous en sortons.

Nous faisons une pause, essoufflées, mais surtout, mortes de rire.

– Tu as failli nous tuer ! je lance en ricanant.

– Ah oui, nous tuer, au moins ! répond-t-elle en se moquant de moi.

Je lui jette un sourire plein d'assurance et nous continuons notre route. Nous atteignons le café et nous décidons de nous placer en terrasse, là où deux amies de ma demi-sœur nous attendent déjà.

– Salut ! nous lance l'une des deux filles avec des yeux qui témoignent de l'étonnement. Garance, tu nous présentes ?

La fille du compagnon de ma mère.

– La fille du… ajoute la deuxième, tout en réfléchissant. C'est ta demi-sœur ?

– Oui, entre autres, lui dis-je. Nos parents ne sont pas mariés.

Zoé et Hélène ignorent mes paroles mais me saluent chaleureusement. Les filles entament sur-le-champ une discussion à laquelle je ne prête pas trop attention. Elles parlent d'une soirée universitaire, je ne me sens pas concernée par leurs propos.

Je regrette déjà d'avoir mis les pieds ici.

Je pianote discrètement sur mon téléphone, tout en tendant mon oreille. Leur échange dévie rapidement sur les derniers potins du groupe.

Lorsque leur conversation devient enfin intéressante et que les filles parlent de William, deux nouvelles amies décident de se joindre à nous, ce qui coupe court aux commérages des trois copines.

Marie et Pauline s'installent et me saluent d'une manière indifférente.

– Vous avez vu la nouvelle coiffure de Chloé ? demande Pauline. Franchement, elle va regretter. Il faut être dérangée pour se faire des mèches roses aussi épaisses !

Les cinq amies discutent ensemble, tout en me laissant à l'écart. Garance s'efforce toutefois de m'introduire dans leurs discussions mais je n'y suis pas très réceptive. Ses copines n'en ont rien à faire de moi, mais je les comprends. Après tout, je me retrouve au sein d'une réunion hebdomadaire entre copines, pas dans un rendez-vous *rencontre-ma-demi-sœur*.

Je ne me sens clairement pas à ma place.

La serveuse finit enfin par arriver, ce qui marque une pause dans le moment désagréable que je suis en train de vivre. Je meurs d'envie de commander une grenadine mais mes petites voix intérieures m'en défendent fermement. La quantité de sucre contenue dans un verre de sirop me ramène largement à la réalité.

Mon choix se tourne alors vers un verre d'eau gazeuse et une rondelle de citron.

Zéro calorie, zéro sucre, zéro additif. *C'est parfait.*

– Et toi Jane, tu vas étudier quoi ici ? me demande Zoé.

– Moi c'est Jade... je réponds timidement. Je suis encore au lycée. En terminale.

Le temps sur cette terrasse me paraît désagréablement long et même si je suis touchée par le geste de Garance qui tenait à me présenter à ses amies, j'aimerais être partout, sauf ici, assise à cette table entourée de ces étudiantes.

Mes pensées intérieures et idées noires refont alors surface et je décide de me faire la plus petite possible, tout en faisant ce que je sais faire de mieux : m'effacer. La culpabilité d'avoir mangé des pâtes ce midi revient peu à peu et me ronge de l'intérieur.

Des chiffres circulent à toute vitesse dans ma tête, je n'aurais jamais dû ingurgiter autant de calories en un seul repas.

– Et toi Jade ?

– Pardon ? je réponds d'une manière confuse, honteuse d'avoir perdu le fil de leur conversation.

– Tu vas venir à la soirée universitaire ?

– Quelle soirée ?

– Mon université organise une grosse soirée pour la rentrée scolaire. Même si tu n'es pas à l'uni, on peut trouver un moyen de te faire entrer. C'est *la* soirée à ne pas louper !

– Ah, je souffle. Les soirées, ce n'est pas mon truc...

Ça l'a été, me dis-je, mais maintenant, les choses ont évolué.

À une certaine période de ma vie, faire la fête était mon passe-temps favori. Cependant, aujourd'hui, cela représente une des choses que je redoute le plus.

La mondanité ne fait plus partie de ma vie.

– Tu ne peux pas louper ça ! s'exclame Garance.

– Je me sens vite anxieuse dans ce genre d'endroits, je suis assez casanière.

– On va vite te faire changer d'avis ! renchérit Hélène. Dans un mois, tu ne te reconnaîtras même plus !

Sous l'effet des mauvais souvenirs qui ressurgissent, je réponds impulsivement et désagréablement à Hélène. Personne n'ose enchaîner après mon ton désobligeant.

Une fois de plus, j'ai réussi à gâcher l'ambiance.

– Excuse-moi, je me suis emportée, finis-je par dire. Ce n'était pas contre toi.

Hélène me sourit puis s'excuse en retour. Les filles repartent alors dans leurs conversations, me laissant à nouveau seule dans mon coin.

Je jette un regard en direction de la place, des enfants jouent et courent dans tous les sens, tout en criant avec joie. Ils jouent avec de géantes bulles de savon qu'un homme âgé est en train de former sous leurs yeux émerveillés.

J'apprécie l'ambiance de Montmartre, elle est calme et chaleureuse.

Ici, tout semble si simple et paisible.

Je tourne à nouveau les yeux vers les filles. Leurs conversations ne font que tourner en boucle et je commence à perdre patience. Je n'ai clairement pas ma place ici, je suis une intruse parmi un groupe de copines qui, elles-mêmes, ne savent pas pourquoi je suis là.

Je simule alors un appel puis j'attrape mes affaires avant de saluer et de remercier le groupe. Je souris timidement à Garance avant de m'enfuir, sans me retourner. Je m'éloigne précipitamment du café puis je dévale les petites ruelles jusqu'à ce que je sois suffisamment loin de la place du Tertre.

Je déambule dans la ville et je redescends le long des rues, ne sachant plus où donner de la tête tant ce quartier est mignon. C'est alors que je déniche une petite place légèrement cachée par les arbres. Il n'y a ni restaurants, ni stands de peinture, ni enfants qui sautillent dans tous les sens.

Seul un pittoresque bâtiment en bois bleu canard à la peinture écaillée attire mon œil. Les trois mots **LE BATEAU LAVOIR** y sont inscrits en capitales dorées. À la lecture de ces mots, mon cœur bondit dans ma poitrine. Me croyez-vous, si je vous assure que je connais ce bâtiment ?

Puisque moi, je n'en crois pas mes yeux.

Je reste plantée là, bouche bée, à reluquer cette façade avec des yeux brillants. Je n'ose pas cligner des yeux, au risque de me réveiller de ce joli rêve. Je sais où je me trouve, c'est la place Émile-Goudeau.

Le bâtiment qui se tient en face de moi, c'est le Bateau-Lavoir.
C'est incroyable.
En tant que fan inconditionnelle de peinture, j'ai la prétention de dire que je suis assez incollable sur la vie et la carrière de certains peintres tels que Claude Monet, Vincent Van Gogh, Marc Chagall, ou encore Pablo Picasso.

Le Bateau-Lavoir est une vieille citée d'artistes et depuis plus de cent ans, des dizaines de grands peintres, acteurs ou écrivains y ont mis les pieds. Pablo Picasso y a même demeuré et travaillé pendant plusieurs années.

Un petit banc est placé juste en face de cet atelier et je décide de m'y asseoir, en gardant mes yeux rivés sur la façade abîmée par le temps et l'histoire. Ce lieu est très paisible, le feuillage des arbres masque la place, ce qui fait de cet endroit un coin plutôt intime. Je comprends que je viens de dénicher *mon petit coin à moi*.

Ici, ce sera mon lieu fétiche, mon havre de paix.

J'allume une cigarette. J'inspire profondément avant de recracher la fumée par la suite. Je me sens apaisée.

– Tu fumes toi ? lance une voix derrière moi, me faisant sursauter.

Un peu étonnée, je me retourne vivement. J'aperçois instantanément un jogging aux trois bandes blanches sur lequel descend un large T-Shirt vert. Je devine facilement à qui j'ai affaire.

William se décale et se pointe devant moi.

– Pourquoi pas ? je renchéris froidement.

– Je ne sais pas, tu n'as pas l'air d'être une fille comme ça.

– Comment ?

– Comme *ça*.

– Je vais te dire quelque chose, j'ajoute entre deux bouffées. Tu ne peux pas me cerner aussi rapidement.

– Ça, c'est ce que tu crois ! me défie-t-il avec un sourire narquois.

– C'est déjà tout vu, je réponds en écrasant ma cigarette au sol.

Je l'observe avec mépris. La façon dont William me parle m'agace, son comportement et son allure m'insupportent également.

En fait, il m'agace de tout son être.

Peut-être qu'il réussit partout, comme on me l'a tant répété, mais aujourd'hui, le voilà contraint de subir son premier échec : celui de se rendre compte que je ne suis pas la petite fille modèle qu'il pense voir en moi.

Il pose ses yeux gris sur le recueil de poèmes que j'ai sorti de mon sac quelques minutes auparavant. Il glisse ses doigts le long de la couverture puis l'attrape dans ses mains.

– Tu lis quoi ? me questionne-t-il avec curiosité.

– En quoi cela peut t'intéresser ?

– Tu as raison, riposte-t-il. Je crois que je m'en fiche, finalement.

Il retire vivement ses doigts de mon livre et le redépose sur le banc. Sans un mot, William opère un demi-tour.

Je le regarde s'éloigner puis descendre les escaliers abruptes, jusqu'à ce qu'il disparaisse entièrement et que seule l'ombre d'un garçon tenant son skate soit perceptible.

Intrigant, ce garçon.

7

J'ai toujours aimé les rentrées scolaires, et ça, depuis toute petite.

Dès que nous nous rapprochons du mois de septembre, j'attends la rentrée avec une impatience redoutable. Tous les ans, je prends plaisir à rêver et à imaginer cette première journée une multitude de fois, un scénario différent à chaque fois.

J'adore l'odeur des livres neufs, éprouver la satisfaction de posséder une gomme encore toute blanche et un cahier quadrillé totalement vide. J'aime retrouver mes amis après de longues vacances d'été passées chez mes grands-parents, j'aime reprendre ce petit rythme bien régulier, bien encadré.

Ma rentrée en terminale approche enfin mais pour la première fois de ma vie, je ne suis pas excitée à l'idée de vivre cette première journée. Je la redoute aussi violemment qu'un rendez-vous chez le dentiste et je suis terrifiée à l'idée de débarquer dans cette grande ville.

Je dois tout recommencer à zéro, sans le moindre repère auquel m'accrocher.

Bien que mon ancien lycée et mes camarades soient les deux choses que je méprise le plus au monde, je n'en résulte pas plus soulagée d'arriver dans un autre établissement.

Comme si cela ne suffisait pas, mon premier jour ne débute pas comme je l'avais prévu.

Mes penchants psychorigides font de moi une experte de la planification et de l'organisation. Hier soir, j'ai soigneusement programmé mon réveil à six heures et demie du matin afin d'avoir suffisamment de temps pour me préparer psychologiquement et physiquement à démarrer cette journée.

Tout était prévu et calculé : dix minutes pour me sortir du lit, vingt minutes pour prendre ma douche et me maquiller puis dix minutes pour avaler quelque chose, avec la possibilité de sauter ces dix minutes restantes. Il m'arrive de louper le petit déjeuner de temps en temps, quand papa n'est pas là pour me surveiller.

Étant toujours et paisiblement dans les bras de Morphée, tout en rêvant de je ne sais trop quoi, une violente lumière s'immisce peu à peu dans ma chambre. À peine ai-je le temps de me réveiller et de réaliser que le grand jour est arrivé que Garance se pointe devant moi.

Elle ouvre sauvagement mes rideaux.

– Réveille-toi ! hurle-t-elle en me secouant. J'ai besoin de ton aide.

J'ouvre lentement les yeux, aveuglée par ce trop-plein de luminosité. Ce ne sont que deux bonnes minutes plus tard que je me sens apte à répondre à Garance.

– Que veux-tu ?

– Alerte crise ! commence-t-elle. C'est une catastrophe… je pensais mettre ma robe à fleurs pour la rentrée mais en y réfléchissant, elle me donne un style trop littéraire, voire romantique. En plus, il pleut ! Donc en second plan, j'ai songé à porter mon jean bleu, le taille basse, mais je le trouve trop simple… je n'ai pas envie de passer pour une fille banale dès le premier jour !

Elle marque une pause dans son récit puis reprend par la suite.

– Tu sais Jade, je rentre à l'université. Cela signifie que je vais être entourée d'inconnus. La tenue qu'on porte le jour de la rentrée est déterminante ! C'est une manière d'affirmer son style et de dévoiler une partie de sa personnalité. Comment vais-je faire ? Il faut que tu m'aides.

Le regard dans le vide, j'essaie tant bien que mal d'intégrer toutes les informations que ma demi-sœur vient de balancer en trente secondes à peine. Mes neurones ont dû se bloquer dans je ne sais quelle voie de mon cerveau ou de mon hypothalamus, mes cours de sciences remontent à bien trop longtemps déjà. Je ne me souviens pas de tous ces circuits nerveux (trois mois, il s'agit *déjà* d'une longue période pour moi).

— Je ne sais pas moi… lui dis-je, excédée. Enfile une jupe.

— J'y ai pensé mais je ne veux pas donner une mauvaise impression en portant ma jupe en cuir. Et ma jupe patineuse fait vraiment gamine… J'ai également envisagé de mettre mon perfecto noir mais cela me donne un air de rockeuse des années 2010. Quel casse-tête !

Garance fait les cent pas dans ma chambre en effectuant des allers-retours entre mon lit et la porte, tout en ruminant. Étant donné que cet espace mesure un mètre et quarante centimètres au maximum, ses mouvements sont ridicules.

Dans ma tête, j'attends secrètement que ma demi-sœur disparaisse de mon champ de vision. Ainsi, je pourrai me rendormir un court instant avant de débuter cette terrible journée qui, je le sens, s'annonce longue et désagréable.

— Tu mets quoi, toi ? continue-t-elle.

— Un sweat noir et un jean noir.

Garance pose ses yeux bleus sur moi sans masquer le désespoir qui trahit son regard. J'imagine qu'elle ne comprend pas pourquoi ma garde-robe est si peu élaborée. En fait, je ne veux pas me faire remarquer. Je me fonds plus facilement dans la masse lorsque je porte un sweat noir à la place d'une chemise rose à cœurs rouges.

Du haut de mon mètre soixante-treize et de ma maigreur extrême, il s'avère parfois compliqué de ne pas attirer l'attention des gens. Alors je ne vais pas me rajouter un poids en plus, ce serait de la provocation.

— D'ailleurs… ajoute-t-elle. Pourquoi n'es-tu pas encore levée ? Tu ne pars pas dans trente minutes ?

Je me rue sur mon téléphone portable. *Merde !* Il est déjà sept heures moins le quart et ce n'était pas prévu dans mes plans.

Je déteste l'imprévu.

Je saute de mon lit en furie sans prendre la peine de remettre mon drap en place et je cours dans la salle de bains. Mes pieds se prennent violemment dans le tapis, manquant de me faire tomber contre le coin de mon bureau. *C'était moins une !* En tout cas, on peut dire que maintenant, je suis bien réveillée.

Sous la douche, l'eau brûlante au contact de ma peau m'apaise. Je laisse l'eau ruisseler le long de mon corps et épouser la trace de mes os. Je tente de faire partir les pensées négatives qui s'immiscent dans ma tête mais je suis bien trop anxieuse à l'idée de changer de lycée.

Être baignée dans une foule d'élèves me fait terriblement peur et les plaques d'eczéma sur mes bras témoignent de mon angoisse.

Profitant de ce modeste moment de répit, ma douche de deux minutes se transforme en une douche de cinq puis de dix minutes. Désormais, je ne peux que ruminer face à mon idiotie. Je sors en trombe puis j'attrape un vieux sweat noir au hasard, j'enfile un jean large et je me pomponne en vitesse.

Je ne vais pas à l'école pour être belle donc je me contente du minimum.

Mes yeux se posent cependant sur un tube doré renfermant un rouge à lèvres bordeaux. Il était à maman, je l'ai retrouvé dans un de ses placards lorsqu'on a déménagé. Cette couleur me fait penser à elle, elle la portait constamment. J'hésite une petite seconde puis je me décide finalement à en appliquer sur mes lèvres.

J'espère que ce rouge à lèvres me portera chance.

— Bonjour ! lâche Faustine d'une voix monotone lorsque j'entre dans la cuisine. J'ai cuisiné une brioche au beurre hier, tu peux te servir, si tu le souhaites.

Rien qu'à l'entente du mot « beurre », mon cœur bondit hors de ma poitrine. Je souris toutefois à la compagne de mon père et j'attrape discrètement une banane dans la corbeille à fruits, ça devrait faire l'affaire. De toute manière je n'ai pas le temps de faire autrement.

Bravo, me félicite ma voix intérieure.

Mon père, qui entre dans la cuisine à cet instant-même, me lance un regard insistant puis découpe soigneusement une épaisse tranche de brioche.

Il me la tend.

– Je n'accepterai aucun refus, se fait-il entendre.

– Je n'ai pas le temps papa, je lance.

Papa fulmine et je comprends qu'il n'a pas la patience de se prendre la tête avec moi d'aussi bon matin. Contre mon gré, je saisis le morceau et je ne peux m'empêcher de le reluquer avec dégoût.

Quand la tranche de brioche se retrouve entre mes mains, je réalise que je n'ai plus le choix et que je dois manger cette bombe calorique. Un tumulte de pensées envahît ma tête, je n'en ai pas la force, c'est bien trop difficile pour moi.

Après quelques secondes d'hésitation, je repose le morceau sur le plan de travail. Je tente d'agir avec discrétion en m'efforçant d'éviter de croiser le regard de mon géniteur.

Hélas, celui-ci perçoit rapidement le morceau de brioche et devine qu'il n'a pas fini dans mon organisme. Ainsi, papa insiste à nouveau et je suis finalement contrainte de croquer dedans.

J'engloutis le tout en une trentaine de secondes à peine afin de me débarrasser de cette part de brioche le plus rapidement possible. Instinctivement, je sens les larmes me monter aux yeux. *Qu'est-ce que je viens de faire ?* Quelle minable je suis.

Parfois, je ne peux m'empêcher de suivre mes pulsions et d'ingurgiter un aliment en une fraction de secondes. J'imagine que c'est le stress, la pression à l'idée de devoir avaler quelque chose que je m'étais pourtant promis de ne plus jamais manger.

En me précipitant, j'espère me déculpabiliser et prendre de l'avance sur mes petites voix intérieures.

Furieuse et vexée, je tourne le dos à mon père et je m'enfuis de son champ de vision. Je ne lui souhaite pas de passer une bonne journée et je claque violemment la porte derrière moi. Je dégringole les six étages à toute vitesse et je cours à la recherche d'une bouche de métro.

J'aurais dû m'y prendre à l'avance, aucune station n'apparaît autour de moi. Je trottine dans les ruelles tout en me perdant plusieurs fois et je dois même opérer un demi-tour. Finalement, lorsque j'arrive sur une petite place abritant un carrousel et un stand de marrons chauds, je tombe face à face avec un *édicule Guimard* sur lequel se tiennent les grosses lettres noires **Metropolitain**.

Soulagée, je m'immisce dans la station *Abbesse*.

Lorsque je me retrouve sous terre, je suis bêtement le trajet de la foule matinale qui longe les couloirs souterrains puis j'enjambe les escaliers interminables. Je finis par atteindre mon quai. Le délai d'attente est estimé à zéro seconde puisque mon métro est déjà là, devant mes yeux.

En voyant les portes se refermer, je suis contrainte de courir et de forcer les portes afin de m'immiscer dedans. *C'était moins une !* Je m'accroche à la barre du métro et je pousse une longue expiration, tout en sentant quelques gouttes de sueur perler sur mes tempes.

Le trajet passe relativement vite mais n'en demeure pas plaisant pour autant. Être plongée dans les odeurs de transpiration et faire face à la tête grincheuse des Parisiens de si bon matin n'est pas très agréable.

Quand j'atteins enfin mon arrêt, je tente par tous les moyens de trouver cette fichue sortie. Après m'être précipitée dans la direction inverse, je finis par trouver le bon escalier. *Merci* au petit papi qui a su me guider.

En atteignant la surface, un vent frais et désagréable me frappe en plein visage. La pluie s'abat violemment sur la ville.

J'entame alors une marche en direction de Saint-Germain-des-Prés, où se situe mon lycée. Je suis morte de trouille et je ne compte plus le nombre de fois où je manque de rebrousser chemin. Seule la douce voix d'Ed Sheeran qui s'échappe de mes écouteurs parvient à m'apaiser, du moins un petit peu.

Perdue dans mes pensées, mon pied se prend dans le trottoir et ne me laisse aucune chance. Je glisse violemment sur les pavés recouverts d'eau de pluie. Ceci, tout juste devant les escaliers du lycée. En deux secondes à peine, je me retrouve sur le sol, étalée de tout mon long et les affaires de mon sac volent dans toutes les directions.

Allongée sur le trottoir, je ressens une vive douleur dans mon genou. Mon souffle se ralentit considérablement et je reste quelques secondes à terre, sans même pouvoir bouger. La pluie, qui semble utiliser toutes ses forces pour me rendre la vie difficile, continue de se déverser à grosses gouttes.

Mes vêtements se trempent petit à petit et l'eau dégouline le long de mon sweat. Alors que j'essaie de reprendre mes esprits, je sens qu'on attrape doucement ma main et qu'on me tire en avant.

Assise par terre, le jean gorgé d'eau et morte de honte, je prends le temps de respirer et de réaliser ce qui vient de se passer. Je viens de me taper la honte, et *juste* devant mon lycée ! Je lève néanmoins les yeux en direction de la personne qui vient gentiment de m'aider à reprendre mes appuis.

Deux détails attirent immédiatement mon attention : un long manteau beige puis des mains entièrement tatouées.

– Tu vas bien ? me demande la personne, hésitante.

– Ça va. Je viens juste de m'humilier devant tout le lycée, mais je suppose que tout va bien.

– Fais attention, la prochaine fois que tu te perds dans tes pensées, me conseille le garçon avec un léger sourire.

Je fixe ses mains recouvertes d'encre noire. En un simple coup d'œil, j'aperçois des signes, des lettres, des chiffres ainsi que des motifs plus élaborés. Il y en a de partout et les tatouages remontent le long de ses avant-bras. Je ne sais pour quelle raison, je meurs d'envie d'en apprendre plus sur les histoires qui se cachent derrière ces dessins.

Quelle curiosité mal placée.

Le garçon me fait la conversation pendant que je tente de me remettre de ma chute. Je grelotte de froid à cause de mes vêtements mouillés et ma chevelure humide n'arrange pas les choses.

L'homme qui se tient devant moi a des bouclettes brunes qui encadrent son visage, ses sourcils noirs sont très épais et il a un regard perçant. Je suis frappée par la noirceur et la profondeur de ses yeux.

Une chose me saute inéluctablement à l'œil : son style vestimentaire crée un sacré contraste avec ses tatouages. Il est vêtu d'un pantalon en toile qu'il a associé à un long manteau beige parfaitement repassé. Je me demande comment un garçon à l'allure aussi classe peut avoir envie de se tatouer autant.

Il m'aide à ramasser mon sac ainsi que les babioles qui en sont sorties. Il tient une large pochette verte entre son bras droit et son flanc. C'est une pochette d'art.

– Tu fais de l'art ? je lui demande, curieuse, alors que la pluie continue à dégouliner sur nous.

– Tu as l'œil.

– En même temps, vu la taille de la pochette, c'est difficile, de ne pas l'apercevoir.

– Je te l'accorde, répond-t-il avec un joli sourire. J'ai décidé de m'inscrire à un cours d'art cette année, cette option peut me rapporter quelques points bonus au bac.

Nous discutons un court instant jusqu'à ce que la pluie devienne insupportable et que je me sente gênée face à cette discussion qui semble s'éterniser.

– Je vais y aller, je le préviens, je vais être en retard en cours. Je suis nouvelle ici et je ne connais pas encore l'établissement. Je n'ai pas envie de me faire remarquer dès le premier jour. Merci encore.

– Je peux t'accompagner jusqu'à ta salle, si tu veux ? me propose-t-il alors.

– Ça va, merci, je peux me débrouiller.

Je lui tourne le dos et je m'enfouis dans l'immense gouffre que représente le bâtiment. Je pousse un long soupir de soulagement. *Ouf*, j'ai réussi à me débarrasser de ce garçon. Gentil, certes. Mignon, certes. Mais mes anciens camarades me semblaient eux aussi gentils et mignons.

Ce n'étaient que de simples impressions.

Mieux vaut se méfier de qui que ce soit et surtout des jolis garçons tatoués aux manteaux beiges.

En déambulant dans l'établissement, j'aperçois William au loin, qui, dans le plus grand calme, se dirige dans ma direction. Un moment de panique me saisit, je ne veux pas le croiser. La seule solution qui s'offre à moi est de me réfugier dans les toilettes qui se tiennent sur ma gauche.

J'atteins alors la porte avec précipitation puis je m'immisce dedans.

À l'intérieur, je fais face à mon reflet dans le miroir. Je reprends mon souffle quelques instants puis je remarque cette texture rouge foncée qui colore mes lèvres. Je saisis alors un mouchoir avec énergie et j'efface sans hésiter cette couleur de mon visage. *Ce n'est pas avec ce maquillage que tu passeras inaperçue, Jade.*

J'ai beau tenter de dissimuler mon corps frêle derrière de gros pulls et des pantalons larges, je n'arriverai jamais à me fondre dans la masse.

Quand on mesure plus d'un mètre soixante-dix et qu'on pèse à peine quarante kilos, c'est difficile, de passer inaperçue.

8

En sortant des toilettes, je rase les murs en essayant de m'effacer parmi l'amas d'élèves. J'atteins ensuite ma salle de classe après cinq bonnes minutes de recherche. *Qui a eu l'idée de créer un établissement aussi grand ?*

Je me place au fond, sur la dernière rangée, tout à gauche.

Depuis que j'ai l'âge d'aller à l'école, je me questionne sur la place que je vais choisir. La place que nous occupons dans une salle de classe est une chose relativement importante car c'est l'endroit où nous allons rester assis pendant une année entière. Dès lors, la table que nous choisissons doit être dans un emplacement stratégique.

C'est en tout cas comme cela que moi je le vois et la réponse à cette question varie d'année en année.

Quand j'étais à peine âgée d'une dizaine d'années, j'étais persuadée que le fond était réservé aux filles populaires (je vous l'accorde, je regardais trop de séries télévisées). Alors pour moi, cela sonnait comme une évidence : je devais me placer au fond et au milieu, du moins si je voulais faire partie du groupe des filles les plus cools de l'école.

Puis, lorsque j'ai atteint l'âge de douze ans, j'ai décrété que m'asseoir au centre de la classe était une bien meilleure idée. Cette place était ni trop loin ni trop près, et cela me paraissait parfait.

À quatorze ans, les choses se sont inversées et j'ai décidé de me mettre tout devant, au premier rang. Je souhaitais suivre les cours avec assiduité et je voulais me faire bien voir par les professeurs.

Malgré toutes les différentes théories que j'ai pu élaborer au fil du temps, cette année, je décide d'innover en me plaçant tout au fond, cachée dans un petit coin. Non pas parce que, comme j'ai tant pu le penser à l'époque où je dévorais les séries diffusées par *Disney Channel*, le fond est réservé aux filles populaires.

Mais plutôt parce que là où je me situe, je suis la moins visible.

La salle de classe se remplit peu à peu, je regarde les élèves entrer et je les dévisage involontairement. Aucun d'entre eux ne décide de s'assoir à mes côtés, ce qui m'arrange.

Maintenant que tous mes camarades ont pris place, je me retrouve dans une salle de classe pleine à craquer, ce qui me fait tourner la tête. *Respire Jade, ça va aller.*

Je n'aurais pas pensé que cette pièce serait comme telle, les chaises ne sont malheureusement pas des sièges douillets mais plutôt des vieilles chaises en bois qui grincent au moindre mouvement. De plus, elles sont dures comme fer, ce qui est fortement désagréable pour mes fesses aux os saillants.

Les tables ne sont pas totalement propres et dépourvues de tags, je peux encore lire le nom des personnes qui siégeaient à cette place les années précédentes. Les murs sont revêtus d'une vieille peinture jaune qui me donnerait presque mal à la tête et la salle ne sent pas le propre ni les cahiers tout neufs mais plutôt le renfermé.

Le plafond en arche ainsi que l'imposant vitrail multicolore témoignent l'ancienneté du bâtiment. Le sol est revêtu d'un parquet noirci par le temps et la peinture des murs s'écaille. Si j'écoutais mes pensées, je l'arracherais d'un seul coup en tirant sur le morceau de peinture qui pend.

Drôle d'atmosphère, je vous l'accorde.

Ce lycée privé coûte un bras à mon père et me je demande bien où part tout cet argent. Ils auraient au moins pu faire un effort sur leurs locaux.

La professeure, assise à son bureau, parle avec un débit si rapide que mon cerveau ne saisit qu'un seul mot sur cinq. Elle est vêtue d'un ensemble gris à rayures et est dotée une voix aiguë fortement désagréable. Malgré tout, je fais ce que je peux pour me concentrer sur ses mots mais celle-ci s'exprime d'une manière si faible qu'il m'est impossible de tout entendre.

Elle nous donne toutes les informations nécessaires sur le fonctionnement du lycée ainsi que sur le déroulement des cours et de notre épreuve finale, le baccalauréat. *Ce fameux bac*, celui dont on nous parle depuis notre plus tendre enfance.

— Vous devrez donc choisir une spécialité entre physique-chimie, mathématiques ou sciences de la vie et de la terre.

Je me demande toujours pourquoi mes aspirations m'ont poussée à m'orienter dans une filière scientifique alors que la littérature est ma principale raison de vivre (ou plutôt devrais-je dire : alors que je suis une brêle en sciences).

Toujours assise au fond de la classe, je n'arrive pas à me concentrer, mes oreilles sont comme inattentives face au discours de ma professeure. Je jette alors un bref coup d'œil autour de moi et je comprends rapidement que je n'aurais pas dû. Je suis à nouveau confrontée à la foule d'élèves qui m'entoure.

Contrôle-toi, ce n'est pas le moment. Ça va aller.

Ma cage thoracique se rétrécit peu à peu, la cadence de mon cœur s'accélère et ma main se met à trembler. Une forte sensation de chaleur s'empare de tous mes membres et mon souffle se saccade inévitablement. J'ai besoin de sortir de cette salle ou je vais finir par faire un malaise.

La sonnerie retentit, annonçant l'heure de la pause.

Je m'enfuis de la salle en courant et en bousculant les individus qui ont le malheur de se trouver sur mon passage. J'ai besoin d'air alors je cavale à travers les couloirs à la recherche de la porte principale. *Où est cette foutue sortie ?*

Pourquoi ce bâtiment est-il aussi grand ?

Lorsque la porte apparaît enfin à l'horizon, je sors, sous les yeux étonnés des élèves.

De l'air frais entre dans mes narines et je m'assois sur les marches afin de reprendre mon souffle. La condition physique de mon corps d'anorexique ne me permet pas de faire de tels sprints à travers d'aussi grands couloirs.

La pression redescend petit à petit mais je ressens toujours une immense douleur au fond de ma poitrine, cette faille béante dont l'ampleur ne cesse de s'accroître. Je me sens nulle, je n'ai même pas été capable de tenir deux heures dans cette fichue salle.

Tu es faible Jade, carrément faible.

Je sors mon paquet de cigarettes et je m'en allume une, elle est plus que nécessaire. Malgré le vent, la flamme résiste. *Elle au moins*, elle n'abandonne pas dès la première difficulté. La première bouffée me plonge dans un calme absolu. Le léger goût de tabac traverse lentement ma bouche, mon nez puis ma gorge. Je me sens apaisée, plus légère.

Je crache la fumée et je reprends une latte à l'instant même, insatiable.

La sonnerie retentit ensuite et indique la reprise des cours. Consternée à l'idée de ne pas pouvoir allumer une seconde clope, je me relève pour rejoindre ma classe. Lorsque j'entre dans la salle, mon regard se perd sur une personne qui m'est familière.

William. En. Chair. Et. En. Os.

Il affiche un sourire insupportable sur son visage, *ce* sourire Colgate trop parfait qui me donne envie de lui mettre mon poing en pleine mâchoire. Il est placé au centre de la salle et fait des graffitis sur le cahier de son voisin.

Mon crétin de voisin est donc dans ma classe. C'est décidé, ma vie est un cauchemar. Je reste sagement assise sur ma chaise et j'écoute avec soin ce que la professeure nous dit. J'essaie de sortir cette mauvaise nouvelle de ma tête.

– Vous vous apprêtez à vivre une année compliquée, nous avoue-t-elle. Il y aura des bas, des pleurs et des échecs mais vous

vous en sortirez comme des chefs et vous décrocherez tous votre baccalauréat. Et ceci avec mention !

Je ne sais pas si c'est l'effet escompté mais son discours ne me rassure absolument pas et met à plat toute ma motivation. J'imagine que je suis considérée comme l'une des personnes les plus instables émotionnellement, alors apprendre que je me prépare à vivre l'année la plus difficile de ma vie me semble insurmontable.

Je pensais que la pire année de mon existence était déjà derrière moi.

Pendant l'heure, je me surprends à dévier le regard en direction de William. La façon dont il se tient me perturbe, il est droit comme un piquet. Il parvient à rester droit – sans même bouger un cil – pendant exactement dix minutes et trente-cinq secondes (on s'occupe comme on peut).

William se retourne vivement dans ma direction et je n'ai même pas le temps de détourner le regard que ses yeux croisent les miens. Je baisse immédiatement mon visage en direction de mes notes, gênée. Je sens inéluctablement mes pommettes rougir de honte. *Merde !* Je tente de retourner à mes occupations et je fais comme si de rien ne s'était passé, toujours extrêmement gênée.

Lorsque les deux aiguilles de la pendule se rejoignent, je me dirige vers le self. Je n'ai pas faim et je ne ressens pas le besoin d'avaler quelque chose mais les absences à la cantine sont signalées, donc je n'ai pas le choix que de passer ma carte.

J'attrape une assiette dans laquelle je me sers une ridicule louche de purée de pommes de terre ainsi que deux cuillères de courgettes. J'essaie de garder mon assiette la plus vide possible, même si j'ai déjà l'impression d'avoir eue la main lourde sur les légumes.

Je scrute ensuite le self à la recherche d'une place libre et mes yeux s'arrêtent sur une table totalement vide. Je décide donc de m'y assoir.

Je trace machinalement des ronds de purée avec ma fourchette et je tente d'ouvrir mon appétit. Cependant, rien ne passe, je n'arrive pas à avaler quoi que ce soit. Si je mange toute cette purée, je risque de grossir et de m'engraisser.

Je ne veux pas me transformer en un sac de graisse.

Je repousse mon assiette devant moi puis je continue à faire défiler des photos de recettes *healthy* sur mon téléphone. Je *like* des plats qui me donnent l'eau à la bouche mais que je n'oserai jamais cuisiner car ils restent trop caloriques pour moi.

Un bruyant groupe de garçons arrive et brise l'agréable silence qui m'entourait. Ils se placent juste à côté de moi, empiétant ainsi sur mon espace personnel. Je relève la tête timidement et je reconnais aussitôt le bonnet gris de William.

Il ne m'a pas encore vue, tant mieux.

Je tente de rester discrète afin de ne pas me faire remarquer mais une main se pose rapidement sur mon avant-bras.

– Tu t'es remise de ta chute ? me questionne cette même personne avec un sourire absolument ravageur.

C'est le garçon de ce matin, celui qui m'a aidée à me relever quand je me suis écrasée au sol comme une pauvre minable. William tourne son visage dans ma direction et, en me remarquant, affiche un sourire chargé d'assurance. Il me salue alors et me présente à ses amis avec entrain.

Je constate qu'il se donne en spectacle, il agit comme si nous nous connaissions depuis des années. Le genre du *type cool* qu'il essaie de se donner me tape sur le système. J'essaie toutefois de sourire au groupe de sorte à paraître un minimum agréable.

– Enzo, tu connais Jade ? demande William au garçon tatoué.

– Ouais. On s'est rencontrés ce matin, répond-t-il en me faisant un clin d'œil.

Le garçon au long manteau beige a donc un prénom, *Enzo*. C'est plutôt joli, comme prénom.

Je me sens rapidement mal à l'aise entourée de tous ces garçons et j'en déduis qu'il est temps pour moi de déguerpir. J'attrape discrètement mon plateau puis je me lève.

— Attends ! m'interrompt William. On ne te chasse pas, reste ici ! Tu n'as même pas fini de manger.

Je n'ai même pas commencé, à vrai dire.

— Tout va bien, j'affirme. Je n'ai pas faim.

— Ne fais pas ta timide ! ajoute-t-il en ricanant.

Le rire vicieux qu'il pousse me fait instinctivement reposer mon plateau avec force, si bien que le contenu de mon verre se renverse dans son assiette. L'assurance de mon voisin devient aujourd'hui mon ennemi numéro un.

William ne cesse de me sourire et des petites fossettes se forment sur son visage. Intimidée, je ne sais comment agir. Je me sens démesurément seule et impuissante, entourée de ces garçons pleins d'assurance.

— Tu viens d'où ? me questionne Enzo.

— Rouen.

— Tu ne te plaisais pas là-bas ? me demande l'un des garçons.

— C'est compliqué... je lui avoue, sans vouloir entrer dans les détails.

— C'est vrai, tu ne m'as jamais dit pourquoi tu es partie de Rouen, rebondit William.

— Pourquoi te l'aurais-je dit ? je renchéris. On se connaît à peine.

Les garçons ricanent face au ton glacial que je viens d'employer envers William. Ils rigolent à gorge déployée et se moquent ouvertement de lui, face à ce qu'ils appellent « cette humiliation ». Les pommettes de William rougissent alors et celui-ci cesse enfin de parler, comme si son assurance s'était volatilisée.

— Tu connais du monde ici ? on me demande.

— Non mais ce n'est pas très grave... je suis bien seule.

— Ah oui ? C'est étrange !

— Qu'est ce qui est bizarre ? je réponds sèchement. Tout le monde n'est pas forcément comme vous. Tout le monde ne cherche pas nécessairement à posséder une centaine d'amis. Tout le monde ne veut pas spécialement passer ses week-end à faire des soirées toute la nuit. Je suis juste différente, c'est tout.

— Ça, c'est le discours d'une fille qui n'a fait connaissance qu'avec des mauvaises personnes, déduit Enzo. Tu devrais venir à la soirée que j'organise le week-end prochain. En fait, tu n'as pas le droit d'accepter ni de refuser, tu es obligée de venir ! J'organise de très bonnes soirées, reconnaît-t-il d'un air très sûr de lui.

William reste dubitatif face à la proposition de son ami tandis que je me surprends à rigoler face à son air ébahi.

— Arrête de la harceler… lance William à l'intention d'Enzo. Tu vois bien que tu l'énerves.

Sans même me laisser placer un mot, William finit par ajouter qu'il s'agit d'une « bataille perdue d'avance » et que je « ne mettrai pas un seul pied chez lui ».

Je déteste le ton qu'il utilise lorsqu'il parle pour moi, il est trop sûr de lui, trop arrogant. Pour qui est-ce qu'il se prend ? Il ne me connaît même pas.

— Ne sois pas si sûr de toi William, je le défie, tout en me levant de table.

Je tourne le dos aux garçons et je décide de simuler un appel téléphonique puis je m'éclipse rapidement.

Jade, dans quoi viens-tu de t'embarquer ?

9

Assise en tailleur dans un recoin extérieur du lycée, je tente de retrouver mon calme. Un vent frais caresse ma silhouette et contraste avec la chaleur qui embrase mon corps. Je bouillonne encore de rage à cause de William, ce crétin arrogant qui pense tout savoir mieux que tout le monde.

Après un enchaînement de deux cigarettes faisant du filtre le seul vestige de leur existence, j'essaie d'apaiser mon esprit. Je feuillette le recueil que j'ai glissé dans mon sac ce matin. Il me reste quelques minutes avant de reprendre les cours et je profite de cet instant de solitude pour me reconnecter avec moi-même.

Bon sang, en fait je n'arrive pas à passer à autre chose. William est incroyable quand même, il fait tout pour jouer avec mes nerfs.

Et vous savez quoi ? Il se débrouille comme un vrai chef.

– Sacré appel ! m'interrompt une voix familière.

Je relève la tête, hésitante, puis je croise les yeux noirs d'Enzo. Je lance un regard craintif dans les alentours et je constate qu'il est seul, *heureusement*.

Il tient à nouveau sa pochette d'art entre ses mains et rive ses yeux sur mon livre.

– Tu lis quoi ? me demande-t-il.

Je souris bêtement à l'idée qu'on puisse donner de l'intérêt à mes lectures.

– *Les Fleurs du Mal*.

– Baudelaire, le poète maudit, répond-t-il alors.

Un fin connaisseur… je sens mes joues rougir sous l'impact de sa remarque. Sans s'en rendre compte, il vient de toucher un point sensible.

– Tu m'épates. Tu lis aussi ? je demande avec enchantement.

– Pas plus que ça mais je connais les classiques. Bon, ce n'est pas tout, ajoute-t-il avec un grand sourire, mais je dois y aller. À la prochaine !

D'un air niais, je le salue et je le regarde s'enfuir au loin. Ce garçon semble être l'antithèse de William. Il a l'air tellement plus simple et gentil, tellement plus intéressant, tellement plus cultivé, tellement… *Jade, calme-toi.* Comment deux êtres aussi différents peuvent-ils être meilleurs amis ? On dit souvent que les opposés s'attirent. Aujourd'hui, j'en ai la preuve sous les yeux.

Pour éviter de me perdre dans un débat individuel sur les amitiés masculines, je me lève et me rends en cours. En longeant les couloirs, je jette un coup d'œil à mon emploi du temps et je réalise que je ne suis pas au bout de mes peines : j'ai un cours de sciences pendant trois heures.

De toute évidence, cette journée est merdique.

Je méprise cette matière, elle possède d'ailleurs sa propre place sur la liste des choses que je déteste le plus au monde. C'est typiquement avec cette matière que je réalise mon erreur, en m'étant orientée dans cette fichue filière scientifique.

Je n'aurais jamais dû écouter mon père qui, comme la plupart des adultes, a tendance à percevoir cette discipline comme réservée à l'élite. *Ce ne sont que des conneries.* Un secteur ne définit pas un niveau d'intelligence et j'aurais dû m'en rendre compte avant.

Mon niveau en biologie – et en géologie – avoisine les huit sur vingt, c'est-à-dire qu'il est inférieur à la moyenne.

En d'autres mots : il est complètement catastrophique.

Je sais que beaucoup ne savent pas ce qu'est la géologie, un mot tout droit sorti du jargon scientifique provenant d'une communauté à part. Si je devais résumer cette discipline en quelques termes : je dirais qu'il s'agit de l'étude des roches et de la structure terrestre.

Pas très sexy, je vous l'accorde.

C'est ennuyant à mourir et si vous avez le malheur d'utiliser le mot « caillou » au lieu du mot « roche », vous gagnez votre place sur la liste noire de votre professeur. Alors un petit conseil : faites attention.

Parfois, les cours de sciences peuvent s'avérer inutiles. J'ai nommé dans cette catégorie : la constitution des plantes. Je n'ai pas encore rencontré quelqu'un cherchant à savoir où se situent le pistil, les sépales ou les étamines d'une fleur. Si jamais cela vous intéresse, contactez moi, histoire de rentabiliser le peu de connaissances qu'il me reste.

Le professeur entre en classe et fait une entrée en matière tout juste remarquable. Il est vêtu d'une combinaison verte et d'un chapeau jaune en forme de pétales de fleurs. *Non, je ne rêve pas*, il se tient devant une classe de trente élèves déguisé en une plante géante. Aujourd'hui, j'ai la preuve que le ridicule ne tue pas.

Sous les rires ahuris des élèves, celui-ci finit par se présenter.

– Bon... j'avais prévu de débuter l'année avec trois chapitres sur la Terre et l'organisation du vivant mais j'ai reçu un mail il y a quelques heures indiquant un changement d'ordre dans le programme, avoue-t-il, déçu.

– D'où ce déguisement, renchérit un élève d'une manière sarcastique.

– D'où ce déguisement, confirme le prof. Fier de ma blague, je n'ai pas prévu de tenue de rechange. Nous ferons donc abstraction de cet échec cuisant.

Même si sa matière est merdique, on peut dire que le personnage est amusant. Pendant que le professeur débite son cours, je m'efforce à rester concentrée mais mon esprit divague dans tous les sens. La conversation qui s'est tenue ce midi entre les garçons et moi ne fait que se répéter dans ma tête.

La perspective d'assister à la soirée d'Enzo ne m'enchante pas mais je refuse d'accorder satisfaction à William. J'ignore pour quelle raison, je brûle d'envie de lui clouer le bec une bonne fois pour toutes.

Malgré mes nombreuses tentatives de concentration, je finis par décrocher mais les gens autour de moi commencent à s'agiter. Je relève alors la tête et j'aperçois le professeur interagir avec la classe. Si je comprends bien, il est en train de créer des groupes et de leur attribuer à chacun un exposé.

— Jade Martin vous serez avec William Van der Baart. Vous effectuerez un exposé sur le système immunitaire.

Je pousse un soupir significatif et William se tourne dans ma direction. Il me lance un regard provocateur. Le sourire qui triomphe sur son visage me donne envie de lui arracher les dents une à une.

Cette annonce me démoralise.

C'est seulement vingt minutes et trois pages de dessins plus tard que la sonnerie s'active. Je ne passe pas aux casiers et je sors du bâtiment. J'avance sous la pluie tombante, la météo ne s'est donc pas apaisée de la journée. L'eau dégouline aisément le long de mes cheveux et commence à faire disparaître mes boucles.

Je me dirige vers la station de métro puis j'attends sur le quai, portable à la main et écouteurs dans mes oreilles. William se plante devant moi.

— Alors, comme ça on ne m'attend pas pour rentrer ? s'étonne-t-il.

— Pourquoi t'aurais-je attendu ?

Il ricane et remet son bonnet en place. Je meurs d'envie de retirer ce fichu morceau de tissus de son crâne afin de découvrir ce qui se cache en dessous.

J'augmente le son de mes écouteurs pour lui faire comprendre que sa présence me dérange mais cela ne semble pas le faire reculer.

William est têtu.

— Comment s'est passé ton premier jour ? me questionne-t-il d'une voix intéressée.

— Ce n'était pas incroyable, je réponds. Après tout, c'était la reprise, donc je suppose que c'est normal.

— Je pensais que tu étais le genre de fille à aimer la rentrée.

Je le regarde, les yeux chargés d'incompréhension. Je lui demande où il veut en venir.

— L'odeur des cahiers neufs, traîner des heures dans les rayons de fournitures scolaires, reprendre un rythme strict et régulier, réfléchir à ton nouveau code couleur et à la façon dont tu prendras tes notes. Tu m'avais l'air d'être une fille comme *ça*. Tu me surprends de jour en jour, Jade Martin.

Je soupire et je nie catégoriquement ses propos ridicules bien que réalistes. Cela me tue de le reconnaître mais William n'a pas si tort que ça. À ma plus grande surprise, ce garçon me connaît bien plus que je ne pouvais l'imaginer et je me demande comment cela est possible.

Le métro apparaît finalement et lorsqu'il s'arrête au quai, je monte dedans. William me suit de près et reste debout à côté de moi.

Ma journée aurait pu être cool, j'ajoute. Si ce professeur n'avait pas décidé de me mettre en groupe avec un certain idiot vêtu d'un bonnet gris.

Il ne réagit que brièvement et personne n'enchaîne. Cependant, le métro freine violemment et je suis propulsée de force contre William. Je me retrouve contre son buste, la tête nichée dans son épaule. Je sens la chaleur de son souffle contre mon front, il sent le chewing-gum aux fruits.

Je me relève quelques secondes plus tard et je détourne immédiatement le regard. Je n'ai pas besoin de regarder mon reflet dans la vitre pour savoir que mes joues sont devenues rouge tomate.

— Tu rougis, Jade.

Ignore-le ou tu vas finir par l'étrangler.

Nous continuons le trajet chacun de notre côté, même si nous sommes toujours côte à côte. Je relance finalement la conversation une quinzaine de minutes plus tard, lorsque nous gravissons les marches de l'immeuble.

— Il est cool Enzo, je déclare, hâtive de voir sa réaction.

Il n'y a pas de raison particulière pour laquelle je lui fais cet aveu mais cela me démangeait. Je ne le pense même pas en plus... Je ne connais pas assez Enzo pour être en mesure de décréter qu'il est sympa.

Frustrée à l'idée de m'en rendre compte, c'est en réalité la réaction de William qui m'intéressait. *Pourquoi ?*

— Ouais, lâche-t-il. Le fameux Enzo, vous craquez définitivement toutes sur lui !

— Je ne craque pas sur lui.

— Fais attention à lui, et à toi, surtout.

William se la joue protecteur, maintenant ?

— C'est quoi ? C'est une mise en garde ?

— Enzo est un type génial mais c'est un mec qui veut attirer toutes les nanas autour de lui. Il n'est pas très respectueux envers les filles. Méfie-toi.

— Tu vas me faire croire que tu es différent de lui ? je le charrie.

— Ne me fais pas dire ce que je n'ai pas dit, me répond-t-il instantanément alors qu'il me lance un sourire en coin.

Je rigole nerveusement puis je rentre dans mon appartement. William, lui, grimpe les escaliers jusqu'au septième.

En ouvrant la porte, une odeur d'oignon s'empare de mes narines. Curieuse, je me dirige dans la cuisine. Je salue alors mon père, puis Faustine. Les deux amoureux sont en train de cuisiner et c'est bien la première fois que je vois papa aux fourneaux.

Il paraît si impliqué.

— Nous concoctons des pizzas maison pour ce soir, m'explique-t-il avec entrain. J'ai acheté du fromage chez le traiteur italien, exprès pour te faire une quatre fromages. Je sais que c'est ta favorite.

Je sens mon cœur se resserrer au fond de ma poitrine, tout comme un jean ayant rétréci au lavage. Je peux déjà entendre Ana arriver sur ses grands chevaux.

Ana ?

Oh, ne vous inquiétez pas. Vous aurez bien le temps de découvrir qui c'est.

10

Vide.

C'est le premier mot qui me vient à l'esprit ce matin lorsque j'aperçois mon reflet dans le miroir. Vide, je me sens vide, totalement vide. C'est un sentiment assez étrange. Ressentir un manque sans même savoir de quoi manquer, ne pas avoir l'impression d'être soi-même, ressentir un gros trou dans sa poitrine. Se sentir incomplète.

En réalité, ce puissant vide, c'est tous les jours que je le ressens. Seule l'intensité est variable, j'imagine que ça dépend de mes humeurs.

Il est ancré en moi, il me définit.

Ce n'est pas facile de grandir, de se voir grandir. Voir son corps changer, avoir ses premières règles et dès lors, passer au statut de *femme*, avoir ses hormones en fusion, accumuler son lot de problèmes, se confronter à la dure réalité de la vie.

C'est compliqué de se faire comprendre lorsqu'on ne se comprend même pas soi-même.

Je jette un regard vers la fenêtre. Dehors, le ciel est gris, la pluie déferle violemment contre les carreaux. Comme d'habitude.

C'est parce que ton esprit est triste que le temps est si morose Jade.

C'est maman qui me disait ça. Elle m'a toujours dit que quand le ciel est sombre et nuageux, c'est parce que ma tête et mon cœur ne vont pas bien. Et je crois bien qu'elle avait raison car depuis qu'elle n'est plus là, je n'ai jamais vu autant de gouttes de pluie se déchaîner sur la ville.

Peut-être qu'un jour, le ciel finira par s'éclaircir, qui sait ?

Pull ample, jean large, baskets noires. Je suis prête à affronter ce mercredi. Et ce mercredi-là, j'ai un rendez-vous chez mon nouveau psychologue.

Lorsque j'atteins la cuisine, je salue brièvement la compagne de mon père puis Garance puis papa. Les trois sont assis autour de la table et discutent chaleureusement, tout en beurrant leurs tartines respectives. Je constate que toute la petite famille est réunie et passe un doux moment, *sans moi*.

Je me fais couler un café bien noir et je sors une casserole pour préparer mon porridge matinal. *Ah oui*, comme l'honnêteté semble être parmi nous ce matin, je vais en profiter pour faire une confession de plus : je déteste les porridges.

Je n'aime pas le goût cartonné des flocons d'avoine ni l'insipidité du lait d'amande et encore moins le goût de la pomme chaude mélangée à la cannelle. Je trouve ça immonde, quel est l'intérêt gustatif ?

Pourtant, ce petit déjeuner est vanté pour sa faible teneur en calories et ses nombreux bienfaits pour la santé. Tous les mannequins que je suis sur réseaux sociaux ne cessent de faire l'éloge de ce plat. Alors comme un simple mouton, j'exécute, et je ne peux (ne dois) qu'approuver.

Je plonge ma cuillère dans cette texture visqueuse et je la mange avec répulsion. Il n'y a rien de pire que de manger lorsqu'on ne sent pas bien et encore moins lorsqu'on doit ingurgiter quelque chose d'aussi dégoûtant que du porridge. Mon regard est plongé dans le vide, je porte machinalement la cuillère à ma bouche.

Alors que j'essaie de terminer mon bol, je sens mes muscles se raidir. Une tension s'immisce dans mon estomac, comme si chaque fibre de mon être se tordait. Je pose la cuillère quelques secondes et je ferme les yeux.

Inspire, expire.

Mes petites voix émergent en une fraction de secondes et des chiffres circulent partout dans ma tête. Ce plat est beaucoup trop calorique pour moi, je n'aurais pas dû mettre une banane entière.

Je me lève d'un bond et je jette instinctivement le contenu de mon bol dans la poubelle. *Bon débarras.*

– Que fais-tu ? m'interrompt papa d'une voix forte.

– Le lait d'amande est périmé, c'est immangeable… je babille, contente d'avoir trouvé une excuse aussi rapidement.

– Jade Martin, tu ne partiras pas d'ici sans qu'un petit déjeuner consistant ait atteint ton estomac.

– J'en ai mangé la moitié, papa. Le lait pourri me donne la nausée alors si tu ne veux pas que je te vomisse dessus, laisse-moi quitter la cuisine.

Impuissant face à la situation, mon géniteur ne renchérit pas. Il est contraint de me regarder partir sans pouvoir émettre la moindre contestation.

– À tout à l'heure, ne m'attendez pas pour le déjeuner.

Je claque la porte derrière moi et je dévale les six étages. Je chemine dans les rues dénivelées de Montmartre jusqu'à atteindre la bouche de métro. Debout sur le quai, mes jambes s'agitent. Je trépide, inquiète à l'idée de rencontrer mon nouveau psy.

Papa m'a fait comprendre que, malgré ce déménagement, je continuerai à consulter un professionnel de la santé mentale. En dépit de mes supplices, il n'a pas changé d'avis. « Tu es malade Jade. C'est une maladie mentale et tu dois te faire soigner. », m'a-t-il répété de nombreuses fois.

Mes rendez-vous chez le psychologue ne sont en réalité qu'un détail moindre parmi tous les rendez-vous hebdomadaires auxquels je suis contrainte d'aller. Rendez-vous chez le médecin, le nutritionniste, le psychologue, le laboratoire d'analyses sanguines…

Passer du temps dans des salles blanches et hostiles imprégnées d'une odeur aseptisée est devenu une réelle routine pour moi.

Je suis convaincue que s'il existait une carte de fidélité au système médical, j'aurais déjà atteint le nombre maximal de points.

Je dois toutefois reconnaître que papa a fait les choses bien. Je ne lui ai jamais dit mais je sais qu'il effectuait des recherches en douce, le soir, lorsqu'il était devant la télé. Pendant près de deux mois, papa a épluché toutes les pages internet à la recherche du psychologue le plus qualifié de la capitale.

Au début, je ne savais pas qu'il comptait quitter Rouen alors je pensais simplement qu'il voulait me mettre entre les mains de médecins mieux réputés, plus qualifiés. Au fond de moi, je savais que papa n'aurait jamais eu la force ni le courage de m'envoyer aussi loin pour une thérapie.

Alors je ne lui en ai jamais parlé.

Finalement, je n'aurais jamais imaginé que ces recherches étaient en fait le résultat d'un déménagement. Aujourd'hui, je comprends mieux.

Papa est comme ça, ce n'est pas un homme qui te dira qu'il t'aime ou qui te prendra dans ses bras pour te montrer son attachement, il est trop réservé et distant pour ça. En revanche, c'est une personne qui effectuera des petites actions et qui pensera à des détails particuliers qui te feront plaisir : le recueil de poèmes dont tu as brièvement mentionné le titre au cours d'une conversation, le bouquet de fleurs que tu as épié dans une vitrine, la peluche qui t'a fait sourire.

Et pour moi, ça vaut tous les *je t'aime* du monde.

Je m'assois dans la salle d'attente, prête psychologiquement à passer une heure mouvementée. Étonnement, la salle n'est pas très accueillante. Les quatre murs qui m'entourent sont recouverts d'une peinture texturée d'une couleur orange pétante, un des murs est agrémenté de masques et de cadres à motifs africains.

Une bougie à la lavande se consume doucement, la flamme crépite. L'odeur qui s'en échappe est prenante et j'imagine que sa date de péremption est dépassée de quelques années déjà.

Une lueur d'espoir traverse mon iris lorsque mon regard se pose sur une étagère remplie de livres. Ce n'est qu'en m'y approchant de plus près que je réalise qu'elle est bondée de magazines qui, en plus de raconter le quotidien inintéressant des stars, datent de l'année dernière.

La porte finit enfin par s'ouvrir et ma cage thoracique se rétrécit, petit à petit.

Mon tour est venu.

Un grand garçon aux cheveux blonds cendrés et au visage boursouflé sort de la salle. Il jette un regard dans ma direction avant de détourner la tête une seconde après. Après ce contact visuel, il s'éclipse rapidement sans se retourner.

Il ne me faut qu'un bref instant pour reconnaître ce garçon : c'est William. C'est la première fois que je l'aperçois sans son bonnet et je suis à la fois ravie et déçue de constater qu'il ne cache finalement rien de spécial sous ce morceau de tissus, si ce n'est une chevelure en bataille.

Son visage reste encore dans ma mémoire, son assurance semblait avoir disparu. William consulte un psychologue. Pourquoi ? Pourquoi son visage était-il boursouflé ? Un tas de questions se bousculent et s'empilent dans ma tête.

La curiosité finira par m'abattre.

Le psychologue me fait entrer puis il démarre la séance immédiatement. Nous avons une heure. Pas une minute de plus, pas une minute de moins. Le rendez-vous commence par une série de formalités : nom, prénom, âge, ce que je fais dans la vie, ce que j'aime, qui est ma famille mais surtout : pourquoi est-ce que je suis là ? Je suis tentée de lui retourner la question mais je me retiens. Il serait idiot de se faire mal voir dès le premier jour.

Attendons plutôt la deuxième séance pour ça.

— Ton précédent psychologue m'a écrit une lettre, m'avoue-t-il. Si je ne m'abuse, tu es tombée dans l'anorexie il y a deux ans environ, ce qui a entraîné deux dépressions. C'est bien ça ?

— Oui, je renchéris, amusée de voir qu'il a bien retenu son texte.

Le rappel de ces souvenirs me revient en plein visage comme une violente gifle. Le psy continue de lire la lettre à voix haute. Son ventre bedonnant et son vieux T-Shirt sur lequel figure un dessin du jeu vidéo *Tetris* lui donnent un air décontracté. Il ne cesse de racler sa gorge et de pousser des bruits gutturaux fortement désagréables.

— La lettre ne le mentionne pas mais sais-tu comment tout a commencé ? Quel est l'élément déclencheur ?

Je n'ai aucune envie d'en parler et encore moins à cet inconnu qui m'écoute dans l'unique attente d'encaisser son chèque à la fin de la séance.

Je ne veux pas répéter, encore et encore, ces horribles histoires. Je ne suis pas prête à me remémorer tous ces souvenirs, ces événements qui m'ont gâché la vie et qui continuent encore de hanter mon esprit.

Évidemment que je sais comment tout a commencé.

— Non, je réponds en regardant par la fenêtre en essayant de me déculpabiliser après ce mensonge. Mais ce n'est pas grave. Je me fiche de savoir le pourquoi du comment. Je veux seulement que cette maladie s'en aille.

— Au contraire, prendre connaissance de la cause est important, cela peut jouer un rôle clé dans le processus de ta guérison.

— Oui, mais je n'en sais rien.

Il lance un profond soupir et patiente quelques secondes avant de m'adresser la parole à nouveau. Mes yeux ne cessent de faire des allers-retours vers la pendule. *Comme le temps est long.* Je tripote la ficelle de mon pull.

– Tu sais, commence-t-il. Tu es ici pour parler et je suis là pour t'écouter. C'est mon métier, c'est ton rôle. Ces séances hebdomadaires doivent t'aider et te permettre de t'en sortir. Alors il faut que tu enlèves ces barrières et que tu acceptes de me parler. Sinon, je ne serai pas en mesure de t'aider.

– Je sais… je soupire bruyamment. Je n'aime pas parler de moi, tout est si compliqué dans ma tête. Je suis vide, je me sens totalement vide.

– Tu ne dois pas retomber dans la dépression, tu es parvenue à t'en sortir deux fois et tu ne dois pas rechuter.

– Je ne suis jamais sortie de la dépression Monsieur, je lui avoue, honteuse.

En plus d'être anorexique, je suis dépressive. *Le combo gagnant.* Avec mes mensonges, mon ancien psychologue a décrété que je m'étais sortie de la dépression. Pourtant, ces pensées noires, ce manque de motivation, cette haine constante et ce trou béant au fond de ma poitrine témoignent le contraire.

– Dès que je commence à faire des efforts, des petites voix dans ma tête surgissent et me font tout abandonner, j'ajoute. L'anorexie, c'est comme un labyrinthe.

– Développe.

– C'est comme si j'étais dans un labyrinthe, un labyrinthe sans issue. Comme si je n'allais jamais réussir à atteindre cette sortie, celle qui me mènerait sur le chemin du bonheur et qui me ferait sortir de cette maladie. Chaque pas en avant me mène en réalité dans une impasse. Vous savez, j'ai fini par me rendre compte que cette sortie n'existe peut-être pas, finalement.

Monsieur Freud (je vous l'accorde, c'est un nom plutôt amusant pour un psychologue) continue à me poser un tas de questions toutes aussi douloureuses et précises les unes que les autres.

Je ne vais pas vous le cacher, c'est dur.

J'ai beaucoup de peine à m'exprimer et à faire sortir le fond de ma pensée et encore plus lorsque je dois le faire contre mon gré. Cette session est loin d'être de tout repos, nous abordons certains sujets et souvenirs qui me semblaient être enfouis profondément.

Des faits que j'aurais préféré oublier, que je n'aurais jamais pensé dévoiler un jour.

– C'est le but de la thérapie, me répète-t-il.

Je n'aime pas le mot *thérapie* quand on s'adresse à moi. Ce mot me ramène trop vite à la réalité, il me rappelle immédiatement que, oui, je suis malade.

La pendule se met à sonner. Une heure pile vient de s'écouler, indiquant l'achèvement de cette première séance. Je me sens vidée et exténuée, comme si nos discussions avaient puisé toute mon énergie.

En sortant, je flâne le long des canaux de la capitale dans lesquels sont amarrées de jolies péniches. L'éclairci qui a pointé le bout du nez en fin de matinée est en train de disparaître sous la menace de gros cumulus, un peu comme à mon image.

Je suis le soleil et l'anorexie est un nuage. Pas ce petit nuage brumeux qui se déplace en un coup de vent mais ce gros nuage noir qui sait imposer sa présence. Dès que je tente de remonter à la surface, la maladie réapparaît et témoigne sa force et son emprise sur moi.

Le nuage peut faire disparaître le soleil mais le soleil ne pourra jamais faire disparaître un nuage, si ce n'est d'une manière superficielle.

À moins que finalement, je sois plus à l'image de la pluie : pesante, morose et fragile.

Je m'arrête sur un banc. Souffler après cette séance épuisante me semble être une bonne idée. Je m'assois au bord de l'eau et je sors mon carnet puis j'écris dedans. Je couche sur ces fines feuilles tout ce qui semble me passer par la tête, ces émotions qui se mélangent et qui forment de gros nœuds dans mon cerveau.

Quand j'écris, je suis absorbée par mon écriture, comme transportée dans un autre univers. Et c'est exactement ce qui est en train de se produire. J'ai l'impression d'être seule au monde, seule sur ce petit banc caché au milieu de ces arbres aux feuilles rousses, seule plongée dans cette grande ville, dans ce puissant tumulte qu'est la vie.

– Salut.

Une voix surgit derrière moi, ce qui me fait sortir de mes pensées. Je referme mon journal par réflexe et je me retourne. Encore une fois, il s'agit de William.

– Salut, je lance en retour.
– Tu sembles enivrée par ton écriture.

Je cligne des yeux, ne sachant quoi répondre.

– Qu'est-ce que tu écris ?
– Pas grand-chose d'intéressant, je bredouille.
– C'est cool.
– Ouais.
– Alors moi, j'aimerais bien lire ce *pas-grand-chose-d'intéressant*, m'avoue-t-il.
– Cours toujours.

Personne n'enchaîne. Nous restons plantés là, à nous regarder dans le blanc des yeux comme deux idiots. William s'assoit alors sur le banc, juste à côté de moi, puis il rive ses yeux curieux sur mon journal.

Je le tiens encore plus fermement entre mes doigts.

– Tu viens souvent te poser ici ?
– Pourquoi tant de questions ? je ricane.
– Parce que tu es toute seule affalée sur ce vieux banc en bois, les yeux rouges et les jambes tremblantes. Je pensais qu'un semblant de conversation te ferait du bien.
– Je n'en ai pas besoin William.
– Tu es sûre ?
– Plus que tout.

William est tellement intrusif, il essaie d'entrer dans mon jardin secret, ce qui me déstabilise. Son regard semble s'éterniser sur le carnet que je tiens entre mes mains, je décide donc de le poser à côté de moi, à l'abri de ses yeux. William ne bouge pas vraiment mais ne part pas non plus, c'est comme s'il avait décidé de s'installer ici, à côté de moi.

Une question honteuse me passe par la tête : j'aimerais comprendre pourquoi il se rend chez le psychologue lui aussi, mais je finis par la mettre de côté.

En fait, je m'en fiche.

– En réalité, j'étais occupée... lui dis-je afin qu'il s'en aille.

Je lui tourne le dos et j'attends qu'il se lève du banc. Mon comportement est comparable à celui d'une gamine de six ans mais cela ne me suffit pas pour m'arrêter. William tente d'engager la discussion mais je ne réagis pas et je croise mes bras.

Pourquoi perd-t-il son temps à rester là ?

– Tu ne veux pas partir ? je lui demande une seconde fois.

Il hoche la tête en guise de *non* et prend son aise en étendant ses bras sur le dossier du banc, le sourire qu'il affiche sur son visage me donne envie de le pousser dans la Seine.

Mon téléphone vibre.

Étonnée à l'idée de recevoir une notification, je sors mon portable de ma poche. À la lecture du message, mon sang se glace de terreur. Le texto est signé au nom de *Manon* et je ne m'amuse même pas à compter le nombre d'injures contenues dans un si petit message mais j'en reste bouche bée. Une seconde notification apparaît, quelques secondes plus tard.

« Mes amis vont bien s'occuper de toi ici ! ».

Déboussolée, c'est là que je finis par comprendre.

Je n'en ai pas encore fini avec eux.

Il y a quelques années, Manon était ma meilleure amie. Nous étions inséparables, comme de vraies sœurs. Nous passions la plupart de notre temps ensemble. Nos journées se résumaient à faire du shopping et à manger une crêpe au chocolat après les cours ou encore à se vernir les ongles devant une série, tout en parlant des garçons du collège.

Malgré tout, Manon est aussi à l'origine de mon cauchemar. C'est elle qui a commencé à me mener la vie dure au lycée. Elle est en partie responsable de tout ce que je subis depuis presque deux ans. Je pensais qu'en quittant Rouen et mon ancien lycée, elle finirait par m'oublier et passerait à autre chose.

Comment ai-je pu être aussi naïve ?

Je m'efforce de retenir mes larmes mais celles-ci sont bien plus rapides. Ma gorge se noue et mes yeux s'humidifient.

– Tu vas toujours me dire que tu n'as pas besoin de parler ? insiste William.

Mince, il est toujours là celui-là. Je m'évertue à cacher mon visage et à essuyer mes larmes mais celles-ci déferlent sur mes joues si rapidement et abondamment qu'un revers de manche ne suffit pas à tout effacer.

– J'ai quelques soucis mais ce n'est rien de grave, je mens.

Mon téléphone vibre à nouveau et je sens mon cœur battre à toute allure, il tambourine au fond de ma poitrine. Mes jambes deviennent lourdes et ma vision se trouble, ceci devant les yeux observateurs de William qui me fixe avec beaucoup d'incompréhension.

Je me lève en furie et je me sauve sans me retourner. William ne pourrait pas comprendre... sa vie à lui est bien trop parfaite pour qu'il puisse se permettre de compatir avec moi. Je finis par disparaître sous terre dans une bouche de métro.

Comme si ma vie en dépendait, je cavale le long des couloirs souterrains et je monte dans le premier métro venu. Manquant de tomber sous les vibrations du wagon en mouvement, je me dirige vers l'unique fauteuil vide de la rame et je m'affale dessus. *Tant pis pour les personnes âgées et les femmes enceintes.* Je branche mes écouteurs et j'augmente le volume au maximum.

Le métro avance à toute allure. Autour de moi, tout défile à une vitesse remarquable, venant alors se caler au rythme des battements de mon cœur. Ce n'est qu'après un quart d'heure de trajet que je réalise mon erreur : je suis montée à bord du mauvais métro. *Merde !* Je descends au prochain arrêt et cette fois-ci, je me concentre pour trouver la bonne ligne.

Quarante minutes de trajet, treize chansons et un litre et demi de larmes plus tard, j'atteins Montmartre. Je refuse toutefois de rentrer dans cet état-là, je n'ai pas la tête à subir un interrogatoire.

Je grimpe les petites rues pavées et je me pose sur la place Émile-Goudeau, mon havre de paix. *Ici*, tout est entièrement vide, je suis seule au milieu de ces arbres, seule face à la magie de cette cité d'artistes.

Je m'effondre sur un banc et je lis à nouveau les mots de Manon. Tant de haine et de colère sont déversées dans de si petits paragraphes. Je me sens détruite et minable, c'est comme si tout repartait à la case départ.

Je cherche désespérément mon carnet mais en fouillant mon sac, je réalise qu'il n'est plus là. *Oh non !* J'espère ne pas l'avoir oublié au bord des quais.

– C'est *ça*, que tu cherches ?

William se pointe en face de moi, mon carnet beige entre ses mains. Il me regarde avec un visage angélique et le secoue dans tous les sens. J'essaie de l'attraper mais il le recule à chaque fois, comme si me faire souffrir était un jeu amusant.

– Qu'est-ce que tu fais ? je crie, tout en essayant d'arracher le carnet de ses mains.

Il ricane bêtement et continue de se trémousser. Mes yeux lui lancent des éclairs et mes bras s'agitent de gestes secs dans sa direction. Il finit par s'asseoir à côté de moi et se décide enfin à me rendre mon carnet.

– Qu'est-ce qu'il a de si important, ce carnet ?

– Ça ne te regarde pas ! je réponds. Tu ne l'as pas lu, j'espère ?

– Je ne suis pas aussi irrespectueux que ça, dit-il avant de reprendre. Quoi que…

Je lui lance un regard noir.

– C'est quoi ton problème ? Toi aussi tu es comme les autres ? Toi aussi, ça t'amuse de me mener la vie dure ?

– Arrête de crier Jade !

Mon téléphone sonne et William est plus rapide que moi. Il le dérobe d'un grand geste et le garde entre ses mains.

– C'est à cause de *ça* que tu es si triste ? me demande-t-il en pointant mon téléphone.

Je l'implore pour qu'il me le rende, ce qui est contre-productif puisque celui-ci refuse de me le donner. Je prie intérieurement pour qu'il ne regarde pas mon écran, je refuse qu'il lise ces messages. Je ne suis pas d'humeur à parler de ces histoires avec qui que ce soit et encore moins avec lui.

Une nouvelle sonnerie retentit et, par reflexe, William rive ses yeux sur mon téléphone avant de les détourner quelques secondes plus tard. En observant les traits de son visage, je comprends que nous sommes désormais tous les deux reliés par un secret, un petit secret qu'il sera contraint de garder.

– C'est quoi ça ? me questionne-t-il d'un air curieux alors qu'il me rend mon portable.

– Tu ne dois en parler à personne, c'est bien clair ? Personne !

– Tu as des problèmes ?

– Non… je bégaie. De toute manière, ce ne sont pas tes affaires.

– Dis-moi la vérité ! m'ordonne-t-il.

– Ce n'est qu'une mauvaise blague, mes amis sont assez taquins.

Je suis satisfaite de ma réponse et mon mensonge semble fonctionner à merveille.

Du moins, c'est ce que je pensais.

– Tu me mens. Tu m'as dit que tu n'avais pas d'amis.

Merde. Il est trop fort pour moi !

– Que fais-tu ici, d'ailleurs ? je lui demande.

– Je fais souvent du skate par ici. Je te signale que je vis dans cet arrondissement depuis dix-sept ans, je connais Montmartre comme ma poche. Et toi, pourquoi es-tu là ? Vu comme tu es partie en furie tout à l'heure, je pensais que tu te serais enfermée dans ta chambre.

– Tu as explosé ton quota de questions pour aujourd'hui, je renchéris, tout en laissant paraître un semblant de sourire.

Il rit d'une manière plutôt mignonne, ce qui m'agace encore plus. Son téléphone à lui se met à vibrer et il décroche. Quelques secondes plus tard, il me salue de la main, tout en s'excusant, puis il part en vitesse, skate au bras. Je fais alors de même et je m'enfuis de mon côté.

En dévalant les escaliers en pierres, je constate que, mélangée parmi les messages de haine, se trouve une notification *Facebook*.

Enzo Domartin vous a demandé en ami.

Je souris bêtement.

11

Je m'étais fait la sincère promesse de ne pas me rendre à la soirée d'Enzo.

Pourtant, assise face au miroir, je me prépare à sortir. Je n'arrive toujours pas à savoir si ce choix en vaut la peine mais lorsque je repense à ce qui s'est passé hier, je jubile rien qu'à l'idée de clouer le bec de mon voisin.

Hier après-midi – alors que pour une fois – j'étais à peu près de bonne humeur, je suis tombée sur Enzo et William dans les couloirs. Enzo m'a lancé un sourire ravageur puis a insisté pour savoir si je comptais ou non me pointer à sa soirée, tout en m'assurant que ma présence était réellement nécessaire.

William a tenté de prendre ma défense. Du moins, je croyais.

– Laisse tomber mec, elle t'a dit qu'elle ne voulait pas venir ! a lancé William.

Sur le coup, j'ai été étonnée d'entendre William me protéger. Surtout que nous nous évitions depuis notre dernière altercation sur la place Émile-Goudeau.

Puis il a ajouté :

– Ce que Jade préfère, c'est lire des vieux bouquins.

Quand il a terminé sa phrase, mes yeux l'ont reluqué avec un mépris si intense que je n'aurais pas aimé être à sa place. Cela ne l'a toutefois pas empêché de garder ses yeux rivés sur moi. Il a même haussé son sourcil gauche avec dédain et j'ai remarqué un joli grain de beauté sur son arcade sourcilière gauche.

Le groupe de garçons, Enzo y compris, a ricané à sa blague immature. J'ai encore le goût amer de la colère qui m'a traversée lorsque j'ai dû faire face à l'assurance mal placée de William. Face à eux, impuissante et intimidée, je n'ai pas su comment réagir et je me suis contentée de les saluer timidement puis de m'enfuir, humiliée.

Cet après-midi-là, je me suis jurée de faire en sorte que William regrette ses propos désobligeants.

Ce qui nous amène à ce moment-même.

Voilà où j'en suis arrivée : faire la fête pour prouver quelque chose de ridicule à une personne que je connais à peine.

Je suis tombée bien bas.

– Tu pourrais porter une robe ce soir, non ?

Sans requête de ma part, Garance s'est portée volontaire pour m'aider à me préparer. Ma demi-sœur sera elle aussi de la partie puisqu'elle est très proche de William et son groupe. Elle insiste depuis vingt-cinq minutes pour que j'enfile une robe et je ne fais que refuser catégoriquement.

Il ne faut pas trop m'en demander non plus.

J'enfile le premier top qui me passe sous la main : un débardeur noir que j'accompagne d'un jean large à trous. Grâce à la largeur de ce pantalon, ma maigreur est moins perceptible. J'épargnerai donc questions et jugements, ce qui n'est pas négligeable.

Mes cernes sont si creusés et bleutés que je fais l'effort d'appliquer une légère couche de mascara sur mes cils histoire d'arranger ma mine terne (même s'il faut se l'avouer, cela ne change pas grand-chose).

– Qu'est-ce qui est parvenu à te faire changer d'avis sur la soirée ? me demande Garance.

Je lui mens.

Il serait absurde de lui donner la vraie raison qui, soyons honnêtes, est immature et ridicule. En plus, je regrette déjà mon choix.

Depuis quand Jade Martin se décide-t-elle à sortir à nouveau ? Pourtant, je pensais que les erreurs de mon passé m'avaient suffisamment servi de leçon. Après tout, je me suis mise dans cette situation toute seule alors c'est à moi d'en payer les conséquences, une fois de plus.

J'enfile mes baskets noires et, une fois dans le salon, je jette un bref coup d'œil en direction de ma demi-sœur. Elle est vêtue d'un pantalon en cuir et d'un top en tulle rouge sans bretelles. Sa tenue épouse parfaitement ses formes et j'en viendrais presque à réaliser que ce n'est pas la maigreur qui fait la beauté.

Malheureusement, ces moments de réflexion sont toujours éphémères.

Garance m'attrape par le bras puis nous nous dirigeons dans la cuisine. William est là, il est accoudé au plan de travail et discute avec mon père. Je parie que papa est en train de lui demander de me surveiller et de s'occuper de moi pendant la soirée. Il me prend encore pour une gamine… comme si j'avais envie de passer du temps avec William, comme si j'avais besoin qu'on me surveille.

Je suis toutefois convaincue que William prendrait son rôle très à cœur, lui qui est du genre à vouloir tout faire de bien.

Nous sortons tous les trois de l'appartement et nous partons directement chez Enzo. Sa maison se situe à quelques arrêts de métro d'ici. Dehors, l'air est assez frais, et pourtant, nous ne sommes qu'au mois de septembre.

Le froid est une autre conséquence de l'anorexie. J'ai toujours froid, que ce soit été comme hiver. Mon corps n'a plus assez de tissus adipeux pour me permettre d'avoir une température corporelle convenable.

Après tout, cela me donne une excuse valable pour porter mes gros pulls et dissimuler mon corps derrière ces vêtements larges. J'imagine que c'est un mal pour un bien.

Les rues sont faiblement éclairées par les ampoules des lampadaires. Ceux-ci dégagent une couleur jaunâtre qui vient se refléter et briller sur les pavés mouillés. En arrivant dans la rue où réside Enzo, une maison attire mon attention.

Il s'agit d'une grande maison bourgeoise d'une couleur parfaitement blanche, entourée d'une haute haie verte dont le feuillage semble être d'une santé irréprochable. L'herbe du jardin est impeccablement tondue et une fontaine massive trône au centre de l'entrée. La grandeur et la symétrie de ce jardin donnent un air luxueux à la bâtisse.

William s'approche du portail de ladite maison et presse la sonnette sur laquelle brille un écriteau doré. Le nom « Domartin » est gravé dessus. Je ne pensais pas qu'Enzo vivait dans une telle demeure et je peine à en croire mes yeux.

Je me demande bien dans quoi je m'embarque.

L'hôte de la maison nous accueille et nous lance un sourire éclatant. Je pose un pied à l'intérieur de la maison et ne peux décrocher mon regard de l'escalier en marbre d'une taille démesurée.

Un imposant lustre en cristal éclaire la salle qui brille de mille feux. Nos chaussures piétinent un carrelage en damier qui scintille si intensément que je me demande combien de litres de produit ont été nécessaires pour le rendre aussi propre.

C'est majestueux.

De vieilles tapisseries s'étendent sur les murs et des cadres dorés qui renferment des photos de famille ajoutent une touche plus personnelle à l'intérieur. Une question me turlupine et je me fais violence pour ne pas la prononcer à voix haute.

Comment Enzo et sa famille peuvent-ils être si aisés ?

Plusieurs hypothèses émergent dans ma tête mais j'en élimine rapidement quelques-unes. Par exemple : celle suggérant un père dealer de drogue.

Je ne sais plus où donner de la tête tant le décor qui m'entoure est grandiose. Je décroche finalement les yeux du cadre doré qui se tient en face de moi quand Enzo pose sa main sur mon épaule pour me mener à la salle principale.

Une sensation de chaleur envahit tout mon être sous l'effet de ce contact.

Nous nous immisçons dans une autre salle et sommes immédiatement plongés dans l'obscurité. Des lumières roses et violettes éclairent la pièce par intermittence. La musique résonne de partout et les basses sont si puissantes qu'elles font violemment vibrer ma poitrine. Les gens se déchaînent sous l'influence de la musique, certains semblent déjà bien éméchés tandis que d'autres chantent, crient et rigolent.

Ils ont l'air de s'amuser.

Perturbée par le monde qui m'entoure, je suis les pas d'Enzo jusqu'à la cuisine. La pièce est gigantesque et doit être équipée de tous les derniers appareils électroménagers à la mode. La cuisine a du potentiel mais pour l'instant, elle est dans un état pitoyable : des morceaux de chips écrasés et des gobelets à moitié vides jonchent le sol, le carrelage en damier est tout collant et du mojito dégouline le long du plan de travail en pierres noires.

Alors que Garance s'est déjà enfuie avec ses copines, je reste aux côtés d'Enzo et William.

– Tu es venue finalement ? crie Enzo qui essaie de se faire entendre malgré la musique.

Accoudé au bar sur lequel sont exposées des dizaines de bouteilles d'alcool, il me propose à boire. Je tourne la tête de gauche à droite en guise de réponse. Je ne bois pas d'alcool.

Du moins, je n'en bois plus.

J'ai aimé le goût de l'alcool à un certain moment de ma vie. Je pense que j'appréciais surtout le sentiment de plénitude qui traverse notre corps lorsque celui-ci atteint un certain degré d'alcool dans le sang.

Ce sentiment qui nous fait oublier le monde extérieur, l'avis des autres, les problèmes du quotidien. Ce sentiment qui nous fait danser jusqu'au bout de la nuit, peu importe que l'on ait la chance d'avoir le rythme dans la peau ou non (je fais partie du deuxième cas).

Quand je suis tombée malade, j'ai arrêté de consommer ces substances. Les ravages que l'alcool produit sur notre cerveau et notre corps me terrifient. Sans oublier de mentionner les calories contenues dans ces boissons…

Saviez-vous qu'il y a quatre-vingt-cinq calories dans un simple shot de vodka ? Comptons cent-soixante calories pour un verre de mojito. C'est énorme !

– Non merci, je ne bois pas.

– Pas à nous ! Tu ne vas quand même pas nous faire croire que tu ne bois pas ? s'étonne un garçon.

– Désolée de ne pas être un clone de la société, je réponds froidement, un peu vexée.

Un garçon ricane dans son coin.

– Madame veut se la jouer unique en son genre, ajoute William.

J'ai envie de lui arracher les yeux !

– Aucun rapport, je réponds, les poings qui se serrent et le rouge qui me monte aux joues.

– Je suis prêt à parier que tu finiras la soirée avec une quantité d'alcool dans le sang, me provoque-t-il.

– Si j'étais toi, je ne me lancerais pas dans ce petit jeu. C'est perdu d'avance.

– Tu ne sais pas à qui tu as affaire, me menace-t-il subitement.

William s'en va et me laisse alors seule avec Enzo. Je déplace le pack de bières qui repose sur une chaise en cuir puis je m'y assois.

J'ai envie de rentrer chez moi.

– Du grand Will… me lance Enzo.

Le grand tatoué reste à mes côtés et je prends note des efforts qu'il manifeste pour prolonger la conversation. Hélas, je n'y suis pas très réceptive. L'état de colère dans lequel William vient de me plonger est encore trop puissant. Ce n'est sans parler de la boule d'anxiété qui grossit au fond de ma poitrine tant je suis soucieuse à l'idée de me retrouver dans ce genre de soirées.

Garance, verre – presque vide – de bière à la main, entre dans la cuisine en furie. Elle ouvre une autre canette puis me prend par la main afin de m'emmener avec elle dans la salle principale.

Cette salle doit être aussi grande que notre appartement tout entier. Je suis terrifiée par la foule donc je prends sur moi pour contenir mes émotions.

– Il se passe un truc avec William ? me questionne-t-elle, surexcitée.

– *Un truc avec William ?* je répète, éberluée.

– Ses amis parlaient de vous deux tout à l'heure et je les ai espionnés ! m'avoue-t-elle, complétement éméchée.

Alors ça, c'est la meilleure de l'année. Où est la caméra cachée ?

– Non, il ne se passe rien, je me défends.

– Tant mieux. Je préfère être honnête avec toi, il a une copine depuis plus de deux ans.

Je lui garantis que je me fiche totalement de William et j'essaie de changer de sujet. Comme si j'en avais quelque chose à faire, de la vie amoureuse de ce crétin de skateur ! Finalement, je ne suis même pas étonnée d'apprendre qu'il est casé depuis deux ans.

Monsieur-je-sais-tout a donc une vie bien rangée. Je l'ai bien cerné, et ceci depuis le premier jour.

Garance commence à danser, elle se trémousse avec tant de simplicité. Elle ondule son corps sous le rythme effréné de la musique et elle est tout simplement radieuse, plongée au milieu de ses amies. Son sourire témoigne sa joie et à cet instant-là, je me demande ce qui cloche chez moi.

Dans cette même pièce, tout le monde semble s'amuser et profiter de ces petits instants de vie.

Tout le monde, sauf moi.

Même si j'essaie de prendre sur moi et de me forcer, je ne me sens pas à ma place. Je ne ressens aucune sensation de joie. Je me sens comme une intruse, une fille qui n'a pas sa place ici.

La musique devient de plus en plus forte et la foule autour de moi me semble de plus en plus épaisse.

J'ai l'impression que la salle dans laquelle je me trouve se rétrécit et que les murs s'approchent dangereusement de moi. Je suis comme coincée, prise au piège. C'est comme si j'étais en train de me noyer.

Je n'arrive plus à respirer et mon cœur bondit hors de ma poitrine.

– Il faut que je souffle ! je crie.

12

Garance est responsable de moi ce soir, elle n'a donc pas d'autre choix que de s'occuper de moi. Elle tente de nous frayer un chemin à travers les invités puis nous atteignons la sortie. Son regard la trahit et je comprends qu'elle est inquiète.

Cependant, je ne peux rien y faire : mes mains tremblent comme des feuilles balayées par une bourrasque de vent et mes yeux se noient dans une piscine de larmes.

– Ne fais pas ça ici, s'il te plaît, me supplie Garance.

Papa l'a mise en garde quant aux symptômes qui se manifestent lorsque j'amorce une crise d'angoisse. Ces crises me rendent incontrôlable.

Ma demi-sœur et moi sommes toutes les deux dehors. Des gouttelettes ruissellent le long de mon débardeur et ma transpiration s'intensifie malgré la faible température extérieure. J'ai la désagréable sensation que quelqu'un m'étrangle.

– Ça va ? crie-t-elle.

– Non, je ressens des palpitations dans tout mon corps… j'ai besoin d'un verre d'eau.

Sous le feu de l'action, elle opère un demi-tour et disparaît dans la maison afin d'assouvir mes besoins. À sa démarche peu convaincante, je comprends qu'elle a trop bu.

Tentant de reprendre mes esprits, je m'affale sur le sol, le dos appuyé contre la fontaine. L'attente de ma demi-sœur me semble interminable, les battements de mon cœur ne désemplissent pas.

Étouffée par ce sentiment d'impuissance, je plonge mon visage dans la fontaine.

La sensation est désagréable mais ce coup de fraîcheur réduit mes tremblements.

Quelques secondes plus tard, Enzo et Garance arrivent l'un après l'autre. Enzo me redresse doucement pendant que ma demi-sœur me tend un verre d'eau, tout en soulignant l'extrême blancheur de mon teint.

Je n'ose même pas imaginer mon allure actuelle, le visage fatigué et les cheveux détrempés. Nous restons tous les trois dehors, adossés au muret de la fontaine. Un cri surgit alors de la maison et Enzo se sent obligé d'y retourner.

– Appelez-moi si vous avez besoin de quoi que ce soit ! nous dit-il en s'éloignant.

Garance reste à mes côtés. Elle saisit mes mains dans les siennes puis tente de me faire pratiquer quelques exercices de respiration.

– Merci… je lance entre deux inspirations.

Elle fixe ses pieds. Il pleut depuis quelques minutes et ses chaussures commencent à se mouiller. L'eau coule le long de ses cheveux raides et s'imprime fatalement sur son top, ce qui anéantit son maquillage et ses efforts vestimentaires.

– Je suis désolée d'avoir gâché une partie de ta soirée.
– Ce soir, c'est mon rôle de m'occuper de toi, sœurette.

Je souris timidement puis nous décidons de retourner dans la demeure des Domartin.

Au centre de la pièce, comme si l'espace lui était totalement dédié, William se trémousse. Je tente de passer discrètement à côté de lui sans me faire remarquer. Je n'ai pas le courage de lui parler et encore moins de subir une nouvelle confrontation.

Je le contourne discrètement et je rejoins les copines de Garance. Enzo est là, lui aussi. Sincèrement inquiet, il me demande comment je me sens. J'acquiesce faiblement et celui-ci estime que c'est le bon moment pour m'inviter à danser.

Je refuse poliment mais cela ne l'arrête pas, il saisit alors mes mains avec une délicatesse suprême. Je sens la gêne arriver mais je ne le repousse pas, il dégage quelque chose de spécial et j'ai du mal à m'en détacher.

Des odeurs de cigarette, d'alcool et de transpiration se mélangent dans l'air, ce qui témoigne une soirée pleine de succès. Nous sommes tellement serrés les uns contre les autres que je parviens à peine à bouger. Dans un sens, cela m'arrange.

Je n'ai pas envie de danser et encore moins avec un garçon.

Je reste donc plantée là, passive, telle une plante verte. Les invités sautillent et enchaînent leurs meilleures chorégraphies, sourire angélique aux lèvres.

Moi, je n'arrive même pas à esquisser un semblant de sourire.

Enzo, que je sens de plus en plus proche de moi, plonge ses yeux dans les miens. Son regard est intensément noir. Un puissant frisson parcourt mon être tout entier, provoqué par un contact visuel qui s'éternise.

Je connais cette profondeur, celle qu'il a dans les yeux. Elle me paraît familière et je suis convaincue de l'avoir déjà vue quelque part. *Mais où ?* Je suis pourtant certaine qu'Enzo et moi ne nous sommes jamais rencontrés avant ma chute devant le lycée.

Laisse tomber Jade, tu hallucines.

J'en déduis que la fatigue me joue un vilain tour, c'en devient insupportable.

William passe devant nous et écarquille les yeux lorsqu'il remarque la dangereuse proximité qui se tient entre son meilleur ami et moi. Les mains d'Enzo sont posées sur le creux de mes reins et je sens son souffle chaud s'écraser contre mon front. Mon voisin cligne des yeux une fois puis une seconde fois et il finit par lancer un sourire à son ami qu'il accompagne d'une petite tape dans le dos.

Dans le jargon masculin, ce coup amical signifie « Félicitations mec, ce soir, tu tires ton coup ! ».

Une jolie métisse à la crinière ambrée et aux jambes interminables arrive parmi nous. Elle se présente, c'est Samia. Son maquillage doré souligne la douceur de son teint chocolat. Samia me laisse à peine le temps de la saluer qu'elle saisit William dans ses bras et dépose ses lèvres charnues sur les siennes.

William, d'un regard amoureux et de gestes tendres, attrape Samia par les épaules. Il s'éclipse avec elle.

Lassée du monde, je quitte Enzo et je m'enfuis dans la cuisine, là où quelques garçons préparent des cocktails.

– On te sert quelque chose ? me propose un gars.

– Ça va, merci. Un jus de fruit peut-être ?

L'un d'entre eux sourit et déguerpit une bouteille de jus d'ananas, il en verse la moitié dans un verre et y rajoute une liqueur. De la noix de coco, je crois. Il mélange le contenu du verre d'un geste sec et, d'un air fier, me tend le verre.

– Tiens, dit-il. Tu aimes les fruits ? Ce cocktail est pour toi.

– Il y a de l'alcool ? je demande naïvement.

Il me donne une réponse négative, peu convaincante. J'attrape le verre avec dégoût, peinant à imaginer la quantité de sucre que celui-ci contient. Une fille vêtue d'une courte robe en sequins entre dans la cuisine et me saisit par la main.

– Toi, dit-elle. Viens danser avec moi !

Cette fille et moi ne nous sommes jamais vues mais le ton erratique de sa voix trahit son absence de sobriété. D'une démarche chancelante, elle tire mon bras et m'entraîne avec elle à travers la foule. Déroutée par les événements, je me contente de la suivre.

Assoiffée, je porte le gobelet qui se tient dans ma main droite à mes lèvres. Je m'étouffe instantanément lorsque le liquide amer traverse ma trachée. Pas d'alcool m'a-t-il dit ? Il s'est bien moqué de moi.

Je ne comprends pas tout cet engouement autour de l'alcool, cette nécessité malsaine de forcer les gens à boire, cette tendance à juger quelqu'un qui ne suit pas le troupeau. Parfois, j'ai l'impression d'entendre mes grands-parents parler mais je réalise que le respect est une valeur qui disparaît de plus en plus dans nos générations actuelles.

La brune et sa robe à sequins, suivie de ses copines, me pousse à danser. Résiliente au début, hésitante par la suite, je finis par sautiller avec elles. Peu convaincue de mon déhanché, je ne me sens pas à ma place. Malgré tout, je sais qu'Ana est heureuse de me voir enchaîner ces pas de danse, satisfaite à l'idée de brûler quelques calories.

— Tourne sur toi-même, attrape ma main !

Je passe la fin de la soirée à danser et à rigoler avec le groupe déchaîné de filles que je ne connaissais pas il y a une heure à peine. Et je crois que je m'amuse.

Trop honteuse pour le reconnaître, je ne suis pas certaine de me souvenir en détail de la fin de soirée. Seul l'alcool qui circule dans mes veines est témoin de ces instants de vie.

Je n'ai aucun souvenir de la raison pour laquelle j'ai continué à boire de l'alcool et je sais encore moins qui s'est amusé à m'en servir. Mes souvenirs sont flous, je ne me souviens plus de rien et ce n'est sans parler de mon intense mal de crâne.

Je décide de sortir, seule, afin de prendre l'air. Je m'assois doucement sur un banc puis j'allume une clope. *Qu'est-ce que ça fait du bien*, c'est la seule chose dont j'ai besoin pour me détendre. Petit à petit, je reprends mes esprits, même si ma tête continue de tourner à une allure démesurée.

— Il semblerait que j'avais raison, résonne une voix derrière moi.

William.

Il pousse mon sac et prend place à côté de moi, sans un mot. Il saisit délicatement la cigarette de mes doigts et en tire une latte. Moi qui croyais qu'il refusait de fumer, Monsieur se dévergonde.

Les yeux dans le vide, il regarde les voitures défiler dans la rue. À cette heure-ci, leur présence se fait rare. Je reprends ensuite ma cigarette que je porte à mes lèvres. Ma fierté mal placée m'empêche de lui parler même si une question me titille l'esprit.

Qu'est-ce qu'il fait là, à mes côtés, alors que sa petite amie et ses copains sont à l'intérieur de la maison ?

Assez décontenancée par le déroulement de la soirée, je me remémore la raison de ma venue. Je me suis pointée ici dans le seul but de répondre aux provocations injustifiées de l'homme qui se tient à mes côtés, ce qui ne fait désormais qu'accentuer mon mépris envers lui. *Bon sang Jade, tu es une cruche.*

On entend la musique résonner derrière nous, les basse ne désemplissent pas. William expire profondément et se décide à rompre le silence qui formait un mur entre lui et moi.

– Tu sais, je te connais mieux que tu ne le penses.

– C'est toi qui m'as fait boire ? je lui demande, crédule.

Il esquisse un semblant de sourire et je me déteste pour avoir fixé ses petites fossettes avec tant d'admiration.

– Si l'on considère que tu as saisi le verre de mes mains dès que je l'ai approché de toi, oui, on peut dire que c'est *moi*, qui t'ai fait boire. Mais je ne t'ai pas forcé… disons que je suis complice.

– Tu es vraiment bête ! je crie. Et tu es fier de toi ?

Je sens la colère monter en moi, mes dents se serrent et mes points se durcissent. Même l'alcool qui circule dans mes veines ne suffit pas à me calmer.

Au contraire, il attise cette haine.

– Ce n'est pas si pas grave, me rassure-t-il d'une voix étonnement douce. Ce n'est pas une honte de boire, on passe tous par-là. À notre âge, c'est courant de boire en soirée. Un étudiant normal, ça boit. Il faut profiter de la vie, elle est bien trop courte pour se prendre la tête.

– *Un étudiant normal* ? Puisque maintenant, il y a des caractéristiques à remplir afin de rentrer dans une « normalité » ? Je crois que je préférerais être sourde plutôt que devoir écouter tes conneries, William.

– Tu sais, tu es vraiment chiante quand tu balances tes vieux discours, avoue-t-il sans pitié.

Profondément vexée, je suis dans l'incapacité de manifester la moindre réaction.

Son regard, hésitant depuis tout à l'heure, se pose lentement sur moi. Je ne réagis pas. Je donnerais tout pour être seule, pour être loin de ce garçon.

Je me sens tellement idiote et trahie, comment ai-je pu me laisser entraîner à boire par ces gens ?

L'histoire se répète, tu n'apprendras donc jamais de tes erreurs.

Je tire une puissante latte de ma clope, si bien qu'elle me fait tourner la tête. Nerveuse, je tripote en même temps la fermeture de mon sac à main. Des individus bourrés passent à côté de nous. Je n'aime pas cette ambiance nocive, elle me replonge dans des souvenirs que j'aurais aimé oublier.

– Ça va quand même ? me questionne-t-il, brisant alors le silence.

– Qu'est-ce que ça peut te faire, tu as gagné ton pari non ?

– Je n'aime pas quand tu réagis comme ça.

J'ai la nausée. Cela fait combien de temps que je n'ai pas bu d'alcool ? Un an ? Un an et demi ? Je suis honteuse. Je savais que venir à cette fête serait une erreur et j'aurais dû me fier à mes intuitions.

Je n'aurais jamais dû chercher à défier William. Qu'est-ce que j'ai à lui prouver, de toute façon ? Il est plus fort et plus rusé que je ne le pensais. Je suis trop faible par rapport à lui.

Le passé m'a pourtant donné suffisamment de leçons pour ne pas reproduire les mêmes bêtises.

– Je ne savais pas que tu refusais autant de boire… je te promets, je ne t'ai pas forcé.

– Va-t'en William. S'il te plaît.

– Tu sais quoi ? Tu es bien plus cool lorsque tu as bu, c'était amusant. Tu as enchaîné les pas de *la Macarena* à la perfection !

– Pourquoi refuses-tu de me lâcher ? Tu joues avec mes nerfs, je réponds.

Ses traits se ferment, je viens de toucher à son égo.

– Tu as raison, je ne sais même pas pourquoi je continue de perdre mon temps avec toi.

Vexé, il se lève puis s'en va.

Je reste assise sur le banc, une migraine atroce et une puissante envie de vomir. La pluie s'est arrêtée un bref instant mais le temps reste humide et froid. Un vent frais fouette mon visage. Je ne sais même pas quelle heure il est. Trois heures ? Quatre heures ? La musique résonne, encore et toujours.

Je reste dans la pénombre pendant une durée indéterminée, jusqu'à ce que je me décide à rentrer. Je croise Garance sur le pas de la porte qui décide de rester à mes côtés. Je suis ma demi-sœur puis nous atteignons un canapé dans lequel ses amis sont affalés. Ses copines titubent tandis que le reste du groupe glousse pour un oui ou pour un non.

Je me laisse glisser sur le canapé.

– On joue à action ou vérité, lance Hélène. Tu joues avec nous ?

Je hoche la tête afin de décliner sa proposition mais elle ne prend pas mon avis en considération.

– À ton tour Jade, action ou vérité ?

– Vérité, je réponds instinctivement.

– Avec lequel des garçons aimerais tu passer la nuit ? me demande-t-elle fièrement.

Je laisse les secondes défiler, incapable de donner une réponse claire à la question de Zoé que je fixe dans les yeux avec angoisse. Autour de moi, les regards fusent. Enzo, William et le reste du groupe ont les yeux rivés sur moi.

Ils attendent tous avec impatience que je crache le morceau.

– Je refuse de répondre, j'avoue.

– Alors tu bois ! m'ordonne l'un des garçons.

C'est bien la première fois que je suis heureuse à l'idée de boire un demi-verre de vodka. Zoé me tend le verre et je le porte immédiatement à ma bouche, ce ne sont que quelques instants plus tard que l'alcool coule le long de ma trachée. Comme si mon corps s'embrasait, une quinte de doux s'empare de ma gorge. *Ça brûle cette merde !* Je tousse comme une débutante.

Comme si s'étouffer était une chose banale, les invités me laissent de côté et repartent à leur jeu.

Autour de moi, tout devient trouble. J'agis de manière inconsciente et je réalise que je suis bourrée. *Complètement bourrée.* Des mains se tendent au fur et à mesure du jeu, des verres jaillissent sous mes yeux. Je n'éprouve pas la moindre difficulté à les boire. Combien de grammes d'alcool circulent dans mon sang ? Combien de calories ai-je ingurgité ?

Je n'en sais rien et je m'en fiche.

Je suis tellement désinhibée que plus rien autour de moi n'a de sens ni d'importance. Je n'arrive même plus à entendre Ana et cela me fait un bien fou.

Ana, cette fameuse Ana. Elle n'est plus là, plus là pour me dire que faire, que manger, que penser, que dire ! Pour une fois depuis très longtemps, je me retrouve seule avec Jade.

Nous restons autour de la table un certain temps, quarante-cinq minutes peut être. Alors que sa copine est assise sur ses genoux, William ne peut s'empêcher de me lancer des regards insistants. Je comprends rapidement qu'il essaie de me mettre en garde contre Enzo qui est dangereusement proche de moi. Sauf que je n'ai pas besoin d'un second père pour me dire avec qui j'ai le droit de rester ou non, je décide donc de l'ignorer.

Enzo est assis à côté de moi, je suis avachie contre lui. Il pose sa main sur ma cuisse et ce contact m'électrifie le corps. Il dégage quelque chose de spécial, quelque chose qui me semble familier.

Quelque chose qui me terrifie autant qu'il m'attire.

J'insinue que l'alcool me provoque des hallucinations.

Embarrassée, je tourne la tête vers lui. Mes yeux se perdent dans les siens et je suis à nouveau frappée par la noirceur de ses yeux. Ce regard, je le connais.

Arrête tes conneries Jade, tu es juste alcoolisée.

Je pose ma tête sur son épaule, elle est trop lourde pour tenir en place toute seule. Tout vacille autour de moi, l'alcool est plus que jamais présent dans mon corps.

La fin de soirée s'enchaîne rapidement, pour moi en tout cas.

Car la seule chose dont je me souviens, c'est ce goût de vodka.

13

Il y a beaucoup de choses désagréables sur Terre. Par exemple : le sable qui colle aux mollets après une longue journée sur la plage, l'eau qui s'infiltre dans les manches de notre pull lorsque nous faisons la vaisselle, le son horripilant des déglutitions lors d'un repas de famille.

Et pourtant, il n'y a rien de pire que de se réveiller quelque part sans savoir où l'on est, ni avec qui, ni ce qui se passe à cet instant-même.

– Jade ? Tu m'entends ? Réveille-toi !

Une gifle d'une violence inouïe s'écrase sur ma joue gauche.

Dans un premier temps, je ressens une vive douleur, elle se diffuse dans tout mon corps.

Dans un second temps, je me réveille.

– Je doute que ce soit la manière la plus efficace de réveiller quelqu'un, je bafouille, encore dans les vapes.

La tête lourde comme une citrouille, je peine à ouvrir les yeux. Lorsque ceux-ci forment une fente, le visage de ma demi-sœur se dessine au-dessus de moi.

Je n'en reviens pas, Garance vient de me frapper et elle n'y est pas allée de main morte.

– Jade Martin, tu es une femme morte ! hurle-t-elle.

La peur qui se traduit dans son regard me glace le sang. Ses yeux sont rouges et son maquillage a coulé. Son mascara se retrouve sur ses joues et son rouge à lèvres sur son menton. Je ressens son souffle humide et alcoolisé contre mon visage. Le chewing-gum à la menthe qu'elle mastique n'est pas suffisant pour masquer l'odeur de la vodka qu'elle a ingurgitée.

L'odeur de l'alcool me donne de terribles nausées et je suis contrainte de me boucher le nez pour ne pas vomir. Peinant à comprendre la situation, j'essaie de reprendre mes esprits, la tête encore sonnée.

Je suis allongée sur un canapé.

– Putain Jade, enfin ! Tu nous as fait mourir de peur. Qu'est-ce qui s'est passé ? enchaîne-t-elle.

– Toi ! corrige une personne. *Tu* as failli mourir de peur. Pas moi.

– Ce n'est pas le moment de rigoler ! s'agace-t-elle.

La personne aux cotés de Garance a une voix masculine. Cependant je ne suis pas en mesure de la reconnaître. Le canapé s'affaisse à côté de moi, celui-ci vient de s'y assoir.

– Où sommes-nous ? Je lance.

– Toujours chez Enzo, répond ma demi-sœur.

Quelques fragments de la soirée semblent me revenir petit à petit.

Dans ma tête, se dessinent quelques souvenirs : une fête, Enzo, William, de l'alcool, *beaucoup d'alcool*, puis un jeu. Je me souviens encore du goût de la vodka ainsi que la sensation de brûlure qui a embrasé mon corps après chaque gorgée.

Une puissante remontée d'acide me fait comprendre que l'alcool est encore là, au sommet de ma trachée, et il menace de s'expulser à tout instant. Vaseuse, je referme les yeux tout en espérant me réveiller dans mon petit lit à la maison et que tout cela ne soit qu'un vilain cauchemar.

– Il est cinq heures et demie du matin, m'explique-t-elle. Cela fait plus de trente minutes que nous essayons de te réveiller.

Garance me ramène une seconde fois à la réalité. Non, je ne suis pas dans un cauchemar mais bel et bien chez Enzo. Je ne sais pas ce que je fais encore là, affalée sur le canapé. Ma bouche est extrêmement pâteuse, je me sens desséchée.

— J'ai le Sahara dans la gorge.

L'ami de Garance ricane mais ma demi-sœur reste stoïque. Elle n'esquisse même pas le début d'un sourire. Je ne la connais pas assez pour avoir la prétention de mettre un mot sur ses mimiques mais je peux décréter qu'elle est énervée.

Morte de rage, plutôt.

Elle me tend une bouteille d'eau et j'avale son contenu d'une traite. Je sais déjà qu'une violente gueule de bois m'attend.

— Merci, disons que maintenant, le Sahara a laissé place au désert de Gobi… j'avoue.

— Tu comptes me réciter tous tes cours de géographie ? s'agace-t-elle en me tendant une seconde bouteille d'eau.

L'ami de Garance se gondole de rire, une émotion sans doute non partagée par ma demi-sœur qui pousse un violent soupir.

— Merci pour ton aide, tu ne peux pas être sérieux de temps en temps ? désespère Garance.

— Détends-toi, elle est toujours vivante. Regarde, on s'est bien occupés d'elle.

— C'est vrai… finit-elle par reconnaitre. Je ne sais pas ce que j'aurais fait sans toi.

— On ferait de bonnes nounous, réplique-t-il alors.

Des *nounous* ? Quel abruti !

— Quelqu'un peut m'expliquer ce qui se passe ? je demande.

— À qui le dis-tu ? répond Garance d'un ton sec. Je t'ai cherchée pendant un sacré moment. Tu m'as fait peur, il aurait pu t'arriver n'importe quoi. Tu te rends compte, j'espère ?

— Je ne me souviens de rien, mes souvenirs s'arrêtent au jeu d'action ou vérité. Qu'est-ce que j'ai loupé ?

Ma demi-sœur me hurle dessus et me demande pourquoi j'ai autant bu. Elle me fait comprendre qu'avec un gabarit comme le mien, on ne peut pas se permettre de boire autant.

Ça fait mal à entendre mais je sais qu'elle a raison.

– Tu es vraiment irresponsable Jade, je te faisais confiance !

Garance n'a aucune autorité sur moi mais la déception qui se noie dans son regard me brise le cœur.

– Pardonne-moi Garance, dis-je d'une voix nasillarde.

Une ribambelle de larmes trace les contours de mon visage, je me sens si honteuse.

J'ai recommencé, encore une fois, comme l'insouciante gamine que j'étais à quatorze ans. C'est comme si ces deux années de souffrance n'avaient pas suffi, comme si tout se répétait encore une fois. Garance doit me détester et j'imagine que c'est mérité.

Je savais que participer à la soirée d'Enzo était une mauvaise idée mais encore une fois, je n'en ai fait qu'à ma tête.

Tout ça pour prouver je ne sais quoi à un garçon que je ne connais même pas.

– Je crois qu'on devrait rentrer, lance la voix masculine. Elle va attraper froid, il faut qu'elle se repose.

Le garçon se penche au-dessus de moi et saisit délicatement ma main puis il me soulève doucement. Me redresser n'est sans doute pas une bonne idée puisque le changement de position remue l'alcool dans mon ventre, ce qui me provoque des remontées acides.

Adossée au dossier du canapé, j'ouvre à nouveau les yeux puis je regarde Garance et son ami. En quelques secondes, mes émotions prennent l'ascenseur, passant de la honte à la colère. Un skateur aux cheveux en bataille et aux fossettes singulières se tient devant moi.

William est là, juste à côté de moi. Et moi, sans même m'en rendre compte, j'ai encore la main posée sur son avant-bras. Je la retire aussitôt et ce geste brusque, c'est le geste de trop.

– Il faut que je vomisse.

– Deuxième porte sur ta droite, crie-t-il.

Miraculeusement, j'atteins la salle de bains à temps. *C'était moins une !* Je reste enfermée dans la pièce, la tête penchée au-dessus de la cuvette. Ma sœur tambourine contre la porte et me supplie de lui ouvrir mais je refuse catégoriquement.

– Tout va bien ! Je sors dans quelques instants, je tente de lui dire entre deux vomissements.

Je ne veux pas que Garance entre dans cette pièce. Si William et elle se joignent à moi, ils me verront avachie contre les toilettes, les yeux injectés de sang et les cheveux baignés dans mon propre vomi.

Plutôt mourir.

William donne de violents coups dans la porte et je suis finalement contrainte de le laisser entrer.

– Ça suffit Jade ! me dispute-t-il. Il faut qu'on rentre maintenant.

– C'est la honte… je pleurniche.

– Ça arrive à tout le monde, me rassure-t-il. Cependant, ce qui est propre à toi, c'est de faire un tel scandale.

Ses yeux bleu ardoise fixent les miens. Son regard exprime à la fois de la colère et de la compassion.

Garance m'aide à me relever puis nous partons tous les trois en direction de nos appartements respectifs. Sur le trajet, je ne dis pas un mot, rongée par la honte et le désespoir.

Au fond, on ne récolte que ce que l'on sème, je l'ai cherché.

Ça m'apprendra, à vouloir défier quelqu'un de plus fort que moi.

14

— Hors de question ! Je n'oublierai pas tes bêtises sous prétexte que tu acceptes de m'accompagner faire du shopping. Ce n'est pas comme ça que les choses fonctionnent, m'explique ma demi-sœur.

Garance n'est pas encore prête à briser le silence qui nous sépare depuis plusieurs jours et je ne sais plus quoi faire pour qu'elle accepte de me pardonner. Elle m'en veut encore pour le soir dernier et me fait payer les conséquences de mes actes.

— Mais… hier j'ai passé une heure à te cuisiner des macaronis au fromage alors que je déteste ça ! je tente de me défendre.

— Les pâtes étaient trop cuites, Jade. Et le fromage n'était pas suffisamment fondu.

Aïe. En effet, c'est ça de ne pas goûter son plat avant de le servir à table.

— Ne t'avise surtout pas de m'envoyer ces photos de bébés chats, tu me prends pour une gamine ou quoi ? s'exclame-t-elle.

Je cache alors mon portable de sa vue et je supprime les photos que je comptais lui envoyer afin de l'attendrir.

— Va à l'école au lieu de me faire perdre mon temps ! Tu vas finir par être en retard avec tes bêtises… suggère-t-elle.

C'est une peine perdue d'avance, ma demi-sœur n'est pas encore prête à enterrer la hache de guerre. Garance a son caractère bien trempé et elle ne compte pas se laisser démonter aussi facilement.

Finalement, je commence à me faire à l'idée. Parfois, il faut reconnaître ses erreurs, il faut accepter que, oui, ça arrive de faire de la merde. *Nous sommes humains après tout.*

Ce qui est plus difficile à accepter, c'est de réaliser que j'ai recommencé.

Que le temps d'une soirée, j'ai eu cette fichue attitude, celle de la gamine que j'étais il y a deux ans déjà. Cette gamine de quatorze ans qui ne se rendait pas compte de ce qu'elle faisait alors qu'elle pensait simplement s'amuser et faire comme tout le monde.

Cette gosse qui ne faisait attention à rien et qui se prenait pour une grande fille, avant que la vie ne vienne lui mettre une bonne claque en plein visage.

Ces jours-ci sont plus compliqués que les autres. Malheureusement, le combat entre mes démons intérieurs et moi-même est toujours aussi virulent et l'image que j'ai de ma propre personne se dégrade de jour en jour. En fait, je me déteste de plus en plus.

J'ai toujours envié le corps des femmes en couverture de magazines, celles qui rentrent dans du 32, qui ont de longues jambes fines, absolument lisses. Celles qui sont capables de dissimuler leur taille derrière une feuille de papier, qui ont des os saillants et qui sont dépourvues de cellulite et de vergetures.

Croyez-moi, j'en ai longuement rêvé, jour et nuit. Et d'une manière ou d'une autre, on peut dire que j'ai atteint mon but. Sauf que très rapidement, on réalise que même en atteignant nos objectifs, on se déteste toujours autant.

Si ce n'est plus.

Tout est si paradoxal, je vous l'accorde. *Bienvenue dans ma tête,* dans la tête de Jade Martin, une anorexique complètement toquée. Dans la tête d'une fille qui ne sait même pas ce qu'elle veut, qui s'affame pour rester dans un corps qu'elle n'apprécie même pas.

Maintenant que je suis malade, je réalise à quel point le jugement des autres est compliqué, parce que je sais qu'ils ne nous comprennent pas et qu'ils estiment que nous ne sommes pas légitimes à souffrir.

Après tout, à quoi bon s'affamer pour ressembler à un fragile sac d'os ?

Aujourd'hui encore, je n'ai pas la réponse à cette question.

Est-ce que je l'aurai un jour ? Je ne pense pas, car je réalise qu'une maladie mentale ne peut pas se comprendre : elle se vit, elle s'exprime, elle se ressent.

Mais elle ne s'explique pas.

Avoir peur de manger. Il n'y a pas plus bête comme peur, n'est-ce pas ? On peut avoir peur des araignées, des clowns ou encore du noir. Mais peur de manger ? Tout est si démesuré et irrationnel.

Souffrir d'anorexie mentale, c'est perdre la notion de tout.

C'est oublier à quoi ressemble une portion normale.

C'est oublier que non, louper une séance de sport ne nous rendra pas obèse.

C'est penser que deux grains de riz nous feront prendre dix kilos d'un coup.

C'est croire qu'un morceau de chocolat nous fera prendre une taille de jean en une nuit.

C'est admirer et toucher ses os face au miroir, mais se sentir toujours plus grosse.

C'est penser qu'en s'affamant, tout ira mieux.

– Excusez-moi, je suis désolée, je me confonds en excuses. Je ne vous avais pas vu…

Sur le chemin pour me rendre au lycée, je me perds dans mes pensées et je ne me rends même pas compte que je bouscule un homme d'affaires de plein fouet. Heureusement pour lui, son café ne se renverse pas sur son costume.

Malheureusement pour moi, son café se renverse sur mon sweat.

Lorsque j'arrive dans l'établissement, je constate à ma montre que je suis en retard de trente minutes et que mon cours se termine dans un quart d'heure.

Je décide donc de faire un détour par les toilettes afin de nettoyer mon pull. Tant pis pour le cours de maths, j'emprunterai les notes de quelqu'un.

Il est midi pile et je fais désormais face aux casiers. J'essaie toutefois de me faire discrète aux yeux de mes camarades. J'ai séché toute la matinée de cours et je n'ai pas envie de leur donner la moindre explication.

De toute manière, qui d'autre, à part William, serait assez curieux pour me poser ce genre de question ?

Mon téléphone vibre.

« Qui a vu l'état de Jade à la soirée d'Enzo ? C'était pathétique ! ».

Je laisse tomber mon portable d'une manière si inattendue que l'écran se brise instantanément sous la violence du choc contre le carrelage. *Pour la discrétion, on repassera.* Je m'adosse aux casiers, mes jambes s'alourdissent et ma tête bourdonne désagréablement.

Les élèves me dévisagent avec incompréhension. J'aurais dû m'en douter, je savais que Manon avait un carnet d'adresses à rallonge. Penser que déménager à une heure de Rouen me changerait la vie, c'était vraiment être naïve.

Je reprends mes esprits et j'attrape mes affaires en vitesse avant de disparaître. Ce n'est pas le moment d'attirer toute l'attention sur moi. Dans la queue du self, un groupe de filles passe à côté de moi. Elles me frôlent et gloussent comme des hyènes.

L'une d'entre elles se rapproche de moi et fait semblant de trébucher, ce qui me propulse violemment en avant. Je perds l'équilibre et je finis au sol sous le regard médusé des élèves. Je me bats contre moi-même pour ne pas laisser paraître une once de souffrance.

Une main tatouée se tend à moi et je l'attrape sans hésiter.

– Décidément, tu ne tiens pas debout, me fait remarquer Enzo.

En effet, c'est bien la deuxième fois qu'Enzo me ramasse à terre. Je me relève, les yeux chargés d'humidité.

– Que s'est-il passé ?

– Rien de très grave… je bredouille. Quelqu'un a trébuché et m'a fait tomber.

Mes larmes, comme prises en cage, tentent de s'échapper. Je les retiens de toutes mes forces.

– Tu allais manger ? me demande-t-il.

J'acquiesce.

– On mange ensemble ? me propose-t-il.

Il me sourit d'un air ravageur et j'en résulte gênée mais tout autant charmée. Je m'apprête à refuser sa proposition mais j'aperçois au loin les trois filles qui viennent de me faire la misère. Celles-ci jettent des coups d'œil indiscrets dans ma direction. Leurs regards complices me terrifient.

– Ça me va, je réponds alors.

Enzo et moi nous installons sur la même table que William et Samia. Je supplie Enzo pour changer de place mais au vu du peu de tables encore disponibles à cette heure-ci, il me conforte dans sa décision.

Tout au long du déjeuner, je ne peux m'empêcher de jeter des regards furtifs en direction de nos voisins de table. Les deux amoureux se lancent des regards mielleux sans arrêt et rient niaisement.

Je reçois un nouveau message et je rive immédiatement mes yeux dessus, oubliant complètement la présence d'Enzo.

« Jade et Enzo ? Qui l'eût cru ? On dirait bien que quelqu'un va se faire jeter dans quelques semaines ! Spoiler : son prénom commence par un J et se termine par un E. ».

Un morceau de courgette passe en travers de ma gorge et je m'étouffe violemment. William et Enzo sont contraints de se lever pour me taper dans le dos afin de dégager le légume coincé dans ma trachée.

— Qu'est-ce qui s'est passé ? me demande Enzo. Tu t'es étouffée après avoir regardé ton portable. Il y a un problème ?

William me regarde et je crois qu'il a compris. Il prend sur lui pour garder sa langue dans sa bouche et je le remercie par un discret battement de cils.

Je fais comme si de rien n'était. William et moi partageons déjà ce secret, je refuse qu'Enzo soit aussi mêlé à cette histoire.

— Je dois y aller, je lance à Enzo.

— On se revoit quand ?

Après William et Samia, c'est à mon tour de sourire niaisement. Mes pommettes rougissent et la courbure de mes lèvres laisse percevoir mes dents.

Je m'enfuis ensuite, sans me retourner. Je ne me voile pas la face, je suis sur une réelle pente glissante. Je ne peux pas laisser les choses aller plus loin, au risque de me fracasser la tête la première.

Je dois m'éloigner d'Enzo.

Malgré ses grandes et douces mains tatouées, sa sublime carrure, son sourire ravageur et son attrait pour l'art, Enzo doit rester loin de moi. Ce n'est pas le bon moment et il n'y aura sans doute *jamais*, de bon moment.

De retour en classe, je suis heureuse de constater que personne n'est encore venu s'asseoir à côté de moi, et ceci depuis le début des cours. C'est alors qu'une petite brune vêtue d'une robe violette entre dans la salle. Elle se confond en excuses pour son retard et nous apprend qu'elle vient de changer de classe.

Elle scrute la salle à la recherche d'une place et, quant à moi, j'espère qu'elle ne remarque pas la place vide à ma table.

Raté !

Elle tire la chaise à côté de moi puis s'y assoit discrètement.

— Salut. Tu es nouvelle ? me demande-t-elle sur-le-champ.

— Oui, je bredouille.

– Moi c'est Suzie.

Je souris poliment.

– Bienvenue dans ce lycée de gosse de riche ! Je préfère te mettre en garde, ici, si tu ne fais pas partie du club de sport et que tu n'es pas amie avec le groupe ultra populaire de Vanessa : tu es une minable.

Sympas, les présentations. Si elle veut me déprimer pour le reste de l'année, c'est réussi.

– Tu l'as sans doute compris, je suis considérée comme une minable, ajoute-t-elle.

Suzie a un petit nez en trompette et de fines lunettes rondes. Sa frange rideau redescend le long de son visage et cache ses jolis yeux verts. Cela ne fait qu'une minute qu'elle est là mais son débit de parole est tellement important que je sens qu'elle ne va pas me lâcher.

Elle s'entendrait bien avec Faustine.

– Tu t'es fait des amis?

– Non, je réplique. Je ne connais qu'Enzo Domartin et William Van der Baart.

Bouche bée, elle rigole sarcastiquement.

– Qu'est-ce qui te fait autant rire ? je la questionne.

– Rien. En tout cas, si tu as besoin de quelque chose, je suis là.

Le professeur tourne son regard dans notre direction et ouvre les yeux tel un merlan frit. Ses dents se serrent et ses traits se durcissent. *Ça ne sent pas bon.*

– Si mes informations vous passent au-dessus et que vous préférez discuter, cela se passe dehors mais pas au sein de ma classe. Alors sortez, si cela ne vous intéresse pas !

Je rêve de me lever et de m'enfuir car, en effet, ce cours ne m'intéresse pas. Cependant, je me contiens et je reste sagement assise sur ma chaise, sans répliquer.

Le professeur concentre ses yeux sur moi.

– Surtout que vous êtes nouvelle, *vous*, je me trompe ? crie-t-il de sa grosse voix avant de me pointer du doigt.

Toute la classe se retourne alors vers moi et me fixe d'un œil insistant. La honte franchit ma barrière cutanée et je rêve de pouvoir disparaître telle une petite souris. Les élèves me dévisagent, des petites voix et des murmures fusent à tous les coins de la salle.

Je m'excuse platement.

– Lui, c'est un vrai con, m'explique Suzie avant d'ouvrir son cahier. Je l'avais l'année dernière. Si tu as le malheur de parler pendant ses cours, ne serait-ce pour demander une feuille, il te satellise sur Mars.

Alors si toi aussi tu pouvais te taire, ce serait génial.

J'ignore ma voisine de classe pendant le reste du cours et j'essaie de me concentrer sur les composés organiques et les transformations chimiques.

Je sens que l'année va être longue, si je reste à ses côtés.

***

Je parviens *enfin* à esquiver Suzie, qui, depuis le cours de physique-chimie, me harcèle pour que je l'accompagne boire un diabolo grenadine après les cours. Étant donné son insistance presque flippante, j'en déduis qu'elle aussi, ne doit pas avoir beaucoup d'amis.

Bien sûr, rien ne devrait justifier un tel fléau, mais je dois avouer qu'elle est un peu (pour ne pas dire démesurément) envahissante.

– Mademoiselle Martin, on s'est fait une nouvelle amie à ce que je vois, me lance William en s'adossant contre mon casier.

– Tu parles... Suzie est gentille, mais elle est un peu...

– Envahissante ?

– Je n'aurais pas dit mieux, j'acquiesce.

Je ferme mon casier et je salue William afin de clore la conversation. Je pars ensuite dans la direction opposée de sorte à l'esquiver. Il vient de nous transmettre sa science pendant tout le cours de chimie et je sens que si je l'écoute parler une seconde de plus, je vais finir par l'étrangler.

— Où vas-tu comme ça ? me questionne-t-il en me rattrapant.
— Qu'est-ce que ça peut te faire ?
— J'en ai à faire que nous avons un exposé à rédiger ensemble, tu te souviens ?

Merde, ce foutu exposé ! Nous l'avons laissé traîner et je l'ai oublié. Notre présentation est prévue pour la semaine prochaine, je n'ai donc pas le choix de suivre William jusqu'à la bibliothèque, à contre-cœur.

— Bon, démarre-t-il. La réaction inflammatoire est un mécanisme qui permet de défendre notre organisme contre la présence de cellules anormales ou en cas de pénétration de micro-organismes dans notre corps. Jusque-ici, tu me suis ?
— Tu as déjà fait l'exposé ? je demande, stupéfaite.
— Absolument pas Mademoiselle, ce n'est qu'une entrée en matière.
— Ose m'appeler Mademoiselle une fois de plus et je te fais bouffer tes livres, William.
— OK désolé, *Mademoiselle*, me défie-t-il.

L'ange posé sur mon épaule gauche me supplie de garder mon calme tandis que le diable niché sur mon épaule droite me hurle de lui sauter dessus.

Je choisis la carte de la sagesse, cette fois-ci.

Je ne supporte pas qu'on m'appelle Mademoiselle et encore moins quand ce surnom ringard sort de la bouche de William. Alors qu'il est fier de sa plaisanterie enfantine, je l'ignore et j'entame quelques recherches de mon côté.

Un nuage chargé d'un mélange de parfums fleuris et fruités chatouille mes narines. En levant ma tête, les minijupes qui se faufilent sous mes yeux me font rapidement savoir à qui j'ai affaire.

— Quel squelette ! murmure l'une d'entre elles.

— C'est clair, c'est inhumain d'être aussi maigre…
— Une vraie planche à repasser.

William, témoin de la scène, suit le spectacle du regard. Déstabilisée, je tente de faire abstraction de leurs mots. C'est triste à dire mais je suis *déjà* habituée à être la risée du lycée. Ainsi, les mots de trois pimbêches en minijupes ne m'atteignent pas.

Je suis plus forte que ça.

Étonnement, William pousse sa chaise afin d'intervenir mais je retiens son bras, ce qui l'empêche de se relever.

— Laisse tomber, je lui demande. Tu n'as pas besoin de te prendre la tête pour ça.

Il lance un soupir chargé d'incompréhension et comme si cette humiliation était tout droit sortie de notre imagination, je retourne à mon exposé.

William rompt toutefois le silence.

— Jade ? Tu m'expliques ? Tu connais Vanessa ?
— Vaguement.
— Pourquoi tu m'as retenu ? J'aurais dû intervenir.
— À quoi cela aurait-il servi ? je réponds. Elles ont raison, je ne peux pas aller à l'encontre de la vérité.

Ma réponse respire tellement l'indifférence que William ne sait pas quoi faire ni quoi dire. Il enchaîne les questions, espérant obtenir la moindre réponse.

— Laisse tomber, je lui demande.

Nous mettons cette discussion de côté puis je tente de me reconcentrer sur mon schéma, un schéma qui ressemble fatalement au dessin d'un gamin de sept ans. William se remet lui aussi au travail, il rive les yeux sur son livre.

Cependant, je n'ai pas besoin d'être une experte dans l'analyse comportementale pour savoir qu'il lit dans le vide.

— Tu es anorexique ? finit-il par lancer de but en blanc, en levant la tête de son manuel de biologie.

Déconcertée, pour ne pas dire complètement perturbée, je lutte pour ne pas lever la tête de mon dessin.

— Ce n'est pas quelque chose qui se demande, je réponds d'une voix faible.

Je n'ai pas de tabou avec ma maladie mais j'estime qu'il y a des questions qui peuvent se poser et d'autres qui ne se posent pas.

Cette question-là par exemple, elle ne se pose pas.

William, de sa maladresse et sa curiosité imbattables, tente une nouvelle fois de connaître la vérité à l'aide d'une nouvelle formulation.

— Tu ne peux pas rester seule dans cette situation ! s'exclame-t-il.

Je rigole sarcastiquement. Si seulement il pouvait comprendre de quelle situation il s'agit réellement. *Cette situation*, c'est mon quotidien depuis deux ans. J'imagine que je peux continuer seule, comme je l'ai toujours fait.

— Ne t'en fais pas pour moi William, j'ai l'habitude. Ce n'est pas nouveau pour moi tout ça.

— Où veux-tu en venir ? me questionne-t-il.

— Cette multitude de questions, ces remarques désobligeantes, cette haine constante. Cela ne m'atteint plus.

Pourquoi refuses-tu de m'en dire plus ? m'interroge-t-il alors qu'il referme son livre.

— La curiosité est un vilain défaut ! j'ajoute en ricanant avant de pointer son nez du bout de mon index.

William est un homme persévérant et je sais qu'il ne se laissera pas démonter comme ça.

Cela tombe bien, car moi non plus.

— Tu ne m'as pas répondu… est-ce que tu es malade ? insiste-t-il.

Le ton suppliant et autoritaire de sa question trahit son manque de patience, aussi bien que tout le monde autour de nous se retourne dans notre direction. Sous le regard noir des élèves, des murmures jaillissent et nous demandent de nous taire.

La gérante de la bibliothèque se lève et menace de nous expulser si nous continuons à déranger la concentration des autres.

– Est-ce que tu demanderais à une personne au crâne lisse, au teint pâle et toujours accompagnée de sa bombonne d'oxygène si elle est malade ? Au même titre, est-ce que tu demanderais à une personne rongée par les larmes, les yeux en sang et le regard gonflé si elle est triste ?

– Non… reconnaît-il.

– Alors pourquoi demandes-tu à une fille qui a la peau sur les os et le visage cadavérique si elle est anorexique ?

Il ne répond pas à ma question.

– Tu es satisfait ? Tu peux aller le crier sur tous les toits et te moquer de moi, désormais ! je lui avoue, indifférente.

– C'est exactement ce que je comptais faire.

William esquisse un petit sourire en coin. Son manque d'empathie me brise le cœur.

– Jade, enchaîne-t-il. Je n'ai pas besoin de le crier sur tous les toits. Tu as raison, les gens le savent déjà. Personne n'a besoin de faire médecine pour savoir que tu es malade.

Parfois, j'espère que les gens ne remarquent pas ma maladie et que l'on me voit en tant que Jade, pas en tant qu'anorexique. Pourtant, je ne suis pas naïve, je sais que cette maladie saute aux yeux. Elle ne passe pas inaperçue.

En repensant aux paroles de William, je réalise que, *oui*, c'est une évidence : je suis malade et personne ne constatera le contraire.

– Et avec Enzo ?

Sans comprendre le sens de sa question ni le changement furtif de sujet, je fronce les sourcils.

– Il se passe quelque chose entre vous ? se corrige-t-il.

– Stop maintenant ! Sortez d'ici ! nous ordonne la gérante d'une voix forte. Vous dérangez tout le monde !

Outrés, nous rangeons nos affaires en vitesse. Nous gloussons – sans même pouvoir nous retenir – sous le regard haineux de la bibliothécaire et des élèves puis nous sortons de la bibliothèque.

– Je rêve ! On vient de se faire jeter de la bibliothèque ! constate William.

À en voir sa réaction, je comprends que William n'est pas habitué à se faire jeter de cours. En même temps, il est trop occupé à boire les paroles des professeurs pour se permettre de discuter ou de se laisser distraire.

Comme nous n'avons plus d'endroit où poursuivre nos recherches, nous décidons de rentrer chez nous. Nous prenons le métro ensemble.

Sur mon téléphone, les messages ne cessent de se multiplier.

« Après deux semaines de cours, cette planche à pain se fait déjà virer de la bibliothèque ! Il faudrait lui mettre un vilain coup de ceinture pour la ressaisir, vous ne trouvez pas ? ».

C'est un sondage posté sur une page internet. Soixante-cinq pour-cent des personnes qui ont voté ont répondu « oui » mais je me contente de faire comme si cela ne m'atteignait pas. J'éteins mon téléphone et William et moi sortons du métro.

Une fois arrivés au sixième étage, je le salue brièvement.

– Fais attention à toi, me demande-t-il. Et méfie-toi d'Enzo.

– Tu es jaloux ou quoi ?

– Peut être que oui, m'avoue-t-il avec un clin d'œil.

Mon voisin s'enfuit et je peine à comprendre pourquoi je souris au fond de moi.

15

– Jade Martin ? C'est à ton tour, tu peux entrer.

Assise dans la salle d'attente, je lève les yeux en direction du médecin. Il me sourit poliment et me propose de le suivre dans la salle. Je décroise alors mes jambes, referme mon livre et je me lève.

Il s'agit de mon premier rendez-vous ici.

Comme d'habitude, la session débute par quelques formalités : nom, prénom, âge, taille, groupe sanguin, tension, calcul d'IMC. Il faut bien une dizaine de minutes pour que le médecin récolte toutes les informations nécessaires.

– Depuis combien de temps es-tu aménorrhée ? me demande-t-il.

L'aménorrhée, quel terme peu flatteur… qui n'est rien d'autre qu'une conséquence supplémentaire de ma maladie. Cette notion assez étrange désigne la disparition des règles : lorsqu'on est en sous poids et que notre masse graisseuse n'est pas suffisamment élevée, la production de certaines hormones – telles que la leptine, produite par les tissus adipeux – ne peut être effective, ce qui empêche le bon déroulement du cycle menstruel.

Pour vulgariser : je suis trop maigre donc je n'ai plus mes règles.

– Je te prierai de me suivre, nous allons te peser, m'annonce le médecin.

Un frisson serpente le long de ma colonne vertébrale et m'électrise le corps, ce qui traduit une profonde sensation d'inconfort.

– J'imagine que ce n'est pas ton moment préféré, insinue-t-il, mais tu dois y passer. Tu es là pour ça.

Je monte alors sur la balance et, comme à mon habitude, je ferme les yeux.

Je ne sais pas à quel résultat m'attendre aujourd'hui. Ces dernières semaines, j'ai l'impression d'avoir réalisé quelques efforts : j'ai mangé le tiers d'une part de quiche aux légumes et goûté un morceau de brioche aux noix achetée à la boulangerie puis je me suis même resservie une assiette complète de haricots verts.

Je ne suis cependant pas en mesure de savoir si ces efforts sont suffisants, seul le chiffre qui s'affichera sous mes pieds pourra me donner cette réponse.

– Tu pèses trente-neuf kilos.

Quand le docteur annonce mon poids, je ne sais comment réagir. Un nœud de sentiments contradictoires se forme en moi, mêlant étrangement terreur et joie.

Pour la première fois depuis plusieurs mois où les kilos ne faisaient que chuter, je viens de stabiliser mon poids. C'est un grand pas mais je demeure terrifiée à l'idée d'imaginer un quelconque changement sur mon apparence.

– C'est bien, dit-il, tu t'es stabilisée. Mais cela ne suffit pas encore, tu dois continuer et redoubler tes efforts.

Ce résultat est sans compter le litre d'eau que je me suis forcée à avaler avant de venir.

Étant donné qu'un litre d'eau pèse un kilo, le liquide présent dans mon organisme fait inévitablement augmenter mon poids, ce qui est une bonne manière de fausser les résultats et de satisfaire mon médecin.

– Nous nous revoyons dans trois semaines, m'annonce-t-il. D'ici là, je ne te demande qu'une seule chose : manger. Je veux voir deux kilos supplémentaires sur la balance.

Comme si c'était aussi simple.

C'est triste à dire mais les médecins ne sont pas en mesure de comprendre ce que nous vivons. Pour eux, tout paraît si facile, si évident. Ils sont trop rationnels et ne pensent qu'en terme calculs ridicules.

J'aimerais tant qu'ils viennent faire un tour dans ma tête afin qu'ils soient confrontés à la réelle difficulté des choses…

Lorsque j'entre dans l'appartement, je tombe sur Faustine. Ma belle-mère est dans la cuisine, vêtue d'un tablier et accoudée au plan de travail. Une douce odeur de quiche au lard fumé et aux légumes grillés flotte dans l'air. J'ai l'impression que cette femme passe la plupart de son temps libre dans la cuisine alors qu'à côté de ça, elle dirige toute seule sa propre entreprise.

Finalement, ce n'est pas si compliqué que ça, la vie de patronne.

Pendant que je pose mes chaussures sur le tapis d'entrée, elle vient me saluer puis en profite pour me demander comment s'est passé mon rendez-vous. Je suis heureuse de constater qu'elle s'est souvenue de la date.

– Les parents de Will viennent manger chez nous ce soir, m'informe-t-elle.

Moi qui espérais passer un vendredi soir au calme, c'est raté !

C'est la première fois que nos voisins du dessus viennent dîner à l'appartement depuis que papa et moi avons emménagé, donc je sais qu'il sera intransigeant sur mon comportement. Cela signifie que ce soir : je dois être *une Jade sociable qui respire la joie de vivre.*

Allongée sur le lit de ma chambre, je feuillette les dernières pages de mon carnet. Je rigole doucement en me remémorant quelques souvenirs.

Une Garance en furie entre dans ma chambre.

— J'accepte de te pardonner si tu mènes une mission pour moi, me lance-t-elle de but en blanc.

Elle me fait immédiatement part de ses doutes quant à l'avenir de la relation entre William et Samia, qui, d'après elle, est sur le point d'éclater.

— Si tu soutires des informations auprès de William, alors j'accepte d'oublier cette dispute.

— C'est légal *ça* ? je la questionne.

— En tout cas, ce n'est pas illégal…

— En quoi la relation de William me regarde-t-elle ? je me défends.

— Je sais qu'il y a quelque chose entre vous deux, m'avoue-t-elle.

J'écarquille les yeux, peinant à comprendre où elle veut en venir. Elle m'aide alors à rassembler quelques fragments de *cette* soirée chaotique en m'avouant que lorsqu'elle me cherchait de partout, elle m'a finalement retrouvée dans une petite pièce, seule aux côtés de William.

— Donc il ne s'est rien passé entre vous ? insiste-t-elle.

— Bon sang Garance, ce que tu peux être têtue ! Ce n'est pas parce que j'ai oublié une partie de la soirée que je ne peux pas être sûre de moi quand je te dis que non, il n'y a eu aucun rapprochement entre ce type et moi.

— Tu avais ta tête posée sur ses jambes Jade ! rigole-t-elle.

Ma tête était allongée sur les jambes de William ?

Au fond de moi, je sais qu'il ne s'est rien passé entre lui et moi. Peut-être que j'étais bourrée mais je n'aurais jamais fait quelque chose d'aussi mesquin et ridicule.

En tout cas, pas cette fois.

Je ne sais pas pour quelle raison nous étions tous les deux là, ni de quoi nous avons parlé, et cela me terrifie.

Au fond de moi, j'espère ne rien lui avoir révélé sur moi.

— Alors, marché conclu ? insiste-t-elle.

— C'est bon, je t'aiderai ! je réponds malgré moi.

Cela ne m'enchante pas mais me réconcilier avec Garance est tout ce qui m'importe aujourd'hui. La sonnerie de mon téléphone retentit ensuite, ce qui fait fuir ma demi-sœur.

C'est Enzo. Pourquoi m'appelle-t-il ? J'hésite à décrocher puis, après une profonde inspiration, je réponds à son appel.

– Bonsoir, lance-t-il de sa voix plutôt craquante.

– Salut.

– Que dirais-tu d'une petite sortie après les cours, mardi soir prochain ?

Je laisse flotter un blanc à travers le combiné. Je suis assez partagée, ce qui pour moi, signifie beaucoup.

Enzo s'impatiente au bout du fil.

– C'est d'accord, je réponds.

Il raccroche alors et je me surprends à sourire comme une idiote.

J'imagine que vous vous en doutez, cela ne présage rien de bon. Pour la première fois depuis que je suis malade, un garçon ne me laisse pas indifférente. J'ai beau y réfléchir, je ne sais pas comment me comporter ni quoi ressentir face à cela.

– Jaaaade ! hurle la voix de mon père dans le salon. Viens accueillir les invités !

Je sors de ma grotte – à contre cœur – et je salue les parents de William, puis William. Face à lui, je ne peux m'empêcher de le reluquer. Il est vêtu d'une chemise blanche et d'un pantalon en coton beige. Cette tenue n'a rien à voir avec ses joggings et ses sweats habituels mais je reconnais que ce style lui va plutôt bien.

En fait, cela colle encore mieux avec l'image du garçon parfait qu'il s'efforce de diffuser.

– Tu es charmant comme ça ! lui dit Faustine. Tu essaies un nouveau style ?

– Clairement pas… soupire-t-il. Maman voulait que je fasse honneur aux vêtements qu'elle m'a achetés la semaine dernière. Sans mon accord, évidemment.

— Je n'en peux plus de ses joggings ! renchérit sa mère. Il est bien plus mignon comme ça, tu ne trouves pas Jade ?

Prise au dépourvu, je toussote faiblement puis j'acquiesce timidement. Ce soir, contrairement à William et nos invités, je suis complètement négligée. Mes cheveux sales sont relevés en un gros chignon désordonné, mon mascara a légèrement coulé sous mes cils et mon sweat rose bonbon aux motifs japonais accentue mon allure de collégienne.

Ce n'est sans parler du seul jean propre qui traînait au fond de mon armoire : un vieux jean trop près du corps qui laisse entrevoir mes ridicules cuisses d'une manière bien trop distincte à mon goût.

Garance ne s'éternise pas, elle prend juste le temps de saluer les invités et de se goinfrer de toasts apéritifs. Ce soir, elle sort faire la fête avec ses copines. Pendant qu'elle enfile ses bottines à talons dans l'entrée, elle me fait de grands signes et murmure quelques mots. Je comprends alors que je n'y passerai pas : je dois parler avec William.

Les adultes discutent chaleureusement, tout en tenant une généreuse coupe champagne dans leurs mains. Leurs conversations sont redondantes et ennuyantes et je ne me sens pas concernée par leurs propos. Franchement, je me fiche de savoir que le magasin du bas de la rue organise un déstockage total.

L'allure et le comportement de la mère de William en disent long sur la famille Van der Baart et je finis par comprendre pourquoi ce garçon excelle autant dans tous les domaines, ainsi que la raison pour laquelle Laura est la meilleure amie de Faustine.

Notre voisine porte un chemisier en satin aux boutons dorés qu'elle a accompagné d'une jupe droite très étroite. Elle a sublimé sa tenue par de hauts escarpins à la semelle rouge. *Des chaussures à huit-cents euros, rien que ça !*

Ses cheveux forment de jolies boucles anglaises et son maquillage est très sophistiqué. Son rouge à lèvres retient rapidement mon attention tant il est soigneusement appliqué. Laura, c'est la caricature de la femme parfaite, la femme aisée qui veut montrer au monde entier combien elle a réussi sa vie et combien elle a mis au monde un enfant merveilleux. *La famille parfaite dans toute sa splendeur !*

À table, les toasts disparaissent petit à petit, suivis de près par la bouteille d'alcool qui vient de se vider entièrement dans le verre de Faustine. Papa jette quelques regards insistants dans ma direction pour me rappeler que, moi aussi, je dois manger. Sauf que je n'ai pas faim et je refuse de manger ces toasts caloriques et ces tranches de saucisson.

Je suis soudain prise d'intenses maux de tête.

— Je vais m'allonger quelques minutes, j'avoue. Je ne me sens pas bien.

Je me lève discrètement — sous les yeux interrogateurs de William — et je m'enfuis dans ma chambre. Je ne sais pas comment agir dans de tels moments de convivialité.

Il est seulement vingt heures trente mais je me sens démesurément fatiguée. La fatigue est une autre conséquence de l'anorexie, mon corps s'efforce de puiser le maximum d'énergie pour faire fonctionner mes organes, donc il s'épuise.

En quelques secondes à peine, je m'endors, la tête enfouie dans mon oreiller.

C'est le bruit d'un léger battement contre ma porte qui me fait sortir de mon sommeil. J'émerge lentement et invite la personne à entrer. William apparaît et s'avance près de moi, tout en tenant une assiette dans ses mains.

Elle est remplie de morceaux de quiche et de cake, de tartines de tapenade ainsi que de bâtonnets de concombres.

— Ton père m'a demandé de t'apporter quelque chose à manger, m'explique-t-il en s'asseyant au bord de mon lit.

Je lui dis poliment que je n'ai pas faim et je lui demande de me laisser seule.

– Tu veux que je te laisse seule alors que tu es *toujours* seule, me fait-il remarquer.

– Qu'est-ce-que tu insinues ?

– Tu fuis toujours tout le monde au lycée. Tout le monde, sans exception !

– Et ? Ce n'est pas si grave, je tente de me défendre.

– Ce n'était pas un reproche, plutôt une constatation, se justifie-t-il.

Sa voix est relativement douce, ce qui ne lui ressemble pas. Je me tiens en face d'un William compréhensif et humain et j'imagine que cela cache quelque chose.

Il a forcément une idée mesquine derrière la tête.

Je coupe court à la conversation et j'insiste pour qu'il sorte de mon cocon.

– Merci, je renchéris, mais tu peux ramener cette assiette dans la cuisine. Je n'ai pas faim.

Je me tourne dos à lui puis je place ma main sous mon oreiller, tout en essayant de me rendormir. Si je l'ignore, il finira par s'en aller. Mon ventre se met alors à gargouiller. Je n'ai rien avalé depuis ma salade végétarienne ce midi, je dois reconnaître que j'ai terriblement faim.

J'entends toutefois Ana se réjouir de la situation.

J'essaie de penser à autre chose afin de faire taire les bruits désagréables de mon estomac mais mon ventre s'agite à nouveau et cela devient douloureux. Je me tourne alors sur le dos, tout en bredouillant quelques mots à voix haute.

William est encore là, les yeux rivés sur son téléphone. Il est assis sur le bout de mon lit et semble captivé par son petit écran. Je l'observe inconsciemment, il est plutôt mignon sans son bonnet. Ses cheveux blonds cendrés sont ébouriffés au sommet de sa tête. Il a un nez droit, des lèvres assez minces, un joli grain de beauté au-dessus de son sourcil gauche.

– Tu n'es pas parti ? je demande froidement.

– Les conversations des adultes sont ennuyantes… cela ne m'intéresse pas, de parler retraite.

– Monsieur-je-suis-parfait n'aime pas les conversations d'adulte ? Permettez-moi d'en douter !

– Ma vie n'est pas parfaite, loin de là ! tente-t-il de se défendre. Bon… on fait quoi ? Je m'ennuie, rétorque-t-il tout en changeant de sujet.

– Je propose que tu rentres chez toi.

Il ricane et déplie ses jambes sur mon lit puis il jette un bref coup d'œil à ma chambre.

– Qui c'est, la femme en photo sur ta table de nuit ? me demande-t-il en manquant de subtilité.

Je tourne la tête vers la droite en direction du cadre argenté dans lequel repose fièrement une photo de maman. Cette photo, c'est papa qui l'a prise lors de leur mariage, il y a vingt ans maintenant.

Ma mère est assise sur un muret en pierres, sa longue robe blanche envahit tout l'espace autour d'elle. Ses longs cheveux roux sont relevés en un gros chignon, ce qui laisse percevoir ses boucles d'oreilles : des petits diamants. Elle regarde l'appareil photo avec un sourire étincelant et des étoiles plein les yeux. Elle a l'air heureuse.

– C'est ma mère, je réponds froidement.

– Vous avez le même sourire.

– Ah oui ? Et quand as-tu vu mon sourire ? je l'interroge, tout en rigolant nerveusement face à la tournure que prend la situation.

– À l'instant même.

Je détourne le regard, intimidée. Un moment de silence s'installe entre nous et je baisse les yeux sur l'assiette que William tient entre ses mains. Je saisis un morceau de concombre.

– Elle est où ta mère, maintenant ?

– Dans le ciel, parmi les étoiles.

— Astronaute ? Incroyable ! J'ai toujours rêvé d'aller sur la lune. L'astronomie, c'est passionnant. Savais-tu que la densité de Saturne est plus faible que celle de l'eau ? Si on pouvait la poser sur un océan, elle flotterait.

Il expose encore et encore sa science, cela devient redondant.

— Et en ce moment, elle est en mission ? Est-ce qu'elle est déjà allée sur la lune ? Son métier doit être majestueux, voyager dans l'espace, voir les planètes, les étoiles…

— William, arrête-toi, s'il te plaît, je le supplie, excédée.

— Quoi ?

— Elle est décédée.

Une larme roule le long de ma joue. Je ne parviens pas à la retenir. William se tient en face de moi, la bouche grande ouverte, les yeux écartés. J'espère qu'il se sent con et que cela lui servira de leçon, à force de poser trop de questions !

Il passe son pouce le long de ma joue et essuie l'eau qui commence à faire couler mon maquillage.

Tu me manques tellement, maman.

16

Dans ma petite chambre, le silence semble s'imposer comme un puissant médiateur. William est étonnement silencieux, tandis que les larmes ruissèlent le long de mes joues. On ne se remet jamais réellement du décès d'un proche, on apprend juste à vivre avec.

On apprend à vivre avec l'idée que cette personne se retrouve désormais dans un autre univers, qu'il n'y aura plus jamais de nouveaux souvenirs, de nouveaux fous rires, de nouveaux câlins. Puis on découvre un nouvel amour : un amour inconditionnel qui survit au-delà des frontières, au-delà de la mort.

Aujourd'hui, maman n'est plus là, et ceci depuis cinq longues années. Mais je sens toujours sa présence avec moi. Et je sais qu'elle veillera sur moi tout au long de ma vie.

J'ai toujours éprouvé de la difficulté à parler de ma mère. Je me souviens encore – dans les moindres détails – du jour où maman nous a quittés. D'après les médecins, cette hyper-mémorisation est liée au stress post-traumatique. Les séquelles d'un évènement traumatisant varient d'un être à l'autre : alors que certains n'ont que de vastes souvenirs relativement flous, d'autres peuvent se remémorer chaque élément avec précision.

Je crois que j'aurais préféré faire partie de la première catégorie.

Mon voisin triture nerveusement le renard en peluche placé au bout de mon lit, puis il relève son visage dans ma direction et plonge ses yeux dans les miens. Son regard, scintillant comme des saphirs, est si intense que je ne peux m'en décrocher. Mes yeux se perdent dans les siens, figeant cet instant dans le temps.

Lorsqu'une sensation de chaleur envahit mes joues, je détourne le regard, vaincue.

– Tu rougis, me fait remarquer William en posant son doigt sur ma joue.

Sans réponse de ma part, il se lève de mon lit et exécute quelques pas dans ma chambre en concentrant son regard à travers la fenêtre. Dehors, la lumière des réverbères brille, éclairant d'une faible lueur les ruelles du dix-huitième arrondissement. L'ombre des habitants se dessine mystérieusement derrière les rideaux. Certains cuisinent, d'autres regardent un match de foot, quelques-uns dansent.

La nuit est belle.

J'aime le romantisme de la butte Montmartre lorsqu'elle est plongée dans l'obscurité : la façon dont les lampadaires se reflètent sur les pavés, esquissant un tableau éphémère au sein des rues assoupies, les vélos qui reposent paisiblement sur les barrières, les chats qui se promènent en toute sérénité.

Tout semble si paisible et irréel, comme si Paris la nuit se constituait en une sphère indépendante de la réalité.

William se retourne brusquement vers moi et reprend place sur le coin de mon lit, puis il se pince les lèvres avant de reprendre la parole.

– Je suis désolé, j'ai été stupide. Je crois que j'avais deviné dès le début, pour ta mère… mais j'ai paniqué.

Je n'ai jamais vu William se comporter de cette façon, avec aussi peu d'assurance. Il semble impuissant et son attitude est étonnement dépourvue de toute vanité.

Il me tend un morceau de cake au fromage.

– Tiens, prend ce morceau en guise réconciliation.

– Je n'ai pas faim.

Il insiste à nouveau et peine à comprendre que son comportement est totalement contre-productif. Son bras est toujours tendu, ce qui fait émerger Ana.
Putain.
D'un geste brusque et incontrôlé, je donne un coup dans l'assiette qui atteint son visage. Les parts de quiche, les toasts aux olives et les tranches de terrine volent à travers la pièce et s'écrasent sur le sol, en tâchant la chemise blanche de William.
– JE N'AI PAS FAIM ! je crie.
Les traits de son visage se délitent, ce qui témoigne son incompréhension. Avant même de lui laisser la chance de répliquer, je pars chercher une serviette dans la salle de bains. *D'accord, j'ai carrément déconné.* Je lui tends la serviette afin qu'il essuie sa chemise, toute tâchée.
L'irascibilité est une conséquence supplémentaire de ma maladie. J'ai tendance à m'énerver trop vite, à ne pas savoir gérer mes émotions. Cela s'explique par le stress que la nourriture me procure, ce stress me fait devenir une tout autre personne.
– OK, pardonne-moi William… j'ai déconné, je me confonds en excuses.
Silencieux, il essaie de nettoyer ses vêtements. En vain, la chemise n'est plus tout à fait blanche, disons que cela lui donne un autre style. Un style plutôt décontracté… ou négligé.
Il ramasse la nourriture qui s'est écrasée violemment contre mon parquet.
– Arrête de m'appeler William. Moi, c'est *Will*.
Je souris bêtement et je m'agenouille pour l'aider à éponger mon parquet.
– Tu sembles si fatiguée, lance-t-il en rompant le silence.
– Je sais déjà que j'ai une sale tête… tu n'as pas besoin d'en rajouter une couche.
– Ce n'est pas ce que je disais, tu es même très mignonne dans ton sweat de Barbie.
Est-ce un pêché, de sourire face à ses paroles ?

— Pourquoi refuses-tu de manger ?
— Je n'ai pas faim, je mens.
— Ton ventre gargouille depuis quinze minutes. Pourquoi tu me mens ?
— Parce que c'est beaucoup plus simple comme ça, je renchéris.

Doté de son extrême curiosité, William ne peut s'empêcher de creuser encore plus.

— Cette curiosité finira par te jouer de mauvais tours, je le mets en garde.

Ma réponse ne provoque en lui aucune réaction. Il sort son téléphone de sa poche et lance un jeu vidéo. Le jeu est assez intuitif, il suffit de faire des combinaisons de triangles jaunes pour gagner. William ne veut pas quitter ma chambre et je me dis que le moment est peut être venu.

J'ai une mission à mener.

— Samia a l'air très gentille, je lance. Vous formez un beau couple.

— Merci.

À peine ai-je le temps d'entamer la mission qui m'a été incombée que papa frappe à la porte. Il entre dans ma chambre et tient un imposant plateau entre ses mains. Il s'agenouille ensuite et le dépose sur mon lit : deux assiettes de spaghettis bolognaise au parmesan et au basilic sont posées dessus.

Une agréable odeur de fromage fondu me chatouille les narines, ce qui réveille Ana par la même occasion. Elle débarque vivement dans ma tête.

— Vous n'avez rien avalé de la soirée, constate-t-il. Faustine a cuisiné quelque chose pour vous avec les restes du frigo. Ne t'en fais pas *Jadounette*, il n'y a pas de viande.

— Je n'ai pas très faim, je renchéris. Tu la remercieras quand même de ma part.

— Ce serait bête de gâcher tes efforts… me fait-t-il remarquer.

Papa laisse les deux assiettes sur mon lit et sort de ma chambre. Avant de passer le pas de ma porte, il se retourne vers nous et me lance :

– N'oublie pas que ta porte doit rester ouverte, lorsque tu es avec un garçon.

Je rougis, morte de honte. Je ne comprends même pas pourquoi papa lance cette ânerie, je n'ai jamais ramené de garçon à la maison !

William saisit une assiette et enroule les pâtes autour de sa fourchette, il semble affamé. De mon côté, la montagne de fromage dressée au-dessus des spaghettis me donne la nausée. Je baisse les yeux vers mon assiette, incapable de faire quoi que ce soit.

Rapidement, j'essaie de compter – de la manière la plus exacte possible – le nombre de calories contenues dans ce plat : sûrement trois-cents pour les féculents, il doit y avoir au moins quatre-vingts grammes de pâtes crues là-dedans… la sauce doit représenter à elle seule deux-cents calories et la généreuse cuillère de parmesan au-dessus doit en rajouter une centaine.

C'est beaucoup quand même, six-cents calories dans une seule assiette alors que je m'efforce d'en avaler moins de mille par jour.

Si je ne mange que la moitié du plat, je limiterai la casse. Je pique quelques spaghettis avec ma fourchette, tout en essayant de mettre le parmesan sur le côté. Je prends encore une bouchée puis je repose mon assiette sur le plateau.

Stop, j'ai déjà trop mangé.

– Alors *Jadounette*… s'esclaffe William d'un air joueur.

– Je te déteste.

Malgré la délicatesse de la situation, il me fait esquisser un début de sourire. Ce mec est lourd, un peu chiant sur les bords et vraiment trop sûr de lui, mais il réussit néanmoins à me faire rire.

Ce qui n'est pas donné à tout le monde.

Il sauce son assiette dans les moindres recoins pendant que moi, j'observe la mienne avec répulsion.

– Tu as quitté ta copine ? je lui demande d'une manière qui manque de subtilité.

– Quoi ? Pourquoi cette question ?

À cet instant, je pense que, soit William me prend pour une folle, soit il pense que je m'intéresse à lui, ce qui n'est clairement pas le cas ! *Merci Garance !*

Il refuse de donner une réponse claire à ma question et je ne sais pourquoi, cela me tourmente l'esprit.

– D'accord, je réponds, je m'en fiche.

– Concluons un marché : si je réponds à ta question, tu me donnes la raison pour laquelle tu méprises autant les gens ?

– Rêve toujours ! je m'exclame.

Il est plutôt malin mais je ne me laisserai pas faire si facilement.

– Je te fais marcher. Bien sûr que je suis toujours avec Samia… et tout est merveilleux entre nous, si c'est ce que tu veux savoir.

– Tu es vraiment nul en négociation ! j'affirme, en guise de réponse.

J'ai enfin une réponse à la question de ma demi-sœur et désormais, je ne veux plus jamais en reparler.

Mon ventre se réveille à nouveau et je lève machinalement les yeux en direction de William. Il fait de même et plonge instinctivement ses yeux argentés dans les miens. À travers ce regard, je ressens une sensation de confiance, d'espoir.

– Prends une bouchée, m'implore-t-il.

Incapable de détourner mes yeux, comme absorbée par ce contact visuel, je me dis que cette fois, *je peux le faire.*

Je me penche vers mon assiette et je plante ma fourchette dedans, puis j'avale les trois quarts de mon assiette.

Je ne sais pas comment, mais je dois cette réussite à William.

– Je suis sûr que tu n'es pas réellement comme ça, devine-t-il.

– Comment ?

– Coincée, chiante, morose… Je suis certain que tu caches de la haine ou de l'impuissance derrière l'image que tu renvoies.

– OK Socrate, je réponds sarcastiquement.

Je préfère jouer la carte de l'humour plutôt que de reconnaître qu'il a raison.

Malgré toutes les personnes qui déversent leur mépris sur moi, c'est William qui parvient à appuyer *là* où ça fait mal. Parce qu'il est le seul à comprendre ce qui se trame dans mon cerveau.

Et vous savez quoi ? C'est terrifiant.

– Si tu n'as pas d'amis et que tu préfères la solitude, affirme-t-il. Alors qui c'est, Ana ?

Sa question me glace le sang. *Dites-moi que je rêve.*

Complètement stupéfaite, aucun mot ne parvient à sortir de ma bouche. Jamais personne ne m'a parlé d'Ana, tout simplement car personne autour de moi ne connaît son existence.

– Qui t'a parlé d'Ana ? je m'effare.

– *Toi*, en personne.

Terrifiée, je le regarde avec des yeux baignés dans l'incompréhension.

– Lorsque nous étions sur le canapé, chez Enzo, tu ne faisais que crier son prénom. Tu lui hurlais dessus avec tant de haine et de terreur… et tu m'as fait flipper ! Tu l'insultais, tu l'implorais de partir et de te laisser tranquille.

Si je pensais avoir atteint le fond, en réalité, je n'étais pas encore assez profond.

– Tu te fais harceler ? Je veux dire, à part les commentaires désobligeants de Vanessa et ses copines.

– C'est plus compliqué que ça… j'explique d'une faible voix.

– J'ai tout mon temps, et toute ma patience.

– Tu n'as pas besoin de tout savoir.

Un soupir de divertissement s'échappe de ses lèvres, il semble étonnement amusé de la situation. Ce garçon est tellement inhumain, voire apathique, je le déteste.

Il n'a vraiment aucune âme pour être aussi cynique.

– Tu trouves ça drôle ? Sors de ma chambre ! Tu gâches tout…

– Je gâche tout ? Parce que tu passais un bon moment avec moi ? renchérit-t-il avec tant d'assurance et de sarcasme.

Je suis profondément touchée par son comportement de gamin égoïste.

– Tu n'es qu'un idiot, je lâche, vexée.

Il attrape son téléphone et tapote ensuite sur son clavier, comme si cette action voulait dire « fin de la discussion ». Mon téléphone se met à vibrer, je le saisis alors et je me raidis en prenant connaissance d'une nouvelle notification : un petit malin a décidé de créer un compte anonyme pour se déchaîner sur ma page *Facebook*.

Les yeux de mon voisin sont toujours rivés sur son portable et ses doigts pianotent encore sur l'écran. Une terrible idée me traverse la tête, et pourtant, je refuse de lui donner la possibilité d'être réelle.

Cependant, écarter ce soupçon reviendrait à être dans le déni. William serait-il capable de faire quelque chose d'aussi absurde ? Plusieurs questions se bousculent dans ma tête, à propos de William, Vanessa, Manon… je vais devenir folle.

– J'ai besoin que tu partes William, maintenant.

Il ne bouge pas. Mon téléphone vibre encore et encore, les notifications se multiplient et ne semblent pas désemplir, les affreux surnoms refont surface.

Je crie sur William de toute mes forces, détruite de l'intérieur. Les battements de mon cœur s'intensifient et des gouttelettes dégoulinent le long de mes tempes. Le ton que j'emploie est si alarmant que mon père entre dans ma chambre, en furie.

Il m'observe alors que je suis rouge de colère, les poings serrés, puis ses yeux dérivent vers William qui est blanc comme un linge.

Il nous demande ce qui se passe.

– Rien, renchérit William. Je comptais m'en aller, je ne sais pas ce que je fais encore là.

Il se relève, attrape ses affaires, salue mon père d'une légère tape sur l'épaule puis il s'enfuit, comme un vrai lâche.

Papa nous observe, tout en se posant de nombreuses interrogations dont il n'aura jamais les réponses. Je lui tourne le dos et, conscient qu'il n'en saura pas plus, il repart vers les invités. De mon côté, je m'endors. La tête baignée dans les insultes, la haine et la peur.

Tout ceci n'est plus qu'une habitude, maintenant.

FLASHBACK
Une journée d'été, il y a cinq ans

J'adore les vacances d'été, ce sont mes préférées. Déjà parce que j'adore sentir la chaleur du soleil contre ma peau, mais également parce que j'adore passer du temps à la maison avec mes proches et mes copines.

Aujourd'hui, nous sommes en plein mois de juillet et je prends mon petit déjeuner sur la terrasse de ma maison, à Rouen. La terrasse est toute neuve, elle a une semaine à peine. Papa l'a fièrement réalisée de ses propres mains.

En fait, je ne suis pas encore prête à lui avouer que construire une terrasse en béton ciré n'est pas des plus judicieux : le soleil qui se reflète dessus brûle mes pieds.

Je prends une bouchée généreuse du cake au citron que maman m'a préparé hier après-midi. Je l'ai tellement harcelée pour qu'elle me cuisine ce gâteau qu'elle n'a pas eu d'autre choix que d'assouvir mon désir.

Ce cake, c'est le meilleur gâteau du monde. Maman manie la pâtisserie avec perfection : l'acidité du citron, la douceur du beurre, la subtilité des graines de pavot.

Aujourd'hui, alors que nous sommes en plein été, le ciel est gris et menaçant.

Cependant, tout est quand même réuni pour que cette journée soit superbe : un succulent cake au citron et l'objectif de remporter un concours de musique.

J'ai un planning plutôt chargé : je dois préparer mon concours de guitare. Je refuse d'atteindre une autre place que la première marche du podium, et je travaille dur pour ça.

Le téléphone sonne dans la maison et je n'ai pas le temps de me ruer dessus que papa décroche. Quelques minutes plus tard, mon père vient vers moi, tout penaud.

— Maman s'est fait renverser par une voiture, elle est à l'hôpital, nous devons aller la voir.

Papa est un réel blagueur et c'est pour cette raison que je peine à le croire.

Cependant, la blancheur des murs ainsi que les odeurs nauséabondes des désinfectants et des médicaments me ramènent très vite à la réalité.

Papa et moi sommes en train d'attendre depuis plus d'une heure déjà. Et ceci dans une salle vide et peu éclairée, morts de peur et d'inquiétude.

Finalement, le médecin vient nous chercher et nous propose d'entrer dans la chambre où se trouve ma mère. Lorsque je passe le pas de la porte, mon cœur se serre d'une manière si intense que j'ai l'impression qu'on m'arrache les organes : maman est là, allongée sur le lit, enfouie sous des draps blancs.

Elle semble si souffrante, si faible. Son teint est blême. Une multitude de fils est reliée à elle, je ne peux même pas les compter tellement il y en a. Le bip des machines résonne dans toute la chambre.

J'hésite longuement avant de m'approcher, puis, lentement, je m'assois aux cotés de ma mère. Elle ne bouge pas et à vrai dire, je ne sais pas si elle est éveillée ou non. Mais tout à coup, elle saisit ma main, puis elle tente de la serrer.

Sauf qu'elle est si faible qu'elle ne parvient qu'à l'effleurer, ce qui me brise le cœur.

— Prends soin de toi Jade, je t'en supplie, me murmure-t-elle.

Ses yeux se ferment alors, puis un profond et lourd silence envahit instinctivement la pièce, jusqu'à venir étouffer les bruits extérieurs et les sons permanents des machines.

Il me faut du temps pour me rendre compte que maman ne s'est pas seulement endormie profondément, mais qu'elle s'est endormie pour toujours.

Endormie pour ne plus jamais se réveiller.

Je me souviendrai toujours de cette phrase : « prends soin de toi Jade », et du ton implorant de ma mère.

Cependant, je ne serai pas en mesure d'assouvir sa dernière volonté.

Pardonne-moi, maman.

17

Le jour de mes dix-sept ans est censé être un jour important : d'abord parce que c'est mon anniversaire, ensuite parce que c'est le dernier anniversaire que je célèbre en tant qu'*enfant*, avant d'atteindre la majorité.

Aujourd'hui, nous sommes le 2 octobre, et je fête mes dix-sept ans.

Sauf que cette année, je n'ai pas envie de célébrer cette journée, ni de prétendre que ce jour me rend heureuse.

Parce que ce n'est pas le cas.

Il s'agit de mon cinquième anniversaire sans maman et cela me fait terriblement mal. Aujourd'hui – et comme les quatre 2 octobre des années précédentes – maman n'est pas là pour me cuisiner son roulé au chocolat et aux fruits rouges, le gâteau qu'elle avait l'habitude de faire dès que je soufflais une bougie de plus.

Alors, cette nuit, anxieuse à l'idée d'ajouter un chiffre supplémentaire à mon âge, je n'ai presque pas fermé l'œil. J'ai tourné dans tous les sens, tout en m'efforçant à penser à autre chose.

C'est d'ailleurs la raison pour laquelle je me suis retrouvée à faire une partie d'échecs avec moi-même, à deux heures du matin. L'avantage, lorsqu'on fait une partie d'échecs avec soi-même, c'est que l'on gagne forcément.

J'ai donc remporté la partie. Quatre fois.

— LÈVE-TOI ! crie Garance en me sautant dessus. Joyeux anniversaire !

Je rumine afin de lui faire comprendre que ce réveil n'est pas digne d'un réveil d'anniversaire. Étonnée par ma réaction, elle se calme immédiatement puis s'allonge à côté de moi. Elle sent le parfum à la cerise.

— Qu'est-ce qui se passe ? me demande-t-elle, soucieuse de mon attitude. C'est ton anniversaire, tu devrais être rayonnante aujourd'hui.

— Je n'ai pas envie de fêter mon anniversaire, je lui confie. Au fond, pourquoi fêtons-nous ce jour ? Nous ne devrions pas nous réjouir à l'idée de vieillir et de nous rapprocher de la date de notre mort.

— Il n'y a pas d'âge pour mourir.

À qui le dis-tu…

— Je ne suis pas encore prête à célébrer mon anniversaire sans ma maman… je finis par avouer.

Garance me prend dans ses bras et m'enlace d'une manière protectrice puis elle me caresse les cheveux, un peu comme une grande-sœur.

Elle me tire ensuite du lit et me mène dans la cuisine, sa main nichée dans la mienne. Papa est déjà derrière les fourneaux. Il fredonne une vieille musique avec entrain et je déduis qu'il est de bonne humeur.

Dès qu'il me voit, il s'approche de moi et dépose un baiser sur mon front.

— Joyeux anniversaire ma chérie, me souhaite-t-il.

Malgré ses fortes lacunes en cuisine, papa est en train de préparer du pain perdu au sirop d'érable, tout seul. Je devine facilement qu'il fait ça pour moi, ce qui me touche.

Dommage qu'Ana soit là, elle ne me laissera jamais avaler cette quantité – bien trop élevée – de glucides.

Je prends place à table puis mon père dépose la pile de pain perdu au centre de la table, sur un plateau en bois. Une quantité astronomique de sirop d'érable dégouline par-dessus, de quoi provoquer un diabète à vie ! Mes yeux ne peuvent se détacher de ce ruisseau de sucre, ce qui remet le schéma classique en place : mon estomac se noue, ma cage thoracique se contracte.

Même le jour de mon anniversaire, cette foutue maladie décide de me gâcher la vie. *Dis Ana, tu ne voudrais pas prendre quelques jours de vacances ?*

Mon anniversaire devrait décidément être un jour férié.

– Deux petits cœurs pour le plus beau cœur de ma vie ! lance mon père, enjoué.

Il me sert une assiette dans laquelle reposent deux tranches de pain perdu en forme de cœur. Enfin, c'est ce qu'il a tenté de représenter. Il a *vraiment* mis du sien, ce qui me brise le cœur.

Pauvre papa.

– Ma puce, m'interpelle papa. J'aimerais qu'on organise une fête pour ton anniversaire.

– Je croyais que nous avions déjà une fête de prévue tous les quatre, le week-end prochain ?

– Une vraie fête ! Avec des invités, un gros gâteau, de l'alcool, de la musique… une soirée avec tes amis, quoi ! m'explique ma demi-sœur.

– Si tu veux, je renchéris d'une voix monotone.

– Vraiment ? me demande-t-elle, des étoiles plein les yeux.

– Oui. Je n'ai pas d'amis, donc l'histoire est vite réglée.

Ma demi-sœur fait une tête maussade et insiste une nouvelle fois en cherchant de nouveaux arguments. Elle est semblable à une gamine de cinq ans qui fait un caprice à ses parents parce qu'elle veut une barbe à papa et je comprends qu'elle ne cherche qu'un prétexte pour organiser une soirée à la maison.

– Bon… lance papa, si vous trouvez un entendement, dites-le moi.

Je me prive de lui faire remarquer que nous n'avons pas besoin de trouver un compromis puisqu'accessoirement, c'est de *mon* anniversaire, dont il s'agit.

Je rive mon attention sur les deux morceaux de pain perdu censés représenter des cœurs, posés au fond de mon assiette. Ils sentent étrangement bon et je soupçonne ma demi-sœur d'être la complice de mon père.

— C'est délicieux ! je m'étonne. Papa, dis-moi la vérité, qui t'a aidé ?

— Les artistes ne dévoilent jamais leurs secrets, me répond-t-il, tout en lançant un clin d'œil à Garance.

Je parviens à manger l'une des deux tranches, dans son entièreté. Pour moi, c'est une énorme victoire. Cependant, cette réussite ne suscite pas la même impression aux yeux de mon père, puisque celui-ci insiste pour que je finisse la totalité de mon assiette.

Cela engendre une nouvelle dispute.

— Bouge-toi un peu ! m'ordonne-t-il.

— Je n'ai pas assez faim papa… je bredouille. Regarde, j'ai déjà mangé la moitié du plat.

— Il faut que tu fasses des efforts supplémentaires, tu ne peux pas rester dans le corps d'une gamine de dix ans.

Faustine et Garance regardent mon père d'un air ébahi. Quant à moi, incapable de sortir la moindre réponse, je ne rétorque pas. Je ne peux pas croire que ces absurdités sortent tout droit de la bouche de mon propre père.

— Ce ne sont pas les termes que je voulais employer… tente-t-il de se défendre.

Papa, plus que n'importe qui, sait par quelles épreuves je suis passée. Et c'est pour cette raison que *ses* mots me détruisent autant. Pourtant, je sais qu'il n'a pas tort… il aurait simplement dû garder cette remarque pour lui.

Face aux trois membres de ma famille, je me sens extrêmement seule, mais surtout, honteuse. Je décide de sortir de table. Je balance mon assiette dans l'évier puis je m'enfuis dans ma chambre.

Parfois, j'ai l'impression d'avoir l'entièreté du monde à dos, comme si je n'étais qu'un fléau. Avec le temps, j'ai fini par comprendre d'où provient cette haine : celle qui sommeille au fond de moi, celle que je manifeste envers les autres, envers la vie, mais surtout, envers moi-même.

Cette haine, ce sont eux qui me l'ont transmise. *Eux seuls*, sont responsables. Leur rancœur a déteint sur moi.

J'attrape mes affaires de cours puis je sors de l'appartement. Je dévale les ruelles de Montmartre et j'atteins finalement la place Émile-Goudeau, toute haletante. Alors qu'un chaos intérieur se déverse en moi, l'espace qui m'entoure m'inspire un calme absolu. Je m'assois sur le banc situé en face de mon atelier favori.

Heureusement que ce petit coin de paradis existe.

Mon portable se met à vibrer entre mes mains. Peureuse à l'idée de tomber sur de nouveaux messages insultants, je n'ose pas dévier le regard sur mon écran. Les vibrations se poursuivent tout de même et je comprends que quelqu'un m'appelle.

Je souris bêtement lorsque je vois le prénom d'Enzo s'afficher sous mes yeux.

– Joyeux anniversaire ma belle.

– Merci Enzo, je lance, heureuse qu'il s'en souvienne.

– Tu es toujours partante pour ce soir ?

Je ne me laisse pas le temps d'hésiter que je lui réponds positivement. Si je commence à peser le pour et le contre, je risque de faire un déçu.

– Génial, j'ai hâte de retrouver ton joli sourire.

Intimidée, je rougis niaisement. Il raccroche ensuite.

En direction du lycée, j'essaie de ne pas penser à Enzo ni à notre rendez-vous. Je préfère rester dans le déni. Après tout, ce n'est pas parce que le dernier homme que j'ai fréquenté m'a fait vivre un calvaire que le schéma va forcément se reproduire ici.

Je dois apprendre à relâcher la pression.

Quand j'atteins le lycée, la sonnerie retentit à la seconde même où je pose mes fesses sur ma chaise. *C'était moins une !* Suzie

— toujours placée à côté de moi — me salue chaleureusement, puis nous nous concentrons sur le cours d'anglais.

— Tu aimerais qu'on aille se promener dans un parc à la fin de la journée ? me propose-t-elle à la fin du cours.

— Je ne peux pas, je réponds gentiment. J'ai déjà quelque chose de prévu.

— Qu'as-tu de mieux à faire que de te balader avec une amie ?

Le mot « amie » me crispe mais je préfère ne pas le lui faire remarquer. Je n'ai pas envie de la blesser inutilement.

— Je vois Enzo, je lui explique, sereine.

Elle prend un air affolé.

— Enzo ? Tu me fais une blague, n'est-ce pas ?! Tu ne t'entoures pas des bonnes personnes… fais attention à toi, Jade.

Elle me rend perplexe mais j'imagine qu'elle est jalouse. Après tout, quelle femme ne serait pas envieuse de celle qui a la chance de sortir avec le magnifique Enzo Domartin ?

— Je constate que tu as pris mes paroles au pied de la lettre… tu fais tout ce que tu peux pour ne pas faire partie des « minables » et j'imagine que la prochaine étape, c'est devenir la nouvelle meilleure amie de Vanessa ! lance-t-elle d'une voix désintéressée.

J'hésite à lui rappeler à quel point Vanessa et ses copines me détestent, mais je me retiens. Elle n'a pas besoin de tout savoir. Mes problèmes n'intéressent personne et je n'ai pas besoin que Suzie lance un fan club « Sauvons Jade ! ».

Après le cours, je m'installe au self, seule. Je culpabilise vis-à-vis de Suzie et je réalise que je me suis montrée trop dure envers elle. *Et si elle se faisait harceler, elle aussi ?* Finalement, je l'aperçois au fond de la cantine et je décide de m'approcher d'elle.

Je vais faire ma bonne action de la journée.

— La place est libre ? je demande.

— Non, répond Suzie.

Une fille me bouscule violemment, ce qui fait inévitablement dévier mon plateau. Celui-ci me tombe dessus. Mon assiette remplie de ratatouille se renverse alors sur mon sweat.

Vanessa émerge.

— *Oups*, je ne t'avais pas vue, ricane-t-elle.

J'hésite à lui sauter dessus, à m'emparer sauvagement de ses cheveux et à lui faire lécher le sol.

Mais je m'y résigne.

Ce n'est peut-être pas le moment de déclencher une bagarre générale dans le self, alors je me contente de me taire. Je souris faiblement afin de masquer ma peine puis je m'agenouille pour ramasser mes affaires.

Vanessa est entourée de toute sa basse-cour. Les trois filles s'assoient à la table de Suzie et des étoiles émergent dans les yeux de la petite brune à lunettes.

— Ma douce Suzie ! me nargue Vanessa.

On dirait que Suzie est sur le point de s'évanouir. Elle contemple Vanessa avec tant d'attention et d'admiration, un peu comme si elle se tenait en face de Justin Bieber et qu'il venait tout juste de lui signer un autographe.

— Tu fais quoi la rousse ? Tu ne veux pas nous laisser tranquille ? me menace une des filles. Tu ne vois pas qu'on parle à notre nouvelle copine ?

Oppressée face à son intimidation, je laisse tomber mon livre et mon téléphone qui tenaient en équilibre sur mon plateau. *Quelle idiote !* Je m'apprête à me baisser mais William et Enzo sont plus rapides et décident de me venir en aide.

Je devine qu'ils n'étaient pas si loin et je rougis de honte en comprenant qu'ils m'ont vue me faire humilier. Ils ramassent mes affaires au sol et me les tendent par la suite. Vanessa et ses copines – sans doute amusées par la situation – ne peuvent s'empêcher de ricaner. Face à leurs visages mesquins, je me sens impuissante.

Je prends sur moi pour retenir mes larmes, je refuse de leur donner ce qu'elles attendent tant de moi. Je garde alors la tête haute, rongée de l'intérieur. Enzo place sa main sur mon épaule en guise de soutien tandis que William, tout en restant courtois, insulte mes persécutrices de tous les noms.

– Alors Enzo, tu changes ton fusil d'épaule ? suggère l'une des filles.

– Ferme la Talia, renchérit-il d'un ton menaçant.

La colère lui monte aux joues et il retire instinctivement sa main de mon épaule. Sans donner la moindre explication, il quitte la scène et sort du self.

William reste étrangement à mes côtés puis me demande comment je me sens. Je me contente de cligner des yeux et d'acquiescer doucement. Je commence à connaître ses mimiques et je devine qu'il ne croit pas un mot de mon mensonge, mais il ne pose pas de questions supplémentaires pour autant.

Après cette altercation, je saisis rapidement que malgré ses suggestions, ce n'est pas moi qui deviendrai amie avec le groupe de Vanessa et qui quitterai le clan des « minables ».

Mais plutôt *elle*.

Et si je cerne bien le personnage, je devine que Suzie sera prête à tout, même à m'écraser s'il le faut, afin de gravir les échelons.

18

– Tu veux qu'on aille se poser chez moi ? propose Enzo.

Je reste perplexe, ne sachant quoi répondre. Cependant, la vitesse croissante à laquelle la pluie se déverse sur nous ne me laisse pas le temps d'hésiter.

– Allons-y, je réponds alors.

Je suis les pas du garçon tatoué jusqu'à sa voiture. *Bon sang, Jade ! Dans quoi t'embarques-tu ?* Je m'apprête à passer la fin de journée en tête à tête avec un garçon. Je dirais même : je m'apprête à passer la soirée *chez* un garçon !

Lorsque nous arrivons – détrempés – devant sa porte en acajou, je réalise l'ampleur de la situation. Malheureusement, il est bien trop tard pour faire marche arrière et je dois assumer mes responsabilités. La maison d'Enzo semble bien plus propre et plus calme que la dernière fois.

Elle est majestueuse.

– Que fait-on ? je lui demande, nerveuse.

– Je propose déjà qu'on aille se changer !

Je baisse les yeux sur mon sweat, en plus d'être taché par de la ratatouille, celui-ci est gorgé d'eau. Dans la chambre d'Enzo, je saisis le pull qu'il me tend. Je suis trempée et frigorifiée, accepter ce sweat me semble donc non négociable.

Après tout, cela ne signifie rien, il me prête simplement des vêtements car les miens sont mouillés.

J'étends mes affaires sur la paroi de douche puis j'enfile les vêtements d'Enzo. Le sweat *Ralph Lauren* sent son odeur, une odeur qui me paraît étrangement familière. On dirait une Eau de Cologne bon marché.

La chambre d'Enzo est extrêmement bien rangée, ce qui m'étonne fortement pour un garçon. Des toiles non finies et des tubes de peinture reposent dans un coin bien délimité, il n'y a pas le moindre vêtement en boule qui traîne sur le sol, ni aucune chaussette qui se balade. Je ne vois pas de jeux vidéo empilés au pied de la télé et tous ses livres sont rangés par taille dans son étagère.

J'ai comme l'impression que ma présence au sein de cette pièce faisait *déjà* partie de son plan initial.

Enzo revient avec deux tasses fumantes à la main. Il se pose sur le rebord de son lit puis m'en tend une, une douce odeur de thé noir s'échappe de nos tasses. Je le remercie, tout en fixant involontairement ses yeux noirs.

Ce regard me paraît si familier, si absorbant. Et dès que j'aperçois cette puissante noirceur, mon cœur se met à battre la chamade. Si seulement je pouvais comprendre ce qui se passe dans mon corps à cet instant-même.

Qu'as-tu de si particulier, Enzo ?

– Je suis content que tu aies accepté de me voir, c'est plutôt cool, avoue-t-il.

Je hoche la tête, assez gênée par la proximité qui se tient entre nous. Je me recule alors de quelques centimètres et je demande à Enzo quel film il souhaite mettre. Il choisit un film d'action et nous commençons à le regarder, allongés sur son lit.

Je garde toutefois une certaine distance entre nous deux mais celui-ci ne la respecte pas réellement, puisqu'à la fin du film, il se retrouve collé à moi. Sa main vient tout juste de frôler la mienne et je sens la panique monter en moi. Je prie de toutes mes forces pour qu'un événement se produise et me sorte de cette situation.

Mon téléphone vibre et je remercie secrètement ma demi-sœur.

Enzo se lève alors puis il ouvre les rideaux. Il est déjà dix-huit heures passées et le temps dehors ne s'est pas calmé, bien au contraire… L'eau ruissèle violemment le long de la toiture et le vent est d'une telle violence qu'il pourrait décrocher des arbustes. Il fait voler les feuilles mortes comme le tutu d'une danseuse étoile et fait tomber les vélos sur les pavés humides.

– Jade, où es-tu ? me demande Garance.

– Je suis chez Enzo.

– Chez Enzo ? répète-t-elle sans cacher son air éberlué.

– C'est une longue histoire… je réponds. Que veux-tu ?

Elle m'explique que la tempête qui touche actuellement la ville de Paris est passée aux informations. Elle devrait durer jusqu'à demain matin, au minimum, et les autorités conseillent aux habitants de ne pas sortir de chez eux. Elle me rapporte ensuite les paroles de mon père qui me demande – par sûreté – de rester là où je me trouve.

– Jamais. De. La. Vie. Tu m'entends ? je me défends.

– Ne sois pas irresponsable, s'excède-t-elle. Reste là où tu es.

Je comprends que si mon propre père – en toute connaissance de cause – préfère me laisser dormir toute seule chez un garçon qu'il ne connaît même pas plutôt que de me laisser rentrer chez moi, cela signifie que la tempête qui s'abat sur la capitale n'est pas d'une petite ampleur.

Je dois donc demander à Enzo si passer la nuit chez lui est envisageable. Un sourire large comme une banane prend alors place sur son visage.

– Ce sera l'occasion pour toi de tester mes talents culinaires ! s'enthousiasme-t-il. Je vais te cuisiner des nouilles façon thaïlandaise, crois-moi tu vas adorer. Je fais ce plat à toute mes conquêtes, ajoute-t-il en me narguant.

Je fais semblant de rire à sa blague de mauvais goût. Pendant qu'Enzo prépare à manger, je commence à angoisser. Je ne peux pas me permettre de faire une crise ce soir, ni de me laisser submerger par mes émotions.

Ana, ce soir, tu vas prendre des vacances.

Une agréable odeur de légumes sautés embaume la cuisine, ce qui réveille mon estomac. Je suis assise contre le plan de travail de la cuisine des Domartin et je n'ose pas bouger d'un cil. Si on m'avait dit que ce petit rendez-vous se transformerait en une soirée et une nuit chez Enzo, je ne l'aurais jamais cru.

Cette situation me rend perplexe.

Une demi-heure plus tard, nous nous installons dans le canapé du salon avec nos assiettes. La mère d'Enzo passe par là et jette un regard étonné en direction de son fils lorsqu'elle m'aperçoit. Je me contente de lui sourire à pleines dents, tout en cachant ma gêne immense.

– Spécialité du chef : nouilles aux crevettes et aux légumes grillés. Tu m'en donneras des nouvelles.

– Merci. Tu n'étais pas obligé de te donner autant de peine, je lui fais remarquer.

Pas maintenant Ana, je t'en supplie.

Enzo cuisine bien, ses nouilles sont délicieuses : elles ne sont pas trop grasses, parfaitement assaisonnées, délicatement épicées. Alors certes, j'ai sûrement dépassé mon quota quotidien de calories, mais ce repas est sans doute l'un des meilleurs que j'aie jamais mangé.

Ana semble être du même avis puisqu'elle aussi, est de la partie. Elle me balance un tas d'atrocités et d'injures en pleine figure. J'essaie, mais je ne parviens pas à faire abstraction de ses commentaires.

Je ne termine pas l'assiette.

Enzo et moi remontons ensuite à l'étage, dans sa chambre. Il part chercher une couverture et un oreiller puis il les place sur le canapé lit, dans la chambre voisine. Je suis paniquée à l'idée de passer la nuit chez lui mais je suis rassurée de constater qu'il ne projette pas de dormir avec moi.

Il revient ensuite dans sa chambre, vêtu d'un T-Shirt blanc près du corps. *Très, très près du corps.* J'aperçois ses larges épaules et ses pectoraux, ainsi que ses abdominaux qui (il faut se l'avouer) sont bien dessinés.

Je ne pensais pas qu'Enzo était du genre à se buter à la salle de sport. Ses tatouages se prolongent jusqu'à ses épaules, ce qui lui ajoute un charme inexplicable.

Il s'assoit sur son lit, juste à côté de moi. Il décide ensuite de lancer un second film et j'avoue que je n'ai rien compris à l'histoire. Mon esprit vacille dans toutes les directions et m'empêche de me concentrer sur la télé qui se tient en face de moi.

– Qui l'eût cru… lance Enzo, toi et moi, chez moi. C'est comme si mon vœu avait été exaucé.

– Ah oui ? je lui demande, curieuse.

– Totalement.

Quel sourire… Inconsciemment, je le regarde avec air béat et des yeux mielleux. J'essaie de masquer mes émotions mais je sais que ce type me fait de l'effet.

Et qu'est-ce que je m'en veux pour ça.

– Jade ?

– Oui ? je réponds, curieuse.

Enzo s'approche de moi et penche sa tête, tout en réduisant le peu de distance qu'il reste entre nous. Je peux sentir son souffle tout près du mien.

J'imagine que vous devinez ce qui se passe ensuite.

Le garçon tatoué pose délicatement ses lèvres sur les miennes et je ne saurais dire pourquoi, je ne le repousse pas.

Bien au contraire.

***

Enzo et moi arrivons ensemble au lycée. Instinctivement, nous éveillons les soupçons et attirons les regards curieux des élèves. Dans les couloirs, des murmures fusent. Je ne savais pas qu'Enzo était connu à ce point-là.

Il me salue puis s'en va en cours, tandis que je pars en direction des casiers afin de prendre mes affaires.

– Mademoiselle Martin.

Encore nichée sur mon petit nuage, demeurant toutefois dubitative face aux évènements de la veille, une voix désagréablement familière me fait vite revenir à la réalité. Décidément, il n'a toujours pas compris que je risque de lui en coller une s'il continue de m'appeler « Mademoiselle ».

Le grand blond au bonnet vert est accoudé contre mon casier, il tient son nouveau skate sous le bras. Son sourire chargé de dédain ne m'avait pas manqué.

– Salut William. Tu vas bien ? je lance, essayant d'être un minimum polie.

– Tout va bien, répond-t-il.

Il joue avec la roue de son skate puis inspire avant de parler.

– C'est quoi ces rumeurs ? Tu as passé la nuit chez Enzo ?

– C'est… ce n'est pas vraiment ce qu'il s'est passé… puis ça ne te regarde pas ! je renchéris, étonnée qu'il me pose cette question.

– Alors, c'est officiel ? Tu sors avec lui ?

– Ce ne sont pas tes affaires.

– Fais attention à toi Miss, ce n'est pas faute de te l'avoir dit. Ne viens pas pleurer auprès de moi quand il aura brisé ton petit cœur en guimauve ! me prévient-t-il en partant, sourire stoïque aux lèvres.

– C'est ça ! je crie afin qu'il m'entende. Et toi, n'essaie même pas de chercher des excuses débiles quand tu verras que tu avais faux sur toute la ligne.

Argh ! Ce crétin me tape sur le système ! Il est tellement sûr de lui qu'il ose se comporter comme mon père, comme s'il avait la voix de la sagesse ! Ce qui se passe entre Enzo et moi ne regarde qu'Enzo et moi, pas William Van der Baart. Si seulement mon voisin pouvait se mêler de ce qui le regarde, tout serait plus simple.

En entrant dans la classe, je constate avec surprise que Suzie a disparu de notre table. Elle a changé de place et s'est assise à l'opposé de la classe. C'est donc officiel : Suzie a changé de clan, la petite brune à frange a retourné sa veste du jour au lendemain.

Je ressens un petit pincement au cœur à l'idée de voir à quel point cette pauvre fille est victime de la manipulation de Vanessa. Si seulement elle pouvait comprendre qu'elle n'est qu'un petit pion sur l'échiquier… Malheureusement, c'est trop tard pour elle, je ne sympathiserai pas avec l'ennemi.

Désormais, c'est chacun pour soi.

Des bouts de papier volent à travers la classe et un morceau atteint ma table. Je jette un coup d'œil discret autour de moi, personne ne semble regarder dans ma direction. J'hésite un instant, puis je décide de l'ouvrir.

Après tout, ils n'avaient qu'à mieux viser.

« Un ridicule mois a été suffisant pour que la nouvelle se retrouve déjà dans le lit d'Enzo ! Qui fait mieux ? ».

Ébahie, je replie le papier avant de l'enfouir au fond de mon sac. Je tente de rester impassible face à cette provocation, il ne faut jamais vaciller devant l'ennemi. Je dois montrer que je suis plus forte qu'eux, même si cela me détruit de l'intérieur.

Monsieur Robert entre en classe puis commence directement son cours. Celui-ci porte aujourd'hui sur la loi binomiale et la loi normale. Ces deux heures s'annoncent ennuyantes et il m'est impossible de me concentrer. Mon regard ne cesse de dévier en direction de la fenêtre.

Ma feuille est toujours blanche, je n'ai pas encore pris de notes. Les mathématiques ont un coefficient de sept dans la moyenne du baccalauréat, ce qui est un chiffre énorme ! Je ne peux pas me permettre de louper cette matière si je souhaite décrocher mon diplôme à la fin de l'année.

— Mademoiselle Martin, venez faire l'exercice numéro trois au tableau.

Je me lève de ma table, décontenancée. Je traverse les quatre rangées, la boule au ventre. J'arrive devant le tableau noir et j'attrape la craie. Toute la classe me fixe d'une manière insistante. Suzie ricane avec ses nouvelles amies.

Parmi tous mes bourreaux, c'est sur William que mon regard se pose. Tout en essayant de capter mon attention, il plonge ses yeux gris dans les miens. Son regard est significatif et ce contact visuel me transmet une certaine forme de courage. Il tente de me souffler les réponses.

Je me tourne donc face au tableau et je commence à résoudre le problème. Du moins, j'essaie, car je n'ai malheureusement pas suivi le cours. En fait, je ne sais même pas ce qu'est la loi binomiale…

Je suis incapable de faire cet exercice et je suis en train de me ridiculiser devant trente élèves.

— Quelle incapable ! chuchote une voix derrière moi.

Je me retourne vers le professeur, les yeux baignés de larmes. J'essaie de chercher son soutien mais celui-ci ne réagit pas face aux moqueries, il me fixe avec insistance. Pourtant, il est témoin de la scène et je sais qu'il a tout entendu. Mais tout ce qui l'intéresse, c'est que je finisse ce fichu exercice.

Et c'est bien ça, le problème.

Les écoles se moquent du harcèlement, elles sont focalisées sur la formation et la réussite de leurs élèves, pas sur leur bien-être, qui lui, est secondaire. Leur principal objectif est d'obtenir la meilleure moyenne possible aux examens finaux afin de faire monter la réputation de l'établissement.

Je laisse tomber la craie blanche au sol qui se brise en deux et je m'échappe de la classe à pleine vitesse. Je cours à travers les couloirs. Dehors, je m'assois sur un banc, loin de tous ces crétins.

Le ciel est menaçant et nuageux, comme d'habitude… je soupire. Il fait terriblement froid. Nous sommes en octobre et cela se fait ressentir mais j'estime que je préfère tomber malade plutôt que de retourner en classe. J'enfile mes écouteurs et fais glisser mon doigt sur mon téléphone afin de choisir une musique : « A Little Too Much » de Shawn Mendes.

Je mets le son au maximum.

– Allo ! Jade ?

La mélodie qui se dissipe dans mes oreilles est si forte et entraînante qu'elle m'emmène ailleurs. Dans un endroit loin de mes problèmes, où personne ne tente de me rabaisser.

Même Ana, n'est pas là.

Des grésillements finissent toutefois par atteindre mes tympans et je retire mes écouteurs.

– Ça va ? m'interrompt une voix.

Mes yeux s'illuminent en voyant Enzo.

– Oui, je mens. Tout va pour le mieux.

– Will m'a tout raconté... tu t'es enfuie du cours en courant. Pourquoi ?

Même garder sa langue dans sa bouche semble être une chose trop compliquée pour William. Enzo n'a pas besoin de savoir tout ce qui se passe dans ma vie.

Rien, j'ai perdu mes moyens. Tu sais, je stresse pour le bac... je bégaie.

– Je crois avoir la solution, m'avoue-t-il.

Je m'imagine déjà retrouver Enzo au parc après les cours, ce qui égaie ma journée. Cependant, celui-ci me parle d'une soirée chez Vanessa.

– Non merci, j'ajoute. Elle ne m'aime pas, je ne vois pas l'intérêt de me pointer là-bas.

– Viens pour moi, me supplie-t-il.

Je refuse à nouveau. *Et puis quoi encore ?*

– On en reparlera, je finis par lui dire, tout en essayant de me débarrasser de cette proposition.

J'hésite un instant avant de me rapprocher d'Enzo puis j'effleure timidement sa joue de mes lèvres. Je tourne ensuite les talons et je retourne dans le bâtiment principal. Je m'enferme dans les toilettes, à l'abri de tous, afin de manger un morceau du sandwich que j'ai préparé la veille.

« Tu as fait la rencontre de ma cousine Vanessa ? Elle te plaît ? ».

L'auteure de ce message n'est personne d'autre que Manon, mon ancienne meilleure amie. À la lecture de cette notification, les pièces du puzzle commencent à s'assembler dans ma tête et je comprends pourquoi je suis devenue la risée de cette école en un rien de temps. Manon et Vanessa sont reliées par un lien de sang, et nous connaissons tous le dicton : *l'ennemi de mon ami est mon ennemi.*

Je jette la fin de mon sandwich dans la petite poubelle des toilettes puis je me relève. Je n'ai plus faim et je dois fumer une clope, au risque de devenir folle. J'ouvre la porte discrètement mais je tombe nez à nez avec Suzie et Talia, une de mes nouvelles persécutrices.

– Tu as besoin d'aide pour t'en sortir en maths ? se moque Suzie.

Finalement, je crois qu'une clope ne sera pas suffisante. À ce stade, j'ai besoin de boire une bouteille de javel.

Je sens que cette année scolaire s'annonce compliquée, et j'imagine que ce n'est que le début

19

— Tu vas vraiment peser ces deux tranches de pain ? s'insurge papa.

En général, j'essaie de peser mes quantités à l'abri des regards. Sauf que je n'ai pas pu le faire aujourd'hui, ce qui déclenche une énième dispute entre mon père et moi.

Avec l'anorexie, les chiffres sont partout. Quand on souffre de cette maladie, on apprend à vivre avec un cerveau baigné dans les nombres, on ne peut plus effectuer la moindre action sans qu'un fichu calcul s'immisce dans notre esprit.

Pour ma part, je pèse chaque aliment : que ce soit une minable pomme ou une assiette de pâtes, tout ce que je compte ingurgiter passe sur la balance. Cela me permet de compter mes calories avec précision.

Mon géniteur a beaucoup de mal à cohabiter avec ma maladie. Parfois, j'ai l'impression que c'est David Martin qui est anorexique, pas Jade. Pourtant, c'est moi qui suis malade et qui doit vivre quotidiennement avec le fardeau de ces troubles psychologiques. Cet égocentrisme me sidère mais je ne peux pas lui en vouloir, *il ne peut pas comprendre.*

Enzo m'appelle sur mon téléphone.

— Que me vaut cet appel ?

— Bonsoir ma belle... alors, tu m'accompagnes ce soir ?

Quelle désillusion… moi qui pensais qu'Enzo s'ennuyait de moi, j'avais tout faux. Il remet la soirée de Vanessa sur la table, cette fameuse soirée à laquelle je ne suis même pas invitée.

– Personne ne m'attendra là-bas, je lui fais remarquer. Ce n'est pas une bonne idée.

– Moi je m'attends à te voir. Ce n'est pas une raison valable ?

– Je suis navrée Enzo, je ne suis pas d'humeur à ça.

Enzo me demande pourquoi ma voix est aussi faible et je lui explique en quelques phrases l'altercation avec mon père, sans trop entrer dans les détails.

– Prépare-toi alors, je passe te chercher dans une heure. On va boire un coup.

Je n'ai pas le temps de lui donner mon accord qu'il raccroche. Je me surprends à sourire niaisement, peinant encore à comprendre comment j'ai pu laisser ce garçon s'immiscer dans ma vie. Qu'est-il arrivé à la Jade qui se méfie de tout le monde ? Après tout, j'estime que la vie est faite de chamboulements, tout n'est pas forcément rationnel, tout ne peut pas être calculé à l'avance.

Finalement, peut être que le destin a mis cet homme sur mon chemin pour la bonne cause.

Garance entre dans ma chambre, sans toquer.

– Madame a un rendez-vous ? me questionne-t-elle, curieuse.

– Les nouvelles se répandent vite…

Ma demi-sœur me taquine mais je tente d'ignorer ses provocations et ses questions. Je n'ai pas envie de m'exprimer sur notre vie privée à Enzo et moi tant que les choses ne sont pas concrètes. Parce que pour l'instant, je ne sais même pas quelle relation nous entretenons.

Et encore… pouvons-nous appeler cela une relation ?

Il est toutefois trop tôt pour éveiller les soupçons. De plus, Enzo et moi avons suffisamment fait parler de nous lorsque nous sommes arrivés au lycée ensemble, le matin dernier.

Garance me fixe d'un air songeur, frustrée par mes réponses basiques. À travers son regard amusé, je sais qu'elle se doute de quelque chose.

— Il se passe quoi entre Enzo et toi ? finit-elle par me demander.

— Il ne se passe rien, je mens. On s'entend bien mais je ne sais pas si je suis prête à m'engager dans une relation.

— De quoi as-tu peur ?

Le garçon précédent a pourri ma vie, écrasé mon cœur et ruiné mon estime personnelle.

Rien que ça.

— Tu ne peux pas te pourrir la vie à cause d'un seul et même connard ! s'insurge-t-elle. Les garçons ne sont pas tous comme ça et tu devrais prendre ta revanche. Montre lui que tu as évolué et que tu es passée au-dessus de ce qu'il t'a fait subir.

— Je ne suis pas certaine d'être prête pour ça, je lui avoue.

— Ce type n'en vaut vraiment pas la peine, crois-moi. Regarde, si tu fais une violente chute à vélo, est-ce que cela signifie que chaque vélo te fera tomber ? Absolument pas ! Et bonne nouvelle, c'est exactement pareil avec les mecs. Comment il s'appelait, ce type ?

Je tente de bredouiller quelques prénoms mais je réalise que je suis complètement à côté de la plaque. Je ne me souviens même pas de *son* prénom.

— Raison de plus pour oublier ce type, affirme-t-elle, totalement convaincue par son discours.

J'imagine qu'elle a raison, elle a sans doute plus d'expérience avec les garçons que moi... Finalement, cette amnésie sélective me prouve bien que je dois passer à autre chose.

— J'ai une ou deux jolies robes pour toi, tu devrais mettre l'une d'entre elles ce soir, me conseille-t-elle.

Elle énumère avec entrain les tenues qu'elle peut me prêter pour mon rendez-vous. Je n'ose pas lui avouer qu'un jean et un sweat feront largement l'affaire.

– Jade... tu as un rendez-vous avec le mec le plus sexy de ton lycée. Bon sang, laisse toi aller !

Ses mots résonnent dans ma tête et me confrontent à la réalité. Je reconnais qu'Enzo est un phénomène et je peine encore à comprendre comment un garçon comme *lui* peut s'intéresser à une fille aussi banale que *moi*.

Après tout, Garance a peut-être raison.

Elle me tire par le bras et me mène dans sa chambre. Je m'assois sur son lit recouvert de coussins roses puis je la regarde ouvrir et fouiller énergiquement à travers sa garde-robe. Elle s'y donne à cœur joie !

Elle passe sa main à travers sa collection démesurée de vêtements et en sort quelques portes manteaux. Son armoire déborde de froufrous, de paillettes et de tissus à motifs. Il y a bien trop de textures et de couleurs différentes pour une seule vie.

Elle déniche finalement une robe en satin de couleur vert olive. La robe est démesurément courte, ce qui lui donne une allure dévergondée. Lorsque ma demi-sœur la brandit devant moi, elle l'associe à mes cheveux et tente de visualiser l'assemblage des couleurs. Elle ouvre grand les yeux.

– PARFAIT. Tu dois porter cette robe.

Il s'agit d'une robe bustier, ce qui, à cause de ma petite poitrine, représente ma hantise sur Terre. Le bustier est recouvert de strass verts et le tissu évasé s'arrête juste au-dessus des genoux, ou juste en dessous des fesses. J'imagine que cela dépend de notre façon de voir les choses.

Cette robe est la caricature parfaite de tout ce que je déteste : elle est colorée, féminine, voyante, pailletée et ultra courte. Pour conclure : elle ne me correspond pas.

– Je vais boire un coup... je ne vais pas au théâtre ni au restaurant. Puis j'y vais avec Enzo, pas avec le prince d'Angleterre.

– Le prince William, tu veux dire ? me prend-t-elle au piège.

En réponse à cette provocation évoquant notre voisin William, je ris de toutes mes forces et je lui lance un coussin à la figure.

— Je suis certaine qu'Enzo tombera sous ton charme si tu portes cette robe. Désormais, c'est à toi de décider quel effet tu veux lui procurer.

Sa phrase résonne dans ma tête et je me surprends à éprouver un petit sourire timide. Peut-être qu'elle vient de trouver les bons mots pour me convaincre, après tout.

— Et après, elle ose me dire qu'il n'y a rien entre Enzo et elle… murmure-t-elle dans son coin.

Sans cacher sa fierté mal placée, elle me tend la robe et je pars l'enfiler, dubitative. Une fois vêtue du tissu vert, je me pointe devant le miroir, je me sens tout à coup ridicule. La robe est malheureusement trop grande pour moi, même si Garance me promet qu'elle n'arrive plus à rentrer dedans depuis quelques années.

Sans surprise, le bustier flotte de partout. Cela me donne l'impression que ma poitrine ressemble à deux mini icebergs perdus au milieu de l'océan. Dans cette tenue, mon corps malade n'est pas dissimulé derrière mes sweats larges.

Je ferme les yeux et j'inspire doucement, tout en essayant de relativiser. Face au miroir, je réalise à quel point l'anorexie peut enlever tout le charme d'une personne : les os saillants de mes épaules attirent le regard, tout comme mes cuisses nues dont la fragilité est totalement perceptible.

Je suis cadavérique.

Cheveux coiffés, robe courte, parfum à la rose, collier en perles et créoles dorées… à travers cet attirail ridicule, j'essaie inconsciemment de prouver que, en dépit des apparences, je ne vaux pas moins que les autres filles.

Cette introspection me fait réaliser le ridicule de la situation, *prouver quoi à qui ?* Cette bataille est perdue d'avance. Parce qu'on ne peut pas espérer rivaliser avec des filles qui, elles, ne sont pas sur le point de mourir.

– Tu n'as pas prévu de mettre ces chaussures, rassure moi ? émerge la voix de ma demi-sœur.

Dans mes mains, je tiens une vieille paire de baskets noires. Garance lance une mine de dégoût et revient vers moi avec une paire de santiags. Elles sont assez compensées et sont ornées de petits clous. Je refuse catégoriquement cette proposition.

Heureusement pour moi, elle n'a pas le temps de répliquer car sa mère l'appelle à l'autre bout de l'appartement. Je profite de cet instant à l'abri de son regard pour enfiler un gros pull par-dessus ma robe.

Dehors, un vent glacial me fait immédiatement regretter l'absence de collants sur mes jambes, il fait très froid. Tout en allumant une cigarette, j'attends Enzo, assise sur les marches de l'immeuble. Alors que j'inhale la fumée, un gros *Range Rover* noir passe devant moi et s'arrête à ma hauteur.

Effrayée par les nombreux faits divers qui font l'actualité, je détourne le regard. Malgré tout, la voiture reste stationnée à côté de moi et ne semble pas vouloir s'éloigner, ce qui me provoque une certaine frayeur.

J'écrase alors ma clope au sol puis je m'apprête à retourner dans le hall de l'immeuble. Finalement, la fenêtre du *Range* s'ouvre.

– Qu'est-ce que tu attends ? me demande le conducteur.

À peine perceptible au sein de ce gros véhicule, je plisse les yeux afin de voir à qui j'ai affaire. Rapidement, je reconnais ces mains tatouées. Je me rapproche donc de la portière puis je monte dans la voiture.

Intimidée, je salue Enzo.

– Alors là, je lance. C'est quoi ça ?

– C'est ma voiture, m'explique-t-il. Je pense que c'est le seul avantage que je retire de mon redoublement : avoir l'âge de conduire.

Stupéfaite, j'admire le véhicule dans lequel je me trouve. Il faut se l'avouer, un *Range Rover* c'est vraiment classe. Enzo, d'ailleurs, ne masque pas sa fierté, puisqu'il me vente les qualités de cette voiture depuis que j'ai pris place sur le siège en cuir.

À vrai dire, je suis pas très réceptive à ses paroles. Je me fiche du nombre de chevaux qu'elle contient ou encore de la largeur de ses pneus.

– Merci d'être venu me chercher.

– C'est normal, dit-il avant de me lancer un sourire ravageur.

Le garçon qui se tient à mes côtés est sacrément craquant et cela deviendrait presque dangereux. Nous traversons les rues de Paris à une vitesse bien supérieure à la norme, ce qui me provoque une puissante montée d'adrénaline.

Enzo conduit bien, la manière dont il gère les vitesses et maîtrise le volant lui rajoute un charme supplémentaire.

Il trouve finalement une place en créneau dans la rue puis il manœuvre à une seule main, ce qui le rend extrêmement séduisant. Nous sortons ensuite du véhicule.

Faisant preuve de galanterie, il me laisse passer devant lui et nous entrons dans le restaurant-bar.

Lorsque nous prenons place autour d'une table, je me remercie secrètement d'avoir enfilé ce pull avant de partir. Je n'aurais pas été à l'aise en public, avec cette tenue ridicule.

Le serveur arrive et Enzo prend les devants : il commande deux boissons ainsi qu'une planche d'apéritifs. Il ne me demande pas ce que je souhaite boire et, de son plein gré, me commande un cocktail à la fraise sans alcool. Je n'ose pas réagir ni le contredire mais j'entends déjà la voix d'Ana émerger dans ma tête.

La boisson qu'Enzo vient de me commander doit être bourrée de sucre et, en plus de ça, ultra calorique. J'essaie de chasser mes pensées mais je n'y parviens pas.

La maladie parvient toujours à prendre le dessus.

Une désagréable sensation de chaleur envahit mon corps, je repousse alors mes cheveux en arrière et agite ma main face à mon visage pour me faire un semblant d'air.

– Tu es très belle ce soir, m'avoue mon rencard.

Troublée par ce compliment inattendu, je me surprends à rougir comme une vraie tomate. Je sais que le fond de teint qui recouvre mon visage ne suffit pas à masquer la couleur pourpre qui s'empare de mes joues.

– Merci, je bafouille. Toi aussi, tu es pas mal dans ton genre.

Le serveur nous amène notre commande, ce qui met fin à cette discussion. Était-ce de la drague ? Il dépose en face de moi mon mocktail, une boisson rose remplie de glace pilée et surmontée d'une fleur violette. Il amène aussi la planche commandée par Enzo, une grosse planche en bois recouverte d'olives, de toasts, de saucisson et d'un mélange de gâteaux apéritifs.

Respire Jade, tout va bien se passer.

– Tu m'excuses une minute ? je demande à Enzo. J'ai besoin de me rendre aux toilettes.

Je me lève d'un bond et j'empresse le pas en direction des toilettes. Chaque pas supplémentaire dans ce bar fait augmenter la cadence des battements de mon cœur. Dans ma tête, des pensées malsaines, des chiffres et des calculs tournent en boucle. *Tu vas grossir, grosse truie. Tu sais où tout ce sucre va aller se loger ? Tu me dégoûtes !*

Ana s'époumonne, elle se déchaîne sur moi avec ferveur, comme si je venais de faire une énorme bêtise. Je tente de me raisonner mais je n'y parviens pas, cette maladie reprend toujours le dessus, elle est bien plus forte que moi. Je suis totalement impuissante face à elle, et même si j'essaie de faire des efforts, j'atterris toujours au même endroit.

À la case départ.

Quelqu'un toque sur la porte des toilettes.

– Jade ? Tu es là ?

Je reconnais la voix rassurante d'Enzo. Je ravale alors mes larmes, j'arrange mes cheveux puis je déverrouille la porte. Il ne me laisse pas le temps de sortir qu'il s'immisce dans le creux de la porte, fixant alors mon visage boursouflé.

– Je savais que ça n'allait pas… déclare-t-il. Tu as besoin d'en parler ?

Je baratine quelques excuses et je lui dis que la dispute avec mon père joue sur mon moral. Je n'ai pas envie de m'éterniser sur les conséquences de ma maladie. William en sait déjà assez là-dessus, et c'est suffisant pour moi.

Nous retournons nous assoir et je fais semblant de siroter ma boisson, même si celle-ci ne désemplit pas. Je n'arrive pas à avaler ces calories vides.

Enzo met un point d'arrêt à notre conversation en plongeant ses yeux dans les miens. Le brouhaha autour de nous semble se dissiper, comme s'il n'y avait plus rien ni personne à part nous deux. Je suis comme attirée par la puissance de son regard et je ne peux me détacher de ses yeux.

De cette noirceur et de cette profondeur.

Un long frisson serpente électriquement le long de ma colonne vertébrale, ce qui me fait inévitablement détourner le regard. Sans même comprendre ce qui se passe, ma respiration devient irrégulière, et c'en deviendrait presque douloureux.

Pourquoi me fait-il cet effet-là ?

La main tatouée d'Enzo est posée sur la mienne, instinctivement, je retire ma main de cet enlacement. *Tu ne sais même pas ce que tu veux, idiote.* Ma tête hurle de m'enfuir mais, étonnement, une infime partie de mon cœur me supplie de rester.

Enzo me parle mais ce qui atteint mes oreilles ne sont que des désagréables bourdonnements. Au fond de ma tête, les mots d'Ana se mêlent à mes sentiments ainsi qu'aux nombreuses questions sans réponse qui me tourmentent.

Finalement, qu'est-ce qui se passe concrètement entre nous ?

– Jade ? Tu m'entends ?

– Oui, pardon.

Je m'excuse platement pour mon manque d'attention et mon attitude désinvolte.

– Tu sembles réellement préoccupée, ce soir… tu t'ennuies ? Ou peut-être que tu aimerais rentrer ? s'inquiète Enzo.

– Non, je bégaie, tout va très bien. Je suis sincèrement désolée, ce n'est pas de ta faute… au contraire, je suis bien avec toi. C'est juste que… tout est un peu compliqué en ce moment, mais je t'assure que ça va.

« Tout va très bien », « Je t'assure que ça va ». Comme si tout allait bien dans ma vie, même moi je ne crois plus à mes propres mensonges.

– J'ai quelque chose qui pourrait te changer les idées, suggère-t-il.

Mon regard devient curieux.

– Mais pour cela, il faut que tu me donnes ta confiance.

– Je devrais ? je renchéris, hésitante.

Sans réponse, il se lève et m'entraîne avec lui. Enzo paie la totalité de l'addition puis nous nous dirigeons vers la voiture. Il m'ouvre la porte de son *Range Rover* et démarre ensuite le contact.

Il me lance ce sourire complètement craquant qu'il maîtrise à la perfection, puis nous quittons la rue. Lors du trajet, il garde sa main gauche sur le volant et pose sa main droite sur ma cuisse. Ne sachant trop comment réagir, je rive mes yeux sur la route.

Je ne sais pas où nous allons, mais j'espère que cela ne me décevra pas.

20

Le calme des rues parisiennes est mis à rude épreuve par le vrombissement du moteur de la voiture d'Enzo. Celui-ci écrase la pédale de vitesse sans scrupule et roule dans la ville comme si nous n'avions qu'une seule vie. J'apprécie l'observer conduire, il fait ça avec tant de simplicité, on ne dirait pas qu'il a obtenu son permis il y a moins d'un an.

Sa main se pose sur mon genou dépourvu de tissu à chaque fois qu'il lâche le levier de vitesses. Le contact de sa peau brûlante sur ma jambe ne me rend pas indifférente mais je m'efforce de ne pas le lui montrer. Nous nous engageons dans une ruelle puis il se gare en face d'une maison devant laquelle sont entassées plusieurs voitures.

— Enzo, je lance froidement. J'espère que ce n'est pas ce que je pense.

— On va s'amuser ! Tu as besoin de te détendre, je le sens. Suis-moi.

Vexée que mon consentement n'ait pas été pris en compte, je refuse de détacher ma ceinture. Étant donné la tournure catastrophique qu'a pris la précédente fête, je refuse de remettre les pieds dans un tel évènement.

Une fois, pas deux.

— Je ne sortirai pas, je décrète, énervée.

— Je t'assure que si ça se passe mal je te ramènerai chez toi.

Enzo ouvre ma portière et se penche au-dessus de moi afin de déverrouiller ma ceinture. Malheureusement impuissante face à la situation, je lève mes fesses du siège en cuir et pose mes pieds sur le goudron. Je suis les pas d'Enzo le long de l'allée en pierres, tout en traînant désagréablement des pieds.

— Vanessa me déteste, je lui fais remarquer. Pourquoi m'emmènes-tu ici ? Je ne savais même pas que vous étiez amis.

— Qui a dit qu'il fallait être ami avec l'hôte pour se rendre à une soirée ? Suis-moi ! s'enthousiasme-t-il en me prenant par la main.

Enzo toque à la porte puis l'imposante porte en bois s'ouvre, tout en laissant apparaître le visage de Vanessa. Son regard se pose immédiatement sur moi et celle-ci roule des yeux, décontenancée. Elle me toise, jette un coup d'œil vers Enzo, puis baisse les yeux sur nos mains entrelacées.

Confuse, je retire immédiatement ma main et je la place dans la poche de mon sweat. Derrière cette garce, j'aperçois Garance. Ma demi-sœur prend Vanessa dans ses bras avant de lui murmurer quelque chose aux oreilles, complètement hilare. Je fixe Enzo d'un air médusé, Garance et Vanessa ?

Ma demi-sœur m'aperçoit ensuite, elle me saute dessus.

— Tu es venue, finalement ?

— Je n'ai pas eu le choix… je réponds, énervée.

Enzo lance un sourire coupable et m'entraîne dans la maison, où l'atmosphère est désagréablement lourde et chaude. Les étudiantes qui se déchaînent sous le rythme effréné de la musique sont quasiment dénudées. Je suis toujours vêtue de mon sweat épais et je décrète qu'il ne quittera pas mes épaules de la soirée.

La maison de Vanessa est plutôt banale, c'est une maison mitoyenne de taille relativement modeste. Du moins, un peu trop modeste pour le nombre de personnes qui s'y trouve en ce moment-même.

— Attends-moi deux minutes, j'arrive ! m'annonce Enzo.

En un claquement de doigts, Enzo disparaît et me laisse seule au milieu de la foule. Au loin, mes yeux s'arrêtent sur un canapé en cuir, placé à l'extrémité du salon, à l'écart des invités.

Personne ne semble lui prêter attention alors je décide d'y faire mon refuge le temps qu'Enzo revienne.

La gorge nouée, je tente de me frayer un chemin à travers la cohue qui s'enflamme sur un son de Rihanna. Alors que je ne suis qu'à deux pas de mon but, un groupe d'étudiants obstrue le passage. Je tente de les contourner mais un garçon me bouscule et renverse la totalité de son verre sur mon sweat.

– Je suis désolé ! s'excuse-t-il.

Je fulmine sans riposter puis j'atteins le fauteuil, soulagée. Une désagréable odeur de vodka mélangée à celle d'un jus de fruit de sous marque s'empare de mes narines. Je baisse alors mes yeux en direction de mon pull, fatalement imbibé de ce mélange. Le tissu colle à ma peau et l'odeur de l'alcool me donne des nausées.

Je suis contrainte de le retirer, ce qui laisse apparaître mon petit corps frêle contenu dans cette robe en satin.

Espérons qu'Enzo ne tarde pas trop…

Les murs de la maison sont d'une couleur jaunâtre et, comme dans chaque maison habitée par une famille heureuse, des cadres photos y sont accrochés de partout. Je me surprends à pousser un rire amusé lorsque je tombe sur une photo de Vanessa qui fête ses sept ans, avec ses dents de lait en moins. Heureusement pour elle, l'adolescence est passée par là.

Juste à côté de ce cadre, une photo attire mon œil. Vanessa se tient au centre de l'image, un tigre est maquillé sur son visage d'enfant. Deux garçons se tiennent à ses côtés et je reconnais instinctivement les cheveux blonds de William puis l'allure d'Enzo. Incrédule, je tente de ne pas me poser trop de questions. Après tout, ils étaient jeunes, beaucoup de choses ont pu changer depuis ce temps…

Le canapé s'affaisse à côté de moi, je reconnais la paire de *Vans* de William.

– C'est quoi cette tenue ? s'étonne-t-il, sans prendre la peine de me saluer.

– Bonjour William. C'est une robe, je réponds froidement. Ça ne se voit pas ?

– En tout cas, *cette robe*, ça ne te ressemble pas.

Je ne devrais pas m'abaisser à ses provocations mais ses mots me vexent. William porte un bonnet rose qu'il a tenté d'assortir avec un sweat orange et je suis contrainte de reconnaître malgré moi qu'il porte bien ces couleurs.

– Tu sais, concède-t-il, même avec un vieux sweat et des cheveux enfermés dans un chignon ébouriffé, tu es mignonne. Tu n'as pas besoin de tout cet attirail pour être jolie, termine-t-il, tout en reprenant une gorgée de sa bière.

En voyant ses mimiques exagérées telles qu'un sourire nerveux et des yeux plissés, je comprends qu'il est aussi étonné que moi d'entendre ces mots sortir de sa propre bouche.

– C'est l'alcool qui parle, non ? j'insinue.

– Je crois… renchérit-il, amusé par la situation.

Il me fait esquisser un semblant de rire. Ce garçon est un sacré phénomène.

– Après tout, la vérité sort de la bouche des buveurs de bière.

Il accompagne ce dicton revisité d'un clin d'œil puis il disparaît dans la foule. Je jette un œil à ma montre et je constate qu'Enzo s'est éclipsé depuis vingt minutes, je ne sais toujours pas où il se trouve.

Vexée, j'estime que ce jeu a assez duré, je décide de rentrer chez moi. Finalement, je n'ai pas besoin de me faire ramener par son ridicule SUV, je peux prendre le métro.

Lorsque j'atteins miraculeusement la porte d'entrée, je crois apercevoir Enzo. En effet, celui-ci est affalé sur un canapé et est niché dans une petite pièce aux murs noirs. Je repère un ordinateur ainsi qu'une immense bibliothèque et je déduis qu'il s'agit du bureau.

Enzo discute avec un groupe de garçons et est entouré de deux jolies filles, chacune assise à ses côtés. L'une d'entre elles passe ses ongles pailletés le long de son pantalon en toile. Les deux brunes rigolent niaisement dès qu'Enzo ouvre la bouche et j'aimerais vous dire que cela ne me touche pas mais je ressens un pincement au cœur.

Face à leur attitude exagérée, je comprends qu'elles aussi, ne sont pas insensibles au charme du garçon tatoué. En même temps, n'importe quel individu attiré par la gent masculine ne peut résister face à son charisme.

Et je me déteste pour avoir laissé mon cœur s'attacher à lui.

Je tourne le pas, excédée et frustrée, puis je sors de la maison. Je claque la porte en bois avec une telle violence que j'ai l'impression que les murs s'écroulent derrière moi. Je ne sais pas dans quelle direction je m'enfuis mais tous les chemins me semblent convenables tant que je m'éloigne de *lui*.

La porte de la maison claque une seconde fois, d'une manière un peu plus douce cette fois-ci, puis j'entends mon prénom résonner dans le silence de la nuit noire. J'emboîte le pas mais les appels se font de plus en plus forts et de plus en plus proches.

– Jade ! Attends !

La voix d'Enzo se perd dans les ruelles et je tente de l'ignorer. Il finit cependant par me rattraper, il saisit mon bras.

– Je me tire, je l'informe, vexée.

Je me détache de son bras et je continue ma course effrénée.

– Jade ! crie Enzo. S'il te plaît… ne pars pas.

– Donne-moi une seule raison de ne pas rentrer chez moi, je lui ordonne.

Je m'attends à recevoir des mots, mais c'est un doux baiser sur le coin de mes lèvres que je reçois à la place.

Et cela me convient.

Le garçon n'attend pas de réponse et passe son bras autour de mes épaules, il me sert contre lui. Une sensation de chaleur m'envahit le corps, paralysant mes muscles. Nous faisons ensuite demi-tour et nous retournons chez Vanessa.

– Au fait. Tu es ravissante dans cette robe.

Nous rentrons dans la maison et partons à la recherche de ma demi-sœur et ses amies.

– Jouons à « je n'ai jamais » ! propose Zoé.

Accoudés contre le plan de travail de la cuisine, les bras d'Enzo encerclant ma taille, je tente d'ignorer les yeux vicieux de Vanessa.

– Je suis partante ! répond ma demi-sœur d'une voix enjouée.

William et sa copine entrent dans la pièce. Samia est vêtue d'une robe fluide transparente et je parviens même à lire l'étiquette de ses sous-vêtements, mais cela ne semble pas la préoccuper.

Elle se sert un généreux verre de tequila et répond positivement à l'activité proposée par Zoé. Pendant que Samia remplit son verre, son petit ami me lance un regard insistant. Je n'ai pas besoin de déchiffrer ses sous-entendus puisque je sais déjà ce qu'il essaie de faire.

Sauf que je me fiche de ses mises en garde contre Enzo. Il peut penser ce qu'il veut de moi, ou de *nous*, cela ne m'atteint pas.

Nous prenons tous place autour de la table, prêts à commencer le jeu.

– Tu veux boire quelque chose ? me propose une invitée.

Je décline sa proposition, ayant suffisamment appris de mes erreurs.

– Et tu comptes jouer à ce jeu sans rien boire ? renchérit un garçon. C'est de la triche !

– Lâche-la mec, elle est *différente*, c'est tout, se moque William.

Je fulmine face aux plaisanteries de mon voisin. Sans hésiter, j'arrache le verre de bière de ses mains avec brutalité et je bois son contenu en une gorgée. Les bulles descendent en vitesse le long de ma trachée, sous les yeux éberlués de mon provocateur.

– Va te faire voir William, lui dis-je, tout en reposant le verre sur la table.

J'ignore ensuite mon voisin et je me sers un verre de soda sans sucre, tout en écoutant Vanessa nous donner les règles du jeu.

– À tour de rôle, chacun lance la phrase « je n'ai jamais », qu'il suivra d'une action qu'il n'a jamais fait. Par exemple : *je n'ai jamais pris l'avion*. Si l'un d'entre nous a déjà pris l'avion, alors il doit boire une gorgée de son verre. Tout est clair ?

Nous acquiesçons en cœur, puis nous commençons le jeu.

– Je n'ai jamais vomi à cause de l'alcool, commence une invitée.

Honteuse, je porte mon verre à mes lèvres et je bois une gorgée de soda, suivie de la quasi-totalité du groupe.

– Je n'ai jamais trahi une copine, avoue Vanessa.

Je n'ose pas boire de gorgée, apeurée à l'idée de me faire juger. Après tout, personne ne saura si je mens ou non. Je laisse donc mon verre sur la table, ignorant mes antécédents avec mon ancienne meilleure amie.

Un message qui apparaît sur mon téléphone me fait toutefois tourner la tête. Le prénom du correspondant n'est pas indiqué.

« Je pense que tu peux boire une gorgée, et même l'entièreté de ton verre ».

Totalement paniquée par ce message inattendu, je dérive le regard vers le garçon qui se situe en face de moi : William. Je constate que celui-ci a les yeux rivés sur son téléphone et je me dis qu'il est peut-être l'auteur de ce message. Ce qui me terrifie.

Sans faire exprès, j'effectue un geste brusque qui renverse le verre de mon voisin sur ma petite robe. Pour la seconde fois de la soirée, ma tenue est trempée.

– Je vais me changer, je décrète, totalement perturbée.

– Je t'accompagne, propose Enzo.

Je me lève alors de table, honteuse, puis je quitte la cuisine à la recherche d'un endroit où me changer. Je suis suivie de près par Enzo qui place sa main sur ma taille et qui m'emmène à l'étage.

Sur le palier, nous ouvrons la première porte qui s'offre à nous et nous comprenons rapidement qu'il s'agit de la mauvaise chambre puisque nous tombons sur un couple qui semble relativement occupé. Je place directement mes mains devant mes yeux et Enzo referme aussitôt la porte, mort de rire.

Finalement, nous ouvrons la porte située au fond du couloir et nous atterrissons dans une chambre vide. J'allume la lumière et je m'immisce dans cette chambre aux murs lilas, dont un énorme « V » à paillettes accroché sur une tête de lit capitonnée attire mon attention.

Nous sommes dans la chambre de Vanessa et j'ai tout à coup envie de me venger de ma persécutrice. Je m'assois sur le lit et Enzo sort quelques affaires de son sac à dos, il me tend un large T-Shirt.

– Tiens, ça t'évitera de porter ton pull tout collant.

Ses mains frôlent ma colonne vertébrale. Elles sont glacées et le contact de ses phalanges sur ma peau provoque un intense frisson à travers l'entièreté de mon corps. J'attrape ses mains dans les miennes et je les contemple avec attention, mes yeux parcourent ses tatouages dans les moindres détails.

– Pourquoi as-tu autant de tatouages ? je lui demande.

– Chaque dessin fait référence à une expérience de ma vie.

Je relâche ses mains et, encore perturbée par la réception de ce message, je me fais basculer en arrière afin de m'allonger sur le lit de Vanessa.

– Tu as dû en vivre, des expériences alors... je réplique.

– Tout comme toi, répond-t-il après un moment de silence.

Sa réponse traverse mon esprit mais ne s'en échappe pas. Ses mots ne quittent pas ma tête. Qu'insinue-t-il par-là ? Je ne me suis jamais dévoilée à Enzo et je suis curieuse de savoir ce qu'il sait à mon propos.

J'imagine que William n'a pas su tenir sa langue...

– Enfin, après tout, je n'en sais rien ! bafouille-t-il.

La main d'Enzo est posée sur ma cuisse. J'aime la forme que dessine sa mâchoire lorsque je le contemple depuis le bas. Il est beau, absolument magnifique. Je me déteste pour éprouver de telles pensées à son égard mais je reconnais qu'il m'attire.

Depuis des années, je me persuade que les hommes sont mauvais, que l'espèce humaine est perverse et malsaine. Je me contente de détester les autres et de fuir le moindre contact humain, parce que j'ai peur. Sauf qu'au fond, je suis une jeune fille perdue et brisée qui, malgré tout, ne demande qu'à être aimée.

Je saisis la main d'Enzo et, sans même savoir pourquoi, j'y enfouis doucement la mienne. Il baisse ensuite son visage dans ma direction et plonge ses yeux sombres dans les miens. Je suis comme absorbée par la noirceur de son regard mais je ne suis pas en mesure de faire durer ce contact plus longtemps.

Il fait lentement glisser ses doigts le long de ma cuisse puis il s'allonge à mes côtés. Si mon anxiété n'inhibait pas mes pensées, je m'enfuirais probablement en courant. La distance qui nous sépare se réduit au fur et à mesure et elle devient si infime que je peux ressentir son souffle contre mon visage.

Son haleine a une odeur de vodka mélangée à celle de la cigarette.

Nous sommes seuls dans cette chambre, allongés sur ce lit aux draps violets et je suis consciente de la tournure que peut prendre la situation. Cependant, je préfère ne pas y penser, ne pas me prendre la tête comme j'aurais pu le faire en temps normal.

Je décide d'être naïve et de laisser le destin agir... car comment faire face à notre destinée si on ne peut s'empêcher de tout contrôler ?

L'audace s'empare de mon esprit et je me penche sur le garçon allongé à côté de moi puis je pose délicatement mes lèvres sur les siennes. Enzo m'embrasse en retour, ce baiser n'est pas incroyable mais j'en redemande encore. Il m'attire ensuite contre lui et mélange sa langue à la mienne.

Je ne sais pas combien de temps dure cette bulle hors du temps mais lorsque je sens ses mains remonter le long de mon corps, ma conscience décide de reprendre le dessus. *Il était temps !*

– Attends... je lance.

Je me dégage de lui et je remets mon haut en place, intimidée. Je n'ose pas imaginer ce qui aurait pu se passer.

– Excuse-moi, je lui confie, gênée. C'est juste que…

– Je comprends, avoue-t-il. Tu as raison. Ce n'est sans doute pas le moment.

Il se redresse et passe sa main à travers ses cheveux, confus. Je saisis mon portable et, tout en évitant de croiser son regard, je fais défiler mes notifications. Je pense qu'Enzo est frustré, ce qui ne décuple pas ma gêne, bien au contraire. Il va me prendre pour une fille coincée…

Il joue avec la chaîne de son poignet pendant que je prends connaissance des nouveaux messages sur ma page *Facebook*. Les messages de haine se multiplient, même à cette heure-ci. Puis je comprends finalement que si les gens sont toujours aussi actifs, c'est parce qu'une vidéo tourne de partout.

Elle a été filmée il y a moins d'une heure, entre les murs de cette maison. Elle met en scène Enzo qui m'accompagne à l'étage.

« Cette traînée s'enfuit à l'étage pour se taper Enzo dans un lit qui n'est même pas le sien. Si j'étais sa mère, j'aurais honte d'elle. Ah, c'est vrai, elle est morte. Morte de honte, peut-être ? ».

Je ressens des palpitations dans tout mon corps et j'ai l'impression que quelqu'un serre ma gorge de toutes ses forces tant je me sens suffoquer.

William est l'un des seuls à être au courant pour le décès de ma mère et je viens de comprendre qu'il a utilisé mon secret pour le retourner contre moi. Si ce n'est pas lui, qui d'autre ?

Je tente de masquer ce début de crise d'angoisse à Enzo mais c'est une peine perdue d'avance. Je n'arrive plus à respirer.

– Jade… s'inquiète-t-il.

Il tente de me faire pratiquer quelques exercices de respiration mais lorsque sa main entre à nouveau en contact avec mon corps, je suis traversée par un frisson si douloureux que je me dégage violemment de son étreinte.

Je me relève puis je m'enfuis de la chambre. Je dévale les escaliers en trombe et, en atteignant le rez-de-chaussée, je tombe sur Garance puis sur William et Vanessa qui discutent ensemble.

Ma demi-sœur me remarque et me fait signe de m'approcher. Lorsqu'elle voit les sanglots ruisseler le long de mes joues, elle me prend dans ses bras. Je l'implore de me raccompagner à la maison et, sans renchérir, elle m'aide à rassembler mes affaires.

William et Vanessa me fixent, hébétés.

– D'où sort ce haut ? me questionne ma demi-sœur.

– Enzo me l'a prêté, je bégaie. Je te promets que je reviendrai chercher ta robe, mais pour le moment, je veux m'enfuir de cet endroit.

– Enzo t'a fait quelque chose ? m'interroge William.

– Ne remets pas la faute sur les autres, espèce de…

– N'essaie même pas de finir cette phrase ! me menace ma demi-sœur.

– Je viens avec vous, décrète William. Vous n'allez pas rentrer seules à cette heure-ci.

William attrape sa veste et la dépose sur mes épaules nues. La température extérieure est bien trop froide pour que je me permette de sortir vêtue d'un simple T-Shirt. Malgré tout, je préfère mourir de froid que de mettre la veste de cet abruti.

– Ne me touche pas ! je crie en lui jetant la veste à la figure.

– Qu'est-ce qui te passe par la tête ? me reprend Garance, stupéfaite.

Nous sortons tous les trois de la maison. William marche à côté de nous, énervé. Il fixe ses pieds et fulmine, tout en me faisant un sermon sur mon comportement irraisonnable.

– Si tu n'étais pas un crétin qui mettait son nez de partout, la soirée n'aurait jamais autant dévié ! je lance en direction de William.

Au fond de moi, j'ai envie de croire qu'il n'a rien à voir avec tout cet acharnement, mais je ne veux pas me voiler la face. Si tout le monde est contre moi, je ne vois pas pourquoi lui, n'en ferait pas partie.

Une impulsion soudaine s'empare de moi et je balance mon poing sur le bras de mon voisin. Garance pousse un cri strident et, sous l'impact du choc, William porte sa main sur son biceps.

Putain Jade, tu viens de frapper quelqu'un.

Je ne me reconnais même plus, moi qui n'aurais même pas fait de mal à une mouche.

– Ça, c'est pour te faire comprendre que tu dois t'occuper de tes affaires, espèce de traître ! je m'époumonne, tout en regardant William. Je souffre déjà assez, je n'ai pas besoin d'un problème en plus.

Garance tente d'obtenir des informations de la part de William.

– Je ne sais pas ! tente-t-il de se défendre.

– Je refuse que toi et ta petite vie parfaite viennent entraver ma vie. Je lance en direction de William. Je veux que tu me fiches la paix, que tu me laisses dans mes problèmes et que tu cesses de vouloir te faire passer pour un super héros, car tu n'es rien de tout ça. Je sais parfaitement quel rôle tu joues dans cette histoire.

William ne répond pas. Garance continue de lui poser un tas de questions mais celui-ci refuse de lui répondre. En effet, ce serait dommage d'avouer à sa meilleure amie qu'il fait partie du groupe qui harcèle sa demi-sœur. *Quel lâche !*

– Je ne me proclame pas être un super héros, bien au contraire, lance-t-il en ma direction.

– Alors pourquoi tu n'es pas capable de me lâcher ? je lui demande.

– Parce que tu n'es pas en mesure de te gérer et de t'en sortir toute seule, Jade.

Je lui ricane au nez sans pouvoir me retenir, ce qui met un point final à cette conversation. Lorsque nous arrivons au sixième étage de l'immeuble, William salue ma sœur et s'apprête à monter à l'étage supérieur afin de rejoindre son appartement. Je me retourne alors vers lui et je lui adresse quelques mots.

— Tu ne fais rien de bien William. Tu n'es qu'un faible, un lâche et tu ne mérites pas ta place dans notre vie. Ton aide est la dernière chose dont j'ai besoin.

Je disparais ensuite à l'intérieur de l'appartement.

J'espère que mes paroles le feront réfléchir.

21

Que ressentez-vous lorsque vous voyez un garçon pleurer ?

Pleurer est un acte universel, les larmes d'un garçon devraient nous émouvoir tout autant que celles d'une fille.

Pourtant, ce n'est pas le cas.

J'imagine que c'est une histoire de stéréotypes : depuis toujours, l'homme est perçu comme un être fort et stoïque parfois même dépourvu de toute sensibilité, contrairement à nous, les femmes. *Un garçon ne doit pas pleurer, parce que pleurer, c'est pour les faibles.*

À cause de ces normes, on a toujours encouragé les hommes à réprimer leurs émotions, et j'imagine que c'est pour cette raison qu'il est aussi perturbant de voir un homme pleurer.

Alors que cela ne devrait pas être le cas.

Finalement, j'estime qu'un homme qui pleure est un homme courageux, car celui qui accepte de ressentir pleinement ses émotions sans se soucier de l'avis des autres est un homme respectable.

Ce sont ceux qui se cachent, les faibles.

J'imagine que vous vous demandez pourquoi je me lance dans une réflexion philosophique sur les émotions masculines.

Parce que William est en train de pleurer.

Il se tient devant moi, ses yeux sont injectés de sang et les traits de son visage sont tirés. Je ne parviens pas à cacher ma stupeur lorsqu'il croise mon regard. Celui-ci préfère ignorer mon air hébété.

Il sort de la pièce et je comprends que cette rencontre ne sera considérée que comme le pur fruit de mon imagination.

– Tu peux entrer ! me propose Monsieur Freud.

Je savais que William consultait un psychologue mais je ne savais pas qu'il y allait aussi régulièrement. Peut-être a-t-il besoin de se déculpabiliser pour son comportement ?

Cela ferait sens, en tout cas.

Mon psychologue me demande comment je me sens et je lui réponds par la même chose que d'habitude.

– Je vais bien, je suppose.

– Je vois, répond-t-il en réajustant le bas de son T-Shirt sur son ventre bedonnant. Les relations avec tes camarades se sont-elles apaisées ?

Je pousse un rire nerveux.

– Non, je renchéris, leur comportement est de plus en plus virulent.

Je me suis toujours demandée si les psychologues respectaient ce fameux « secret médical ». Est-ce qu'ils parviennent réellement à garder le secret ou alors racontent-ils certains détails à leur famille autour d'une assiette de gratin de pâtes, dès qu'ils rentrent du travail ?

Et qu'advient-il des parents concernés ?

– Non… je bredouille. Mon père n'est toujours pas au courant du harcèlement que je subis… mais cela ne vaut pas la peine de lui en parler, je vous assure.

– Je respecte ta décision Jade, et je resterai silencieux. Sauf si je ressens qu'il y a un réel danger imminent.

En réalité Monsieur Freud, il y a, un réel danger imminent.

Je ne parviens pas à chasser l'image de William de mon esprit, ses yeux étaient si rouges et son visage semblait si fatigué. Je ne peux pas m'empêcher de me questionner sur la raison de ses consultations, lui qui mène pourtant une vie si parfaite…

Je tente de formuler des hypothèses dans mon esprit mais, finalement, j'imagine qu'il a juste besoin de se libérer… parce que je suis convaincue qu'il joue un rôle important parmi tous ceux qui tentent de me rendre la vie impossible.

Je me demande comment réagirait Monsieur Freud, s'il apprenait que l'un de ses patients fait partie de mes persécuteurs.

— C'est la deuxième fois que j'essaie de te poser une question… qu'est-ce qui te préoccupe autant ? m'interpelle-t-il.

— Je ne suis pas sûre que cela vous fasse plaisir… je suppose.

— Exprime-toi.

— Pourquoi William vient-il vous voir ?

Ses yeux baignent dans l'incompréhension.

— Le patient qui me précédait, je reformule, je le connais. William Van der Baart est mon voisin, il fait partie de mes harceleurs.

— Ce que tu avances est grave… tu as des preuves ?

Je secoue la tête de gauche à droite, même si j'estime que mes soupçons constituent une preuve suffisante.

— Tu ne peux pas accuser quelqu'un sous prétexte que tu as des différends avec lui, Jade !

Comment pouvez-vous en être certain ? Peut-être qu'il vous ment et qu'il vous retourne la tête, à vous aussi. Ce garçon est le vice en personne.

Le chat de mon psychologue, *Minnie*, saute sur mes jambes. Je le caresse tendrement pendant que Monsieur Freud me sermonne sur les fausses accusations et leurs conséquences.

La présence de Minnie dans ce cabinet sert à détendre les patients, il paraît que les animaux ont un effet apaisant sur les humains.

J'aime bien le concept, même si cela ne fonctionne pas sur moi.

— Tu es vraiment têtue ! s'énerve-t-il. Non, je ne te donnerai pas d'informations personnelles sur l'un de mes patients, tout simplement parce que cela ne te regarde pas ! J'aimerais que tu te concentres sur la séance… nous sommes ici pour parler de *toi*.

Frustrée, je n'ai pas le choix que d'abandonner mes questions déplacées.

— Nous allons faire un exercice, ferme les yeux.

Généralement, je ne suis pas une adepte des exercices qu'il me fait pratiquer, mais je m'exécute.

— Tu vas t'adresser à la Jade de trente ans.

Je trouve que l'idée est ridicule mais je me prive de lui dire le fond de ma pensée. Après tout, cet homme reste gentil, je n'ai pas envie de le vexer.

— Où te vois-tu dans treize ans ?

Je pousse un soupir et j'essaie de me prêter au jeu. Je réfléchis longuement.

— Mariée, je suppose. Je vivrai aux Pays-Bas ou en Norvège, dans un pays de l'Europe du nord, en tout cas. Même si je ne peux pas en être certaine car pour le moment, je n'ai jamais quitté la France.

— Rappelle-toi que tout ce qui se passe se déroule dans treize ans. Pas à l'instant même.

— J'aurai deux petites filles, des jumelles. Je tiendrai un poste dans l'édition ou dans les recherches historiques et je voyagerai partout dans le monde.

— Et comment elle se sent, la Jade de trente ans ?

— Je crois qu'elle est heureuse. Dans ma tête, j'ai l'air heureuse en tout cas.

Son exercice est vraiment con mais il me fait énormément réfléchir.

— Vous savez ce qui est bizarre ? j'enchaîne.

— Raconte-moi.

— La Jade de trente ans, j'ai l'impression qu'elle se sent complète, que cet immense trou dans sa poitrine s'est rebouché et qu'elle ne ressent plus cette sensation de vide au fond d'elle. Je crois qu'elle aime la vie… ce qui me paraît impossible à l'heure actuelle.

Je commence à pleurer et je fonds en larmes, en plein milieu de la séance.

– C'est bien, tu te prêtes parfaitement à l'exercice. Tu peux pleurer, personne ne te jugera ici. Ce n'est surtout pas Minnie qui se moquera de toi ! m'assure-t-il en prenant le gros chat roux sur ses genoux.

J'essuie mes larmes d'un simple revers de manche.

– Et maintenant, que dirais-tu à la Jade de dix-sept ans ?

– Je lui dirais de s'ouvrir sur le monde et je lui ferais comprendre qu'il ne faut pas chercher à se faire aimer par tout le monde, car c'est impossible ! Ensuite, je lui expliquerais qu'il n'est pas utile de s'affamer pour essayer de rentrer dans les cases de la société, cela ne la rendra pas plus heureuse. Et pour finir… je lui demanderais de vivre pleinement et de profiter de la vie, car la vie est courte.

Je prends une pause.

– Je crois que j'ajouterais une dernière phrase, je continue. Je lui dirais que c'est une fille très courageuse qui ne mérite pas de ressentir autant de haine au fond d'elle.

– Voilà Jade…tu sais donc ce qu'il te reste à faire.

La pendule indique la fin de la séance.

***

– Qu'est-ce qui te rend aussi pensive ? me questionne ma belle-mère alors que je fais infuser un sachet de thé vert dans la cuisine.

– Tu me promets de garder le secret ? je lui demande, hésitante.

Elle acquiesce et se montre rassurante. Je regarde alors autour de moi, de sorte à m'assurer que mon père n'est pas dans les parages, puis je décide d'ouvrir mon cœur à Faustine. Il est bien trop lourd à porter, en ce moment.

— Je crois que je suis intéressée par un garçon, je lui confie.

— Et ? Pourquoi est-ce tant un problème ?

— Quand je pense à lui, il m'arrive de sourire timidement. Quand nous sommes ensemble, je me sens relativement bien, je dirais même qu'il réussit à me faire rigoler, de temps en temps. Sauf que lorsque mes yeux se perdent dans les siens, une sensation étrange s'empare de mon corps, comme s'il me disait de fuir.

Ma belle-mère pose son téléphone portable et s'approche de moi, elle tente d'analyser mes propos et essaie de me donner les meilleurs conseils possibles.

Un peu comme une maman.

— D'après toi, c'est quoi le vrai amour ? je l'interroge.

— Pour moi, commence-t-elle, l'amour n'est pas quelque chose qui se décrit. Si tu n'as pas encore l'impression de savoir ce que c'est réellement, c'est que tu n'es pas encore prête à recevoir la réponse. L'amour se ressent, Jade, il sonne comme une évidence. Il te procure une sensation inexplicable qui te rend vivante, qui allège tes problèmes, qui te fait te sentir comme sur un nuage. L'amour, ce n'est pas sourire de temps en temps parce qu'on vient de t'offrir un bouquet de fleurs, ni rigoler parce que tu trouves qu'une blague est amusante. L'amour, c'est sourire comme une idiote, sans même t'en rendre compte, sans même savoir pourquoi. Il te rend légère.

— Et comment as-tu su que papa était le bon ?

— Tout simplement car je n'ai jamais eu à me poser la question… termine-t-elle.

J'imagine que Faustine a raison. Si Enzo était le bon, je ne me poserais pas autant de questions, je n'essaierais pas de lutter contre moi-même. Depuis qu'il est entré dans ma vie, je n'ai cessé d'enchaîner les bêtises.

Et j'estime qu'il est temps de se ressaisir.

Le plus tôt possible, j'irai mettre les choses au clair avec Enzo et je mettrai un point final à cette relation sur laquelle nous n'avons d'ailleurs pas encore mis de mot.

— Merci Faustine, je lui dis en la serrant dans mes bras.

— Avec plaisir ma chérie, répond-t-elle en me rendant cette étreinte.

— Moi aussi je peux me joindre à vous ? demande mon père lorsqu'il tombe sur nous en entrant dans la cuisine.

— C'est un câlin entre filles ! lui explique-t-elle.

Papa rigole en lui avouant qu'il est jaloux puis il attrape un des muffins aux fruits rouges et au chocolat blanc posés sur un plateau en argent. Faustine les a préparés hier et me demande si j'en veux un, moi aussi. Ces pâtisseries éveillent mes papilles, ce qui me donnerait presque envie de croquer dedans.

Cependant je m'y résigne, je n'ai pas le droit de manger ce genre de choses.

— Prends un muffin, m'ordonne mon père. Ils sont délicieux.

Je refuse de lui obéir mais ce n'est pas pour autant que celui-ci abandonne. David Martin est un homme persévérant.

— J'ai eu une longue journée… me fait-il remarquer. Je n'ai pas la patience de me prendre la tête maintenant.

Papa hausse désagréablement la voix, ce qui a pour effet de me braquer. S'il y a bien une chose que je vous déconseille de voir, c'est la colère de mon père. David Martin est un homme génial, mais il reste un papa, et tout le monde sait qu'il faut toujours se méfier d'un papa furieux.

Vaincue, je saisis le morceau qu'il me tend et je croque dedans. Naturellement, Ana se réveille et manifeste son mécontentement. Même si je tente de prendre sur moi, cette petite voix intérieure est impossible à faire taire, elle fait désormais partie intégrante de moi.

Physiquement je suis Jade, mais mentalement, je suis Ana.

Ana, cette fille qui dicte toutes mes pensées, cette voix qui me hante jour et nuit.

Je ne parviens pas à avaler le morceau en entier et je profite que mon père ait le dos tourné pour jeter le reste dans la poubelle.

Lorsqu'il s'en va, je peux souffler.

– La prochaine fois, dis-moi que mon gâteau était mauvais au lieu de le jeter à la poubelle ! m'interpelle Faustine.

Mon attention s'est tellement focalisée sur mon père que j'en ai oublié la présence de Faustine. Elle m'a vue jeter le muffin à la poubelle, elle doit être furieuse et vexée.

– Je suis désolée… je m'excuse, gênée. Je t'assure qu'ils étaient bons pourtant.

Ils étaient délicieux même, dommage qu'Ana ne m'ait pas laissée en profiter comme il se doit.

– Je sais ma puce, renchérit-elle. Je ne t'en veux pas, je sais à quel point c'est difficile pour toi… mais je suis convaincue qu'un jour, tout finira par s'arranger.

Je souris timidement. Ma deuxième maman est la femme la plus bienveillante du monde.

– Et ce garçon ? poursuit-elle. Que comptes-tu faire désormais ?

– Je suppose que je vais prendre mes distances avec lui. Je dois juste trouver une manière de lui dire sans le blesser.

– Sois ferme dans tes paroles. Les garçons sont forts pour retourner la situation.

À qui le dis-tu…

J'écoute les conseils de ma belle-mère avec attention et je commence déjà à réfléchir à la tournure de mes mots. Dès que je le pourrai, je mettrai fin à ce qui se passe entre Enzo et moi. Et je ne dois surtout pas fléchir lorsque je me retrouverai devant lui.

22

Je suis devant la porte des Domartin.

J'hésite quelques secondes avant de manifester ma présence puis je presse le bouton de la sonnette.

– Jade ? s'étonne Enzo en me voyant.

– Je viens récupérer ma robe.

Le froncement de ses sourcils trahit son incompréhension.

– La robe que j'ai laissée chez Vanessa la soirée passée, j'ajoute. Tu m'as dit qu'elle était chez toi.

– Ah oui, c'est juste. Elle doit être dans ma chambre.

– Très bien, je réponds, je t'attends.

Mes yeux balayent dangereusement son visage. Je rêve d'enrouler mes bras autour de ses épaules et de sentir mon corps s'embraser sous le contact de nos peaux.

Mais je prends sur moi et je garde mes distances. Je tente de garder un air impassible.

– Mes parents ont des invités, ils sont en pleine négociation pour le travail. Je suis navré mais je ne peux pas te laisser traîner dans le hall… m'avoue-t-il. Tu veux bien m'accompagner à l'étage ?

Je pousse un soupir en guise de réponse et je le suis naïvement à l'intérieur de la bâtisse. *Tu récupères cette robe et tu t'enfuis.* Nous empruntons le majestueux escalier puis nous atteignons la chambre d'Enzo. Étonnement, la robe n'est pas là où il prétendait l'avoir posée.

– Elle doit être à un autre endroit… assieds-toi sur mon lit si tu veux, je vais la chercher.

Je laisse mes yeux glisser sur le lit qui, autrefois, a été complice d'une périlleuse intimité entre Enzo et moi. Un tremblement me submerge, ce qui fait ressurgir en moi des souvenirs de cette proximité éphémère. Je m'adosse au mur.

Les choses doivent cesser, et vite.

Dès qu'Enzo reviendra dans cette pièce, je mettrai fin à cette histoire.

Alors que le garçon tatoué s'éclipse pour une durée qui me semble interminable, celui-ci revient finalement dans sa chambre. Je prends mon courage à deux mains et je décide de prendre mes responsabilités.

– Enzo, je dois te parler.

– J'ai enfin ta robe ! s'exclame-t-il en même temps.

Il me tend fièrement le tissu vert que j'attrape entre mes mains. Je maudis cette fichue robe qui vient de gâcher mon unique chance de mettre les choses au clair avec Enzo.

L'élan de confiance qui s'est manifesté, léger comme une plume, s'envole inévitablement.

– Excuse-moi, je t'ai coupé. Tu voulais me parler ? me demande-t-il en se rapprochant de moi.

Intimidée, je suis dans l'incapacité de prononcer une phrase grammaticalement constituée.

– Oui. Voilà, il faut que… je… il faut que tu saches, que je ne veux rien de plus entre nous.

– Je ne suis pas certain de comprendre le sens de ta phrase, m'avoue Enzo.

– Ce qui s'est passé la semaine dernière n'aurait pas dû avoir lieu. J'ai été influencée par la fatigue et le contexte, je n'étais plus totalement consciente. Je regrette ce que j'ai fait.

– Tu m'as juste embrassé Jade. Il ne s'est rien passé de spécial, détends-toi.

Et ses doigts qui remontaient lentement le long de mon corps, ses mains qui effleuraient l'ouverture de mon soutien-gorge… ce n'était *rien de spécial*, ça ?

– Oui, je sais… je réponds, vexée.

– Tu es une menteuse, Jade Martin.

– Je ne vois pas où tu veux en venir, je renchéris.

– Les yeux ne mentent jamais. Ton regard t'a trahi. J'ai vu l'envie de déposer tes lèvres sur les miennes somnoler en toi… et ceci depuis la première fois où tu as posé tes yeux sur moi.

Je commence à comprendre pourquoi Enzo et William s'entendent aussi bien : ils ont la même assurance.

– Peu importe, je bafouille. Je suis venue te voir aujourd'hui dans le but de mettre fin à cette histoire.

– Mais tu ne l'as pas fait, me fait-il remarquer.

Il joue avec mes nerfs, pourquoi est-il obligé de compliquer la situation ? Il ne peut pas se contenter d'aller dans mon sens ?

– Tu ne m'as pas dit tout de suite en arrivant que tu voulais qu'on arrête de se voir.

– Je n'ai pas eu le temps ! je me justifie d'une voix forte. Tu cherchais ma robe.

– Les menteuses ne sont pas jolies, me provoque-t-il. Encore plus lorsqu'elles se mentent à elles-mêmes.

– Pourquoi es-tu si sûr de toi ? je lui demande.

De son aplomb absolu, Enzo se penche vers moi puis place deux de ses doigts sous mon menton : son index et son majeur. Il relève ensuite mon visage vers le sien et me donne un baiser timide. L'obsession du contact de ses lèvres humides contre les miennes provoque en moi un élan de frénésie qui me pousse à enlacer mes mains le long de son cou.

Plongée dans cette bulle éphémère, il semble soudain que mes intentions de prendre nos distances soient bien lointaines.

En quelques secondes à peine, Enzo et moi basculons sur son lit. Il me donne des baisers avec une telle dextérité que je prie pour que cet instant dure une éternité. Enzo me lance un regard lascif, il n'a pas besoin de parler pour que je devine ses intentions.

De son pouce et son index, celui-ci se dirige dangereusement en direction de mon jean et vient titiller la fermeture. Une vague d'anxiété traverse l'entièreté de mon âme.

Arrête les choses avant qu'il ne soit trop tard.

Je me sens relativement bien aux côtés de cet homme mais je ne ressens pas cette petite étincelle, ni les papillons dans le bas du ventre, les étoiles dans les yeux, les feux d'artifice dans le cœur…

Souviens-toi des mots de Faustine.

— Attends quelques instants, je murmure.

Je ne suis pas certaine d'être prête à donner mon corps à un homme une seconde fois, et encore moins à Enzo.

Le seul garçon qui a eu *ce privilège* a arraché mon cœur de ma poitrine, puis il l'a jeté au sol. Ensuite, il l'a piétiné avec une immense fierté.

Il a réitéré l'opération avec mon estime personnelle.

— Combien de temps comptes-tu encore nous faire attendre ? s'impatiente Enzo. C'est la seconde fois que tu mets fin à cet acte.

Un peu ébahie, je ne sais pas si je dois me confondre en excuses ou si je dois lui hurler dessus. Je reste toutefois blottie contre lui, dans un silence olympique.

Enzo finit par me donner ses plus plates excuses puis il dépose un baiser timide sur mes cheveux ondulés. L'ambiance redevient alors calme et légère. La main du garçon caresse tendrement mon avant-bras et je comprends que nous finirons bien par le faire un jour.

Ce jour-là, peut-être que nous prendrons notre courage à deux mains et que nous officialiserons cette relation aux yeux de tous.

— *Parfois*, j'ai l'impression de réellement t'apprécier, Enzo.

L'homme qui se tient en face de moi se confond dans un silence pesant, voire étouffant. Celui-ci se redresse puis pose ses yeux sur mon corps à moitié dénudé, toujours enfoui sous ses draps. La façon dont il me fixe est si déroutante qu'elle me fait frissonner d'une manière angoissante.

— Tu es une fille sympathique Jade, mais je ne suis pas un garçon qui veut se poser.

— Que fais-tu de nous ? j'ose lui demander.

— Il n'y a pas, de *nous*.

Je ne suis pas en mesure de dire s'il est sincère ou non. En réalité, je ne suis pas certaine de vouloir le savoir.

— Mais on s'est bien amusés, non ? enchaîne-t-il avec un sourire narquois. Nous sommes encore trop jeunes pour nous prendre la tête, je ne suis pas un mec comme William à vouloir me poser aussi tôt, *moi*. Par compte, on peut toujours continuer nos activités ensemble, si tu vois ce que je veux dire…

Finalement, ma belle-mère avait raison.

Enzo n'est pas le genre de garçon qui peut me faire tomber amoureuse et je n'aurais jamais dû m'aventurer dans ce jeu dangereux.

Pourtant, je me sens salie et humiliée.

— Avec ce qui s'est passé je pensais que…

— De simples baisers ne signifient pas que nous sommes engagés au yeux de la loi ! Écoute, je suis navré… j'aurais dû être plus explicite dès le début.

Ils se sont bien trouvés, William et lui. Ce sont deux garçons dépourvus de cœur et de valeurs. Les mots du garçon tatoué résonnent encore dans mes tempes, il m'a utilisée et manipulée comme un vulgaire objet. *Tu parles du destin…*

J'aurais dû me fier à mes intuitions dès le début, en plus, je ne ressentais même pas de papillons dans mon ventre !

— Je crois que je vais m'en aller, je l'informe.

Enzo se lève du lit afin de se rhabiller. Lorsqu'il se redresse, j'aperçois *cette chose*, juste au-dessus de son boxer.

Et je l'aurais reconnue parmi mille.

En un clignement d'yeux, tout s'éclaire dans ma tête, tout me revient petit à petit. Les pièces manquantes du puzzle s'assemblent alors et je ne sais pas si je suis prête à le compléter.

Je laisse échapper un cri de stupeur du plus profond de mes entrailles, si bien que même les habitants belges peuvent l'entendre. Je fonds ensuite en larmes, d'une détresse encore jamais éprouvée auparavant.

Et cette fois, je n'exagère pas.

– Calme-toi ! hurle Enzo. Qu'est-ce qu'il y a ?

Le tatouage dessiné sur la peau de son dos – un gros cercle noir aux motifs tribaux – est totalement reconnaissable. Il est placé en bas du dos, sur le côté droit.

– Comment as-tu osé ? je m'époumone.

Enzo m'épargne alors son faux air déconcerté puisqu'il comprend enfin que je l'ai démasqué. Le garçon qui m'a gâché la vie au lycée, *ce* garçon, il ne s'appelait pas Edgar, ni Elias, et encore moins Erwan.

Il s'appelait, et se nomme toujours Enzo.

Enzo Domartin, plus précisément.

– Donc tu le savais ? je vocifère.

– Je ne suis pas sûr de comprendre où tu veux en venir.

– Essaie d'agir comme un homme et sois honnête au moins une fois dans ta vie bordel !

Il acquiesce piteusement. *Quel lâche.* Mon corps tout entier tremble de rage, prêt à s'effondrer sur le sol.

– J'en déduis que tu fais toi aussi partie de ceux qui s'amusent à poster des photos et des messages désobligeants à mon propos sur les réseaux sociaux.

Il ne répond pas.

– J'ai accusé William à tort alors que le seul responsable dans cette histoire, c'est toi ! Putain Enzo… mais qu'est-ce qui t'a pris ? Tu es complètement malade !

Je me lève de son lit et je me précipite sur mes vêtements que je tente d'enfiler en vitesse. Mon pull est à l'envers mais je n'ai pas la patience de le mettre dans le bon sens, ce n'est si pas grave.

Je ne suis plus à ça près.

Je m'enfuis de la chambre d'Enzo, complètement sous le choc. Tétanisée, je tente de garder l'équilibre au fur et à mesure de mes pas, même si j'ai l'impression que le sol se dérobe sous mes pieds.

Mon harceleur tente de me rattraper. Il me saisit par le bras et essaie de me calmer.

– Ne me touche pas ! je hurle à pleins poumons.

Je dévale les escaliers et je me retrouve face à ses géniteurs. Les parents d'Enzo entretiennent une conversation avec deux hommes vêtus d'un costard bleu marine. Encore sidérée, je ne peux m'empêcher d'insulter Enzo de toute mon âme.

Alertés par le vacarme, la mère du garçon tatoué porte sa main à sa bouche et son père me reluque avec mépris. Les deux hommes d'affaires suivent la scène du regard, les yeux chargés d'incompréhension.

Je les dépasse puis je franchis la grande porte d'entrée. Je me précipite dans l'allée en graviers jusqu'à atteindre le portail mais celui-ci est malheureusement fermé. J'épie le décor qui m'entoure afin de trouver un moyen de m'enfuir d'ici.

Hélas, la clôture est si haute qu'il m'est totalement impossible de passer au-dessus... à moins que je fasse honneur aux six séances d'escalade que mon père m'a payées lorsque j'étais au collège.

Enzo me rattrape rapidement. Alors que je tente de de grimper par-dessus le muret, il me retient et me fait descendre de force.

– Je ne voulais pas aller aussi loin, avoue-t-il.

– Je n'arrive pas à comprendre ce qui a pu se passer dans ta tête. Tu n'as pas remarqué l'état dans lequel je suis désormais, à cause de ce que tu m'as fait subir il y a deux ans ?

— Je ne savais pas que cet incident t'avait autant traumatisée.

Cet incident… Spécificité numéro une du connard : minimiser votre peine.

J'aimerais tant qu'il soit dans ma tête pour qu'il comprenne à quel point il m'a détruite, *ce soir-là*.

— Tu m'as humiliée ! je crie, la voix brisée par l'émotion. Qu'est-ce que tu espérais, en dépucelant une gamine alcoolisée pour gagner un foutu pari ? Tu m'as pris pour un objet sans valeur et tu m'as salie devant tous mes amis. Tu as choisi la fille la plus naïve, sans même penser aux conséquences, sans même penser au fait que tu ruinerais sa vie et l'amitié qui importait le plus à ses yeux.

— Je ne savais pas ce que je faisais… tente-t-il de se défendre. Je ne pensais pas que cela te ferait autant de mal.

— Quand tu as quitté cette fête et que tu es rentré chez toi à Paris, dans ta baraque de riche avec ta vie de gosse pourri gâté : tout est redevenu normal, tu as pu reprendre ta petite vie paisible. Parce qu'au fond, tu t'es juste éclaté à une soirée, tu t'es envoyé en l'air et tu es parvenu à retirer la virginité d'une gamine. Mais est-ce que tu imagines ce que j'ai vécu, *moi* ? Les moqueries, la haine, les insultes, la solitude, les bousculades… tu as ruiné ma vie, Enzo.

— J'étais jeune, moi aussi.

— Sauf que toi, tu as eu la chance de poursuivre une jeunesse sans complications, contrairement à moi qui, encore aujourd'hui, enchaîne les kilos perdus, les rechutes, les dépressions, mais surtout, les tentatives de suicide.

Les larmes brûlantes inondent mon visage. Je n'aurais jamais pensé *le* revoir un jour, me tenir en face de l'homme qui a piétiné ma vie est d'une souffrance insoutenable. Mes jambes menacent de céder sous l'impact de mes violents tremblements. Mon cœur est d'une lourdeur incomparable.

L'histoire a failli se répéter une seconde fois.

– Quand tu m'as aidée à me relever devant le lycée, savais-tu déjà à qui tu faisais face ? je le questionne.

– Oui… concède-t-il, honteux.

– Pourquoi ? je tente de murmurer malgré les larmes.

– Je me suis laissé emporter par l'effet de groupe… tente-t-il de se justifier. Ils pensaient que je n'étais pas capable de t'approcher, je n'ai pas réfléchi. J'ai merdé, je sais.

Qu'Enzo ne veuille pas de relation sérieuse est compréhensible. Mais qu'il ait manigancé tout ce stratagème dans l'unique espoir de prouver quelque chose à Manon et sa bande, c'est inconcevable.

Je me suis fait avoir, une fois de plus.

– Ouvre-moi le portail, je veux partir. Je ne veux plus jamais te voir.

Il cède face à mes cris et ouvre finalement le portail. Je m'enfuis en courant avec cette familière envie de disparaître pour toujours.

FLASHBACK
Une soirée d'août, il y a deux ans

Ce soir, j'assiste à ma première soirée en tant que lycéenne, et franchement, c'est trop la classe ! Avec Manon, nous avons déjà assisté à quelques soirées, cet été. Nous sommes parvenues à prolonger nos couvres feu respectifs, ce qui nous a permis de veiller jusqu'à une heure du matin.

C'était génial, et j'ai hâte de recommencer.

Sauf qu'aujourd'hui, la fête qui approche s'annonce différente, mais surtout, incroyable ! Nous avons été invitées par des terminales (enfin, c'est Manon qui s'est fait inviter, moi je m'incruste juste avec elle). Son meilleur ami – Lucas – est plus âgé que nous, donc il nous fait profiter de ses avantages !

– Tu penses qu'il me trouvera belle, avec cette tenue ? me demande-t-elle.

– Je pense que s'il n'essaie pas de coucher avec toi ce soir, c'est qu'il est sacrément aveugle !

Manon a hâte de faire sa première fois, elle m'en parle souvent. Moi, je ne sais pas. J'ai bientôt quinze ans, alors c'est vrai que je suis suffisamment grande pour sauter le pas. Enfin, je pense. Mais je n'ai pas encore flashé sur un garçon, alors je préfère attendre.

Contrairement à Manon qui s'apprête à sauter le pas ce soir.

– Gloss ou rouge à lèvres ? hésite Manon.

– Ta mère va te tuer si elle te voit porter du rouge à lèvres ! je renchéris.

– Elle n'y verra que du feu.

— Alors rouge à lèvres, je crois que les garçons n'aiment pas le gloss. La texture est trop visqueuse et collante.

Manon s'exécute et passe une légère couche de rouge à lèvres de couleur rose sur ses lèvres. Ce soir, ma meilleure amie veut conquérir le cœur d'Enzo, le cousin de Lucas. Enzo et elle se sont déjà rencontrés le mois dernier, lorsqu'elle est partie en vacances dans le sud avec Lucas.

Ma meilleure amie est un cœur d'artichaud et c'est sans doute pour cette raison qu'elle est éperdument tombée amoureuse d'Enzo. Ce garçon habite à Paris, il est venu passer une semaine à Rouen, et il me tarde de découvrir qui se cache derrière le garçon qui a su envouter ma meilleure copine.

— On y va ? me demande-t-elle.

— On y va ! je confirme.

Lorsque nous arrivons à la soirée, on nous propose immédiatement deux verres d'alcools. Sans hésiter, nous les saisissons et portons nos lèvres sur ces gobelets en plastique.

— Putain ! je lance.

— Tu l'as dit ! enchaîne-t-elle. Ce mélange, il arrache !

Je ne sais pas de quel alcool il s'agit, à vrai dire je ne connais pas encore tous les alcools, tout simplement car c'est la première fois que j'en goûte.

J'avoue que les filles et moi avons déjà bu un peu de rosé dans un parc, quand nous avons fêté la fin du collège. Sauf que nous n'avions qu'une petite bouteille pour six, alors nous n'avons pas réellement pu profiter des effets de l'alcool.

Ce soir, même si cette boisson est dégueulasse et qu'elle arrache ma gorge, je compte bien en profiter comme il se doit. Je veux montrer aux autres que même si je ne suis qu'en seconde, je ne suis plus un petit bébé.

— J'ai la tête qui tourne… j'avoue à ma meilleure amie.

— C'est vrai ? s'étonne-t-elle. Moi ça va, pour l'instant.

Manon a bu à nouveau de l'alcool quand elle est partie en vacances dans le Sud avec Enzo et Lucas, donc je suppose qu'elle a plus l'habitude que moi.

La sensation qui s'empare de mon corps est assez étrange, j'ai l'impression que tout tourne autour de moi, c'est comme si j'étais sur un bateau en pleine mer.

– Je monte quelques minutes, j'annonce à mon amie.

Manon me salue, puis je me lève. Tout tangue autour de moi et je suis contrainte de m'appuyer contre un meuble pour ne pas chavirer. Je me faufile à travers la maison puis j'atteins les escaliers. J'ai besoin de m'allonger un moment afin de reprendre mes esprits.

– Tout va bien ? me lance une voix.

Je me retourne et je tombe sur Enzo. Le garçon me sourit chaleureusement puis me demande si j'ai besoin qu'il m'accompagne à l'étage.

Je ne sais pas pourquoi, je donne une réponse favorable à sa proposition.

Et je n'aurai jamais dû.

Nos habits traînent désormais sur le sol de la chambre, ma petite culotte est égarée quelque part par-là, au pied du lit.

– Ça va ? me demande Enzo.

Enzo plonge ses yeux noirs dans les miens et me tend mes sous-vêtements. Ses yeux sont d'un noir intense et j'ai peur de m'y perdre, je ne sais pas jusqu'où s'enfonce cette profondeur.

Seuls quelques fragments de ce qui vient de se passer me parviennent, comme si l'alcool avait emporté tous mes souvenirs avec lui.

Je me rhabille timidement puis je me redresse. Les draps sont tachés par du sang, il n'y en a pas beaucoup mais je me sens mal à l'aise pour l'hôte de la maison qui devra laver cette tâche.

Ma tâche.

J'ai perdu ma virginité avec Enzo.

J'ai volé la première fois de ma meilleure amie et je crois qu'elle ne me le pardonnera jamais.

Je ne sais pas ce qui m'a pris, je n'avais pas prévu de coucher avec un garçon ce soir et encore moins de m'aventurer dans un jeu dangereux avec l'amoureux de ma copine.

Sauf que lorsque je me suis retrouvée face au fait accompli, je n'ai pas su faire marche arrière. Parce que finalement, moi aussi, j'avais envie de devenir une adulte.

Est-ce que cela signifie qu'Enzo et moi sommes en couple, désormais ? Comment vais-je l'annoncer à Manon ?

Enzo est déjà redescendu, moi je me recoiffe dans la salle de bains avant de retourner faire la fête. Lorsque je descends les escaliers, un peu plus sobre par rapport à la dernière fois où je les ai empruntés, tous les regards se braquent sur moi.

Alors c'est vrai ? Les gens peuvent deviner sur notre visage quand on a fait l'amour pour la première fois ?

– JADE ! hurle ma meilleure amie. Tu n'es qu'une grosse salope !

L'insulte qui sort de la bouche de ma meilleure amie me glace le sang et j'en déduis qu'elle est au courant. Le groupe de garçons qui entoure Enzo ricane bêtement et je n'ai même pas le temps de réfléchir à des excuses que la paume de ma meilleure amie s'abat sur ma joue.

– Je peux tout t'expliquer… je tente de me défendre.

Manon refuse d'écouter mes paroles. Elle me tourne le dos et s'enfuit de la maison.

– Alors, c'est vrai que tu as taché les draps de Stéphanie ? me demande un garçon. C'est trop la honte !

– Il paraît qu'elle n'a même pas su comment toucher Enzo correctement.

Soudain, j'ai l'impression que mon monde s'écroule autour de moi.

Parce que je viens de faire ma première fois avec un garçon qui n'en a en fait rien à faire de moi.

Parce que je viens de trahir ma meilleure amie.

Parce que je viens de mettre fin à ma plus belle et précieuse amitié.

Parce qu' Enzo vient tout juste de remporter le pari qu'il s'était lancé avec ses potes : celui de dépuceler une gamine. Et que la seule gamine suffisamment naïve et idiote pour se faire prendre au piège, c'est moi.

Je sais désormais que ma vie ne sera plus jamais la même, et je suis terrifiée de voir ce qui m'attend.

23

Cette semaine est un réel calvaire.

– Comment te sens-tu ce matin ? m'interroge mon père. Tu veux une tisane ?

Je tente d'imiter une vieille quinte de toux et j'accepte sa proposition.

Je ne suis pas retournée en cours depuis mon altercation avec Enzo. À vrai dire, je ne suis même pas sortie de mon lit. Cela fait une semaine que je campe dans ces draps salis par les pleurs et la transpiration.

Papa pense que je suis malade, tout simplement parce que je lui fais croire depuis quelques jours que j'ai attrapé une violente grippe.

Il réapparaît dans ma chambre et dépose une tisane au miel sur le rebord de ma table de nuit. Je ne boirai pas le contenu de cette tasse car les calories et le sucre du miel risquent de me faire grossir, d'après Ana, mais je le remercie toutefois.

Aujourd'hui encore, l'image d'Enzo et de son tatouage hante mes pensées. Je ne peux m'empêcher de rejouer cette scène dans ma tête. Ma colère et ma tristesse sont tellement palpables que leur poids m'écrase la poitrine à chaque souffle.

– Tu devrais sortir prendre l'air… suggère mon père. Il faut t'aérer le cerveau.

Je sors alors de l'appartement, pour la première fois en sept jours.

Je ne ressens aucune joie à longer les pittoresques ruelles de Montmartre, ni à traverser *ma* jolie place Émile-Goudeau, et encore moins à contempler la Basilique du Sacré-Cœur.

Tout est devenu insignifiant à mes yeux.

Garance me traîne de force au lycée pour assister au match de handball organisé par mon école elle-même. Elle souhaite encourager William qui a passé la semaine à angoisser à propos de cette rencontre. Si j'ai bien compris, le match est d'une envergure relativement importante. Je n'ai entendu que le mot « finale » alors je me doute qu'il y a une récompense à la clé.

Lorsque nous atteignons le gymnase, j'aperçois William au loin. Le garçon se tient en bas des gradins, les mains posées sur ses hanches. Il est en pleine discussion avec Enzo et je regrette aussitôt ma venue.

Sauf qu'il est trop tard pour faire marche arrière.

Je suis submergée par un tumulte de sentiments négatifs.

– Tout va bien ? s'inquiète ma demi-sœur, surprise par la tonalité de ma voix.

– Oui, je mens. Je suis encore malade.

Je baisse à nouveau les yeux en direction des garçons et croise maladroitement le regard noir d'Enzo. Mon cœur bondit hors de ma poitrine et je détourne les yeux, vaincue.

William nous remarque puis il quitte son ami. Il grimpe les escaliers des gradins et nous rejoint.

– Je suis content de vous voir ! s'enthousiasme-t-il.

– Ce n'était pas gagné d'avance ! répond ma demi-sœur en accompagnant sa phrase d'une petite tape sur mon épaule.

Je souris faiblement puis je perds mon regard au loin, silencieuse. Garance attrape ensuite William dans ses bras, le couvre de mots rassurants et lui souhaite courage et réussite. William est stressé, je le vois à la manière dont il triture la couture de son maillot.

– Bon courage, je lance d'une voix réservée.

Il me sourit tout en clignant des yeux. Ce match est décisif, aussi bien pour le palmarès de notre lycée que pour l'évolution de William à son poste.

— Tu t'es rétablie ? me demande-t-il, hésitant.

— Oui, merci.

J'imagine qu'il sait ce qui s'est passé entre Enzo et moi, je ne vois pas comment Enzo aurait pu se priver de raconter un tel exploit. Je pense que William doit me trouver ridicule, *lui aussi*.

Je ne sais plus comment me comporter avec lui, je l'ai accusé à tort alors qu'il n'était pas le principal responsable dans cette histoire… sauf qu'il reste le meilleur ami d'Enzo. Je me doute qu'il a aussi sa part de responsabilité, finalement.

— Bon, je vais m'échauffer. On se voit tout à l'heure !

— Je n'ai pas spécialement envie de te revoir, je renchéris, sous le regard confus de Garance.

— Ce n'est pas à toi que je m'adressais ! me répond-t-il en saluant ma demi-sœur.

Lorsque le garçon rejoint le terrain, ma demi-sœur se retourne vers moi, perplexe.

— Il va vraiment falloir que vous arrêtiez de vous chamailler, vous deux, soupire-t-elle.

Je préfère ignorer ses paroles, je ne peux pas lui en vouloir, elle n'est pas au courant de tout.

Garance s'assoit dans les gradins et je prends place à côté d'elle. Lorsqu'un jeune homme en uniforme arrive, portant un plateau suspendu autour du cou rempli de sachets de pop-corns et de boissons, ma demi-sœur achète de quoi se remplir l'estomac.

— Tu veux des bonbons à la fraise ? me propose-t-elle.

Je réponds négativement à sa proposition tandis qu'elle ouvre le paquet de bonbons et qu'elle plonge ses doigts à l'intérieur.

L'odeur des fraises chimiques remonte jusqu'à mes narines et me provoque de violents maux de tête. Je devine à son intensité qu'il ne s'agit pas d'une petite migraine qu'un simple cachet peut soulager mais plutôt d'une migraine qui s'immisce dans votre crâne et qui ruine toute votre journée.

Je sais que c'est la faim qui me provoque ce mal de tête, je n'ai rien avalé depuis hier midi.

Rien, sauf trois litres d'eau.

Aussi absurde que cela puisse paraître, le rapport malsain à l'eau est également une conséquence de l'anorexie. *Je vous l'accorde*, cette maladie est dotée d'une liste d'effets secondaires remarquable.

Ce phénomène s'appelle la « potomanie » : c'est le fait de boire de l'eau en continu, sans même pouvoir s'arrêter. Et c'est une addiction comme une autre ! Comme toutes sortes de dépendances, celle-ci n'est pas sans conséquences, elle est malheureusement trop souvent associée aux troubles du comportement alimentaire.

C'est une technique comme une autre pour combler la faim.

William entre sur le terrain, prêt à attaquer le match. Il est vêtu d'un ensemble bleu et jaune sur lequel un numéro « 9 » est inscrit au dos. Enzo, lui, est sur le banc des remplaçants, ce qui me provoque un sourire en coin.

C'est la seule place qu'il mérite d'occuper.

Le coup de sifflet indique le début du match et je garde les yeux rivés sur le terrain pendant tout le long.

L'ambiance est à son comble et le score est plutôt serré : 12 contre 9. Les cris nerveux du public résonnent dans la salle, ce qui ne fait qu'empirer mon mal de crâne. Ce n'est sans parler de la chaleur insupportable qui règne dans le gymnase, des gouttes de sueur dégoulinent le long de mon front.

Pourtant, j'ai l'impression d'être la seule à suffoquer.

Autour de moi, les gens sont vêtus de leurs écharpes et sont emmitouflés dans leurs manteaux.

Tout à coup, je me sens complètement partir.

J'ouvre lentement les yeux et le visage de mon père – penché au-dessus de moi – se dessine dans mon champ de vision. Je ne comprends pas ce qui se passe et je cligne des yeux afin de réveiller ma conscience. Garance est assise au fond de la pièce, une femme vêtue d'une tenue blanche se tient à côté de moi.

J'ai fait un malaise.

– Comment te sens-tu ma puce ? s'exclame mon père, inquiet.

Papa n'a pas l'habitude de troquer mon prénom pour un surnom affectueux. En général, cela traduit deux cas possibles : soit il est fier de moi, soit il est triste.

Et je devine que dans cette situation-là, il est triste. Ce qui ne présage rien de bon.

– Tu as fait un malaise, m'informe l'infirmière. Sais-tu ce qui a pu provoquer cela ?

J'imagine que c'est à cause de la faim, mais je ne peux pas le lui dire. Si papa apprend que je n'ai pas mangé depuis hier, il va se mettre en colère.

– Je suppose que c'est à cause de l'ambiance du stade… je bafouille.

– Tu es très faible, ajoute-t-elle, tu n'as pas assez de carburant dans le corps. As-tu mangé ce midi ?

Les yeux de mon géniteur se posent sur moi avec une insistance oppressante et je refuse de le décevoir une fois de plus.

Un médecin entre dans la chambre.

– Bonjour à tous, je suis le Docteur Franklin.

Nous le saluons puis celui-ci se tourne vers moi. Son regard est si lourd que j'ai soudain l'impression d'être seule avec lui dans cette salle hostile, malgré la présence de ma famille.

– Tu pèses à peine trente-sept kilos, déclare-t-il à mon attention, et ton IMC est légèrement supérieur à douze. *Douze !* répète-t-il afin de souligner l'importance de ce nombre.

– Qu'est-ce que cela signifie ? s'inquiète mon père.

— Nous allons préparer l'entrée de Jade à l'hôpital, l'informe-t-il. Votre fille ne peut pas rester dans un tel état, c'est bien trop dangereux.

— À partir de quand ?

— Aujourd'hui même, affirme Monsieur Franklin d'un ton sec.

Le médecin agite ses bras devant moi et emploie un ton désagréablement formel afin de m'annoncer la gravité de la situation, mais je ne suis pas en mesure d'analyser toutes ses paroles.

Seul le mot « hospitalisation » me fait réagir et je comprends qu'à partir d'aujourd'hui, ma vie ne sera plus jamais la même.

J'ai voulu jouer, mais j'ai perdu.

— Est-ce vraiment nécessaire ? je demande, sous le choc.

Il sourit en coin avec dédain, comme si ma question était ridicule.

— Je ne veux pas te ranger dans des cases, se dédouane-t-il, mais tu dois comprendre que *tu es anorexique*, Jade. Trente-sept kilos pour un mètre soixante-treize, c'est inhumain. Ton cas est très préoccupant et ton pronostic vital est fortement engagé. Étant donné la gravité de la situation, la seule et unique solution qui s'offre désormais à nous est l'hospitalisation.

Il marque une pause dans son discours puis prend une inspiration puisée au plus profond de ses poumons.

— Si tu continues sur cette lancée… tu risques de mourir.

L'atmosphère dans cette petite pièce est désagréablement lourde, voire étouffante. Lorsque le médecin prononce ces quatre derniers mots, mon père laisse échapper une larme, sans même pouvoir la retenir.

Il est détruit, je le sais.

Peser trente-sept kilos à l'âge dix-sept ans est absurde, j'en suis consciente. Pourtant, je n'arrive pas à le croire. Lorsque je me retrouve face à un miroir, je n'ai pas l'impression d'être aussi légère.

En voyant le désespoir qui se noie dans les yeux de mon père, je comprends l'urgence de la situation.

Il se lève brusquement et me prend dans ses bras, il me serre contre son corps de la manière la plus rassurante possible, tout en faisant attention à la perfusion reliée à mon avant-bras.

Il remet ensuite en place le drap blanc sur mon corps, puis il sort de la chambre, anéanti. C'est la deuxième fois que je vois mon géniteur dans cet état-là.

La première fois, c'est le jour où ma mère nous a quittés.

24

Tout ce qu'on m'a raconté sur les hôpitaux n'était donc pas une légende.

Ici, la nourriture est infecte, et je doute que ce soit la meilleure technique pour motiver une anorexique à se nourrir.

J'entame aujourd'hui ma quatrième journée d'hospitalisation, je crois que je me sens bien. À vrai dire, je suis dans un profond déni.

Le temps passe relativement lentement, je passe la totalité de mes journées dans la même pièce, allongée dans ce lit étroit. J'ai du mal à dormir et à manger, les plateaux repas qu'on m'apporte sont bien plus conséquents que ceux dont j'ai pris l'habitude de manger.

Je ne parviens jamais à les terminer dans leur totalité, ni même à les entamer jusqu'à la moitié.

Mon père tente de venir me rendre visite tous les soirs, ce qui ne m'empêche pas de me sentir terriblement seule. Seule avec Ana qui, elle, est toujours autant présente, si ce n'est plus. Malheureusement, je ne peux rien faire de plus, si ce n'est l'accepter.

Elle fait partie de moi, après tout.

Parfois, l'humain pense qu'il a un avis bien fondé sur un sujet, mais il suffit qu'il y soit réellement confronté pour qu'il réalise qu'il ne s'agissait en fait que d'idées erronées. *Je m'explique.*

Ces dernières années, je me suis dit que le contact humain était la chose la plus absurde qui soit, et j'ai préféré m'en éloigner, tout en pensant que la solitude était la meilleure chose qui puisse m'arriver.

Finalement, je réalise aujourd'hui que cette manière de faire était totalement superficielle. De la solitude, oui, mais jusqu'à un certain point.

Les messages haineux sur mes réseaux sociaux ne désemplissent pas, et ceci même en ayant disparu des radars du lycée.

Une infirmière entre dans ma chambre et m'apporte mon déjeuner : une assiette remplie de purée de pommes de terre accompagnée d'un steak haché, de petits pois, ainsi que de deux grosses tranches de pain blanc. En dessert, j'ai le droit à une pomme bien rouge et une mousse au chocolat noir.

En tout cas, je ne vais pas mourir de faim.

Le steak de viande qui se tient fièrement dans mon assiette me dégoûte. L'hôpital refuse de se plier à mes préférences alimentaires et je me doute qu'ils connaissent nos techniques à *nous*, les anorexiques.

Ils me l'ont bien fait comprendre : que je sois végétarienne ou non, j'aurai de la viande à mes repas.

– Il faut que tu te nourrisses, Jade. Plus vite tu mangeras, plus vite tu pourras sortir d'ici, me conseille l'infirmière lorsqu'elle me voit peiner à entamer mon plateau.

La quantité de nourriture posée en face de moi me terrifie… et je dois manger de telles assiettes trois fois par jour, sans oublier le snack du goûter. Si je me plie à leurs exigences, je vais grossir à vue d'œil.

Je tente d'avaler quelque chose mais je laisse toutefois le steak haché, une tranche de pain ainsi que la mousse au chocolat.

– Il faut réellement que tu apprennes à te forcer, m'explique la femme en blouse blanche.

J'aimerais, croyez-moi j'aimerais.

Comme si tout était aussi simple. Comme si elle pouvait savoir ce que ça fait, d'être anorexique.

De sentir son cœur et son estomac se serrer à la simple vue de nourriture.

D'être terrifiée en voyant une ridicule tranche de pain blanc traîner dans un coin de son plateau.

De calculer minutieusement ses calories et d'être effrayée à l'idée de dépasser son quota quotidien.

De penser qu'on va instantanément prendre deux kilos de graisse parce qu'on mange son assiette en entier.

L'anorexie est un enfer quotidien et même s'il est difficile de le reconnaître, je sais que cette hospitalisation reste la meilleure chose à faire, car je ne suis pas en mesure d'avancer toute seule.

C'est juste trop difficile de se l'avouer.

Un immense nœud se forme au milieu de mon ventre lorsque je fais l'erreur de calculer le nombre de calories ingérées aujourd'hui. *Est-ce légal, de gaver autant ses patients ?* Je saisis alors mon carnet puis j'y écris mes pensées, histoire de me changer les idées.

Vous vous en doutez, cela ne m'allège en rien du tout.

En me réveillant de ma courte – mais inespérée – sieste, une odeur familière se dégage dans l'air.

– Coucou, lance mon père, assis sur le fauteuil placé à côté de mon lit.

Papa se redresse et me prend tendrement dans ses bras. Il me demande ensuite comment s'est passée ma journée, alors je lui raconte tout… en omettant évidemment quelques détails.

Je ne suis pas là pour l'inquiéter encore plus.

Il finit par me demander comment va mon moral.

– Ça va, je réponds simplement.

Mon père ne mérite pas de souffrir, alors parfois, il faut accepter de considérer le mensonge comme une réelle solution.

– William ne cesse de me demander de tes nouvelles, m'informe-t-il.

Je m'étouffe avec ma propre salive lorsque j'entends les mots de mon père. William est-il réellement intéressé par mon état ou cherche-t-il simplement à se dédouaner de ses mauvaises actions ? *Quelle question*, tout le monde sait ici qu'il s'agit de pure hypocrisie.

En plus d'être un menteur, c'est un manipulateur.

– Tu me manques papa. C'est dur sans toi… je murmure faiblement.

– C'est dur pour moi aussi, ma chérie.

– Aide moi à sortir de là, je l'implore.

Papa me regarde, une lueur triste apparaît au fond de ses yeux. Je remarque qu'il n'a pas rasé sa barbe depuis quelques jours. Avant, il le faisait tous les soirs.

Puis je comprends que s'il se laisse aller, c'est à cause de moi.

J'ai détruit mon propre père alors que celui-ci ne comptait que sur moi pour recoller les fragments de son cœur.

– Tu ne sembles pas avoir compris, rétorque-t-il d'un ton désagréablement sérieux. Cette hospitalisation ne résulte pas d'un choix de ma part, ni de celui des médecins, d'ailleurs… c'est une nécessité.

Je donnerais tout pour voir mon père sourire à nouveau, mais je comprends que tant que je serai là, je n'aurai le droit qu'à cette vieille mine fatiguée et impuissante.

J'aimerais faire de mon mieux pour me sortir d'ici mais je n'y arrive pas encore. Cette maladie est bien plus forte que ma propre volonté. Je sais, ce n'est pas rationnel.

Mais c'est ça, *l'anorexie*.

– Je dois m'en aller, m'informe papa. Je reviendrai demain. Garance risque d'arriver d'une seconde à l'autre.

Il me dépose un baiser sur le front puis s'en va, sans se retourner. Je sais déjà que ses yeux sont baignés de larmes, *mais ne t'inquiète pas papa, les miens le sont aussi.*

Une infirmière déboule ensuite dans ma chambre et m'apporte une part de brioche ainsi qu'un carré de chocolat au lait. Il est seize heures et c'est *déjà* l'heure du goûter.

— Tu as de la visite, m'annonce ensuite la femme avant de disparaître dans le couloir.

Mes yeux s'illuminent à l'idée de voir ma demi-sœur. Mais malheureusement, ce n'est pas sa longue chevelure blonde qui apparaît dans l'encolure de la porte.

— William ? Qu'est-ce que tu fais là ?

— Chez les personnes polies on commence au moins par un petit « bonjour », non ?

Quel culot. Je prie pour qu'il ne s'agisse que d'une mauvaise blague mais le garçon semble déterminé à rester. Il pénètre dans ma chambre d'un pas hésitant et prend place sur le fauteuil qui, il y a une heure de ça, était occupé par mon père.

William prend soin de ne pas écraser le nounours en peluche rose qui se tient fièrement dessus. Papa m'a ramené ce doudou il y a deux jours, il l'a acheté dans la boutique de cadeaux située au premier étage de l'établissement.

Il semblait si fier de sa trouvaille que je n'ai pas lui osé lui avouer que j'avais passé l'âge, de recevoir une peluche rose qui sent la fraise.

— Garance n'a pas pu venir... elle s'est fait retenir à l'université donc elle m'a demandé de venir à sa place.

— Elle sait que je ne t'aime pas ! je m'insurge.

— Elle ne voulait pas que tu sois seule, elle a pensé que voir une tête familière te ferait du bien.

Ah Garance, je ne suis pas désespérée à ce point...

— Pourtant, *toi*, tu sais que ça ne me fait pas plaisir ! je renchéris.

— En effet.

— Alors, pourquoi es-tu là ?

— Je ne sais pas.

Je me demande si je ne suis pas victime d'une caméra cachée : William qui se pointe dans ma chambre d'hôpital sans même savoir pourquoi alors que nous nous méprisons mutuellement.

Peut-être qu'il s'agit d'une ruse de la part d'Enzo.

– Tu ne manges pas ton morceau de brioche ? me questionne-t-il, curieux.

– Je n'y arrive pas… je renchéris timidement.

– Cet aliment que tu vois comme un ennemi est en réalité ton plus grand allié…

Cette fausse manière qu'il a de se soucier de ma santé est horripilante. Je n'ai pas besoin de William pour me sortir de cette maladie !

– Je te pensais moins faible que ça, reconnaît-il avec arrogance.

Doutant de la fiabilité de mes oreilles, je lui demande de répéter sa phrase qu'il me répète droit dans les yeux. Sentant mon visage se crisper et mes muscles se tendre, je saisis le morceau de brioche, sans même me poser la question.

J'en croque un morceau, puis j'en prends une bouchée supplémentaire.

Lorsque je remarque l'éclat de satisfaction qui traverse les yeux de William, je comprends que toute cette provocation n'était qu'un minable stratagème pour me faire avaler un bout de brioche.

Je rougis.

– Tu ne veux pas en prendre un morceau ? je propose timidement à William.

– Non ! Ce n'est pas pour moi.

– Je ne me sens pas capable de tout manger… mais je n'ai pas la force d'écouter mon médecin me faire la morale une fois de plus.

– Tu deviens gentille quand ça t'arrange, me fait-il remarquer. J'accepte d'en prendre un bout, mais à une seule condition.

Les traits de mon visage témoignent mon incompréhension.
– Dis-moi qui est Ana.

Je pensais qu'il avait fini par oublier cette question… Visiblement, William a une bonne mémoire.
– Ce n'est pas le moment de me demander ça.
– C'est déjà ce que tu m'as dit la dernière fois.

En plus d'avoir une bonne mémoire, il est tenace.
– Tu es venu dans l'unique espoir de me soutirer des informations ? C'est quoi, une idée d'Enzo ?
– Enzo ? Vous n'êtes plus ensemble ?
– On ne l'a jamais été, je crois… je réponds en baissant les yeux.
– Oh, Jade…

Sa voix est étrangement douce et plaisante. Je me surprends à lever ma tête dans sa direction pour me garantir que la personne qui se trouve à mes côtés s'agit bien de William Van der Baart.

En effet, c'est bien lui.

Qu'est-ce qui lui prend ? Il pose sa main sur mon avant-bras avec délicatesse puis me lance un regard. *Ce* regard.

Ce regard qui me charge de confiance, je ne sais pas comment il fait ça.
– Ana, c'est la petite voix dans ma tête.
– Tu es schizophrène ? insinue-t-il en ricanant.
– Non, tu es bête ! Ana, c'est en même temps ma meilleure amie et la cause de mes souffrances. C'est la petite voix dans ma tête qui me dicte tout ce que je dois faire, ce que j'ai le droit de manger ou non. Elle a toujours des paroles blessantes envers moi… elle me détruit, mais elle me fait voir la réalité. Je la déteste tout autant que je l'adore. Je sais qu'elle sera toujours là pour moi et elle, au moins, elle est sincère.
– Sincère ? Comment peux-tu dire une chose aussi grotesque ?

— Je t'assure. Elle est tout ce qu'il y a de plus sincère sur cette planète.

Il me lance un regard qui se veut attendrissant, ce qui me déstabilise. Je ne connais pas cette facette de William.

Désormais, je me méfie des gens aux doubles personnalités.

— Arrête de me fixer d'une façon faussement attendrie... je n'aime pas qu'on se paie ma tête.

— Peu importe ce que je ferai, tu trouveras toujours le moyen de trouver du négatif ! s'apitoie-t-il.

— Parce que ce n'est pas ce que vous êtes, Enzo et toi ? Des garçons sans cœur ?

William n'a pas l'air de comprendre ce que je sous-entends, ce qui me paraît étonnement étrange. Il ne va quand même pas me faire croire qu'il ne voit pas de quoi je parle. Nous parlons alors d'Enzo et il me garantit qu'il n'est pas au courant de ce qui s'est passé entre lui et moi.

— Tu me prends vraiment pour une idiote ! je m'insurge. Tu penses vraiment que je vais te croire ? Comme si Enzo était capable de te cacher une chose pareille !

— Je t'assure qu'il n'a rien voulu me dire ! se défend-t-il. Sauf que je suis assez lucide pour comprendre qu'il s'est passé quelque chose de grave. Du moins, quelque chose de suffisamment grave pour que mon meilleur ami refuse de me tenir au courant des faits.

William semble si honnête qu'il me donnerait presque envie de le croire.

Mais je dois rester sur mes gardes.

— Pourquoi refuserait-il de tout te raconter ? Je le questionne. Vous êtes meilleurs amis, après tout.

— Parce qu'il sait très bien que s'il a merdé, je lui foutrai mon poing en pleine gueule.

Je m'efforce à retenir mes rires, même si la situation semble tourner au ridicule. Comme si William était capable de frapper son meilleur ami pour moi, une fille qu'il n'apprécie même pas.

– Pourquoi perds-tu ton temps à venir me voir ? je le questionne. Tu n'as pas de choses plus intéressantes à faire ?

– Si, *bien sûr que si*. J'ai en effet des choses mille fois plus intéressantes à faire que de poireauter dans cette chambre hostile qui pue le désinfectant, à discuter avec une fille aussi désagréable que toi.

Cet homme est imprévisible.

– Mais malgré tout, c'est *ici*, que je suis.

Les yeux gris de William fixent alors sa paire de *Vans*, il semble tout à coup manquer d'assurance, et rares sont les fois où je l'aperçois dans un tel état. En général, ses yeux brillent d'arrogance et témoignent la démesure de son égo.

Aujourd'hui, il semble différent de d'habitude.

Il donne l'impression de posséder un semblant de cœur.

Un silence s'abat sur la salle, ce qui, étonnement, est loin d'être désagréable.

Je ne supporte pas ce garçon, mais pourtant – alors que celui-ci est assis à mes côtés depuis plus d'une heure – sa présence n'a pas l'air de me déranger tant que ça.

Il dégage une aura positive, comme si à ses côtés, je me sentais en sécurité. Parfois, j'ai l'impression que sa présence parvient à me rassurer, à m'accrocher à la vie.

Tu dois être fatiguée, tu dis n'importe quoi.

– C'est quoi ton plus grand rêve ? m'interroge-t-il, tout en brisant l'agréable silence.

– Voyager, je réponds instinctivement. Depuis petite, je rêve de visiter le monde, de partir à la découverte de nouvelles civilisations, de nouveaux paysages, de nouvelles coutumes. Papa est casanier et nous n'avons jamais eu l'occasion de partir… je n'ai jamais pris l'avion, par exemple.

Il me regarde, éberlué, comme si j'étais une espèce à part. Je sais que William a déjà visité plus d'une vingtaine de pays tout au long de sa vie et qu'il a mis les pieds sur trois continents différents.

– Dans quelle ville aimerais-tu te rendre en premier ?

– Londres ! je réplique sans hésitation.

Je ressens une certaine proximité entre nous deux, une proximité qui me donnerait presque des ailes.

Un trop plein de confiance me pousse à lui poser cette fameuse question, cette question interdite que j'aurais finalement dû garder pour moi.

– Pourquoi vas-tu chez le psychologue ?

Les traits de son visage se chargent d'une toute autre émotion et son regard prend un air timoré. William est saisi d'un tel élan de frénésie qu'il renverse mon verre d'eau en se levant du canapé.

– Tu avais raison, conclut-il. Je n'aurais jamais dû venir te voir.

25

Je crois qu'Ana a décidé de mette fin à notre amitié.

Ses phrases, toutes aussi vilaines les unes que les autres, me détruisent de l'intérieur. Au fond de moi, je sais – et j'ai toujours su – que notre relation est toxique. Elle est ma petite voix intérieure, elle est cette maladie qui me détruit le corps.

Mais malgré tout, je pensais qu'elle me voulait du bien. J'étais persuadée que nous pouvions créer une relation basée sur la confiance, car *elle*, contrairement à *eux*, ne m'a jamais abandonnée.

Mais j'avais faux sur toute la ligne, Ana me veut du mal.

L'anorexie, me veut du mal.

Je regarde les frites entassées dans mon assiette avec dégoût et je tente de garder un air impassible devant l'infirmière. Pourtant, mes mains tressaillent et des gouttes de sueur se multiplient le long de mes tempes.

Les frites font partie de mes aliments *interdits*, je les ai supprimées de mon alimentation depuis un long moment déjà.

Quand je suis tombée dans l'anorexie, j'ai rédigé une liste imaginaire d'aliments *autorisés* et *interdits*. Cette sélection s'est élaborée très rapidement, dans la plus grande des simplicités : plus de frites, plus de sucre, plus de beurre ni d'huile, plus de charcuterie ni de gâteaux apéritifs. *Et j'en passe*.

Les fruits et légumes figurent dans ma liste d'aliments autorisés, sauf les dattes, *bien trop sucrées et caloriques*.

– Bon appétit, me souhaite l'infirmière.

Le culot.

J'inspecte mon assiette dans les moindres détails, à contrecœur. Hier j'ai refusé de manger le contenu de mes plateaux et le corps médical m'a menacé de me poser une sonde nasogastrique. Je reconnais que cette menace m'a calmée, et je me suis promis de faire quelques efforts supplémentaires.

Je triture les légumes ainsi que le steak de soja puis je parviens à les ingérer, non sans difficulté. *Désormais, place au moment fatidique.*

Les frites me narguent vicieusement au centre de mon assiette, comme si elles savaient que par leur simple présence, elles me terrifient. Je plante alors ma fourchette dans un morceau de pomme de terre huilée avec beaucoup de réticence, puis je l'approche de ma bouche.

Ana se manifeste.

Tout va finir dans tes cuisses. Arrête de manger, tu es déjà assez grasse comme ça. As-tu fait tous ces efforts pour les gâcher avec de simples frites ?

Je me bats contre moi-même pour ne pas laisser de larmes s'échapper. Ma détresse finit cependant par me rattraper, puis j'éclate misérablement en sanglots. Ana ne m'autorise pas à manger de frites, donc je me plie à ses directives.

Aujourd'hui, elle est malheureusement trop forte pour moi.

Je repousse le plateau devant moi.

L'infirmière revient chercher le plateau et lève les yeux au ciel lorsqu'elle remarque les frites, toujours présentes dans mon assiette. Elle se prive de commentaire mais je sais qu'elle n'en pense pas moins.

— Tu as de la visite, m'informe-t-elle ensuite, blasée.

Ce qui m'étonne fortement car papa n'est censé arriver qu'après dix-huit heures.

Un homme entre, vêtu d'un long manteau beige.

— Enzo ? je demande, peinant à en croire mes yeux.

— William m'a tenu au courant… pour ton hospitalisation.

— Que fais-tu ici ?

Enzo reste distant et ne s'approche même pas de mon lit, comme si j'étais infectée par une maladie contagieuse. Il reste accoudé contre le cadre de la porte blanche.

Le voir en face de moi me fait un pincement au cœur.

— Tu vas bien ?

— Va droit au but, je réponds. Je doute que tu sois là pour prendre de mes nouvelles et m'offrir une boîte de chocolats accompagnée d'une lettre de rétablissement.

Il se racle la gorge et hésite quelques secondes avant de parler à nouveau.

— Qu'as-tu dit à William ?

— Je n'ai pas parlé de toi à William, je me défends. Ce qui se passe entre toi et moi ne regarde personne.

— Il est remonté contre moi, m'explique-t-il, et je peine à croire que cela soit sans raison.

Le ton de sa voix est sec et froid, je devine aux traits de son visage qu'il est tendu. Je tente à tout prix d'éviter son regard noir.

— Je ne comprends pas pourquoi tu me détestes autant, je lui avoue.

— Je ne te déteste pas Jade, tu me rends indifférent. Je n'ai pas agi contre toi, je me suis contenté de relever le défi qu'on m'a lancé, et c'était ma seule motivation. Je ne suis pas fier de moi, mais ce qui est fait est fait.

Il reste sur le pas de la porte et refuse toujours de s'approcher, comme si nous n'étions que deux simples inconnus.

— Je pense que nous devrions mettre ces histoires de côté et passer à autre chose, propose-t-il. Nous sommes dans le même lycée donc nous serons amenés à nous recroiser, puis nous sommes grands, après tout.

— Tu as gâché ma vie deux fois d'affilée, Enzo. Pardonne-moi, mais devenir amie avec toi ne fait pas partie de mes plans.

Enzo semble perdre patience face à mon répondant.

— Excuse-moi, me coupe-t-il. Je reconnais que je suis allé assez loin mais tu n'as pas arrangé les choses. Tu m'as sautée dessus, toi aussi, et de ce fait, tu es autant fautive que moi !

Retourner la situation est la technique phare des manipulateurs, et Enzo ne déroge pas à la règle.

— Tu ne peux pas ressasser le passé sans cesse. Cette année, les choses se sont passées différemment et tu ne peux pas aller à l'encontre de tes sentiments, Jade.

— Je n'ai même pas ressenti le moindre papillon dans le ventre ! je réponds, complètement vexée et détruite.

Les fragments intacts de mon cœur se brisent successivement sous l'impact de la colère, de la honte, mais surtout, de la déception.

— Je pars du principe que nous avons un accord, termine-t-il. Ne parle plus jamais de moi à quiconque et oublie ces histoires ridicules. Si tu respectes ces conditions, je te laisserai tranquille.

Ces histoires ridicules... Ces trois mots sont aussi douloureux qu'un coup de couteau en pleine cage thoracique et je réalise que pour Enzo ou Manon, ces histoires ne sont que de ridicules disputes de cour d'école. Dans quelques années, ils seront passés à autre chose et auront oublié mon existence.

Moi, je garderai une trace indélébile de leur passage sur ma vie.

— Je ne suis pas certaine de tout saisir, je tente de me défendre, je pensais que tu étais satisfait de tes actes ? Où est passé le Enzo fier d'avoir dépucelé une gamine de quinze ans ? Et le garçon satisfait parce qu'il est parvenu à manipuler la petite nouvelle du lycée ? Maintenant, tu veux mettre ces actes sous silence ? Quel pauvre homme tu fais !

Le rouge lui monte aux joues, ce qui ne présage rien de bon. *Parfois, il faut apprendre à se taire, Jade.*

— Je te promets que si tu ne gardes pas le silence, je te le ferai regretter. Je tiens toujours mes promesses, tu devrais le savoir, depuis le temps.

Comme si sa mission venait de se terminer, Enzo tourne les talons et s'éclipse.

Désarmée, je laisse mes sanglots libérer mes yeux et dégouliner au rythme des battements de mon cœur. J'aimerais que les gens soient bienveillants, que leur âme ne soit pas pervertie. J'aimerais infliger à Enzo toute la souffrance qu'il m'a fait ressentir, lui montrer à quel point il a gâché ma vie, et ceci, pour toujours.

Mais je ne ferai rien de tout ça.

Encore une fois, Enzo a gagné, Jade a échoué.

Finalement, peut-être que ce schéma est amené à se répéter jusqu'à la fin.

***

Après la discussion mouvementée avec Enzo, je décide de passer mon après-midi dans l'espace commun. J'ai besoin de me changer les idées. Je parcours la salle d'un regard à la recherche de Blanche.

Car oui, j'ai rencontré quelqu'un à l'hôpital.

Je ne sais pas vraiment comment appeler ça, peut-être pourrais-je dire que c'est une sorte d'*amie*. *Amie*, ce mot pourtant banni de mon vocabulaire depuis quelques années.

J'ai l'impression que les personnes hospitalisées sont celles qui ont l'âme la plus pure, ce qui me provoque beaucoup de peine. *Pourquoi est-ce aux personnes les plus merveilleuses, de souffrir le plus ?*

Blanche, mon *amie*, a vingt-sept ans depuis peu. Nous nous sommes rencontrées dans l'espace commun de l'établissement il y a quelques jours, là où ceux qui sont hospitalisés peuvent se regrouper.

Blanche a un cancer du poumon, de l'air lui parvient dans le corps grâce à des petits tubes en plastique, des canules, plus précisément. Elle a le teint blafard, je dirais même qu'elle est plus pâle que moi.

Son crâne est entièrement rasé, il brille comme de la porcelaine. Ses yeux sont d'un bleu éclatant et la longueur démesurée de ses cils en fait le premier endroit où focaliser son regard lorsqu'on l'observe.

Elle a des taches de rousseur, *comme moi*.

Sauf que sur elle, je trouve ça magnifique.

Nous avons pris pour habitude de nous retrouver tous les après-midis, aussi bien que c'en est devenu une routine. Lorsque nous sommes ensemble, ni elle ni moi ne voyons le temps passer. Nous discutons pendant des heures de nos problèmes quotidiens et nous adorons élaborer toutes sortes de théories afin de révolutionner le monde.

Blanche a presque trente ans et je vois le recul qu'elle a sur la vie, elle n'a pas la même mentalité que les gamins de mon âge, et c'est pour ça que je l'aime.

– Pourquoi sembles-tu si triste ? me demande-t-elle.

Je relève la tête de mon téléphone et je tente d'afficher un sourire sur mon visage.

– Tout va bien, je mens. C'est difficile de s'habituer à un tel environnement.

Elle ne mérite pas que je lui mente droit dans les yeux mais je ne peux pas lui parler d'Enzo. Je n'ai pas envie d'accorder plus d'importance qu'il n'en faudrait à ce type, donc je préfère garder ces histoires pour moi.

Après tout, elle n'a pas besoin de tout savoir, elle sait déjà suffisamment de choses sur ma vie, pour une femme qui m'était inconnue il y a moins d'une semaine.

– Tu sais, j'ai quelques connaissances en termes d'évasion, m'avoue-t-elle d'un ton un peu trop sérieux à mon goût. Si tu as besoin que je mette mes connaissances à profit, n'hésite pas à m'appeler.

– Je rêve ou tu es en train de me proposer de l'aide pour m'échapper d'ici ?

– Un peu d'aventure, ça nous ferait pas de mal ! me dit-elle, tout en me lançant un clin d'œil complice.

– Je ne sais pas ce qui est le pire entre le fait de me proposer de fuir cet hôpital, ou tes aveux concernant ces compétences douteuses ! D'ailleurs, je suis curieuse de savoir où est-ce que tu as appris ces stratégies…

– J'apprécie particulièrement la série *Prison Break*…

– Si tu me promets un Michael Scofield à la clé, j'accepte d'être le cobaye.

– Ce n'est pas comme ça que ça marche ! me contredit-elle.

Elle me fait rigoler mais je parviens toutefois à éprouver de la peine envers elle, car même si elle voulait partir d'ci, elle ne pourrait pas. Son hospitalisation est le seul espoir qui lui reste pour qu'elle se maintienne en vie…

Et moi aussi, en fait.

– Finalement, je crois qu'on va éviter de contrer la loi… je suggère.

Blanche me taquine alors et je ris aux éclats, je ne sais plus à quand remonte la dernière fois où j'ai autant rigolé. Bien trop longtemps pour que je m'en souvienne, en tout cas.

La présence de cette femme m'apaise. Quand nous sommes ensemble, tout me paraît plus simple, plus beau. Avec elle, j'oublie la haine des autres.

Mon *amie* et moi jouons désormais aux échecs, ce qui est plutôt amusant. Je la bats à plate couture et malgré ses tendances de mauvaise joueuse, elle est toujours partante pour relancer une partie.

Désormais, il ne nous reste plus que quinze petites minutes avant que les infirmières ne viennent me chercher. Après ça, elles m'enfermeront à nouveau dans ma chambre et me feront avaler des biscuits industriels bourrés de sucre pour le goûter de l'après-midi.

Blanche aussi retournera dans sa chambre. La fatigue a regagné son visage et je comprends qu'elle est épuisée. Elle est si faible, elle aussi. Nous profitons toutefois de nos derniers instants toutes les deux, avachies dans un canapé, ma tête posée sur ses cuisses.

— Merci, je lance. Merci de me redonner un peu d'espoir en l'existence humaine

— Le monde est peuplé de bonnes personnes, m'assure-t-elle. Peut-être que tu ne les as pas encore rencontrées, ou que tu ne t'es pas encore rendue compte qu'elles sont déjà là, à tes côtés.

— Je ne m'avancerai pas là-dessus.

— Je crois qu'elles sont plus proches de toi que tu ne le penses.

J'ai beau y réfléchir, je ne vois pas. En tout cas, ce ne sont pas Enzo, William ou Vanessa qui en font partie.

— Tu ne t'es jamais demandé pourquoi la vie est aussi dure ? je lui demande, curieuse.

— Je pense que la vie est dure car tu décides de te compliquer les choses. Si tu changeais ton regard sur le monde, ta vie prendrait une tournure différente.

Blanche a une autre manière d'appréhender la vie, et j'aime ça. Je pense que lorsqu'on est malade depuis plus de cinq ans, notre façon de voir les choses change, tout comme nos priorités et aspirations.

Et je l'admire pour son courage.

Plus tard, je voudrais être comme Blanche : forte et inspirante.

26

— Bonjour ! C'est l'heure du petit déjeuner.

La voix de mon infirmière me réveille impitoyablement, à une heure bien trop matinale pour une pauvre patiente qui passe ses journées enfermée dans un centre.

Alors que je me débats avec mes draps froissés — témoins d'une nuit particulièrement agitée — je tente de me redresser afin que la femme puisse déposer le plateau sur mon lit.

— Vous savez que si vous continuez comme ça, c'est de *fatigue*, que je risque de mourir…

— Tu sais pourquoi tu fais partie de mes patientes préférées ? me questionne mon infirmière.

Elle ne me laisse même pas le temps de faire une supposition qu'elle enchaîne directement.

— Parce que tu sais garder ton humour cynique dans toutes les circonstances.

— Et du coup ? je renchéris. Suis-je censée le prendre comme un compliment ou un message caché ?

— Peu importe, me répond-t-elle. Ne change jamais pour les autres. Moi, je te trouve rigolote, reste comme tu es.

Perplexe face à sa réponse, je me contente de sourire faiblement. Être rigolote, je ne suis pas sûre que ce soit un compliment… en tout cas, quand moi je trouve une fille rigolote, cela signifie juste qu'elle n'est pas ennuyante, mais pas qu'elle est géniale.

Quoi qu'il en soit, je suis bien trop fatiguée pour me creuser les méninges, alors je préfère passer à autre chose.

Cette nuit, je n'ai presque pas fermé l'œil.

L'anorexie a de nombreuses façons de nous gâcher la vie, disons qu'elle peut s'avérer très créative, quand elle le veut. Les insomnies en font par exemple partie et je suis curieuse de savoir à quand remonte ma dernière *vraie* nuit réparatrice.

Je n'aurais jamais imaginé qu'un déséquilibre hormonal ainsi que des carences pourraient perturber notre cycle de sommeil. Et pourtant, *si*. Mais ce n'est pas tout, chaque nuit, je me bats contre mes pensées anxieuses et mon estomac qui crie famine.

Parfois, il crie tellement fort que c'en devient douloureux. Il m'arrive de pleurer de fatigue et de douleur, mais cela ne m'endort pas pour autant.

— Pourquoi est-ce que vous ressentez toujours le besoin de me réveiller tôt ? je questionne mon infirmière. Pourtant, ce n'est pas comme si j'avais beaucoup de choses à faire, ici.

— Il est important de te créer une routine soutenue. Tu n'es pas en camp de vacances Jade, tu es ici pour te maintenir en vie.

Je ne sais pas quoi répondre à ses mots alarmants. Je me contente de jeter un coup d'œil à mon petit déjeuner et de saisir la banane qui n'est même pas mûre. La routine se met en place. Ici, toutes mes journées se ressemblent.

Sauf qu'aujourd'hui, quelque chose semble différent.

La femme en blouse blanche me regarde d'un air observateur qui me paraît plus soutenu que d'habitude. Mais je ne m'inquiète pas, peut-être qu'elle essaie d'analyser mon comportement, ou de faire je ne sais quel truc bizarre.

J'avale un quart de mon plateau.

Ce matin, je suis assez frustrée, je ne saurai dire pourquoi. De plus, je n'ai pas envie de me disputer avec Ana, alors j'essaie de me conformer à ses attentes. De toute façon, cela fait quelques jours que je peine à me nourrir, je suppose donc qu'un repas de plus ne changera pas la donne.

LE REFLET D'ANA

***

— C'est pas vrai ? Il t'a renvoyé des messages après ça ? me questionne Blanche en ricanant.

— Je te jure ! je réponds. Il s'est excusé plusieurs fois, tout en reconnaissant qu'il n'aurait pas dû m'accuser sans preuves.

Cet après-midi, c'est l'heure des potins. Aux dernières nouvelles : William m'a accusée d'avoir avoué à tout le monde qu'il consultait un psychologue, alors que je n'avais pourtant rien à voir avec cette histoire. Bien évidemment, il s'est rendu compte quelques jours plus tard que je n'y étais pour rien, alors il a décidé de m'appeler pour me présenter ses excuses.

Il s'est senti tellement coupable au vu de ma vulnérabilité qu'il m'a fait parvenir un petit ours en peluche. Croyez-moi ou non, je ne l'ai pas encore jeté !

— Il a l'air drôle, ce garçon.

— Si pour toi, drôle est le synonyme d'incroyablement chiant, alors je te l'accorde. Il est drôle.

— Tu l'aimes bien ? me demande Blanche.

— Qui ? William ? Il a une copine.

— Tu aimes le citron ? Non, je préfère les livres fantastiques.

— Tu es sûre que tout va bien ? je lui demande, inquiète. Ta phrase était totalement incohérente, peut-être que je devrais prévenir un médecin ?

Mon *amie* explose de rire pendant que je baigne dans l'incompréhension. Son cas commence à m'inquiéter et je me demande si je ne devrais pas aller chercher du personnel afin de vérifier que tout va bien pour elle.

— Je me moquais de toi Jade… tes deux phrases à toi aussi, baignaient dans l'incohérence. Ce n'est pas parce que ce type a une copine que tu ne peux pas craquer sur lui.

— Je t'assure que je commençais à réellement t'apprécier mais si tu continues sur cette voie, je crois que je vais prendre mes distances avec toi…

Nous rigolons toutes les deux alors que je lui envoie un coussin en plein visage.

— En tout cas, je ne retiendrai qu'une seule chose… commence-t-elle.

— Fais attention à ce que tu vas dire, je la menace.

— Tu rougis dès que je prononce son prénom. Enfin, peut-être devrais-je dire : tes joues rougissent dès je prononce son prénom, mais comme ce sont tes joues qui s'empourprent, ceci est totalement indépendant de toi, donc ce n'est pas toi en tant que telle qui rougis. C'est-à-dire que cela ne signifie : *absolument rien*.

— Changeons de sujet, je lui ordonne.

Même quand il n'est pas là, William parvient à s'immiscer dans nos discussions. *Il est fort quand même.* Je tente de chasser les phrases de Blanche de mon esprit. Je déteste William et il me déteste tout autant, nous ne sommes même pas amis alors il est absurde de penser qu'il puisse apparaître différemment à mes yeux qu'un simple voisin et camarade de classe insupportable.

— Comment fais-tu pour sourire autant ? je lui demande.

— Je vais mourir, Jade.

Elle pousse un long soupir et je ne suis pas en mesure de déchiffrer sa connotation.

— Tu préfères la pluie ou le beau temps ? Personnellement, j'adore les ours polaires !

— Non, je t'assure que ma réponse fait sens, se défend-t-elle. Je ne sais pas combien de temps il me reste exactement mais je suis destinée à mourir dans les deux prochaines années. Je ne dépasserai jamais la trentaine, mais pourtant, j'ai eu la chance de dépasser la dizaine, puis la vingtaine. Et je suis reconnaissante envers la vie pour ce qu'elle m'a offerte jusqu'à présent.

— Je crois que je n'arriverai jamais à être aussi positive que toi ! je lui avoue.

— Chaque jour est un cadeau. Quand tu fais face à la mort, tu apprends à voir les choses différemment et à profiter de chaque petit instant. Ce qui te paraissait insignifiant devient tout à coup merveilleux : ton café du matin, un après-midi au lac, un chat roux qui croise ta route, la sensation du soleil sur ta peau… Tu sais que tu vas mourir, alors pourquoi gâcher tes derniers instants ?

– Mais tu n'as pas peur ? je lui demande.

– J'essaie du mieux que je peux de ne pas me laisser définir par ce foutu cancer, continue-t-elle, mais parfois, on ne peut pas aller à l'encontre de sa destinée. Alors non, je n'ai pas peur, parce que je sais que je ne pourrai jamais changer l'alignement de mes étoiles. En revanche, ce que je peux faire, c'est rendre le chemin plus agréable et inoubliable. Tu sais, la vie ne se résume pas à la longévité mais à la façon dont tu as su profiter de tes journées.

Quand j'écoute Blanche parler, j'ai l'impression que toutes ses paroles font sens et que si je le voulais, moi aussi je pourrais vivre avec un tel état d'esprit. Sauf que j'en suis incapable, je n'arrive pas à trouver cette force, ni cet élan de motivation.

– Jade, je sais que les gens ont tendance à minimiser ta maladie parce qu'ils ne voient que l'aspect extérieur et irrationnel. Alors qu'en réalité, tu fais face à une des épreuves les plus compliquées de toute une vie : celle de te battre avec toi-même.

– J'ai l'impression que personne ne me prend au sérieux… j'ajoute. Parce que ma maladie n'est pas indépendante de ma volonté, on me fait sentir que je ne suis pas légitime.

– L'anorexie n'est pas un choix, poursuit-elle. Mais la combattre en est un.

Elle prend une légère pause, puis reprend son discours.

– La vie devient plus belle lorsque tu réalises que ce qui lui donne sens est l'amour.

– Tu es déjà tombée amoureuse ? je la questionne.

– Bien sûr… répond-t-elle. Parfois, on n'a pas su m'aimer à ma juste valeur et c'est en traversant les pires épreuves que ce sentiment commence à prendre sens. Les obstacles de la vie permettent de faire du tri dans son entourage et mon aventure ne m'a pas épargnée. On m'a abandonnée lorsque je suis tombée gravement malade.

J'essaie de me concentrer pour ne pas permettre à mes yeux de s'embuer, comme ceux de Blanche. Elle essaie de le cacher mais je sais qu'elle est touchée.

Comment fait-on, pour réparer le cœur d'une jeune femme brisée ?

Si tu le savais, tu ne serais pas dans cet état-là, idiote.

– Mais l'amour, ce n'est pas seulement tomber amoureuse d'un autre être. C'est aussi apprendre à s'aimer soi-même, apprendre à accepter l'amitié des autres, apprendre à apprécier chaque moment de la vie. Aimer, peu importe de quelle manière, donne sens à ta vie. Si tu n'apprends pas à aimer les petits bonheurs du quotidien, à quoi cela sert-il, de se battre ? Il faut que tu vives ta vie à fond et que tu arrêtes de refouler tes émotions.

Blanche et moi nous jetons dans les bras l'une de l'autre, en pleurs.

– Tu as pensé à lui, n'est-ce pas ?
– Qui ça ? je la questionne. William ?
– Je n'ai pourtant pas prononcé de prénom, renchérit-elle.
– Jade ? nous interrompt une infirmière. C'est l'heure du goûter, il faut que tu retournes dans ta chambre.

Impuissante, je salue mon *amie* et je quitte la salle en traînant des pieds.

Une fois dans mon lit, on m'apporte une part de brownie au chocolat. Malgré mes efforts et le regard insistant des infirmières, je ne parviens à en manger qu'un misérable quart. Je repousse mon goûter devant moi et je demande à une infirmière de ramener le plateau à la cuisine.

Ana m'a dit que les choses se passeraient mal si je mangeais l'entièreté des biscuits, donc je préfère ne pas me disputer avec elle.

Un instant plus tard, le médecin entre dans ma chambre, ce qui m'étonne fortement car notre prochaine rencontre est pourtant fixée à mardi prochain. Il s'assoit à mes côtés et se racle la gorge avant d'entamer son discours.

Son ton est formel, et je n'aime pas ça.

– Tu refuses de t'alimenter, m'assène-t-il.

Le médecin ouvre ensuite son bloc-notes afin de lire les lignes au stylo noir préalablement écrites.

– Nous sommes dans l'obligation de prendre des mesures, m'explique-t-il calmement. À partir d'aujourd'hui, tu n'as plus le droit aux visites, ni aux sorties, ni au téléphone portable. Ceci jusqu'à ce que tu atteignes le poids de quarante-cinq kilos.

Je peine à prendre ses paroles au sérieux.

– Ton cas est trop critique et tu ne fais pas suffisamment d'efforts. Nous ne cherchons pas à te punir, mais à te sauver. Tu comprendras ça plus tard, je te l'assure.

J'aimerais me révolter mais je n'en ai plus la force, et je comprends que parfois, il faut savoir assumer ses responsabilités.

C'est ça aussi, *guérir*.

Je devine qu'à partir de maintenant, je ne pourrai revivre que lorsque ce foutu « quarante-cinq » s'affichera sur cette balance.

Ce qui m'effraie dans cette situation, ce n'est pas le temps que cela prendra.

C'est plutôt de savoir si j'y parviendrai réellement un jour.

27

Dehors, il pleut.

Depuis que je suis enfermée dans cet établissement, je ne peux m'empêcher d'observer le temps qu'il fait dehors. Tous les matins, j'espère apercevoir un rayon de soleil – aussi minime soit-il – qui traduirait une avancée positive. Parce que maman m'a toujours dit que le temps variait en fonction de mes humeurs, et j'ai envie de la croire.

Bien sûr, je me dis que cette croyance est idiote. Pourquoi la météo varierait-elle en fonction de *mon* humeur et pas de celle des autres ? Pourquoi le soleil traduirait-il un sourire sur mon visage plutôt que celui sur le visage d'une jeune femme qui vient de se faire demander en mariage ?

Après tout, c'est peut-être ça, les croyances. Peut-être qu'elles nous rattachent à quelque chose – parfois non rationnel ou non fondé – qui nous motive et nous donne envie d'avancer, on s'ennuierait sans. Il n'y a rien de plus personnel que croire, parce que ce qui fait sens à vos yeux ne signifie sûrement rien aux yeux des autres, et c'est *ça*, qui rend ce geste magique.

J'imagine que c'est en arrêtant de vouloir tout comprendre que je pourrai avancer. Finalement, s'il ne fait pas beau aujourd'hui, c'est parce que mon esprit est orageux.

Et c'est comme ça, que ça fonctionne, ce n'est pas l'inverse.

C'est en tout cas ce que j'ai envie de croire.

L'infirmière entre dans ma chambre aux alentours de huit heures trente. Ce matin, je ne lui laisse pas la possibilité d'ouvrir les rideaux en grand et de me réveiller avec ce trop-plein de luminosité. Car ce matin, je suis réveillée plus tôt que d'habitude.

Et je ne saurai dire pourquoi.

La jeune femme dépose un plateau sur ma table de nuit et je remarque qu'un morceau de papier est scotché en dessous. J'hésite d'abord à la prévenir puis je me dis que cela ne sert à rien.

C'est un morceau de papier, que veux-tu qu'elle fasse avec ça ?

Alors je me contente de la remercier et de la regarder disparaître dans le couloir blanc éclairé par une désagréable lumière artificielle.

Ce matin, les cuisiniers ont décidé de faire preuve de générosité : ils ont préparé des gaufres. D'habitude je n'aime pas trop ça, enfin je crois. Je ne sais plus réellement ce que j'aime ou ce que je n'aime pas, tant j'essaie de me persuader de détester tous les aliments gras et caloriques.

Je n'ouvre pas la petite barquette de pâte à tartiner qui repose dans un coin de mon plateau et je découpe un morceau de gaufre avec mon couteau. Je fourre ensuite ma fourchette dans ma bouche puis je mange machinalement.

Ce n'est ni bon ni mauvais mais je sais déjà que je n'en mangerai que la moitié.

Je tente ensuite d'attraper mon verre de jus d'orange mais je manque de renverser le plateau en équilibre sur le rebord de ma table de nuit. Le petit morceau de papier se décroche et je me souviens alors de son existence. Je me baisse du lit afin de le ramasser puis je constate que mon prénom est écrit dessus, en grosses capitales.

Curieuse, je le déplie avec avidité.

Je ne reconnais pas cette écriture mais je comprends que cette lettre a été écrite à la main et vue sa longueur démesurée, j'en déduis que son auteur était inspiré.

« *Je te laisse deux semaines pour ne pas te transformer en une folle qui se fait la discussion à elle-même devant un miroir ! Je rigole… je t'en laisse trois.*

Trêve de plaisanteries… Je suis au courant des mesures radicales que les médecins ont pris à ton égard, et je pense beaucoup à toi. Procéder de telle sorte est inhumain, je pense que le système médical aurait bien besoin de changement. Sauf que ce n'est peut-être pas le moment de militer. (Au moins, c'est une chose à ajouter sur ta liste des choses à faire avant de mourir, n'est-ce pas ?).

Je ne te demande pas comment tu sens parce que je sais que tu détestes cette question et je sais que tu ne vas pas bien. Mais je pense que c'est ça, guérir, il faut traverser de nombreuses épreuves pour réaliser l'importance de la vie. Peut-être que nous ne devrions pas nous apitoyer sur notre sort, finalement ? Et si nous étions reconnaissants envers le destin ? Grâce à lui, nous nous forgeons un mental d'acier et nous apprenons à grandir.

Peut-être que je vais trop loin… mais il faut parfois trouver du positif dans le négatif, tu ne penses pas ? Tu m'as toujours dit que tu étais une fille solitaire, ces paroles n'ont en tout cas jamais quittées ta bouche. On dirait que ton vœu vient enfin d'être exaucé ! Pourtant, tu n'es pas heureuse, je me trompe ? Parfois, les choses sont contradictoires, je te l'accorde. Pourquoi te sentirais-tu triste à l'idée que l'un de tes souhaits les plus chers se soit réalisé ?

Tout simplement parce que ce que tu pensais être un souhait est en réalité une idée peu fondée, insignifiante.

Je sais que tu es une jeune femme très (trop) têtue pour prendre le recul nécessaire sur la question mais je sais que lorsque tu sortiras d'ici, tu en ressortiras changée.

Tu comprendras l'importance de bien t'entourer.

Je vais essayer de converser avec toi à travers ces lettres, mais nous devons impérativement rester dans la discrétion. Je doute que le corps médical soit ravi à l'idée d'apprendre que nous dérogeons à leur règlement ridicule. Tout ce que tu as à faire, c'est de coller à nouveau cette lettre sous le plateau avant que l'infirmière ne le reprenne. Tu recevras ma réponse lors de ton prochain repas.

Cependant, sache que tu ne recevras une réponse de ma part que si tu vides la totalité de ton plateau. Cela signifie que pour que nos échanges tiennent, tu dois manger tout le contenu de tes repas, et en entier. C'est une sorte de deal entre nous.

Je t'embrasse, prends soin de toi.

Puis n'oublie pas : tout arrive pour une raison. ».

La lettre n'est pas signée mais je devine instinctivement qu'elle provient de Blanche, pour sa capacité à me comprendre et à s'exprimer. Et pour la façon qu'elle a de rajouter une touche humoristique à chaque situation dramatique.

Quand on est malade ou qu'on souffre terriblement, on a tendance à minimiser nos problèmes du quotidien, comme pour nous assurer que ce que nous vivons n'est pas si grave que ça.

Sauf que mourir reste quelque chose de grave, je crois.

Blanche est une femme audacieuse et elle ne cesse de me le prouver au quotidien. Dans une autre vie, elle aurait été mon ange gardien ou ma meilleure amie.

Ou peut-être même les deux.

Je souris en l'imaginant rédiger cette lettre sous la petite lumière de son bureau de soixante centimètres, à rigoler à chacune de ses blagues parce qu'elle est fière de ses remarques bien placées.

Encore sous l'effet de l'adrénaline, j'avale mon assiette d'une traite, hâtive à l'idée de répondre à mon *amie*.

« Trois semaines ? Tu es généreuse !

Est-ce qu'on t'a déjà dit que tu aurais pu être agent secret dans une autre vie ? Je savais que tu étais une adepte des films d'action mais combien de fois as-tu regardé Prison Break *pour être aussi rusée ? (sois honnête).*

Je suis un peu nulle pour exprimer mes émotions et mes sentiments, alors je vais me contenter de te dire : merci. Merci Blanche, merci de faire tout ça pour moi et de me redonner un peu d'espoir. Ces remerciements proviennent du plus profond de mon cœur, et même si celui-ci est brisé en un million de petits fragments à l'heure actuelle, il bat suffisamment fort pour toi.

Je viens d'avaler la totalité de mon assiette ce matin et je le ferai tous les jours si cela me permet d'avoir de tes nouvelles.

Je n'ai pas envie de terminer cette lettre sur une note négative mais je ne peux pas te cacher à quel point c'est difficile. Je ressens une haine aussi profonde et acérée à l'intérieur de moi que la cohabitation que j'entretiens avec moi-même devient de plus en plus insupportable.

J'ai peur de faire des bêtises mais je m'accroche malgré ma faiblesse.

Je t'embrasse.

PS : si tu as l'occasion de revoir Michael Scofield, dis-lui à quel point je le trouve beau (mais sans lui dire que je suis une groupie). »

Ana rigole sarcastiquement, « Je viens d'avaler la totalité de mon assiette ce matin, et je le ferai tous les jours si cela me permet d'avoir de tes nouvelles ». Elle tente de me faire comprendre que ces paroles ne sont que des paroles en l'air, mais j'essaie de l'ignorer.

Pourtant, je sais qu'elle a raison.

J'essaie de coller la réponse sous mon plateau. Le scotch n'est plus vraiment adhésif, mais je parviens quand même à l'accrocher avant que l'infirmière ne débarque dans ma chambre.

— Jade ? s'étonne-t-elle, c'est bien toi ?

— Il faut croire… je renchéris, peu certaine de comprendre ses sous-entendus.

— S'il faut que les cuisiniers préparent des gaufres pour que tu acceptes de te nourrir, je leur dirai de t'en cuisiner à tous les repas, rigole-t-elle.

Je tente de masquer ma culpabilité et je rigole à sa blague.

— Non, sincèrement… ajoute-t-elle, je suis fière de toi.

Elle reprend ensuite le plateau puis me laisse à nouveau seule avec moi-même. *Elle est fière de moi…* et je ne saurai dire pour quelle raison, mais ces paroles me font esquisser un léger sourire.

Si cette femme pourtant inconnue est fière de moi, pourquoi ne pourrais-je pas l'être, moi aussi ?

Je relis à nouveau la lettre de Blanche et je me demande pendant combien de temps je réussirai à faire tenir ces échanges… Quoi qu'il en soit, pour la première fois de ma vie en deux ans, j'attends le prochain repas avec impatience.

***

Ce soir, je bondis de joie lorsque le plateau franchit le pas de ma porte, ce qui ne passe pas inaperçu aux yeux de mon infirmière.

— Tout va bien ? me demande-t-elle lorsqu'elle voit le sourire affiché sur mon visage.

Je lui donne une réponse affirmative puis j'entame mon assiette de pâtes, sous ses yeux observateurs.

— Je suis sérieuse, enchaîne-t-elle. Si ça ne va pas, tu peux me le dire.

— Tout va bien ! je réponds. Pourquoi ? Il y a un problème ?

— Disons que je ne suis pas réellement habituée à… te voir manger comme ça.

— Comment m'en sortir, sinon ?

Un joli sourire illumine son visage et j'en déduis qu'elle me croit. Elle m'observe engloutir quelques cuillères de coquillettes, puis, certainement satisfaite de mon attitude, elle s'en va.

Bien sûr, elle n'oublie pas de me lancer sa phrase fétiche.

— Bon appétit !

Lorsque je suis certaine qu'elle se trouve suffisamment loin de ma chambre, je décolle le papier collé sous mon plateau.

Blanche m'a déjà répondu.

« Même si tu t'es efforcée d'ajouter une touche de positivité à ta lettre, je décèle que tout cela est superficiel. En réalité, je ne remarque que l'aspect

négatif… parce que je sais que c'est l'état d'esprit dans lequel tu es actuellement.

D'où provient-elle ? Cette profonde haine. »

Je ne suis pas du genre à parler de moi, tout simplement parce que je ne fais pas assez confiance aux gens.

Se livrer, c'est prendre le risque de se faire trahir.

Cependant, ce soir, j'estime que Blanche mérite d'en savoir un peu plus sur moi. Du moins, je me sens prête à lui accorder *cette partie* de ma confiance. Je saisis donc un stylo et un papier.

« Je ne sais pas comment commencer cette lettre sans me perdre dans tous les sens, je vais donc essayer de te raconter mon histoire dans les grandes lignes.

Cela fait maintenant plus de deux ans que je me fais harceler et, malgré mon déménagement, cet acharnement perdure encore aujourd'hui. Mes bourreaux manifestent tellement de mépris et de rancœur envers moi qu'ils m'ont transmis leur haine, elle s'est imprimée en moi comme une tâche d'encre bleue sur une feuille blanche.

Parfois, il m'arrive de réfléchir à leur comportement et à me demander pourquoi c'est sur moi, qu'ils déversent toute cette haine. Finalement, j'en suis venue à la raison : s'ils me détestent tous autant, c'est que je le mérite.

Donc je me suis mise à faire de même. »

Écrire ses pensées les plus brutes sur du papier, c'est rendre les mots visibles et donner vie à notre esprit. Ce n'est pas un exercice facile, et pourtant, je rédige cette lettre avec tant de spontanéité. Tout simplement car ces pensées, je leur ai déjà donné vie, et ceci depuis bien trop longtemps déjà.

Le plateau repart à nouveau en cuisine, vide cette fois-ci, avec la lettre collée en dessous. Désormais, je dois attendre jusqu'à demain pour espérer recevoir un retour de mon *amie*.

J'ai l'impression que le temps passe plus vite, lorsqu'on a quelque chose à laquelle se rattacher.

Et pour une fois, je suis motivée à tenir jusqu'au bout.

28

Halloween est ma fête préférée.

Je ne sais pas si je suis capable de justifier ce goût, je reconnais que cette fête s'apparente plutôt à une période sombre, voire glauque. Ma mère n'a jamais partagé mon avis, elle a toujours pensé que créer un engouement autour de la mort et des esprits était étrange. Une fête n'est-elle pas censée être joyeuse ?

Certainement.

Mais cela ne m'a jamais empêché d'aimer cette période. Tout comme papa, d'ailleurs.

Papa et moi célébrons toujours Halloween tous les deux, et ceci depuis que j'ai l'âge de parler. Parfois, maman faisait l'effort de nous rejoindre : elle grignotait deux ou trois bonbons, sursautait à la première action du film puis nous faisait un bisou avant de s'enfuir lire dans sa chambre.

Depuis cinq ans, la question ne se pose plus.

En général, dès que le calendrier annonce le 31 octobre, papa et moi nous attelons à la tâche dès la première heure. Avec les courses que nous avions soigneusement faites la veille, nous passions notre journée derrière les fourneaux. Même si je reconnais que la cuisine, ce n'est pas trop le truc de papa.

Quand maman était encore là, elle nous donnait un léger coup de main.

Nous avons pris l'habitude de cuisiner les mêmes pâtisseries : un fondant au chocolat et une tarte à la citrouille. Lorsqu'ils étaient au four, nous léchions les bols de pâtisserie. Nous nous disputions toujours pour savoir lequel de nous aurait la chance de lécher le bol au chocolat, mais au final, c'est toujours moi qui gagnais.

Les papas ne savent pas dire non à leurs petites filles.

Pendant que nos gâteaux cuisaient, nous préparions plusieurs bols de bonbons. Deux, en réalité. Un que je remplissais de bonbons à la fraise et d'ours en guimauve et l'autre dans lequel je vidais des réglisses et des bonbons acidulés. Je gardais le premier bol à côté de moi parce que c'étaient mes préférés et je me battais toujours avec papa pour qu'il arrête de m'en voler.

Le soir, une fois que le repas était préparé (et que la cuisine était rangée et astiquée – sous les ordres de maman) nous nous installions dans le canapé et entamions un marathon de films d'horreur, tout en nous gavant de sucre et de friandises.

Je reconnais qu'avec le temps, ces friandises ont été remplacées par des bâtonnets de légumes et des dés de tofu, mais cela ne nous a jamais empêchés de faire d'Halloween la meilleure fête de l'année.

Sauf que cette année, tout est différent.

Ce 31 octobre, je n'ai pas la possibilité d'être avec mon papa ni de découvrir les nouveaux films d'horreur, tout simplement parce que je suis enfermée dans ce fichu centre, livrée à moi-même.

Ce matin, Irina – une des infirmières – vient me réveiller. Elle pose mon petit déjeuner à côté de moi et ouvre les rideaux, ce qui laisse pénétrer la lumière du jour. La noirceur des nuages vient se refléter sur la pâleur des murs.

J'ouvre les yeux petit à petit et je saisis les tartines de confiture qui reposent fièrement dans mon assiette. Je croque dedans puis je saisis ensuite une cuillère afin d'enlever le plus de gelée à la fraise possible.

Lorsque je saisis ma tasse de thé, un morceau de papier humide glisse dans une de mes tartines, il baigne désormais dans la confiture. Je prends la peine de l'essuyer sur le rebord de mon assiette, puis, tout en faisant attention à ne pas le déchirer, je le déplie avec un large sourire.

Mon réveil a été si brutal que j'en suis presque venue à oublier notre petit secret, à Blanche et moi.

« Écouter et se conformer à l'avis des autres, c'est un comportement de suiveurs. En somme : ce n'est pas toi. Ne sois pas aussi dure et irréaliste envers toi-même. Et s'il faut que je sois là pour t'aider à ouvrir les yeux, je le serai.

Tu sais, je t'apprécie vraiment Jade. »

Les quatre derniers mots de cette lettre n'ont pas l'effet escompté, puisqu'ils me terrifient.

J'ai la désagréable impression que cette phrase est différente de toutes les autres : déjà parce qu'elle est écrite avec plus de soin et de netteté que n'importe quel autre mot de cette lettre, mais également car je sais qu'elle est sincère.

Et si nous faisions une énorme erreur ?

Blanche a une âme si belle et si pure, elle ne mérite pas de souffrir. Elle ne mérite pas de s'attacher aux mauvaises personnes et de perdre son énergie à aider les autres alors qu'elle-même souffre déjà assez.

Parfois, j'ai l'impression qu'accepter son aide, c'est être égoïste. Parce que je ne pense qu'à mon bien être personnel, pas au sien.

Un jour ou l'autre, je finirai par la décevoir, tout comme j'ai pu décevoir mon père et ceux que j'aime. Je refuse que Blanche soit la prochaine, je cause suffisamment de dégâts sur mon passage.

« Je ne suis pas du genre à dire aux autres ce qu'ils ont à faire mais pour une fois, je vais faire une entorse à mes habitudes.

Je ne suis pas sûre qu'il s'agissait de ça lorsque mon psy m'a suggéré de sortir de ma zone de confort mais j'estime que cela constitue une avancée.

J'aimerais ne jamais avoir à te dire ça mais je crois que tu devrais te protéger. Je sais que l'amour a une connotation spéciale à tes yeux et que c'est ce qui te permet d'avancer. Sauf que je ne suis pas certaine d'être en mesure de t'apporter l'amour dont tu as besoin. Je sais à quel point les autres ont pu te blesser en t'abandonnant et je ne veux pas être la prochaine à te mettre dans de tels états.

Alors avant qu'il ne soit trop tard, je te conseille de fuir.

J'écarte l'illusion que tu as, celle de t'être attachée à moi, car crois moi, cela ne t'apportera que des problèmes. Sais-tu réellement qui je suis ?

Je suis une faible, une égoïste et dépressive, voire même suicidaire.

Prends soin de toi. »

Je n'ai pas envie de replier cette lettre et de la coller sous le plateau mais aujourd'hui, je décide de ne pas être égoïste. Je laisse le plateau s'en aller de ma chambre, tout en ressentant un petit pincement au cœur.

C'était peut-être la dernière fois que je recevais des nouvelles de mon *amie*.

Il est dix heures et j'imagine qu'Irina va arriver d'un instant à l'autre pour me donner ma douche. Une désagréable boule se forme au creux de mon ventre tant je redoute ce moment. En général, prendre une douche fait partie des meilleures activités de ma journée : rêvasser et laisser l'eau chaude dégouliner le long de mon corps pendant que je tente de détendre tous mes muscles.

Sauf qu'ici, tout est différent.

Si je devais écrire une liste qui compile toutes les choses horribles que je vis pendant ce séjour à l'hôpital, je crois qu'elle serait aussi longue que la muraille de Chine. *Elle fait combien de kilomètres, déjà ?*

La toilette s'effectue assise et se déroule sous les yeux très attentifs du corps médical.

Je n'ai plus aucune intimité.

Mon corps est quotidiennement dévoilé à nu sous les yeux des infirmières qui, en plus, alternent de jour en jour.

Je me doute que les assistantes se moquent de voir une anorexique à poil, mais imaginez pour nous, pour moi, comme c'est embarrassant. Ici, je me sens complètement déshumanisée. C'est comme si on me punissait pour être malade.

– Je sais que la douche constitue une épreuve pour toi et j'en suis désolée… s'excuse mon infirmière. Sauf que je n'ai pas le choix que de respecter les procédures.

– Je ne comprends pas en quoi me regarder m'étaler du savon me permettra de guérir de l'anorexie.

– C'est une mesure de précaution… m'explique-t-elle. Nous devons nous assurer que tu n'as pas de comportements autodestructeurs, comme te faire vomir après les repas ou te faire du mal envers toi-même.

Lorsque ma douche prend fin, j'enfile un vieux jogging et un sweat, puis Irina me mène à mon activité du jour. Même si je suis en isolement, j'ai le droit à une activité par jour. Cela me permet de penser à autre chose et de réfléchir à ma situation

Aujourd'hui, j'ai une séance d'art thérapie.

Je prends place à une table parsemée de feuilles blanches et de crayons de toutes les couleurs. La thérapeute me sourit et je me rends compte que je suis toute seule avec elle. Lorsqu'ils parlent d'isolement, ils ne font pas les choses à moitié. La jeune femme me demande comment je me sens – ce à quoi je ne réponds que brièvement, parce que je déteste cette question – et elle m'explique en quoi consiste l'activité du jour.

L'art thérapie permet aux individus de s'exprimer, de faire parler leur créativité et de laisser sortir leurs émotions. Je ne sais pas en quoi gribouiller sur une feuille va m'aider à guérir mais je n'ai pas le choix que de me plier aux règles de l'établissement.

Parfois, j'ai l'impression que les maladies mentales sont tellement difficiles – voire impossibles – à soigner que l'on essaie toutes sortes de techniques impensables pour essayer de trouver une solution.

Je saisis donc une feuille blanche puis je commence à esquisser quelques formes. Je ne suis pas très forte en dessin, pourtant, j'aime bien cette activité.

Sauf quand je dois l'effectuer de force au sein d'un centre hospitalier dans lequel je suis enfermée.

La thérapeute m'observe sans rien dire. En réalité je ne sais pas ce qu'elle fait là. J'imagine qu'elle me surveille.

– C'est terminé, m'informe la jeune femme.

Je relève mon nez de mon dessin et je prends conscience que quarante minutes viennent *déjà* de s'écouler. Je repose alors le crayon de couleur gris puis j'observe mon travail. Cette activité n'avait pas de thème précis, je pouvais dessiner ce que je voulais. J'ai donc essayé de me creuser les méninges et j'ai suivi mon esprit, sans même m'en rendre compte.

En tout cas, j'ai été inspirée.

Mon dessin représente une cage argentée – dont les traits sont soigneusement tracés – à l'intérieur de laquelle se trouvent non un, mais deux oiseaux. Leurs plumes sont noires et grises. En fait, je n'ai pas utilisé la moindre couleur.

– As-tu effectué ce dessin en pleine conscience ? me demande la thérapeute.

– À vrai dire, je ne sais pas… je bafouille. J'ai simplement laissé ma créativité s'exprimer, mais je ne saurai dire pourquoi j'ai dessiné ces deux oiseaux en cage.

– J'imagine que tu te demandes pourquoi tu assistes à une séance d'art thérapie alors que tu es hospitalisée pour anorexie sévère… je me trompe ?

– Disons que je ne comprends pas le lien entre le dessin et l'expression des émotions.

– Alors laisse-moi t'apprendre quelque chose, me propose-t-elle.

La femme saisit mon dessin entre ses mains manucurées puis prend une petite minute afin de l'analyser, comme si interpréter trois coups de crayon était une chose innée, totalement naturelle.

— La cage représente le symbole de l'isolement mais pour ça, je ne t'apprends rien. Le dessin permet de faire parler ton inconscient, il permet de faire le pont entre ton monde intérieur – tes pensées – et le monde extérieur. La cage exprime une idée d'emprisonnement, comme si tu te sentais prisonnière de quelque chose, comme par exemple de ta maladie ou de tes pensées négatives. Cela peut également traduire une notion d'isolement, celle d'être totalement livrée à toi-même, privée du moindre contact humain.

— J'imagine que cela fait sens... je réponds.

— Ensuite, l'oiseau est un être fragile, souvent le symbole de l'espoir, du renouveau ou de la liberté. Mais le fait qu'il soit en cage accentue cette impuissance et ce sentiment d'enfermement. Je remarque que l'un de tes oiseaux fixe l'autre oiseau qui, lui, a le visage tourné vers l'extérieur. En général, le regard tourné vers l'extérieur traduit une pensée positive, comme une volonté de s'en sortir, une envie de prendre sa liberté et d'aller de l'avant.

— Et l'autre oiseau ? je questionne, étonnement intéressée.

— Justement... ajoute-t-elle. La représentation de deux oiseaux en cage est assez rare, cela peut nous amener sur plusieurs pistes de réflexion. L'oiseau qui fixe l'autre oiseau peut par exemple traduire ta maladie, qui te surveille et qui exerce une pression pesante sur toi. Mais, il peut également représenter quelqu'un de ton entourage qui est là pour toi, qui agit comme un sauveur et qui veut t'aider à t'en sortir. Comme si tu n'étais pas seule dans cette souffrance mais que quelqu'un était là pour t'accompagner à gravir les obstacles.

Je ne sais pas si la thérapeute invente chacune de ces interprétations, mais moi, je trouve qu'elles font sens.

— J'espère qu'un jour, tu laisseras apparaître de la couleur sur tes œuvres, m'avoue-t-elle.

— Qu'est-ce que cela signifierait ?

— Les couleurs sombres traduisent des sentiments négatifs, tels que la tristesse ou la peur. Les couleurs vives, à l'inverse, traduisent de la joie, de l'espoir ou encore de l'optimisme.

Je prends les explications de la thérapeute en considération puis une infirmière revient me chercher. Je retourne alors dans ma chambre et je constate que mon plateau repas est déjà posé sur ma table de nuit. Je m'installe sur mon lit et pose mon dîner sur mes genoux.

Lorsque je redresse mes jambes, un bruit étrange se fait entendre et je constate que je viens de froisser un morceau de papier.

Blanche ne m'a donc pas abandonnée.

« Pardonne-moi Jade mais je n'écouterai pas tes conseils. Enfin, si l'on peut appeler ça des conseils... Je suis assez responsable pour savoir ce que j'ai à faire, et m'éloigner de toi ne fait pas partie de mes plans.

Je serai là du début à la fin, parce que je veux que tu sortes vite de ce trou à rat, je veux que tu sois rentrée chez toi pour fêter Noël en famille. Je veux que tu retrouves les bras rassurants de ton père, le sourire chaleureux de ta demi-sœur et la douceur de tes draps. (Sans oublier de mentionner : retrouver ton voisin préféré).

Je veux que tu te relèves de cette chute et que tu prennes ces foutus kilos, parce qu'après, la nouvelle vie qui s'offrira à toi sera exceptionnelle. Crois-moi.

Le problème avec toi, c'est que tu as tellement été trahie et déçue par ton entourage que tu vis désormais dans la peur constante. Tu ne fais plus confiance à personne, tu t'es enfermée dans une bulle, tu t'es créé une carapace. Mais souviens toi que peu importe la résistance de cette carapace, la bulle dans laquelle tu t'es enfermée ne reste qu'un simple mélange d'eau et de savon.

Elle finira par éclater un jour à l'autre.

Tu essaies de donner une image différente de toi, tu te fais passer pour une fille seule, déprimée et bornée. Tu mets tellement de force dans ce que tu entreprends que tu tentes de te convaincre toi-même que tu es comme ça.

Et finalement, cela fonctionne.

Regarde la manière dont tu te perçois. C'est toi qui te voiles la face, personne d'autre. Toi seule es responsable du regard que tu veux que les autres posent sur toi, toi seule es responsable du regard que tu as sur toi.

Malgré tout, moi je suis là et je veux t'aider, je souhaite que tu connaisses l'amitié, la vraie. Pas celle que tu as subie ces années et celle qui t'a tant détruite, pas la spirale infernale sur laquelle tu penses mettre une étiquette en la qualifiant d'amitié, car ce n'est pas ça. La vraie amitié, pas celle que tu mets constamment entre guillemets, c'est celle qui te donne la force de te lever chaque matin, celle qui te fait rire jusqu'à en avoir mal au ventre, celle qui te relève à chaque chute ou encore, celle qui te fait découvrir les multiples facettes du monde.

L'amitié, ça donne un sens à ta vie, et tu ne peux pas vivre sans. Car à plusieurs, on est plus forts. Tu ne veux pas te l'avouer mais tu as besoin d'aide, alors accepte la mienne. Tu vas également devoir te faire à cette idée que oui, je t'apprécie bien.

Et ni toi ni moi ne pourrons faire quelque chose à ça. »

Parfois, je me demande si Blanche ne fait pas partie de mon cerveau, tant ses mots parviennent à traduire mes pensées les plus floues. Elle parvient à lire en moi avec tellement de justesse.

Finalement, peut être que le deuxième oiseau en cage représenté sur mon dessin, *c'est elle.*

C'est l'auteure de ces lettres.

29

J'ai trouvé la longueur de la muraille de Chine. Elle mesure 21'196 kilomètres de long.

Tout compte fait, ma liste concernant les points négatifs de l'hôpital sera légèrement plus courte. Je pense que pour écrire 21'196 kilomètres de critiques, il faut en avoir, de la rancœur.

Aujourd'hui, pour entamer ma troisième semaine d'hospitalisation, j'ai le droit à ma première pesée. Je ne suis pas montée sur une balance depuis plus de deux semaines et je ne sais pas à quoi m'attendre.

Malgré la nécessité de prendre du poids, je suis terrifiée à l'idée de voir ce chiffre augmenter.

– Tu peux monter, m'annonce une infirmière.

Je me fige, un long frisson parcourt mon corps. Je laisse passer quelques secondes puis je prends une profonde inspiration, je finis par poser mes pieds sur la balance.

Une fois de plus, je ne regarde pas le chiffre s'afficher.

– Remarquable ! s'exclame le médecin.

Paniquée par sa réaction, je descends instinctivement de la balance. Je déduis aisément que le sourire qui se dessine sur son visage traduit un résultat positif, c'est-à-dire : une prise de poids.

Je devrais me réjouir de ces kilos supplémentaires, j'imagine que chaque kilo représente un pas de plus vers la liberté. Cependant, je me sens terriblement mal et je ne pense qu'à une seule chose : m'affamer lors des prochains jours afin de compenser cette prise de poids.

Ana n'est pas fière de moi, je l'entends crier au fond de ma tête.

– Tu pèses trente-neuf kilos. C'est positif ! m'explique le médecin. Toujours dangereux, mais cela montre une amélioration.

– Avec le nombre de calories que vous lui faites ingérer, ce résultat est plutôt faible, non ? s'étonne une jeune fille vêtue de son uniforme blanc, avec incompréhension, c'est une stagiaire.

– Oui, rétorque le médecin, mais c'est normal ! Un individu en bonne santé aurait pris plus de quatre kilos avec ces apports nutritionnels, sauf que Jade était extrêmement dénutrie et son organisme était tellement sous-alimenté que les premières calories ingurgitées ont servi à faire fonctionner à nouveau ses organes. Son organisme s'est mis en mode « survie » après toute la privation qu'elle a fait subir à son corps. La prise de kilos sera relativement longue pendant les deux ou trois premières semaines mais tout s'enchaînera par la suite. Quoi qu'il en soit, ce sera une longue bataille.

La stagiaire remercie le médecin pour ses explications pendant que moi, je panique. Si je comprends bien les mots du docteur, comme mon organisme a repris suffisamment de force, les prochains kilos seront plus facile à prendre. Je ne peux pas me laisser grossir encore plus, je dois déjà être énorme.

Je sais Ana, tu m'avais prévenue.

Une infirmière propose de me ramener dans ma chambre. Je m'assois alors sur la chaise roulante puis celle-ci me fait traverser les couloirs hostiles de l'hôpital. *Oui*, j'ai bien dit une chaise roulante. Les médecins veulent m'éviter de dépenser la moindre calorie, donc chaque trajet s'effectue désormais en position assise, même ceux effectués au sein même de l'établissement.

Au fond, je sais que c'est surtout parce que mon pronostic vital est engagé, mais ça, ils se retiennent de me le dire. J'imagine qu'ils ne veulent pas me créer une anxiété supplémentaire, mais je suis consciente de ma situation. Mon cœur menace de lâcher à tout instant, je le sais. Je ne mène plus seulement un combat contre l'anorexie, je mène aussi une seconde bataille : celle de me battre contre la mort afin de rester en vie.

Mais ça, je ne pas veux y penser.

Quand je regagne mon lit en pleurs à cause de cette prise de poids, on m'apporte mon petit déjeuner : un bol de céréales au chocolat avec du lait. Ce matin, je n'ai pas de message de la part de Blanche, mais cela ne m'inquiète pas.

Je ne lui ai pas donné de nouvelles hier soir.

J'enfouis une cuillère de céréales dans ma bouche tout en arrachant une page de mon carnet afin d'écrire un mot à mon *amie*.

« Je sors de la pesée. Devine quoi ? J'ai pris deux kilos. Malgré tout, je ne vais pas te mentir en te disant que je suis heureuse ou bien rassurée. Je suis morte de peur. »

Je replie la page en quatre puis je la coince sous la peau de banane. Je continue à manger mon petit déjeuner mais chaque bouchée se fait de plus en plus compliquée maintenant que je suis consciente de cette prise de poids. Ana ne veut pas me lâcher, elle me donne l'impression que je vais prendre du gras de partout.

Je comprends alors que même si je commence à guérir physiquement, le mental ne suit pas. J'ai terriblement peur de rester coincée au fond de cette spirale infernale, dans ce gouffre, sans jamais réussir à m'en détacher ou à m'en sortir. Pour guérir de cette maladie, il ne suffit pas de prendre des kilos.

Le plus important, c'est de trouver la paix dans son esprit.

L'anorexie, c'est comme une drogue. Voir les kilos dégringoler est jouissif, j'en suis totalement dépendante désormais. Je suis accro à la perte de poids et c'est pour cette raison que je n'arrive pas à m'en sortir. On ne peut pas se détacher d'une addiction en si peu de temps.

Mais j'espère toutefois m'en sortir un jour.

Je me demande comment va papa. Je ne l'ai pas vu depuis deux semaines déjà et je suis curieuse savoir ce que le médecin lui a dit à propos de mon séjour. Papa me manque tellement… la tendresse de ses câlins – rares mais précieux – et l'odeur de son parfum au musc me manquent. J'espère qu'il ne souffre pas trop, à cause de moi.

Bien sûr que tu le fais souffrir, Jade.

Ce matin, afin de vider mon esprit et de faire passer le temps, je décide de faire du dessin. Je crois que j'ai apprécié la séance d'art-thérapie alors j'essaie de laisser mes émotions se libérer.

– Qu'est-ce que c'est ? me questionne une infirmière. De l'art abstrait ?

Je relève les yeux vers l'infirmière qui tient mon plateau entre ses mains et je me contente d'acquiescer. Ce dessin n'est pas si abstrait que ça, car ces traits entremêlés signifient en réalité ce qui se passe dans mon esprit.

Du chaos.

– Tu es une jeune fille qui a beaucoup de potentiel Jade, bats toi et prends ta revanche sur la vie.

Je lui donne un sourire en guise de réponse.

Une agréable odeur de basilic atteint ensuite mes narines. Ce midi, j'ai le droit à des pâtes au pesto. Même si le pesto est un aliment extrêmement gras et calorique, cette douce odeur mélangée à celle du parmesan fait partie de mes senteurs préférées.

Bien sûr, Ana me ramène très vite à la réalité lorsque je plonge ma cuillère dans cette grosse assiette de pâtes. Je remarque immédiatement toute l'huile qui gise au creux du bol.

Tu sais ce qu'il en est, tu sais où toute cette graisse saturée va aller se loger !

J'essaie de la faire taire, mais Ana est bien plus puissante que moi. Alors je repose la cuillère.

Le mot de Blanche est encore une fois accroché au plateau.

« Tu mérites mes félicitations les plus sincères. Ce n'est qu'un début et tu vas bientôt pouvoir te sortir de cet endroit. Pourquoi as-tu si peur ? Que crains-tu en prenant du poids ? Tu aimes la vie que tu mènes en ce moment ? Tu aimes ton corps ? Tu te sens heureuse avec dix kilos de moins ?

Réfléchis à mes questions, et lorsque tu auras des réponses, demande-toi si la peur que tu ressens est justifiée.

Je doute que tu trouves une seule raison valable qui puisse te pousser à avoir peur de prendre un peu de poids. »

Elle n'a pas tort, pourquoi ai-je si peur de grossir ? Je me creuse la tête, tout en avalant deux coquillettes. J'en déduis assez rapidement que toute cette peur, c'est Ana qui me la transmet. C'est indéniablement cette fille qui m'empêche de manger. À travers ses mots crus et ses insultes, elle me terrifie. Je redoute tant ses apparitions que je fais tout mon possible pour l'éviter, donc je m'affame.

Même si Ana est aujourd'hui ma meilleure amie, elle est celle qui me détruit le plus.

« Je ne suis pas heureuse avec mes trente-neuf kilos, mais qu'est ce qui me dit que je serai plus heureuse lorsque j'en ferai quarante-cinq ? »

Sa réponse me parvient dans l'après-midi.

« Rien. Rien ne peut te garantir que tu seras une fille plus heureuse lorsque tu pèseras dix kilos de plus. Mais moi, je te le garantis. Tu me fais confiance Jade ? »

À Blanche, comme aux autres, j'aimerais leur dire à quel point ma maladie est compliquée à vivre au quotidien. J'aimerais qu'ils sachent que tout est si paradoxal, que cette spirale semble interminable.

L'anorexie s'empare de nous lorsqu'on s'y attend le moins, elle essaie de nous faire croire qu'elle est là pour nous, qu'elle ne nous lâchera jamais, qu'elle nous apportera une vie meilleure. *Quelle menteuse.*

Je me contente de répondre quelque chose de plus simple à mon *amie*. Après tout, Blanche est malade, elle aussi. Sauf que contrairement à moi, ce n'est pas elle qui s'inflige toute cette souffrance.

Elle n'a sûrement pas de temps à perdre, ni suffisamment de force pour m'écouter me plaindre à propos d'une maladie ridicule que je me suis imposée tout seule.

Lorsque son mot me parvient en retour, j'hésite avant de l'ouvrir. Je me sens coupable, coupable de lui puiser toute son énergie et de ne lui transmettre que des ondes négatives.

La maladie de Blanche est incurable, pas la mienne. Elle est contrainte de vivre avec ce fardeau toute sa vie, sa guérison est indépendante de sa volonté. Chaque jour, elle se bat contre la mort, sans même savoir si elle sera là demain.

– Tu peux aussi mourir de l'anorexie, me lance l'infirmière pendant qu'elle pose le plateau à côté de moi.

– Pardon ?

– Tu réfléchissais à haute voix, ajoute-t-elle.

Mes pommettes rougissent et je lui lance un sourire gêné.

– Vous pensez que je vais mourir ? je demande.

– Pas si tu décides de te battre, dit-elle en quittant ma chambre.

« Au fait Jade, nous n'avons jamais abordé le sujet car je suppose qu'il demeure délicat… mais comment es-tu tombée dans cette maladie ? »

J'ai déjà raconté beaucoup de passages de ma vie à Blanche mais celui d'Enzo est resté tabou. Je ne sais pas si je me sens prête à en parler, à lui en parler.

Parfois, il y a certains évènements dont on a honte, qu'on aimerait oublier à jamais.

L'impact d'Enzo sur ma vie en fait partie.

« Je me suis fait harceler, comme tu le sais. C'était très violent, humiliant, et compliqué à vivre. Je me suis retrouvée seule du jour au lendemain, complètement seule. Je n'avais aucun contrôle sur la situation, je n'avais plus la moindre emprise sur ma vie.

En fait, tout a commencé à cause d'un garçon. Il m'a utilisée, il m'a humiliée et a fait de moi sa marionnette. À la suite de ça, tout le monde a continué.

Alors, j'ai voulu me basculer sur quelque chose d'autre, j'avais besoin de contrôler quelque chose à un moment où je sentais ma vie filer de mes doigts. J'ai décidé de contrôler ce que je mangeais, de dominer la chose incroyable qu'est mon organisme.

Et qu'est-ce que je me sentais puissante, qu'est-ce que j'étais satisfaite.

Je ne pouvais peut-être pas choisir la tournure que prendrait ma vie mais je pouvais au moins choisir qui j'étais et ce que je faisais de mon corps. Je dominais mon être.

Et ça, ça me rendait forte. »

J'imagine que ma réponse ne nécessite pas plus de détails. Le plateau repart, à moitié vide.

Je ne me sens pas capable d'avaler quelque chose de plus.

30

Je ne sais pas ce qui s'enchaîne le plus entre les kilos ou les journées dans ce centre hospitalier.

J'ai encore pris du poids.

Je le sais parce que maintenant, je peux pincer la peau de mon ventre, juste en dessous de mon nombril. Avant, je ne pouvais même pas l'attraper. Même lorsque je me tenais assise.

Comprendre que l'on grossit de jour en jour sans même avoir la possibilité de constater les dégâts dans un miroir, ce n'est pas une étape évidente. Mais je suppose que cela fait partie de la guérison.

Blanche ne m'a pas donnée de nouvelles depuis trois jours. J'essaie de ne pas créer trop de scénarios dans ma tête mais j'ai peur que quelque chose de grave lui soit arrivé. Elle était si fragile et épuisée lorsqu'on s'est rencontrées.

Après, je me doute que ce silence doit être lié à mes plateaux qui ne sont plus jamais vidés dans leur entièreté. Je n'ai pas respecté notre deal.

J'aimerais continuer à vivre comme si de rien n'était mais je n'en suis pas capable. Depuis qu'elle n'est plus là, je n'arrive plus à m'alimenter. Ana profite de son absence pour reprendre du terrain, elle me fait payer sa jalousie et son abandon.

Et encore une fois, elle est en train de gagner.

– Bonjour, Mademoiselle Martin.

J'ai appris à analyser le Docteur Franklin au fil des jours.

Aujourd'hui, lorsqu'il arrive en trombe dans ma chambre et qu'il se racle la gorge avant de s'adresser à moi, je comprends qu'il est énervé.

Je vais me faire passer un savon.

– J'imagine que tu te doutes pourquoi je suis là.

– Hmmm… je réponds. Pour me faire un concert privé, peut-être ?

– Je constate que tu n'as pas perdu ton sens de l'humour, en tout cas, s'impatiente-t-il.

Je crois apercevoir un rictus au bord de ses lèvres. Peut-être que je viens de le faire rire mais il a trop de fierté pour le reconnaître.

C'est un homme, après tout.

– Un peu de sérieux, reprend-t-il. Tes efforts semblent diminuer en intensité depuis quelques temps et tu te doutes que cela ne nous convient pas.

Je tente de me défendre mais son ton se fait de plus en plus sec.

– Tu ne veux pas t'en sortir ? me demande-t-il sérieusement.

Je balbutie trois phrases désordonnées tout en essayant de me défendre mais je comprends que c'est inutile : il refuse de me comprendre.

– Il te faut du mental si tu veux t'en sortir… le mental, ça se forge.

– Vous ne pouvez pas comprendre la chose tant que vous ne la vivez pas ! je m'insurge.

– En effet, reconnaît-il. Cependant, je suis en mesure de comprendre et de décréter que si tu n'acceptes pas de faire quelques efforts supplémentaires, nous te poserons une sonde nasogastrique. Après tout, peut-être que si c'est *nous*, qui passons la vitesse supérieure, tu daigneras enfin t'impliquer d'avantage.

Sa voix est chargée de condescendance, ou de mépris, je ne sais pas encore faire la différence. Dans tous les cas, je devine qu'il est énervé par mon comportement.

Il n'aura plus la patience de céder à mes caprices.

— Peut-être que vous avez fait huit ans de médecine, je proteste, mais les années et connaissances accumulées pendant ce temps ne vous permettront jamais de comprendre une chose aussi paradoxale et épouvantable qu'est l'anorexie !

Le ton de ma voix prend une note légèrement désinvolte et je ne peux m'empêcher de bouillonner de rage de l'intérieur.

J'espère qu'un jour, les médecins comprendront qu'une maladie mentale ne se soigne pas de la même façon qu'une petite grippe.

— Treize ans, j'ai fait treize ans d'études, pas huit, me corrige-t-il.

Son indifférence me prouve que je ne fais pas le poids face à lui. Quoi que je fasse ou que je dise, c'est *lui* qui aura raison. Alors je comprends que je vais devoir redoubler mes efforts, même si cela implique de tenir tête à Ana.

— Cette hospitalisation constitue ta seule et unique chance de t'en sortir. Ce n'est *plus* un jeu ! Ce n'est qu'une question de temps désormais. Plus tu laisses les jours défiler, plus tu te mets en danger et plus tu risques de...

Il ne finit pas sa phrase.

— ... mourir, je réponds à sa place.

Peut-on vraiment mourir de l'anorexie ?

C'est une question que je me pose réellement. Comment peut-elle nous tuer alors qu'elle nous promet vouloir notre bien ?

En me penchant plus sérieusement sur la question, je ne compte même plus le nombre de fois où j'ai cru sentir mon corps me quitter tant je mourrais de froid, ni les fois où j'ai senti mon cœur me lâcher parce que je venais de courir vingt mètres, pas même les fois où mon estomac criait tellement fort que je n'étais même plus en mesure de respirer.

En fait, j'ai failli crever une dizaine de fois.

« Peut-on réellement mourir de l'anorexie ou est-ce une idée reçue née pour faire peur aux patients ?

Pourquoi je me sens aussi vide ? Est-ce possible de ressentir un creux aussi profond au fond de soi, sans même savoir de quoi manquer ? Pourquoi je me sens aussi incomplète ? Quelle est la fichue pièce manquante du puzzle ? »

Non sans difficulté, je parviens à avaler le contenu intégral de mon plateau. Les mots de mon médecin sont toujours dans un coin de ma tête et je refuse de mourir maintenant. J'ai encore trop de choses à vivre et à découvrir. Cette petite victoire n'est toutefois pas sans conséquence, puisqu'Ana décide de se venger en rendant mon ventre extrêmement douloureux.

Mon estomac s'est considérablement réduit sous l'impact de mes faibles portions. Maintenant que je dois manger en plus grandes quantités, celui-ci n'est plus habitué, ce qui me tort de douleur après chaque repas.

Malheureusement, on ne peut rien y faire, cela fait partie de la guérison.

Lorsque l'infirmière revient prendre le plateau, elle entre dans ma chambre avec une lettre à la main. Sur le coup, je panique en pensant qu'elle a découvert notre secret, à Blanche et moi. Lorsqu'elle me la tend, je comprends que cette enveloppe provient d'une toute autre personne.

Je l'ouvre, puis j'en sors une photo.

Dessus, y voit papa, Faustine, Garance et William. Je rigole en voyant le doigt d'honneur que William a tenté de dissimuler derrière ma demi-sœur. *Sacré William.* Sur le dos de la photo, je reconnais l'écriture de papa. Il a écrit : « Reviens vite », ce qui me fait sourire. Chacun a signé son prénom.

Mon cœur se serre lorsque je pense à ma famille qui, désormais, vit depuis plusieurs semaines sans moi.

Je donnerais tout pour les revoir à cet instant même.

C'est dans ce genre de moments que je réalise qu'on néglige souvent les petits bonheurs du quotidien. Aujourd'hui, même les choses les plus futiles me manquent.

Le visage de mon papa me manque tant, sans parler de ses petites bouclettes au contact de mon visage ou encore de ses musiques assourdissantes et de ses chemises à carreaux.

La joie de vivre et la tonicité de ma demi-sœur me manquent énormément. J'en viendrais même à regretter les tailleurs à rayures et les chignons parfaitement centrés de Faustine, ou encore la tête insupportable de William.

La lumière du jour me manque. Ici, je vis constamment sous la lumière des néons grésillants. Les ruelles de Montmartre, la place Émile-Goudeau, l'ambiance de la place du Tertre, la beauté du Sacré-Cœur et la grandeur que l'on peut ressentir en mettant les pieds sur ce point culminant de la ville me manquent.

Je ne m'étais jamais réellement rendue compte à quel point des choses aussi banales pouvaient en fait avoir autant de place dans ma vie.

Il ne me reste plus que six kilos à prendre avant d'espérer pouvoir retrouver mon quotidien.

Je saisis un stylo et je commence à rédiger une lettre supplémentaire à l'intention de Blanche.

« J'ai eu un moment de réflexion aujourd'hui… et j'ai compris que je devais m'en sortir.

Cette fois, j'ai l'impression que ce ne sont pas des pensées en l'air. Je le ferai pour mon père qui, je sais, meurt de peur, et sur qui des cheveux blancs ont déjà dû commencer à pousser. Je le ferai aussi pour ma mère qui, au ciel, doit se sentir impuissante.

Mais je le ferai aussi et surtout pour moi.

J'ai réalisé que des choses aussi simples que les ruelles de Montmartre ou le sourire éclatant de ma demi-sœur me manquaient. J'en reviens même à manquer mes discussions mouvementées avec mon crétin de voisin, William.

Tu te rends compte ? Mais tu sais Blanche, c'est difficile, et même si quelques raisons me poussent à m'en sortir, j'ai peur.

J'ai peur car je n'ai pas envie de changer physiquement et je ne me sens pas capable de me voir dans un corps différent du mien. J'ai beau détester mes os saillants, ma peau terne et mes cuisses squelettiques, je ne supporterai pas l'idée de ne plus sentir mes os au contact de ma peau et de me voir avec des centimètres de graisse autour du ventre. Je ne supporterai pas de voir les chiffres de cette balance augmenter, je ne supporterai pas de voir le nombre de calories grimper d'un jour à l'autre.

Je fais quoi maintenant ? »

Sans Blanche, je ne me serais jamais rendu compte à quel point je tiens à la vie.

***

Je bois ma soupe aux légumes sous les yeux observateurs de l'infirmière pendant qu'elle dresse un rapport complet sur le nombre de calories et de nutriments que j'ai ingurgité au cours de la journée.

– Je crois qu'on est à deux-mille, je lance.
– Deux-mille quoi ? me questionne-t-elle.
– Deux-mille calories.

Irina s'arrête un instant et me fixe, un peu égarée.

Je ne suis pas censée connaître le nombre de calories que j'ingère au quotidien mais je connais méticuleusement le nombre de calories contenues dans chaque aliment. C'est facile pour moi, de tout calculer.

Ce qui est moins facile, en revanche, c'est de savoir que mes quantités nutritionnelles ont été multipliées par deux – voire par trois – par rapport à ce que j'avais pris pour habitude de manger auparavant.

Quand l'infirmière s'en va, je repose ma cuillère et je décroche avec impatience la lettre du plateau.

« Jade. Lorsque tu te remémores des souvenirs. À quoi penses-tu ?

Tu penses à tes amis, aux Noëls passés en famille, aux livres que ton père te lisait avant de dormir, aux pâtisseries que ta maman te cuisinait avec amour, aux séances de cinéma et de bowling que tu faisais avec les personnes que tu aimes, aux après-midis que tu passais à jouer au Scrabble dans le jardin de tes grands parents.

Ai-je tort ?

Quand tu seras à deux doigts de la mort, une sonde dans le nez et un cœur d'une fréquence de trente battements par minute, à quoi penseras-tu ? Penseras-tu à ton poids, aux calories ingérées tout au long de ta vie, à la manière dont tes os ressortaient et au jean 32 dans lequel tu rentrais ?

Bien sûr que non.

Tu penseras à tous les souvenirs que tu as vécu et tu te détesteras du plus profond de ton âme pour avoir passé autant de temps à penser aux chiffres et à ton apparence physique.

Tu t'en voudras de t'être laissée partir pour des choses qui, au final, n'avaient aucune importance pour toi.

Alors maintenant, qu'est-ce que tu fais ? Je pense que tu l'as compris.

Bats-toi jusqu'au dernier souffle de ta maladie et tue-la comme elle a failli te tuer. Tue Ana une bonne fois pour toute avant que ce ne soit elle qui le fasse en premier. Car crois moi, elle ne se privera pas de te laisser sombrer. »

Je pense que les anges gardiens existent. En tout cas, Blanche est mon ange gardien. Elle est celle qui veille sur moi au quotidien, et je lui en serai éternellement reconnaissante.

Ce soir, je mange tout le contenu de mon assiette, l'entièreté de ma part de brownie au chocolat et toutes mes tranches de pain de seigle. Je mange tout jusqu'à la dernière miette et je finis par m'endormir, tout en essayant d'étouffer les cris stridents d'Ana.

Désolée Ana, je crois que tu es devancée.

31

Hier a mis fin à ma quatrième semaine d'hospitalisation. J'entame cette nouvelle semaine par une pesée.

Assise sur ma chaise roulante, mes mains tremblent et mes jambes s'engourdissent sous l'effet du stress. Je suis prise de bouffées de chaleur et l'air de la pièce me semble tout à coup étouffant.

Dernièrement, le corps médical a augmenté ma dose quotidienne de calories. Personne ne m'a prévenue de ce changement, mais je ne suis pas idiote, je sais compter. J'en consomme au moins deux-mille-cinq-cents par jour désormais et je suis toujours privée de la moindre activité physique.

Enfin, j'ai le droit à trois misérables séances de yoga par semaine, mais ce n'est malheureusement pas le sport qui permet de dépenser le plus d'énergie.

— Quarante-et-un kilos et quatre-cents grammes ! clame le médecin. C'est incroyable ! Tu as fait des efforts remarquables ces derniers jours. Avec quelques efforts supplémentaires, j'imagine que tu pourras nous quitter d'ici début décembre.

Au mois de décembre, cela fera exactement deux mois que je suis enfermée dans ce centre. J'ai déjà perdu plus d'un mois auprès de mes proches et j'ai peur qu'ils se soient habitués à mon absence.

Désormais, je ne peux plus faire de retour en arrière et je dois poursuivre mes efforts. Malgré les difficultés, je ne peux pas me permettre de faire une rechute, même si j'en ai extrêmement peur. En deux ans de combat contre l'anorexie, j'ai rechuté trois fois. Elles ont toujours été inévitables et m'ont fait revenir à la case départ.

Cette fois ci, je n'aurai pas le courage de tout recommencer.

— Bravo, me lance le médecin. Je sais que tout est compliqué, tu as fait preuve de beaucoup de courage.

J'ai pris quatre kilos et quatre-cents grammes en un mois et demi seulement. Cela me paraît énorme et je n'ose même pas imaginer mon reflet dans le miroir, je dois être obèse.

— Et quand allez-vous mettre fin à mon isolement ? je le questionne avec supplice.

— Nous t'avons déjà informée de notre décision, tu restes malheureusement trop fragile émotionnellement donc nous ne pouvons pas nous permettre de te laisser sortir. Une rechute n'est pas inenvisageable malgré ces kilos repris. Nous sommes dans l'obligation de te protéger et tu dois faire preuve de patience.

Je tente d'entamer des négociations mais le médecin refuse de changer d'avis. Je pensais toucher à sa sensibilité, mais finalement, je l'agace plus qu'autre chose.

— Je sais que c'est difficile, rétorque-t-il, mais chaque kilo supplémentaire est un pas de plus vers la liberté. Fais toi violence et prends sur toi, ce n'est pas si compliqué que ça.

Ébahie, je reste sans voix. Treize ans d'études et il n'est même pas capable de se comporter comme un humain compréhensif. Je prends alors une profonde inspiration puis je sors de mes gons.

J'en ai marre, qu'on minimise mes troubles alimentaires.

— Avez-vous déjà souffert d'anorexie ? je le questionne. Savez-vous ce que c'est, d'avoir une calculatrice à la place du cerveau, de ne penser et vivre qu'en termes de chiffres ? Savez-vous ce que c'est, d'avoir un démon à l'intérieur de soi, d'être possédé par une voix qui dicte chacun de vos faits et gestes, qui vous gronde comme un vilain enfant parce que vous avez avalé trois grains de riz de plus ? Savez-vous ce que c'est, de vous sentir vide, seul et incompris, de vous sentir impuissant face à la vie ? De voir que la situation vous échappe sans même être capable d'agir pour vous sauver ? Savez-vous ce que c'est, de penser constamment à la nourriture et à vos futurs repas ? De vous construire des plans alimentaires quotidiens afin de limiter au maximum le nombre de calories ingérées. Savez-vous ce que c'est, de refuser le moindre repas ou sortie entre amis car vous avez peur de devoir acheter un paquet de pop-corn ou de goûter le fondant au chocolat d'une maman ? Savez-vous ce que c'est, de refuser chaque moment de convivialité, de ne plus rien partager avec votre famille, de pleurer et de vous haïr sans cesse, de ne devenir qu'un inconnu complètement irascible et dépressif ?

Le docteur m'écoute parler mais ne prend pas la peine de me répondre, en réalité il n'affiche aucune émotion sur son visage. Monsieur Franklin est totalement apathique, c'est comme si mon discours ne le touchait pas. *Même pas un peu.*

– Où avais-je la tête… j'enchaîne. Non, bien sûr que vous ne pouvez pas savoir ce que c'est, car vous n'êtes pas malade. Et vous ne l'avez jamais été ! Je sais qu'en tant que médecin, vous êtes dans l'obligation de me faire prendre ces kilos supplémentaires, comme ça je ne serai plus considérée comme la patiente numéro vingt-sept mais caractérisée comme une personne « guérie ». Sauf que tout ça, c'est dans la tête que ça se passe. Alors vos foutus conseils de « me faire violence », vous pouvez les garder pour vous. Vous ne pouvez pas comprendre ce que je ressens et ce n'est pas treize ans d'études et trois diplômes qui y changeront quelque chose. Désolée.

– On se voit dans une semaine, Jade. Porte-toi bien d'ici là, se contente-t-il de me répondre.

L'homme reste de marbre, il ne semble ni énervé, ni affecté. En fait, c'est comme s'il ne m'avait même pas écoutée. Je viens d'utiliser toute mon énergie contre lui et je n'aurais pas dû.

Alors que je suis encore sous l'impact de la colère et des pleurs, Irina me ramène silencieusement dans ma chambre.

Je retourne dans mon lit et je tente de calmer mes émotions.

— Bravo, me félicite Irina.
— Bravo ? je la questionne.
— Tu es forte Jade, tu es loin d'être la jeune fille minable que tu décris tant. Tu milites pour ce que tu veux et ce que tu penses, je trouve ça admirable. Tu es très courageuse.
— Sauf que cela n'est pas suffisant, Irina.
— Je ne pense pas. Parfois, les médecins ont besoin d'une petite piqûre de rappel. Tu viens de toucher le docteur Franklin en plein dans son égo et je suis certaine qu'il pensera à tes mots tout au long de sa journée.

Je souris faiblement et j'entame ensuite mes tartines de confiture à l'abricot. Finalement, peut-être qu'elle a raison.

— N'abandonne jamais, me demande-t-elle. Tu es une vaillante, je sais que tu réussiras à t'en sortir.

Une collègue appelle Irina depuis l'autre bout du couloir alors l'infirmière s'enfuit de ma chambre à grandes enjambées. J'attrape un morceau de papier, puis je donne de mes nouvelles à mon *amie*.

« J'ai pris deux kilos et quatre-cents grammes.

Je crois que la porte de sortie est proche. Tu te rends compte ? Je vais bientôt retrouver ma liberté. Je sais que les efforts qu'il me reste à fournir sont les moins évidents mais je suis motivée à guérir.

Sinon je vais bien, je suppose. Je n'ai pas le choix à vrai dire. On ne me demande pas comment je me sens ici, je crois que cela n'intéresse personne. Sauf Irina – mon infirmière –, de temps en temps. Tout ce qui importe les médecins, c'est le nombre de calories qu'on me fait avaler et le nombre de kilos que je prends sur la balance.

Je commence peu à peu à comprendre l'envers de ma maladie.

Tout ce qui intéresse le corps médical, c'est ce qui m'importait avant, et je réalise que c'est horrible. Comment ai-je pu supporter ça ? Comment ai-je pu me réduire à de simples nombres ? Je suis un humain, merde ! J'ai des sentiments, des émotions et des rêves. Je me suis maltraitée pendant tant d'années et ce n'est qu'en observant le comportement du corps médical que je me rends compte de la façon dont je me suis traitée.

Enfin bref, tu l'auras compris, je ressasse constamment et je me questionne beaucoup. Mais tout finira par s'arranger, je l'espère. »

Je m'apprête à replier la lettre et la placer sous le plateau mais finalement, je rajoute quelques lignes, en bas de la page.

« Il y a quelques jours, en attrapant l'ours en peluche à la fraise posé sur le fauteuil à côté de moi, j'ai trouvé un bonnet. C'est le bonnet de William. Il a dû l'oublier la dernière fois qu'il est venu me rendre visite. Ce vêtement sent bon la lessive, ça sent William, en fait.

Même si j'ai du mal à supporter ce skateur arrogant, sentir une odeur familière me rend heureuse.

Alors je ne peux pas m'empêcher de le garder à côté de moi. »

Ce bonnet, je le tiens souvent entre mes mains. Il me remémore certains souvenirs, comme par exemple les conversations profondes que j'ai pu entretenir avec William. Lui aussi, me connaît plutôt bien. Même si je le déteste profondément, je dois avouer qu'il est rapidement parvenu à cerner mon caractère.

Je replie le morceau de papier en quatre lorsque j'entends Irina entrer et je le cache discrètement sous mon pot de yaourt.

J'attends de tes nouvelles avec impatience, Blanche.

***

Les séances d'art-thérapie ou de yoga sont des activités plutôt amusantes, mais ce qui l'est beaucoup moins, ce sont les séances de thérapie de groupe.

Je n'aime pas l'ambiance de ces séances, premièrement parce qu'elles donnent un caractère dramatique à notre situation : nous sommes assis en rond et nous ressassons nos problèmes avec désespoir, mais deuxièmement parce que les personnes atteintes de troubles alimentaires peuvent s'avérer désagréables.

Parfois, j'ai l'impression que c'est le concours de celui qui sera le plus malade. Il y a ce côté toxique qui pousse la volonté de chaque patient à prouver sa légitimité à être malade.

Et cela devient pesant.

— De mon côté, cette semaine a été plus compliquée que les autres… Je crois que j'ai grossi, non en fait, j'en suis sûre. J'ai aperçu de nouveaux bourrelets en m'habillant ce matin, nous avoue Emma. Dès que je regarde mon reflet dans un miroir, je ne vois que mes défauts, comme si mes yeux avaient un radar pour déceler chaque aspect négatif de mon corps.

— Je comprends ce que tu veux dire… ajoute Maxime. J'essaie souvent de me rassurer en me disant que ces pensées ne traduisent pas la réalité mais ma petite voix reprend toujours le dessus. C'est un cercle infernal.

— Et toi Jade ? me demande le psychologue.

— Je n'ai même pas le droit d'observer mon reflet dans un miroir… je réponds.

— Comment ça se fait ? rebondit Alexandre.

— Je suis en isolement depuis plusieurs semaines… ils ont décrété que mon cas était trop préoccupant et que j'étais trop instable émotionnellement pour m'autoriser à scruter mon physique dans les moindres détails.

— Tu pèses combien de kilos ? me demande Hannah.

— Quarante-et-un.

— J'en pèse trente-six, m'informe Emma.

J'aimerais dire à Emma que nous ne sommes pas dans le concours de celui qui pèsera le moins lourd mais je n'y parviens pas, parce que je ressens un petit pincement au cœur. *De la jalousie ?* Je ne devrais pas éprouver un sentiment aussi honteux, mais j'envie secrètement cette fille. Elle est parvenue à atteindre un poids inférieur au mien…

Elle reste mince, elle.

— Avez-vous ressenti un quelconque sentiment de honte au cours de cette semaine ? nous demande la psychologue.

Une main se lève.

— J'ai avalé deux paquets de biscuits en entier en moins de deux minutes… et j'ai tout revomi par la suite. Mes crises de boulimie deviennent de plus en plus fréquentes et récurrentes et je ne sais pas comment m'en sortir… se confie Alexandre. Je me sens nul.

— Tes crises ne constituent pas une faiblesse et ne font pas de toi un lâche… je réponds.

— Je suis d'accord avec Jade, avoue Maxime. Cette semaine, moi aussi j'ai eu honte… parce que j'ai souri jusqu'aux oreilles lorsque j'ai vu que j'avais perdu un kilo depuis ma précédente pesée. Et le médecin s'en est rendu compte…

— Que t'a-t-il dit ? demande Hannah, curieuse.

— Il m'a disputé comme un vilain enfant et je ne savais plus où me mettre. Pourtant, je savais que ces kilos en moins représentaient un réel danger pour moi mais je ne sais pas pourquoi, je me sentais heureux.

— Êtes-vous conscients que ces voix qui vous obligent à sauter un repas, qui vous félicitent d'avoir perdu du poids ou qui vous demandent de vous faire vomir après une crise d'hyperphagie ne vous veulent pas du bien ? nous questionne la femme.

— Pourtant, elle s'efforce à me dire que nous sommes meilleures amies… j'avoue.

— Moi aussi ! s'exclame Joséphine. Dès que j'ai un coup de mou, ma petite voix m'encourage à avaler tout ce qui se trouve dans mon champ de vision. Elle me dit que je mérite ce réconfort et que ces friandises me permettront de me sentir mieux. Je me dis qu'elle fait ça pour mon bien être.

— Sauf que c'est complètement faux ! s'exclame la thérapeute. Ces petites voix n'existent pas, ce ne sont que des pensées intrusives qui s'immiscent dans votre esprit lorsque vous êtes au plus bas, elles cherchent à vous contrôler. En les écoutant, vous acceptez de les laisser prendre le dessus sur votre propre personne et vous perdez les commandes de votre propre esprit. C'est de l'autodestruction !

— Sauf que contrairement à tous les autres, ma petite voix est sincère avec moi. Elle me fait tout un tas de promesses et je sais que, contrairement aux autres, elle ne m'abandonnera jamais… je confie.

— Ce n'est qu'une illusion.

— Alors comment nous en débarrasser ? demande Alexandre.

— S'il était possible de les chasser, je doute que nous serions tous ici, assis au centre de cette pièce hostile, reconnaît Emma.

Au fond, peut-être qu'Emma a raison. Peut-être qu'une fois que nos petites voix ont pris le dessus sur nous, elles ne s'en iront jamais. Et si j'étais destinée à souffrir toute ma vie ?

— Changer ses habitudes de pensées est une chose difficile, poursuit la psychologue, mais pas impossible. Si vous êtes ici aujourd'hui, c'est que vous avez déjà effectué un premier pas dans votre guérison puisque vous avez reconnu l'impact nocif que ces voix ont sur vous.

— Ce qui est compliqué, j'ajoute, c'est que j'ai déjà pris quatre kilos depuis que je suis ici et je risque de sortir très prochainement. Aux yeux du corps médical, je suis presque guérie. Sauf qu'au niveau de mon esprit, je suis toujours terrifiée. Je constate quelques améliorations mais ce n'est pas encore ça… si je guéris du corps et non de la tête, qu'est-ce que cela signifie ?

— Que tu es amenée à rechuter… poursuit Joséphine.

J'essaie de ne pas imprimer les mots de Joséphine dans ma tête mais je sais qu'elle n'a pas tort. Si je ne parviens pas à faire taire les ordres d'Ana, je rechuterai inévitablement.

— Guérir de troubles du comportement alimentaire est possible, nous affirme la femme. Il faut apprendre à travailler dessus, à analyser ces pensées nocives et tenter de les remplacer par des pensées positives. Il faut leur tenir tête.

— J'ai essayé de faire ça aujourd'hui, avoue Emma. Mais je n'y suis pas parvenue, j'ai jeté la moitié de mon petit déjeuner dans les toilettes une fois que les infirmières ont tourné le dos.

— Moi aussi, renchérit Maxime. Mais je n'en ai même pas mangé la moitié, j'ai jeté mon plateau en entier.

Le ton de Maxime semble chargé de dédain, comme s'il essayait de se comparer à Emma et à lui faire comprendre que sa situation à lui est bien pire. De mon côté, j'ai mangé mon petit déjeuner dans sa totalité et désormais, je culpabilise.

Qui a eu l'idée de créer ces thérapies de groupe ?

— Chacun d'entre vous fait totalement confiance à ces petites voix mais savez-vous si leurs propos sont réellement valides ? Si une personne dans la rue vous insulte ou émet une critique à votre égard, allez-vous devenir ami avec ?

— Non… nous répondons tous en cœur.

— Alors pourquoi le faites-vous avec votre maladie ?

Personne n'est capable de donner une réponse cohérente à la psychologue, tout simplement parce que personne n'a de réelle réponse à cette question.

Lorsque je rentre dans ma chambre, je suis encore perturbée par la séance de thérapie à laquelle j'ai assisté. Finalement, je me rends compte que nous sommes tous malades et que nous sommes tous habités par ces petites voix intérieures qui ne font rien d'autre que gâcher nos vies. Même si je suis encore bien malade et terrifiée par la nourriture, j'ai l'impression d'être celle qui fait le plus d'efforts pour m'en sortir.

Et même si cela me fait culpabiliser, cela me motive à me battre encore plus fort.

Peut-être qu'il serait temps d'inverser la tendance et de ne pas chercher à être celle qui sera la plus malade, mais plutôt celle qui guérira la première.

32

Le 3 décembre au matin, j'atteins le poids de quarante-quatre kilos.

Cette date restera importante à mes yeux puisque c'est ce jour-là qu'on met une date concrète sur la fin de mon hospitalisation.

Après plus d'un mois et demi à vivre l'enfer, une porte de sortie s'ouvre enfin à moi.

– Tu pourras sortir d'ici le 13 décembre, m'annonce le docteur. Dix jours sont suffisants pour que tu prennes le kilo restant. Enfin, seulement si tu continues de suivre ton traitement à la lettre.

Mes yeux scintillent de bonheur comme ils n'ont jamais brillé auparavant. *On l'a fait Jade.* Je n'arrive même plus à y croire... j'ai survécu et je vais bientôt sortir d'ici. Après presque deux mois d'hospitalisation, je suis sur le point de retrouver mon papa, mon lit douillet et ma jolie butte de Montmartre.

J'attends avec impatience de sentir à nouveau le parfum fruité de ma demi-sœur, de prendre le café du matin avec ma belle-mère, de lire un de mes livres favoris au coin du feu, ou encore de contempler la vue de Paris depuis le sixième étage.

Mais par-dessus tout, je ne peux m'empêcher de jubiler à l'idée de pouvoir fêter Noël aux côtés de ma famille.

Malgré cet élan de joie, je tente de masquer ma peur. Je commence à guérir physiquement mais je ne suis pas certaine que le mental suive.

J'arrache immédiatement une page de mon carnet afin d'annoncer la grande nouvelle à la seule personne avec qui je peux encore converser aujourd'hui.

« Tu ne vas pas me croire. Je vais enfin pouvoir sortir d'ici dans dix jours… dix jours, tu te rends compte ? Dix petites journées. Qu'est-ce que je suis heureuse ! Je ne vais pas le dire à mon père et je ne le dirai à personne. Je veux faire une surprise à tout le monde en débarquant à l'improviste à la maison. Imagine leurs sourires lorsqu'ils me verront arriver ?
Merci Blanche. Tout ça, c'est grâce à toi. »

Je finis d'avaler mon petit déjeuner lorsqu'une infirmière entre dans ma chambre. En plus de mes repas, je dois prendre des compléments alimentaires. Ce sont des petites boissons dotées d'une forte valeur nutritionnelle. Elles servent à augmenter mes apports caloriques au quotidien.

– Irina ? je demande timidement à l'infirmière qui se tient à côté de moi.

– Dis-moi ? renchérit-elle.

– Pourquoi me privez-vous de tout contact humain ? Est-ce que je mérite d'être punie et déshumanisée seulement parce que je refuse de manger ?

La question tourne en boucle dans ma tête depuis plusieurs jours. Est-ce que je mérite d'être sanctionnée à ce point parce que j'ai mis ma vie en danger ? Irina arrête de bouger puis vient s'asseoir à côté de moi.

Mon lit s'affaisse sous l'impact de son poids.

– Tu n'as toujours pas compris ? me répond-t-elle. Le but de l'isolement, c'est que tu t'ennuies… que ton ennui soit si fort qu'il te pousse à réfléchir. À réfléchir sur toi-même, sur ta situation, ou encore sur l'importance de la vie.

La médecine me surprendra toujours.

– Je ne sais pas s'il s'agit de la meilleure technique, je lui avoue.

– Peut-être pas, conclue-t-elle. Mais moi, ce que je retiens de ton séjour ici, c'est que tu es devenue une fille encore plus forte et courageuse que tu ne l'étais auparavant.

Irina est une infirmière en or. Parmi tous les médecins et infirmières auxquels j'ai pu faire face depuis que je suis malade, elle est celle qui est la plus humaine. Elle se soucie réellement de mon bien-être et son soutien joue un rôle dans ma guérison.

Avant de quitter ma chambre, elle se retourne vers moi.

– Au fait, me lance-t-elle. Un garçon a essayé de te rendre visite, il s'appelle Enzo. Tu le connais ?

À l'entente de ces mots, mon cœur bondit hors de ma poitrine, mes mains se crispent et mon sang se glace. Un long frisson serpente le long de ma colonne vertébrale.

– Oui... que voulait-il ? je bafouille.

– Je ne sais pas, il a simplement demandé à te voir, mais cela semblait urgent. Tiens le coup, tu n'as plus que dix jours à attendre avant de le retrouver.

Paralysée, je n'arrive pas à me sortir l'image de mon bourreau de ma tête. Enzo est venu ici et il a tenté de me voir, je sais qu'il n'a pas fait ça par bonté d'âme.

Désormais morte de peur, je ne peux m'empêcher de créer des scénarios dans mon esprit. Je sais à quel point Enzo peut être vicieux et déterminé lorsqu'il a une idée en tête.

« Je dois t'avouer quelque chose. Je ne pensais pas être prête à t'en parler un jour mais j'imagine qu'il n'y a que les idiots qui ne changent pas d'avis.

Je ne t'ai jamais parlé d'Enzo car j'ai toujours voulu garder ce sujet secret.

Sauf qu'aujourd'hui, j'estime que cela devient nécessaire.

Ce garçon a littéralement gâché ma vie, et ceci à deux reprises. Je l'ai déjà mentionné brièvement sans exposer son prénom dans une de mes précédentes lettres.

Une infirmière vient tout juste de m'annoncer qu'il a essayé de me rendre visite, cela me glace le sang. J'aimerais rester forte, mais je suis morte de peur.

Je sais de quoi il est capable, ce garçon n'a pas froid aux yeux. ».

Dans la suite de mon texte, je lui raconte tout dans les moindres détails. À travers cette lettre qui tient sur deux pages, je me mets complètement à nu et j'accepte d'accorder toute ma confiance à mon *amie*. J'espère qu'elle l'honorera.

À chaque ligne supplémentaire, mon cœur se déchire au fond de ma poitrine.

Lorsque je conclus ces douloureuses lignes par un point final, je prends une profonde inspiration, puis j'expire violemment.

Je plie les feuilles et j'accroche le tout sous le plateau.

***

Les jours suivants se déroulent comme les précédents, je mange continuellement et j'occupe mon temps par de la lecture ou du dessin. Aujourd'hui, mes émotions jouent aux montagnes russes.

Hier j'allais bien, actuellement je me sens sous terre, j'imagine que demain tout ira mieux.

Je n'ai jamais été aussi proche de la fin : cinq misérables jours me séparent du 13 décembre et je n'arrive plus à tenir en place.

Le manque de contact humain me rend folle et l'excitation d'un séjour qui s'achève exerce un effet pervers, ce qui me rend complètement hystérique. Ces derniers instants me paraissent démesurément longs, comme si une journée était semblable à une semaine.

Aujourd'hui, j'ai fait une bêtise, une bêtise qui risque de remettre en question ma liberté.

Il y a quelques minutes, j'ai éclaté en crise. Je viens de faire une crise si puissante que je ne me suis même pas reconnue moi-même, c'est comme si Ana avait repris le dessus.

Suis-je bête, bien sûr qu'Ana tente de reprendre le dessus…

Elle me l'a promis depuis le début, elle ne me laissera pas tomber. Je réalise aujourd'hui que ce n'étaient pas des paroles en l'air. Ana ne me lâchera jamais, elle me fera couler avec elle dès qu'elle en aura l'occasion.

Ana, l'anorexie plus précisément, ne veut pas mon bien. Ni le vôtre, d'ailleurs. Elle prend possession de notre être et fait de nous sa marionnette, elle nous manipule jusqu'à nous faire sombrer, tout en nous faisant croire qu'elle solvera tous nos problèmes.

Ne vous faites pas avoir comme moi, tuez-là avant qu'elle ne le fasse en premier.

À cinq jours de la liberté, la maladie décide de reprendre les commandes. Malheureusement pour moi, elle vient de remporter la manche.

Ana 1 – Jade 0. Ou peut-être devrais-je dire : Ana 267 – Jade 0.

Les infirmières nettoient la nourriture au sol et le médecin tente de rassembler les morceaux de papier tandis que d'autres membres du personnel remettent les machines en place.

Ce chaos, c'est moi qui l'ai provoqué. Et je n'arrive toujours pas à savoir pourquoi, ni comment.

Le bol de soupe à la tomate a teint le mur blanc d'une couleur rouge et mes pâtes à la bolognaise jonchent le sol. Les morceaux de papier que j'ai déchirés sous le poids de la colère recouvrent le carrelage tels des confettis.

Irina me fixe et je comprends immédiatement à ses yeux qu'elle est déçue, je l'ai déçue.

J'éclate en sanglots.

– Je suis désolée, je pleure, impuissante. Je ne sais pas ce qui m'a pris.

Le médecin soupire, son regard est chargé de vide. De toute façon il n'a jamais su se montrer empathique, alors je doute fortement qu'il le devienne aujourd'hui.

– Tu viens de nous montrer que tu n'es pas encore prête à sortir d'ici, m'assène-t-il.

Et en une fraction de seconde, je comprends que ces actes ne seront pas sans conséquences.

— Bon… ajoute-t-il après réflexion. Tu ne sortiras pas le 13 décembre comme il était prévu initialement. Nous allons te garder avec nous plus longtemps et tu feras des séances individuelles avec un psychothérapeute. Nous n'avions pas remarqué à quel point ta faiblesse émotionnelle était encore présente mais nous ne pouvons en aucun cas te laisser rentrer chez toi dans cet état-là.

Mon premier rendez-vous avec le psychothérapeute se déroule l'après-midi même.

— Bonjour ! me lance une femme en entrant dans le bureau. Désolée, je suis en retard, ma pause-café s'est éternisée.

La femme est très grande, je dirais un mètre soixante-quinze au moins. Sa morphologie est très fine et elle porte un joli pantalon en toile ainsi que des mocassins rouges. Ses cheveux blonds sont relevés en un chignon qu'elle a accroché à l'aide d'un stylo rose. Le crayon khôl qu'elle porte sur ses paupières fait ressortir la clarté de ses yeux.

Elle a l'air complètement désordonnée mais semble vraiment douce.

— Bonjour, je réponds timidement.
— Tu es Anaïs, n'est-ce pas ?
— Jade… je soupire.

Ça commence bien.

— Ah, Jade Martin. On m'a donné ton dossier il y a quelques heures… navrée, je suis assez tête en l'air.

Une psychothérapeute tête en l'air ? Ça existe *ça* ?

— Comment vas-tu ?
— Suis-je vraiment contrainte de répondre à cette question ?
— C'est vrai, rétorque-t-elle. Bien sûr que ça ne va pas. Sinon tu ne serais pas là et personne n'aurait prolongé la durée de ton séjour.

Merci de me le rappeler.

— Je te propose qu'on passe les banalités, suggère-t-elle. Tu as dix-sept ans, tu souffres d'anorexie sévère depuis deux ans maintenant et cela va bientôt faire deux mois que tu es hospitalisée. C'est bon, nous n'allons pas nous éterniser là-dessus. J'ai suffisamment lu ton dossier, je connais ton parcours.

Merci. Enfin un médecin qui ne me demande pas de retracer toute ma vie pendant des heures.

— Que fais-tu dans la vie ?

— Je suis lycéenne.

— J'ai lu ton dossier, je le sais. À part te rendre au lycée, qu'aimes-tu faire dans la vie ?

— Je lis beaucoup, je suis passionnée par la littérature. Surtout par les recueils. J'ai une collection de deux-cent-quarante-trois livres à la maison et je vous avoue qu'ils me manquent tous autant les uns que les autres… quoi que, peut-être que *les Fleurs du Mal* est celui que j'ai envie de retrouver en premier.

— Intéressant. Moi aussi j'adore ce recueil, même si je pense avoir une préférence pour *Paroles* de Jacques Prévert.

Je souris, heureuse que quelqu'un donne de l'importance à mes goûts.

— Et sinon, tes amis, ajoute-t-elle, quelle place ont-ils dans ta vie ?

Je m'esclaffe sans parvenir à me contrôler, ce qui met la femme dans l'incompréhension. Je décide alors de la remettre dans le contexte.

— Je n'ai pas d'amis, je réponds. J'ai enchaîné les trahisons et depuis, je refuse que de nouvelles personnes entrent dans ma vie. J'ai suffisamment souffert. L'amitié, c'est pour les faibles.

— Tu sais, le syllogisme de Socrate ne fonctionne pas avec tout. Ce n'est pas parce qu'une personne t'a menti que tu peux conclure que tous les humains sont des menteurs.

— Peut-être, je lui accorde. Mais pour le moment, personne n'a su me prouver le contraire. Sauf Blanche, peut-être.

La femme demeure perplexe mais prend toutefois des notes dans son carnet. Je vois dans ses yeux qu'elle aimerait en savoir plus mais je tente de dévier notre conversation sur un autre sujet.

Et cela fonctionne.

– Quelle relation entretiens tu avec ton corps en ce moment ?

Si seulement elle pouvait être dans ma tête pour comprendre. De jour en jour, je fais connaissance avec les nouveaux petits bourrelets qui apparaissent sur mon ventre. Il y a quelques semaines, j'ai remarqué que je ne pouvais même plus faire le tour de mes cuisses avec mes mains.

Sans me voiler la face, je sais que j'ai grossi, et cela complique encore plus la relation que j'entretiens entre mon corps et moi-même.

– Très honnêtement, je déteste mon corps. Je sais que je n'ai aucune forme et que je suis relativement mince, mais dès que je passe devant un miroir, les seuls mots qui passent par ma tête sont : tu es grosse.

– Dysmorphie. Tu connais ?

– Non, je rétorque. C'est encore un nouveau mot barbare pour décrire un problème apparu au vingt-et-unième siècle ?

– La dysmorphie, c'est quand tu as un défaut imaginaire. Un défaut qui t'obsède. Tu as l'impression de ne pas avoir un beau corps et dans ton cas, tu le perçois comme trop « gros ». Ce n'est qu'une impression, un vilain tour que te joue ton cerveau.

– Je ne me trouve pas spécialement mince mais les autres me voient comme un squelette.

La femme prend du temps à m'expliquer ce qu'est la dysmorphie et tente de s'assurer que je comprenne bien de quoi elle parle. Je crois que je l'aime bien, elle s'exprime calmement et essaie sincèrement de savoir ce que je pense et ce que je ressens.

Ça fait du bien, de se sentir écoutée.

– Il faut que tu te mettes dans la tête que tu n'es pas mince Jade, et encore moins grosse, tu es *maigre*. Tu es dans la maigreur, et ça, tu dois t'en rendre compte !

J'ai l'impression qu'il faut toujours donner un mot sur tout, « l'anorexie », « la dysmorphie », « la maigreur »… Au final, existe-t-il réellement une différence entre la maigreur et la minceur ou est-ce encore une invention générationnelle de sorte à faciliter le rangement des choses et des individus dans des cases ?

— Tu es dans le déni ma jolie, me fait-elle remarquer. Tu ne te considères pas comme une personne malade et tu refuses de voir la réalité en face. Pour toi, tout ira mieux avec le temps et tu penses que tout finira par s'arranger par magie. Mais non, ça ne se passe pas comme ça. Tu as besoin de te mettre un bon coup de pied aux fesses, si tu veux avancer.

— J'ai fait des efforts ! je m'acharne. J'ai pris sept kilos depuis que je suis arrivée ici !

— Ce sont des efforts superflus ! s'exclame-t-elle. Tu sais au fond de toi que tu en es toujours au même stade et que tu es encore dépendante de ce trouble alimentaire. Je me permets de te le dire car le comportement que tu as eu aujourd'hui en est une preuve. Tu as éclaté en crise, et cette crise témoigne que dans ta tête, ça ne va toujours pas. Ce n'est pas de ta faute, tu es emprisonnée dans une maladie… et c'est pour cette raison que nos rendez-vous quotidiens t'aideront à avancer.

C'est sur ces jolies paroles chargées d'espoir que ma première séance avec la psychothérapeute se termine.

***

Avec la fréquence d'une séance par jour, les séances s'enchaînent au fil du temps. Je finis par réaliser que ces heures sont en effet bénéfiques pour moi. De jour en jour, ma psychothérapeute prend le temps de me comprendre et fait tout son possible pour me motiver et m'aider.

– Tu es plus forte que ces petites voix intérieures, me dit-elle aujourd'hui. Tu ne peux pas te laisser dicter et manipuler par elles.

– Elles sont violentes, vous savez. Ces voix cohabitent avec moi depuis plusieurs années maintenant, elles font de moi leur marionnette. Elles savent ce qu'elles veulent et se donnent tous les moyens pour réussir.

– Et toi ? Tu sais ce que tu veux ?

J'hésite un instant avant de réaliser que, non, je ne sais pas ce que je veux, finalement.

– Pas vraiment, j'avoue.

– Si tu ne sais pas ce que tu veux, ne t'étonnes pas de continuer à te morfondre. Tu dois trouver une motivation, une force. C'est indispensable.

Son discours fait sens mais il est plus facile à prononcer lorsqu'on ne sait pas ce que je vis réellement. Comment puis-je espérer trouver une motivation dans une vie comme la mienne ?

– Ma vie est trop compliquée pour que je trouve la force de m'en sortir, je lui avoue.

– Ah oui, pardonne moi, renchérit-elle. C'est vrai que tu es dotée d'une maladie incurable et que la fatalité de la vie t'a elle-même rendue malade.

À travers son désagréable ton cynique, je réalise à quel point je suis égoïste.

Alors que des milliers d'êtres humains meurent de faim ou vivent au milieu de guerres civiles, j'ose me plaindre de mon sort et me priver de nourriture en toute connaissance de cause.

Pourtant, j'ai tout ce dont j'ai besoin pour être heureuse.

J'ai une jolie famille, un toit au-dessus de la tête et bien plus d'argent que nécessaire pour me permettre de vivre convenablement.

J'ai un confort de vie inégalable, mais je préfère m'abattre sur mon sort.

À côté de ça, des héroïnes comme Blanche sont atteintes de maladies terminales contre lesquelles elles sont impuissantes.
Réveille-toi Jade ! Tu n'es qu'une petite capricieuse égoïste.
Merde, c'est vrai ça. Je suis complètement égoïste.
– Tu es plus forte que ces misérables voix, répète la femme. Désormais, dès que tu les entendras arriver, je veux que tu leur envoies un gros *ta gueule* en pleine face. En plus de ça, tu mangeras une cuillère supplémentaire afin de leur montrer qui dirige, ici.
Je ne lui fais pas remarquer mais je ne suis pas certaine d'être capable de provoquer et d'insulter Ana. J'ai peur des représailles.
Nous terminons alors la séance sur ces mots et, motivée, je retourne dans ma chambre.
Je vais essayer de mettre à profit les conseils de ma psy.
Ce soir, alors que mon plateau repas se tient devant mes yeux, je repense aux mots et aux conseils de ma psychothérapeute. J'observe les boulettes de viande qui baignent dans la sauce et j'entends déjà Ana ajouter son grain de sel.
Tout va finir dans ton bide et sache qu'il est déjà assez gras comme ça, alors essaie de limiter la casse. Tu es devenue grosse, Jade.
Je tente de l'ignorer mais son influence sur moi est bien trop puissante. Ana sait comment me toucher.
Ce n'est que le fruit ton imagination, Jade. Ne te laisse pas avoir.
J'avale une fourchette supplémentaire tout en essayant d'ignorer cette misérable voix.
Tu n'es pas la cheffe, Ana. C'est moi, Jade Martin, et je reprendrai possession de mon corps.
Je l'insulte pour la première fois, comme me l'a conseillée ma psychothérapeute. C'est dur, mais ça me fait du bien.
Malgré toute ma volonté, je ne parviens pas à manger l'entièreté de mon plateau. Mais tout ce qui m'importe, c'est qu'au fur et à mesure qu'Ana me criait dessus, je ne me suis pas arrêtée.

33

20 décembre.

Cette date restera à jamais gravée dans mon cœur, un peu à l'image du 5 mai 2007, le jour où j'ai fait ma première traversée à vélo sans roulettes, ou encore le 28 juillet 2010, quand j'ai vu une girafe pour la première fois de ma vie, au Cirque de Rouen.

En ce 20 décembre, j'ai la fierté de pouvoir clamer haut et fort que je suis enfin libre.

Lors de ma dernière pesée datant d'il y a deux jours, j'ai pu admirer le chiffre quarante-cinq s'afficher sous mes pieds. Quarante-cinq kilos et deux-cents grammes, plus exactement. Très honnêtement, lorsque j'ai vu ces numéros s'afficher sous mes pieds, je n'ai pas su comment réagir.

Aujourd'hui même, je ne sais pas quelle émotion ressentir, je dirais qu'il s'agit d'un mélange étrange entre la joie et la tristesse.

Quarante-cinq kilos, certes. Mais à quel prix ?

De ma minceur, certainement, mais également de ma liberté.

Ma psychothérapeute a aussi décrété que mon comportement s'était amélioré, et donc, qu'il était temps pour moi de prendre mon envol.

En ce matin du 20 décembre, je suis réveillée bien plus tôt que d'habitude. Je me réveille aux alentours de six heures du matin après une nuit mouvementée. Mes cycles de sommeil ont duré une heure à peine, tant je suis excitée à l'idée de quitter ces lieux et de retrouver ma famille.

Ni mon père, ni ma demi-sœur ou ma belle-mère ne sont au courant pour ma sortie. J'ai dû batailler avec le médecin pour qu'il accepte de garder le secret. Depuis deux jours, je tente d'imaginer la scène des retrouvailles dans ma tête et je dois reconnaître que je suis plus qu'impatiente.

Lorsqu'on m'apporte mon petit déjeuner, je réalise qu'il représente mon tout dernier repas au sein de cet établissement. En soixante-dix jours d'hospitalisation, j'ai eu exactement deux-cent-soixante-deux repas.

Ce bol de céréales au chocolat et ce verre de jus d'orange marquent le dernier.

Je me prépare ensuite, j'enfile les seules affaires qui traînent ici, c'est à dire mon sweat noir à capuche et mon jean large. Je dis fièrement au revoir à ces horribles tenues bleues et blanches et je me promets de ne plus jamais avoir à les porter à nouveau.

Lorsque je fais passer mes cuisses dans mon jean, je constate que celui-ci n'est plus aussi large qu'avant.

Respire Jade. Tout va bien.

Après tout, je me doute que ces huit kilos ne sont pas partis dans mon cerveau mais j'espérais au fond de moi qu'ils passeraient inaperçus…

Ana avait raison, je suis devenue grosse.

Je pose un pied en dehors de ma chambre, puis j'inspire profondément. Je me sens tout à coup légère, comme si je redécouvrais les bonheurs de la vie. *On l'a fait !* Je me dirige immédiatement à l'accueil afin de prendre des nouvelles de Blanche.

Je veux qu'elle soit la première personne à me revoir, j'ai hâte de retrouver son sourire et ses yeux pétillants.

– Bonjour ! je lance, impatiente. J'aimerais rendre visite à Blanche Dupont. Elle est hospitalisée pour un cancer du poumon dans le bloc numéro dix-neuf.

La secrétaire tape les informations sur son ordinateur. Après un bref instant qui me semble désagréablement long, elle lève les yeux dans ma direction, tout en affichant un air plutôt surpris.

– Mademoiselle Dupont s'est fait transférer dans un autre établissement il y a quelques jours pour complications.

Je ne suis pas certaine de comprendre correctement les mots de la femme alors je lui demande de répéter ses paroles. Pour la seconde fois, elle m'explique que l'état de santé de Blanche s'est dégradé donc elle a dû se faire transférer en urgence dans un établissement plus compétent.

– Je suis sincèrement navrée Mademoiselle... s'excuse la femme. Je n'ai pas la permission de vous donner plus d'informations sur Mademoiselle Dupont. Vous ne faites pas partie de sa famille et je dois malheureusement respecter la procédure.

L'atmosphère devient tout à coup lourde et j'ai l'impression que tout s'écroule autour de moi. Mon *amie* est sur le point de mourir et je ne suis même pas capable de la soutenir comme elle a su le faire avec moi.

Je suis contrainte de m'assoir sur un siège situé à proximité, tant je peine à tenir debout. Complètement désemparée, je suis incapable de retenir les larmes qui se déversent à flot le long de mes joues.

Blanche s'est battue pour moi et c'est grâce à son soutient que je m'en suis sortie. Comme elle me l'a promis, elle est restée à mes côtés, du début jusqu'à la fin de mon séjour.

Finalement, c'est moi, la mauvaise *amie*.

– Jade ?

Je ne suis même pas en mesure de relever le visage tant mes larmes inondent mon visage. J'essaie de trouver toutes les solutions possibles afin de retrouver Blanche mais je finis par réaliser que tous mes espoirs reposent sur cette secrétaire, qui n'a malheureusement pas l'air de vouloir m'aider.

Et s'il était déjà trop tard ?

La rangée de sièges sur laquelle je suis affalée se met alors à bouger, quelqu'un s'assoit à côté de moi. Une main se pose sur mon genou et le contact de ces doigts sur mon corps m'électrifie.

Je dévie alors le regard vers la droite et le visage de William se dessine devant moi. Il est assis à côté de moi et tient son skateboard sous son bras, comme d'habitude. Il est encore vêtu de l'un de ses fameux bonnets, celui-ci est bordeaux.

Stupéfaite, je ne sais même pas comment réagir. Je suis encore sous le choc après ce que je viens d'apprendre et je me contente de reposer mon visage sur son épaule.

Pour le moment, je n'ai pas besoin d'explications, j'ai seulement besoin de réconfort.

– Je n'ai même pas été là pour elle…. tu te rends compte ? Elle m'a soutenue pendant tout mon séjour alors que moi, je ne suis même pas capable d'être là pour elle. Je suis nulle, William.

Pour une fois, mon voisin ne pose pas de questions supplémentaires. Il accepte mon visage sur son épaule et passe son bras derrière mon dos. Il semble gêné et n'a pas l'air de savoir comment agir avec moi mais je suis encore trop perturbée pour m'en préoccuper.

– Blanche est partie et je ne la reverrai sans doute jamais.
– Je suis désolé… bredouille-t-il.
– Tu n'y es pour rien.

Nous restons assis sur cette vieille rangée de sièges pendant une durée indéterminée. Mes larmes finissent enfin par se sécher.

– Pourquoi es-tu ici ?
– Je savais que tu sortais aujourd'hui, me répond William.
– Je ne suis pas sûre de tout comprendre.
– Je suis venu prendre de tes nouvelles hier soir, m'avoue-t-il timidement, et c'est l'hôtesse qui m'a annoncé la bonne nouvelle.

Je ne sais pas ce qui est le plus improbable entre le fait que William soit venu prendre de mes nouvelles, ou le fait qu'il soit venu me chercher. Je me demande ce qu'il peut encore avoir derrière la tête.

– Ces kilos te vont bien, ajoute-t-il.

Je rougis malgré moi, totalement désorientée. Qu'est-il arrivé à William pendant mon absence ? Depuis quand est-il si… bienveillant envers moi ?

– Ma prise de poids se voit tant que ça ? je lui demande, paniquée à l'idée d'être devenue obèse.

– Oui, et cela te va très bien. Vraiment bien.

Si un garçon connu pour son indifférence est capable de remarquer ces kilos supplémentaires, cela signifie que le changement est remarquable. Ai-je autant grossi que ça ? Je suis désormais apeurée et je ne peux m'empêcher de laisser circuler des idées toxiques dans ma tête.

Une anorexique déteste ce genre de remarques. Non, nous n'avons pas envie de savoir que nous semblons aller mieux, que notre visage est moins terne ou que nous avons pris de belles formes.

Cela ne nous intéresse pas, de savoir que nous ne sommes plus aussi malades qu'avant.

– J'ai autant grossi que ça ? je m'inquiète.

– Tu n'as pas grossi Jade, tu as démaigri.

J'apprécie le mot qu'il vient d'employer. *Démaigrir*. Pour la première fois depuis que je suis enfermée ici, quelqu'un vient de trouver un joli terme pour décrire ma situation actuelle.

J'aurais juste aimé que cette personne ne soit pas William.

– Je dois y aller. Merci d'être venu, j'ajoute en me dirigeant vers la sortie.

– Attends !

L'intonation de sa voix est cristalline, je me retourne alors vers lui. Il tient son bonnet entre ses mains et passe ses doigts à travers ses cheveux ébouriffés. Il aurait bien besoin d'un petit tour chez le coiffeur.

– On passe la journée ensemble ? me propose-t-il.

Je lui lance un regard désorbité. William paie encore les frais d'une idée sordide venant de la part d'Enzo, c'est certain. À moins que celui-ci tente de se racheter une bonne conscience après avoir agi comme un abruti avec moi.

— Je ne peux pas… je veux retrouver ma famille et leur faire une surprise.

— Ils passent la journée au Louvre, il n'y a personne chez toi aujourd'hui, m'informe-t-il.

— C'est vrai ce mensonge ? je tente de le piéger.

— Non ! répond-t-il en rigolant, fier de ne pas être tombé dans le panneau.

Nous rigolons en chœur.

J'hésite longuement – ce qui le rend étrangement nerveux – et je finis par lui lancer un joli sourire. Pourquoi pas, après tout ? J'ai besoin de renouveau dans ma vie, surtout après ces deux mois d'isolement. Puis cela ne m'engage à rien, si j'en ai marre, je pars.

— C'est d'accord, je réponds.

Il prend un air étonné et fronce les sourcils, comme s'il s'attendait à ce que je change d'avis.

— Tu as prévu qu'on passe la journée dans cet hôpital ?

— Heureux de constater que tu es toujours aussi désagréable, Mademoiselle.

— Et toi, toujours aussi insupportable ! je me défends.

Nous sortons alors puis je suis William à travers les rues parisiennes. Celui-ci veut m'emmener au marché de Noël qui se tient au jardin des Tuileries. Je suis tellement émerveillée à l'idée de me promener dehors en toute liberté que je ne peux m'empêcher de tourner la tête dans toutes les directions afin d'être certaine de ne pas manquer le moindre détail.

J'ai l'impression de redécouvrir la vie.

Je souris inévitablement lorsque je remarque plusieurs enfants afficher de petits sourires dotés de quenottes manquantes, qui tirent leurs parents par le bras afin que ceux-ci leur achètent un ours en peluche ou une friandise au caramel.

La neige est déjà tombée à Paris, teintant les rues d'une agréable et chaleureuse couleur blanche. Je suis autant excitée et fascinée par le décor qui m'entoure qu'un enfant qui découvre cette poudre blanche pour la première fois de sa vie.

William s'assoit sur un banc – tout en prenant soin de pousser la neige qui le recouvrait – puis il attend que je me pose à ses côtés. Il sort quelques boîtes en plastique de son sac en tissu et je comprends que celui-ci a préparé un pique-nique.

Je n'en reviens pas.

– C'est toi qui as préparé tout ça ? je le questionne, surprise.

Il fait un signe de la tête, ce qui traduit une réponse positive. Intimidée, je sens mes joues s'empourprer.

– Tu rougis, me fait-il remarquer.

William a préparé le déjeuner avec soin, et il l'a fait *pour moi*.

Il ouvre les boîtes dans lesquelles se cachent une salade de pâtes au tofu (il s'est souvenu de mes préférences alimentaires !), mais également des sandwichs à l'avocat, des bâtonnets de concombre ou encore de la salade de fruits.

Je ne sais même pas comment réagir tant je suis déboussolée, je deviens tout à coup toute timide.

Non, tu n'as pas le droit d'être intimidée par William.

– Pourquoi tu fais ça ?

– Pourquoi pas ? répond-t-il.

– Personne ne m'a jamais fait une telle surprise, je lui avoue.

– Je sais, et c'est injuste. Tu mérites que l'on s'occupe de toi.

Ses paroles sont trop jolies pour être vraies, mais pourtant, j'accepte de les croire. Je lui renvoie un sourire sincère et je réalise que ce n'est pas la première fois que William me fait me sentir aussi bien.

Parfois, lorsque je suis à ses côtés, j'ai l'impression que rien de mal ne peut m'arriver. Je reste toutefois suffisamment méfiante, n'oublions pas que nous parlons de William… et il n'est pas du genre à avoir des petites attentions.

Du moins, je crois.

– Si tu fais ça pour gagner un pari et me faire les mêmes crasses qu'Enzo, sache que je ne tomberai pas dans le panneau une troisième fois.

Il jette alors ses yeux sur moi et je ne parviens pas à déchiffrer son regard. Il semble à la fois étonné et indifférent face à mes paroles.

– Je ne sais toujours pas ce qui s'est passé entre Enzo et toi, m'explique-t-il.

– Ne me fais pas croire qu'il ne t'a toujours rien dit ?

– Je t'assure que non.

– Alors laisse tomber, je rétorque. Il ne mérite pas une seule seconde de mon attention, ni de la tienne d'ailleurs.

– Il t'a fait du mal ?

J'ignore sa question et je fais en sorte de changer de sujet de conversation mais William refuse d'abdiquer. J'avais oublié à quel point il peut se montrer têtu.

– Je t'avais dit de te méfier de lui, ce n'est pas un type bien envers les filles ! Je t'avais prévenue… tu n'as pas voulu m'écouter et il en a profité.

Je refuse de lui répondre et William cesse alors de me poser des questions. Nous décidons d'entamer le déjeuner qu'il a préparé et je dois reconnaître qu'il cuisine plutôt bien… bien que les pâtes manquent un peu de cuisson, que l'avocat ne soit pas assez écrasé et que le sel se soit renversé dans la salade de fruits.

Malgré tout, ce repas est bien meilleur que ceux de l'hôpital.

– Comment tu te sens ? me questionne-t-il.

– Je vais bien.

– Sois honnête avec moi.

Il me connaît si bien et ça m'agace.

– J'ai peur de faire une rechute. Cette prise de poids me terrifie et ma santé mentale est encore si fragile… je ne sais pas comment je vais réagir face à tout ça.

– Je ne comprends pas ta maladie, m'avoue-t-il.

Si seulement je pouvais la comprendre, moi aussi…

– Pourquoi as-tu si peur de manger ?

– Je pense que s'il existait une réponse évidente à cette question, je serais guérie depuis longtemps déjà.

William croque un morceau de son sandwich et je fais de même, tout en observant les enfants former des bonshommes de neige et les couples s'enlacer sous les flocons de neige.

C'est apaisant.

– Qu'est-ce que tu ressens exactement ? me demande-t-il en brisant le silence.

– C'est assez délicat, je murmure entre deux bâtonnets de concombre, j'ai perdu la notion de tout et je me contrôle sans cesse. J'ai totalement pris possession de mon corps. Je trouvais ça cool au début, je me sentais puissante et importante, à une période où les autres essayaient de me prouver le contraire. Sauf qu'en réalité, ces bêtises ont amorcé ma descente aux enfers… Tu sais, maintenant je ne sais même plus ce que c'est, de manger normalement. Je me suis tellement habituée à manger deux feuilles de salade et cinq cubes de tomate que je ne suis même plus capable de savoir ce qu'un être humain est censé manger pour rester en bonne santé. Désormais, je vis dans la peur et les chiffres : les chiffres de la balance, des calories, des grammes de lipides, de glucides et de sucre. Je suis devenue une calculatrice humaine qui n'effectue que des additions. Et ce n'est pas tout ! Dès que j'avale quelque chose et que je sens les aliments passer dans ma trachée pour atteindre mon estomac, j'ai l'impression que cette nourriture va immédiatement aller se loger dans mon ventre et mes cuisses.

Je pourrais parler de cette maladie pendant des heures mais je finis par me taire. Je suis en train de dévoiler ma vie à William et je ne suis pas sûre que ce soit une bonne idée.

– Ne t'arrête pas de parler, me demande-t-il.

– Je crois qu'on devrait partir… je lui avoue d'une voix fluette. Je n'aurais pas dû te dire tout ça. Je n'aime pas parler de moi, et encore moins à quelqu'un que je ne connais pas vraiment.

– On se connait Jade ! Bien plus que ce que tu ne penses.

– Je n'en suis pas si sûre, je réponds.

– Bien sûr que je te connais ! s'insurge-t-il. Regarde, je sais que si tu souris constamment, c'est parce qu'à travers ça, tu espères cacher ta tristesse auprès des autres. Je sais que quand tu rigoles, tes yeux se plissent jusqu'à disparaître totalement. Je sais que tu as une tâche de rousseur plus foncée juste en dessous de ton œil droit, dans lequel tu as d'ailleurs une petite tache noire, et que tu as un grain de beauté sur ton index gauche. Quand tu mens, tu ne peux t'empêcher de te triturer les doigts et de cligner des yeux deux fois d'affilée.

Je reste bouche bée face à ses révélations, incapable de dissimuler la couleur pourpre qui monte à mes joues. Je ne sais même pas quand ni comment William a pu remarquer tous ces petits détails physiques qui me paraissaient pourtant bénins.

William s'apprête à réengager la conversation mais je lui coupe la parole.

– Je sais William, je rougis. Tu n'as pas besoin de me le dire, je le sais déjà.

– Ce n'est pas ce que je voulais te dire, se défend-t-il, mais tu as raison, nous devrions peut-être rentrer.

Surprise, je l'aide à ranger les boîtes du pique-nique et nous nous levons ensuite du banc. C'est dans un silence pesant que nous longeons le parc jusqu'à atteindre la bouche de métro. Une fois dans la rame, je réalise que je m'apprête à rentrer à la maison, je vais retrouver ma famille.

Quand nous arrivons à Montmartre, je profite de la petite montée pour allumer une cigarette. En réalité, j'attends cet instant depuis un sacré moment. La première bouffée me plonge dans un tout autre monde et je me rappelle à quel point cette substance nocive m'avait manquée.

– Je crois que tu as un bonnet à me rendre, lance William. À moins que tu ne l'aies caché pour pouvoir le garder.

– Je l'ai, en effet, et je vais te le rendre de suite.

J'ouvre mon sac tout en continuant à fumer puis je tends son satané bonnet à William. Comme si j'en avais quelque chose à cirer, de ce foutu bout de tissu.

— Alors, on se remet ça ? me demande-t-il. Je sais que tu as passé une bonne journée.

Je m'étouffe avec la fumée de ma cigarette. Je tousse comme une débutante, comme une gamine de douze ans qui vient de tirer sa toute première latte en étant cachée dans les toilettes du collège. Je reste là, plantée devant lui à cracher violemment mes poumons.

Dis quelque chose Jade.

Rien ne sort.

Toute la douceur des gestes et de la voix que William a pu manifester au long de la journée s'envole inévitablement. Il redevient alors le William condescendant et désagréable que je déteste tant.

Au fond, les gens ne changent pas.

— Merci pour cet après-midi, c'était agréable. Je réponds. Mais sache que je ne suis pas aussi naïve que tu le penses et je me méfie toujours autant de toi.

Je jette ma cigarette au sol puis je rentre dans l'immeuble.

J'ai une surprise à faire et un reflet à voir.

34

De tous les scénarios que j'ai pu imaginer, les retrouvailles avec ma famille ne se sont pas déroulées comme prévu.

Je m'attendais à ce que mon père et ma demi-sœur écarquillent les yeux sous le choc et que Faustine me lance un puissant sourire. Je pensais qu'il allait y avoir une tonne de pleurs et de larmes ainsi que des cris de joie.

Sauf qu'il n'y a rien eu de tout ça.

En posant les pieds sur le plancher, j'ai pris soin de retirer mes vieilles baskets et de les ranger dans le placard. Je savais que Faustine serait tendue si je laissais déjà mes affaires traîner. J'ai ensuite couru à travers le long couloir afin d'atteindre la salle principale dans laquelle mon père, Faustine et la mère de William conversaient autour d'une tasse de thé.

Laura, la mère de William, était là. Elle était en pleurs et Faustine avait sa main posée sur son avant-bras. La situation semblait dramatique, et je ne parle pas que de la mienne.

Finalement, nos retrouvailles n'ont provoqué aucune réaction significative puisque ma famille est en train de régler un problème avec la voisine du dessus qui pleure comme une madeleine.

On repassera, pour les retrouvailles joyeuses.

Je me tiens désormais face aux trois adultes et il faut un léger instant pour que ceux-ci se rendent compte de ma présence. Lorsque mon papa m'aperçoit, il fait un bond en arrière. Je lui laisse à peine le temps de se remettre sur ses appuis que je cours me réfugier dans ses bras.

Ses bouclettes brunes volent autour de son visage et ses yeux scintillent. J'enfouis ma tête dans son épaule et je le sers de toutes mes forces. Quand il se dégage de mon étreinte, il m'observe avec curiosité.

Je pleure.

– Tu es magnifique.

Papa est sous le choc et peine à réaliser que sa fille est bel et bien de retour à la maison.

– Qu'est-ce que tu fais là ? me demande-t-il.

– Je suis sortie ce matin, j'ai voulu vous faire une surprise.

Faustine me prend à son tour dans ses bras et me murmure des mots doux, tout en me caressant les cheveux.

Je salue ensuite la mère de William qui sèche ses larmes à l'aide d'un mouchoir.

– Tout va bien ? j'ose demander.

– La mère de Will traverse une phase assez difficile… m'explique Faustine.

Je meurs d'envie de me réfugier dans ma chambre pour voir mon reflet dans le miroir afin de mesurer l'intensité des dégâts causés par cette prise de poids. J'aimerais aussi parler pendant des heures de Blanche et de la manière dont j'ai été traitée dans cet hôpital, sans oublier de raconter mon étrange journée avec William.

Sauf qu'on ne peut pas toujours faire ce que l'on veut.

Je me contente donc de m'assoir calmement autour de la table et de me taire.

– Je ne sais plus comment m'y prendre avec mon fils, finit-elle par lâcher entre deux sanglots.

Je comprends rapidement que la souffrance de cette femme est due à William.

– Damien et moi pensions qu'il finirait par se ressaisir… mais mon fils devient de plus en plus grossier. Je ne reconnais plus mon propre garçon ! Cela faisait pourtant quelques mois qu'il n'avait plus eu cette fichue attitude. J'ai l'impression qu'il ne changera jamais, je me sens si impuissante... quelle mauvaise mère je fais.

— Ne remets pas la faute sur toi Laura, ajoute Faustine en essayant de la rassurer. William est un bon garçon, il va finir par se ressaisir.

— En plus, il quitté Samia... ils ont fêté leurs trois ans quelques semaines auparavant, sanglote-t-elle. Vous vous rendez compte ? Elle avait un effet positif sur lui, elle savait le canaliser.

Si je comprends bien, William et Samia, ce n'est plus d'actualité. Monsieur commençait-il à se lasser de sa petite vie bien rangée ?

— Il est parti tôt ce matin et je ne l'ai pas revu depuis. Il est presque dix-sept heures et je suis toujours sans nouvelles. Je ne sais même pas où il s'est enfui, j'espère qu'il n'a pas fugué.

— Pourquoi aurait-il fugué ? la questionne Faustine.

— Parce qu'il a monopolisé la place dans la cuisine pendant plus de deux heures ! s'exclame-t-elle. William n'est pas du genre à cuisiner par plaisir, il sait à peine faire cuire un œuf. Je ne peux m'empêcher de penser qu'il a préparé des provisions pour s'enfuir vivre quelque part, loin de nous.

Les mamans sont toutes les mêmes, elles se font toujours un sang d'encre pour rien et imaginent les pires scénarios possibles dans leurs têtes.

— Ce n'est pas avec deux sandwichs à l'avocat et une petite salade de tofu qu'il ira loin ! je ne peux m'empêcher de dire.

Les trois adultes se retournent alors vers moi et me regardent avec incompréhension. Finalement, j'aurais peut-être dû garder ma langue dans ma bouche.

— Tu sais quelque chose ? me demande Faustine.

— William était avec moi, j'avoue, intimidée. Il est venu me chercher à l'hôpital et m'a proposé qu'on passe la journée ensemble.

Faustine semble tout à coup rassurée, comme si je venais de la libérer d'un poids qui pesait lourdement sur ses épaules.

– Tu ne pourrais pas essayer de lui parler Jade ? Je sais que c'est assez déplacé, mais Will et toi avez le même âge et si je comprends bien, vous semblez bien vous entendre. Mon fils arriverait peut-être plus à se confier à toi plutôt qu'à moi ?

J'espère au fond de moi que cette demande ne constitue qu'une mauvaise blague mais Laura semble un peu trop sérieuse à mon goût pour avoir la patience de plaisanter.

– Oh, vous savez, je réponds tout en essayant de prendre une voix pleine de sureté. William et moi ne sommes pas si proches que ça, on se connait à peine, en réalité. C'est assez délicat, comme situation.

– Tu ne pourrais pas essayer ? S'il te plaît… me supplie-t-elle, le visage baigné d'espoir.

J'acquiesce par dépit.

Je n'ai pas le choix, de toute façon. Le pouvoir de persuasion des trois adultes en face de moi est bien plus fort que ma propre volonté.

On vient donc de m'incomber la mission de soutirer des informations à mon voisin afin de les répéter à sa propre mère. De toute évidence, c'est un plan foireux.

Laura me remercie puis elle décide de quitter notre appartement.

– Je vais vous laisser, dit-elle. J'imagine que vous avez du temps à rattraper.

Elle remonte ensuite au septième étage.

Papa se retourne vers moi et, avant de me poser un millier de questions sur mon séjour à l'hôpital, il ne peut s'empêcher d'agir comme le papa curieux qu'il est.

– Il se passe quelque chose avec William ?

– Non ! je m'insurge.

— Je connais William depuis qu'il est dans le ventre de sa mère et je peux te garantir que c'est bien la première fois qu'il se met derrière les fourneaux ! m'informe Faustine.

— Ça ne veut rien dire ! je tente de me défendre. Je ne le supporte pas et il ne m'aime pas non plus, je pense qu'il a eu pitié de moi, c'est tout.

Ce n'est qu'en finissant de prononcer ma phrase que je me rends compte de l'impact de mes mots. En fait, je réalise que si William s'est montré si gentil envers moi aujourd'hui, c'est parce qu'il a agi par compassion.

Et je ne saurai dire pourquoi, mais cela me pince le cœur.

Nous changeons rapidement de sujet puis nous parlons désormais des deux mois que je viens de vivre au sein de cet hôpital. Je leur raconte avec détail et dégoût la façon dont on m'a traitée dans cet établissement, ainsi que la manière dont j'ai vécu cette hospitalisation et cet isolement.

— Tu ne sembles pas si étonné par ce que je te raconte, je lance à mon père.

— Je recevais des rapports détaillés chaque jour, m'informe-t-il. Ton infirmière a pris le soin de me tenir au courant de chacune de tes avancées, elle était vraiment bienveillante et se préoccupait réellement de toi.

Je crois qu'Irina va me manquer.

— D'ailleurs, elle m'a même conseillé de ne pas m'inquiéter quant à ton isolement. Visiblement, ma fille a trouvé un moyen de contrer le règlement ! Tu es bien comme ton père !

— De quoi parles-tu ? je l'interroge.

— Elle était au courant, pour ces morceaux de papier collés sous tes plateaux. Je crois que la discrétion, ce n'est pas trop ton truc.

Irina était au courant ? Pourtant, elle ne m'a jamais disputée à ce propos… Papa m'explique que mon infirmière s'en était rendue compte mais que tant que les médecins ne le voyaient pas, elle préférait faire comme si elle n'avait rien vu.

— Avec qui parlais-tu ?

— Blanche ! Il faut que je vous parle d'elle, cette femme est mon ange gardien, je leur explique, enjouée.

Je leur parle donc de ma rencontre avec Blanche et de toutes les lettres qu'elle est parvenue à m'envoyer, sans oublier de souligner tout le soutien qu'elle a su m'apporter.

Extérioriser tout ce que j'ai ressenti pendant plus de deux mois est en fait une thérapie assez agréable, voire libératrice. Faustine et lui écoutent mes aventures avec attention, tout en m'inondant de questions.

Un bruit de serrure résonne alors dans l'entrée et je coupe la parole à mon père afin de me lever, en furie. Garance est dans le couloir, vêtue d'une grosse doudoune blanche à fourrure.

Quand elle se retourne vers moi, je constate qu'elle est un peu perdue. Je crois qu'elle se demande si je suis vraiment là ou s'il s'agit d'une hallucination.

— Je reconnais que j'ai pris une cuite hier soir mais je pensais qu'à cette heure-ci, l'alcool aurait disparu de mon sang, raille-t-elle.

— Comment ça, tu as pris une cuite ? s'égosille Faustine à l'autre bout de l'appartement.

— Maman, je crois que ce n'est pas ce qu'il y a de plus préoccupant, répond-t-elle. Je crois que j'ai des hallucinations… peut-être que je devrais aller chez le médecin ? Peut-être qu'on m'a droguée ?

— De la drogue ? répète ma belle-mère.

— Garance, c'est moi, je tente de la rassurer.

— C'est quoi cette histoire de drogue ? s'exclame Faustine à nouveau.

Garance ignore sa mère et ouvre la bouche puis elle finit par me sauter dessus.

— Tu m'as tellement manquée sale gamine ! s'enthousiasme-t-elle. Mais qu'est-ce que tu fais là ?

— Tu pensais vraiment que j'allais passer ma vie dans ce centre ? je la questionne.

— Bon sang Jade, je suis si heureuse de te revoir.

On se câline un court instant puis elle pose ses mains sur mes épaules et me fait reculer de quelques pas. Elle pose ses yeux bleus sur moi.

— Tu es sacrément belle !

Je lui souris faiblement, tout en comprenant que ce compliment souligne ma prise de poids. J'annonce alors à ma famille que je pars me reposer dans ma chambre. En réalité, j'hésite longuement avant de faire un pas de plus.

Désormais, un seul et unique pas me sépare du miroir, et je ne sais pas quoi faire.

Dois-je avancer mon pied ?

Tout en fermant les yeux et en sentant la cadence de mon cœur s'accélérer, je me plante devant la glace.

Je prends une profonde inspiration puis je rive enfin mon regard sur le reflet qui se tient en face de moi. Sur *mon* reflet. Dès que j'ouvre mes yeux, je pousse un cri de stupeur et je sens mes yeux s'humidifier.

Comment est-ce possible ?

Ana m'insulte avec une telle puissance que je suis obligée de poser mes mains sur mes oreilles. Malheureusement, cela ne suffit pas à la faire taire puisqu'elle est nichée dans mon propre cerveau.

Je scrute chaque partie de mon corps dans le miroir. Je ne veux pas le croire, je refuse que ce reflet soit réel. L'écart de mes cuisses est toujours considérablement grand, mais il a diminué.

En tout cas, moi, je le remarque aisément.

Mes côtes sont moins visibles et mon ventre est légèrement rebondi. Mes joues sont moins creusées et mon teint est moins pâle qu'auparavant.

J'ai du mal à reconnaître la personne qui se tient devant le miroir, et pourtant, c'est bien moi. Bien que ma transformation physique ne soit pas radicale, je suis capable de voir en détail quelle partie de mon corps a été modifiée.

Je réalise maintenant l'ampleur de la situation et je comprends que les épreuves surmontées jusqu'à présent n'étaient en réalité qu'un simple entraînement.

Le réel combat ne fait que commencer.

Mais cette fois-ci, c'est moi qui remporterai la manche.

35

J'emprisonne mes boucles irrégulières dans une tresse puis j'attrape mon sac de cours. Sans faire de détour par la cuisine, je claque la porte de l'appartement derrière moi. Profitant de l'absence de mon père et de Faustine, je décide de sauter le petit déjeuner.

Je suis tellement angoissée par mon retour au lycée que je ne me sens pas en mesure d'avaler quoi que ce soit, tant mon estomac est douloureux. De toute manière, j'ai de la marge avant de redevenir aussi mince qu'avant. Je peux me permettre de sauter mon petit déjeuner, aujourd'hui.

Maigre Jade, tu étais maigre, pas mince.

Lorsque j'atteins la porte de l'immeuble, j'enfile mon bonnet de laine avant de m'enfouir dans les ruelles de Paris. Dehors, la neige tombe silencieusement dans les rues. Les pavés sont recouverts de fines particules blanches et la faible lumière des réverbères nous permet d'observer ce spectacle avec apaisement.

Il est tôt, le jour est à peine levé. J'aime la tournure que prend Paris en hiver, c'est comme si je vivais dans un conte de fées tant le paysage semble irréel.

Il fait très froid mais le jeu en vaut la chandelle.

Je reprends ma ligne habituelle de métro et j'atteins finalement le lycée, terrifiée. Après deux mois d'absence, je me tiens à nouveau en face de cet immense bâtiment aux colonnes de pierres et aux escaliers massifs.

Je prends une profonde inspiration, puis, d'un pas déterminé, je marche en direction de l'entrée. Lorsque je traverse la porte, une main tatouée s'immisce dans mon champ de vision.

– Jade Martin.

– Enzo.

– Tu vas mieux ?

– Qu'est-ce que ça peut te faire ?

– Je te demande simplement si tu vas mieux. Dis-moi princesse, ton séjour t'a rendue désagréable ou quoi ?

– Ça va, je réponds. Va droit au but, qu'est-ce que tu veux ?

Enzo hésite un instant avant de reprendre la parole. Je sais qu'il a une idée derrière la tête, je ne suis pas si naïve que ça.

– J'imagine que je ne t'apprends rien de nouveau mais William est au courant de tout.

Il n'est même pas huit heures du matin que je suis déjà en train de me prendre la tête à cause d'un nouveau stratagème de la part de William et d'Enzo. Je suis curieuse de savoir quel est leur nouveau plan pour me faire la misère, cette fois-ci.

– Je ne lui ai pas parlé, et encore moins de toi ! je réplique. Tu sais, ta petite bande est au courant de tes conneries, alors je pense que les responsables, ce sont eux, pas moi.

– Tu ne lui as pas parlé ? s'insurge-t-il. Alors pourquoi avez-vous passé votre après-midi ensemble aux Tuileries, le jour dernier ?

– Je… je bredouille. Comment tu sais ?

– Tu me prends vraiment pour un débile ! s'exclame-t-il. À quoi est-ce que tu t'attendais ? Que William te prépare un petit repas romantique simplement parce qu'il se préoccupe de toi et de ta santé ? Visiblement, tu n'apprends pas de tes erreurs.

Je n'avais pas tort alors, William a fait ça dans le but de me nuire ? Ces paroles ne devraient pas m'impacter mais pourtant, une vague d'émotions négatives traverse mon esprit.

– Tu as attendu que Samia et lui se séparent pour lui sauter dessus… franchement Jade, tout le monde voit bien que tu es une petite vicieuse en manque d'attention. Tu penses vraiment que les autres croiront à tes paroles ?

– Pourtant, de ce que tu me dis, William a l'air de me croire, je rétorque.

Enzo semble perdre patience et sort de ses gonds. Je n'aurais peut-être pas dû le provoquer, je sais qu'il est bien plus fort que moi.

– Je veux que tu lui dises que tout ce qu'il a pu entendre est faux et que c'est toi, qui m'a sauté dessus en premier.

Je ricane nerveusement face à ses paroles ridicules. Cette confrontation me ramène très vite à la réalité, ce n'est pas parce que j'ai disparu pendant deux mois que les choses ont évolué. Bien au contraire.

– Je veux que mon pote sache que je n'ai rien à voir avec ces conneries et que tu t'es mise dans la merde toute seule. C'est bien clair ? Tu fous le chaos partout autour de toi et je ne veux pas faire les frais de tes conneries !

– Je ne ferai rien de tout ça, Enzo. J'ai déjà accepté de ne pas broncher alors il est hors de question que je rentre dans ton petit jeu et tes manipulations.

Frustré, Enzo me tourne le dos avec tant de puissance qu'il en fait tomber les livres de mes mains.

– Je te promets que tu vas le regretter ! m'assure-t-il en partant.

Sous l'effet de cette altercation, mes membres se raidissent et ma respiration devient si saccadée que j'hésite à me rendre à l'infirmerie. Je récupère mes livres, honteuse, et je sors du lycée. Je dévale les escaliers puis je m'assois en bas des marches.

Elles sont pleines de neige et mon pantalon s'humidifie inévitablement.

– Ça va Jade ? demande William en s'approchant de moi. Qu'est-ce que tu fais là ? Tu vas être en retard en cours.

– Ça va, je bégaie entre deux sanglots. Le retour à la réalité est juste... assez compliqué. Mais ça va aller, j'imagine.

William hésite puis il essuie délicatement mes larmes du bout de son pouce.

– Tu as besoin de parler ?

– Je ne comprends pas ce que vous avez tous avec moi, je renchéris. Tu es venu me chercher à l'hôpital et tu m'as préparé un pique-nique afin de récolter des informations sur moi et m'humilier auprès des autres. Je commence vraiment à être fatiguée par vos stratagèmes.

– De quoi tu parles ? s'étonne-t-il.

– Enzo m'a tout raconté, je sais que tu avais une idée derrière la tête. Je me sens bête d'avoir pensé, ne serait-ce un instant, que tu étais différent.

– Tu n'as toujours pas compris qu'il fallait arrêter d'écouter ses paroles ? tente-t-il de se défendre.

– Alors comment est-il au courant ?

– J'ai dit à Samia que je passais la journée avec toi. Nous ne sommes plus ensemble elle et moi mais nous sommes restés en bons termes, on s'est quittés d'un accord commun. J'imagine qu'elle a dû en parler à quelqu'un, qui a dû en parler à quelqu'un d'autre puis… je ne vais pas t'apprendre comment se créent et circulent les rumeurs.

– Donc tu étais sincère ?

– Ce n'est pas parce que les autres s'acharnent sur toi qu'il faut mettre tout le monde dans le même panier.

Je tente de me retenir mais je ne peux m'empêcher de sourire. Est-ce qu'on se préoccupe réellement de moi, pour une fois ?

– Arrête de sourire comme ça ou je vais finir par croire que tu es vraiment fan de moi… me prévient William.

– Rêve toujours ! je réponds.

– En vrai… tu es sûre que tu n'as pas besoin de parler ?

– J'apprécie, je renchéris. Mais je n'ai pas envie de parler.

Il retire les flocons qui tombent en rafale sur son sweat tout en poussant un soupir. William reste assis à côté de moi et désormais, nous avons tous les deux les fesses trempées. Mes dents claquent à cause des faibles températures et je remarque à la chair de poule qui se manifeste sur son avant-bras que William aussi, a froid.

Pourtant, aucun de nous deux ne se décide à bouger.
– Pourquoi est-ce si dur de t'approcher ? me demande-t-il.
– Tu le sais.
– Oui, et c'est bien dommage.
– Non, tout le monde finit par nous décevoir un jour ou l'autre.
– Tu as peut-être raison, finalement.

Je ressens une once de douleur dans l'intonation de sa voix, ce qui me rend perplexe. Je me souviens soudain de la discussion avec sa mère et de l'inquiétude qu'elle manifestait face à l'attitude de son fils. Je repense également à la réaction de William quand je lui ai demandé pourquoi il allait chez le psychologue.

Et si William aussi avait des problèmes, lui aussi ?

Le garçon dessine des cercles de neige sur son skate à l'aide du bout de son index, de la fumée sort de sa bouche lorsqu'il respire.

Si le silence pouvait parler, celui-ci vaudrait bien plus que des mots.

L'obscurité s'est finalement éclaircie et la lumière des lampadaires n'est désormais que très peu perceptible. L'odeur du café brûlant que William tient dans sa main me chatouille les narines.

– Le problème avec moi William, c'est que j'ai peur de tout gâcher. Toutes mes amies se sont retournées contre moi du jour au lendemain. J'ai longtemps pensé qu'elles prenaient ça comme un jeu mais au final, j'en suis venue à me demander si ce n'était pas moi le problème, et si tout ça n'était pas justifié.
– On dirait que tu attends que ton bonheur se pointe là, comme une fleur. Il faut que tu travailles sur toi même avant d'espérer pouvoir t'en sortir. Ce n'est pas en te morfondant dans ta peine que tu avanceras.

Qu'est-ce qu'il peut savoir de moi et de tout ce que j'ai subi ?
– Je te promets que tu t'en sortiras Jade.
– Ne me fais pas de promesses en l'air.

Son sourire est imperceptible mais je le déchiffre toutefois. Lorsque je réalise que nous sommes tous les deux seuls sur ces immenses marches et que je viens de me confier à William, je fais un bond pour me relever.

– Écoute, je ne sais pas ce que tu attends de moi… je crois que je devrais prendre mes distances avec toi, je lui annonce.

– Si tu le souhaites Miss Parano, lance-t-il tout en ricanant.

J'essuie la neige qui est venue se coller sur mon jean puis je m'écarte de William.

– Ça ne sert à rien de m'éviter, on va dans la même direction, me fait-il remarquer.

Je soupire en réalisant qu'il n'a pas tort, nous sommes dans la même classe.

Nous rentrons alors tous les deux dans le bâtiment et nous arrivons en retard ensemble. Lorsque nous entrons dans la classe, les yeux interrogateurs des élèves se rivent sur mon voisin et moi. Je m'assois sagement à ma place habituelle puis je sors discrètement mes affaires.

***

Cet après-midi, je suis étonnée de voir que William manque à l'appel pour les quatre heures de sciences. Il est le premier de la classe et il n'a encore jamais loupé de cours depuis le début de l'année. Je suis curieuse de savoir ce qu'il a de mieux à faire.

Ce garçon devient de plus en plus intrigant.

Finalement, il ne se pointe pas de tout le cours et lorsque la sonnerie retentit enfin, j'empresse le pas en direction du métro.

La neige se déverse à gros flocons et les rues sont maintenant méconnaissables, la couleur terne et grise de la capitale est saupoudrée d'une éclatante couche blanche.

Tout au long de la journée, je me suis efforcée de passer au-dessus des retrouvailles mouvementées avec mes bourreaux mais ce n'est qu'en m'asseyant dans le métro que je m'effondre, littéralement.

Je me demande si j'aurais dû céder au chantage d'Enzo, peut-être que cela m'aurait enfin apporté la paix que je mérite.

– Pourquoi la fille pleure papa ? Pourquoi on voit autant ses os sur sa main et son visage ?

Je lève la tête et croise le regard d'une petite fille aux longs cheveux bruns vêtue d'un manteau rose qui me pointe du doigt. Son père ose à peine me regarder dans les yeux, extrêmement honteux. Il tente de dissuader sa fille d'ouvrir sa bouche à nouveau et se confond en excuses.

Je lui souris alors, lui disant que cela ne fait rien. En réalité, je suis habituée à ce genre de situations. De plus, cette gamine n'a que cinq ans, je ne peux pas lui en vouloir. Au fond de moi, je ne peux masquer mon plaisir à l'idée de savoir que ma maigreur est encore perceptible malgré les kilos repris.

Lorsque le métro arrive à destination, je marche d'une manière déterminée vers l'hôpital. Je souhaite obtenir plus de renseignements sur Blanche afin de lui rendre visite. En arrivant dans mon ancien centre hospitalier, les portes coulissantes s'ouvrent et une grande allée en carrelage blanc – plutôt familière – s'étend devant moi.

Remettre les pieds ici est extrêmement douloureux, un nœud se forme au creux de mon ventre.

Tu fais ça pour Blanche.

Je passe une dizaine de minutes à négocier avec la femme de l'accueil mais celle-ci refuse catégoriquement de me donner la moindre information concernant Blanche. J'ai beau la supplier avec pitié, cette grognasse refuse de céder.

Les bras ballants, je suis alors contraire de faire demi-tour. Je passe devant la queue des urgences, située tout près de la sortie de l'établissement. Une doudoune à carreaux attire cependant mon attention.

— William ?

William lève sa tête et je découvre un énorme œil au beurre noir. Il semble souffrant. J'écarquille les yeux en le voyant et je me rue immédiatement sur lui.

— Qu'est-ce qui t'est arrivé ? je crie. C'est Enzo ? C'est lui ? Je te promets qu'il ne s'en tirera pas comme ça !

Tout le monde autour de nous regarde la scène avec curiosité, William m'attrape par le bras et me tend vers lui, il porte sa main à ma bouche afin de me faire taire.

— Enzo n'a rien à voir avec ça, je te promets.
— Alors qui est-ce ? Que s'est-il passé ?
— Je ne peux pas t'en parler Jade, je suis désolé.

Je ne peux m'empêcher de lui poser un tumulte de questions afin de comprendre la situation.

— Ce n'est pas le moment, va-t'en s'il te plaît.

Je continue à insister mais le supplice qui se manifeste à travers ses yeux gris me pousse finalement à me taire. William n'était pas en cours cet après-midi et je suis désormais sûre qu'il s'est battu avec Enzo. Tout sonne comme une évidence.

Je lui souris tout de même et je m'enfuis sous ses ordres. Le cas de ce garçon m'intrigue de plus en plus, je suis curieuse de savoir ce qui se passe dans sa tête, à lui aussi.

Frustrée, je quitte l'hôpital et je monte dans le bus.

Visiblement, ce n'est pas aujourd'hui que je percerai le secret que cache mon voisin du septième, mais je compte bien le découvrir un jour.

36

Noël n'a jamais été aussi proche et je suis autant apeurée qu'excitée à l'idée de célébrer cette fête. J'ai toujours aimé l'ambiance rassurante de cette période hivernale, de cette fête chaleureuse et familiale. Je trouve que les décorations dorées ainsi que la beauté des rues saupoudrées de neige blanche ajoutent une touche de douceur et de convivialité à nos vies.

Noël est une période remplie de joie et de bonheur mais depuis quelques temps, elle est également devenue la période la plus compliquée de mon année. Généralement, cette fête est synonyme de repas copieux, de graisse et de sucre. La fameuse bûche au beurre ainsi que le nombre incalculable de chocolats dont nous avons pris l'habitude de nous empiffrer n'échappent pas à cette règle.

Cette année, je tente de ne pas trop y penser, mais les jours s'enchaînent et le 25 approche à grands pas. Même si je suis heureuse de passer ce jour en famille, je ne peux m'empêcher de redouter l'heure des repas.

Depuis que je suis rentrée à la maison, j'essaie de garder une alimentation aussi rythmée que lorsque j'étais à l'hôpital. Malheureusement, les choses ne sont pas si évidentes que ça et il est difficile – voire impossible – de manger plus de deux-mille-cinq-cents calories par jour, de mon plein gré.

En réalité, j'ai déjà perdu un kilo. J'essaie de me rassurer comme je peux en me disant que les fêtes qui approchent m'aideront à atteindre ce surplus calorique mais je sais au fond de moi qu'Ana ne me laissera pas profiter comme il se doit.

Ce soir, Faustine a invité William et ses parents à manger. Mon père tente de me garantir le contraire mais je sais que les deux femmes ont une idée ridicule derrière la tête : elles espèrent encore que je discute avec William pour récolter des informations qui pourraient traduire son comportement.

Cependant, je risque de les décevoir, je ne compte pas m'abaisser à un tel niveau.

Lorsque la famille Van der Baart sonne à la porte, je fais tout mon possible pour prolonger mon moment de tranquillité dans ma chambre. Mon père décide toutefois de venir me chercher et je n'ai pas d'autre choix que de sortir de ma grotte.

Je les salue poliment puis je m'assois dans le canapé, le plus loin possible de la table basse qui me fait de l'œil. Celle-ci est remplie de petits fours et de toasts. Je fais également attention à me placer à l'opposé de William afin de ne pas subir les regards incessants de Faustine et Laura.

Rapidement, les adultes enchaînent les discussions, tout en empilant les toasts de tapenade et de foie gras dans leur bouche, en sirotant leurs cocktails.

– Que t'es-tu fait à l'œil ? demande mon père à William lorsqu'il se tourne dans sa direction.

Laura manque de s'étouffer avec son feuilleté au fromage, Damien – son mari – pose son verre sur la table sans se rendre compte de la précipitation de son geste puis William baisse les yeux en direction de ses pieds, silencieux.

Moi non plus, je ne sais toujours pas ce qui lui est arrivé.

– Je me suis fait mal en bricolant, avoue-t-il.

Je repère à son attitude que William est en train de mentir. En plus, il ne sait même pas manier un marteau. Je suis toujours convaincue qu'il s'est battu avec Enzo et je compte bien lui faire cracher le morceau un jour.

– Sacré William ! lance Faustine. Ce n'est pas grave, on ne peut pas être bon partout.

Mon père rigole face à la réponse de mon voisin qui est en réalité un pur mensonge puis il retourne aux conversations d'adultes, ce qui dissipe le sujet. De mon côté, je lance un regard insistant en direction de William. Celui-ci croise mes yeux et comprend instantanément que je ne le crois pas.

Aussi étrange que cela puisse paraître, William et moi parvenons à nous comprendre à travers un simple regard.

Il me sourit faiblement en guise de remerciements pour mon silence et je comprends que je ne dois pas remettre le sujet sur la table.

– Jade, tu veux bien aller surveiller le plat au four ? me demande gentiment ma belle-mère.

Sans rechigner, je me lève du canapé et je me dirige dans la cuisine. Faustine a cuisiné des lasagnes aux épinards et au saumon, ils devraient être cuits d'une minute à l'autre. Je prends alors le gant en silicone et je tente de sortir le plat du four, sans me brûler.

– Tu as besoin d'aide ?

William apparaît derrière moi et attrape le second gant dans ses mains.

– Non merci, je réponds poliment.

– Tu vas te brûler si tu tiens le plat comme ça ! s'exclame-t-il.

J'ignore la voix de mon voisin et, sans lui prêter attention, j'attrape le plat dans mes mains. Lorsque les lasagnes sont à mi-chemin entre le four et le plan de travail, je regrette aussitôt de m'être montrée aussi têtue. Le plat est tellement brûlant que mes gants ne sont pas suffisants pour me protéger de la chaleur et je le laisse glisser de mes mains.

– Ce n'est pas faute de t'avoir prévenue !

William rigole de la situation pendant que j'observe les lasagnes écrasées au sol. Si je ne trouve pas de solution dans les cinq prochaines minutes, je vais me faire tuer.

— Tout va bien ? demande Faustine à l'autre bout de la pièce.
— Oui, oui… bredouille William en tentant de me défendre. Jade a fait tomber une cuillère.

J'éponge les épinards sur le sol pendant que William fouille les placards et le frigo à la recherche d'un repas de substitution.

— Qu'est-ce qu'on va faire ? je demande à William.
— J'imagine qu'on va devoir mettre à profit nos talents de cuisiniers.
— Ni toi ni moi sommes de bons cuisiniers, je lui fais remarquer.
— Tu vois d'autres solutions, toi ?

Je grimace alors et je suis contrainte de m'avouer vaincue, pendant que William sort des œufs ainsi qu'une boîte de lardons du frigo. Il me demande ensuite de faire bouillir de l'eau.

— Des pâtes carbonara ? je demande. Ce n'est pas très original.
— Très bien, répond-t-il, vexé, alors trouve moi un autre repas qu'on pourra préparer en cinq minutes sans éveiller de soupçons auprès des adultes ?

Je n'ose pas faire remarquer à William que ma maladie m'empêche de manger un plat aussi calorique, alors je me contente de sortir une casserole et de faire chauffer de l'eau. La tension dans la cuisine est palpable et j'imagine que ce n'est pas le moment de faire une crise.

— Au fait… tu sais comment préparer des pâtes carbonara ? me demande-t-il.
— Non, et toi ?
— Tu crois vraiment que je te poserais la question si je le savais ?
— J'imagine qu'il faut mélanger les œufs avec les lardons puis verser les pâtes dedans, j'ajoute.

William s'exécute alors et je me rends dans le salon afin de garantir à ma belle-mère que tout va bien. Les adultes ne semblent même pas prêter attention à notre disparition, donc je me dépêche de rejoindre William pour voir où en est la préparation.

Dans la cuisine, les lardons fument tandis que la casserole déborde d'eau.

– Bon sang William, tu es une catastrophe ! je m'écrie tout en me ruant sur la casserole afin de baisser le feu.

Vexé, William part s'assoir sur une chaise et croise les bras. Il fronce les sourcils de mécontentement. La panique fait monter la pression entre nous mais ce n'est pas le moment de nous disputer.

– Tu sais quoi, débrouille-toi ! Ce n'est pas à moi de réparer tes bêtises, après tout.

Je prends alors le relais et je constate que ce qui est censé constituer la sauce de nos pâtes est en réalité une immense omelette aux lardons.

– William ? je l'interpelle. As-tu vraiment suivi la recette sur ton téléphone ?

– J'ai simplement vérifié les ingrédients nécessaires, m'avoue-t-il. Pour le reste, j'ai décidé de faire confiance à mon instinct masculin.

– Très bien, je réponds, blasée par sa fierté mal placée. Et est-ce que ton instinct masculin t'a bien rappelé de séparer les jaunes des blancs d'œufs ?

Son sourire se décroche de son visage.

– C'est bien ce que je pensais, je râle.

J'enlève alors l'omelette du feu et je tente de la rendre plus liquide en y ajoutant un peu d'eau de cuisson mais c'est une peine perdue d'avance. Le plat est irrécupérable. William se rapproche du plan de travail et essaie de mélanger les pâtes avec les œufs cuits puis il y ajoute un paquet entier de parmesan ainsi que quelques grains de poivre.

– Tout va bien se passer, me lance William en posant sa main sur la mienne.

Il amène ensuite le plat sur la table et j'appelle les adultes afin qu'ils viennent manger. Faustine arrive en première et écarquille les yeux en constatant que son plat de lasagnes manque à l'appel.

— On a eu un léger souci… je lui avoue.

— … mais ces carbonara ont été préparées avec amour, ajoute William.

— Je rêve ou vous avez mélangé une omelette avec des spaghettis ? nous demande Garance.

— Pose encore une question de ce genre et je t'utilise comme cobaye pour effectuer quelques prises de judo, répond William à son égard.

Pendant que William et Garance se chamaillent, je tente d'expliquer mes mésaventures à Faustine. Elle se contente de rire avec Laura.

Finalement, je crois que William et moi avons limité la casse.

— Tu sais, la prochaine fois que tu n'aimes pas un plat, tu peux simplement me le dire au lieu de le jeter au sol, m'explique Faustine.

Je rigole alors avec elle puis je rive mes yeux sur mon assiette. Comme j'essaie de ne pas manger de viande, je pousse les lardons dans le coin de mon assiette et je me force à ne pas penser à la graisse des lardons dans laquelle baignent mes pâtes, ni au fromage qui dégouline par-dessus.

Ana me fait remarquer qu'elle est fâchée contre moi, elle me dispute violemment. Je repose alors ma fourchette puis j'annonce aux invités que j'ai besoin de prendre l'air.

Je me lève sous leurs yeux interrogateurs et je passe le pas de la porte d'entrée.

Lorsque j'atteins le rez-de-chaussée, je sors de l'immeuble et je m'assois sur les escaliers extérieurs. Il fait extrêmement froid dehors et l'ambiance est relativement glauque, pour ne pas dire angoissante.

Je décide d'allumer discrètement une cigarette, tout en espérant que mon père ne se pointe pas.

La porte derrière moi grince et William prend place sur les marches, à côté de moi. Je savais qu'il me suivrait, il ne peut pas s'empêcher de fourrer son nez partout. Il tient une boîte hermétique entre ses mains et en sort un cookie à la noisette. Le biscuit sent délicieusement bon mais je ne suis malheureusement pas en mesure de le manger.

– Je suis allergique aux noisettes, je mens.
– Tu es surtout nulle en mensonge, me fait-il remarquer.

J'inspire la nicotine tout en l'ignorant, je déteste quand il se prend pour mon père.

– C'est ma mère qui les a cuisinés, ils sont vraiment délicieux.
– Je n'en veux toujours pas, je lui explique. Tu sais que je n'arrive pas à manger ce genre de choses.
– C'est à cause de ta maladie que tu es sortie de table ? me demande-t-il.

J'expire la fumée par la bouche puis je prends une inspiration.

– J'ai l'impression que je ne m'en sortirai jamais, je réponds.

William décide de passer son bras autour de mes épaules et de me rapprocher contre lui. Pour une raison que je ne saurai expliquer, je ne le repousse pas.

– Tu es bien plus forte que tu ne le penses, tente-t-il de me rassurer. Fais-toi confiance.

Ni William ni moi n'osons briser ce contact et nous restons blottis l'un contre l'autre. En réalité, j'ai beau détester son attitude, son arrogance et son cynisme mal placé, je dois reconnaître qu'à ce moment même, alors que je suis seule à ses côtés, je me sens bien.

Être dans ses bras, c'est se sentir légère.

Je ne sais pas combien de temps nous restons assis sur cet escalier en pierre, mais je suppose que la durée est suffisamment longue pour éveiller la curiosité des adultes. Papa nous rejoint dehors et nous demande de remonter prendre le dessert.

Les yeux de mon géniteur se posent sur le bras de William, ce qui me ramène rapidement à la réalité. Je me dégage alors de son étreinte, les joues empourprées, puis je rentre dans l'immeuble en évitant à tout prix de croiser le regard de mon voisin.

— Tu veux de l'aide ? je propose à Faustine alors qu'elle est en train de dresser les desserts.

— Je crois que je vais éviter de te demander de l'aide pour la cuisine désormais, me répond-t-elle en rigolant.

Je reprends ma place à table et j'essaie de négocier avec ma belle-mère pour qu'elle me donne la plus petite part de gâteau possible. Celle-ci refuse toutefois de négocier avec moi et, tout en me laissant ruminer, me donne une part identique à celle des autres.

Je plonge ma cuillère dans le gâteau aux poires que je fourre ensuite dans ma bouche. Je sens la culpabilité me monter petit à petit mais je tente d'y faire face en écoutant William parler. Il s'exprime sur les nombreux exploits qu'il a réalisé lors de ses derniers matchs de handball et je ne supporte pas la façon qu'il a de vanter ses talents devant tout le monde.

Il y a un écart énorme entre le William qui me réconfortait sur les marches d'escaliers et le William fier de lui qui tente de se donner un genre devant les adultes. Je décide donc de me lever de table afin de commencer la vaisselle, j'empile les assiettes sales et je les amène dans la cuisine.

Damien, le beau-père de William, arrive quelques secondes plus tard dans la cuisine. Il pose le reste des assiettes sur le plan de travail et pousse un long soupir.

— Fatigant n'est-ce-pas ? me lance-t-il, tout en me montrant William du coin de l'œil.

— Ça, je ne vous le fais pas dire.

Nous rigolons honteusement. Je me sens à la fois amusée et rassurée de constater que je ne suis pas la seule à ne pas supporter le côté narcissique de William. S'il agace même son propre beau-père, cela prouve bien que ce garçon est lourd.

La soirée touche désormais à sa fin et les Van der Baart décident de rentrer chez eux. Laura nous remercie Faustine et moi pour le dîner mouvementé, Damien me lance un sourire amusé et William, lui, me salue à peine.

Avant même qu'ils remontent au septième étage, je disparais dans la cuisine afin de terminer la vaisselle. Je tente à tout prix d'éviter papa mais je l'entends déjà arriver dans la pièce. Je sais qu'il va me poser des questions sur William, mais je n'ai rien à lui dire à ce sujet.

Papa se penche à côté de moi, un sourire béat aux lèvres.

– Qu'est-ce qu'il y a ? je lui demande.

– Alors ma petite fille chérie, on cache quelque chose à son papounet ?

Je ne vois même pas de quoi il parle et je hoche la tête de sorte à lui faire comprendre que non, je ne lui cache rien. Les traits de mon visage se ferment alors et je refuse d'entreprendre tout dialogue avec lui.

– Quand comptais-tu me parler de ton histoire d'amour avec William ?

Je me retiens d'exploser de rire et Faustine manque de s'étouffer avec son verre d'eau.

– J'en étais sûre ! lance-t-elle avec enthousiasme. Je savais que tu ne le rendais pas indifférent.

– Stop, je vous arrête tout de suite ! Vous avez tout faux ! je m'insurge, extrêmement gênée.

– C'est d'ailleurs pour cette raison que j'ai retrouvé ma fille dans ses bras, tout à l'heure !

Je ne réponds pas à ses provocations, je relâche les assiettes en porcelaine dans l'évier et je jette le torchon avec colère sur le plan de travail. Je tourne les talons d'un air furieux puis je vais m'enfermer dans ma chambre. Papa me suit de près et me rejoint quelques minutes plus tard.

Alors que je suis emmitouflée dans ma couette, il s'assoit sur le rebord de mon lit.

– Je ne voulais pas t'embêter.

– C'est raté, je réponds. Tu es énervant papa, tu ne t'en rends même pas compte parfois.

– Tu sais, je l'aime bien William, il est sympa. Je ne t'en voudrais pas, si tu sortais avec lui.

– Je déteste William, tu comprends ça ? Je le hais.

– Ce gosse a l'air perdu, me dit-il. Un peu comme toi, au final.

Je pousse un grognement.

– Arrête de nous comparer ! je m'énerve. Nous n'avons rien à voir, lui et moi.

– Si tu ne ressens vraiment rien pour lui, essaie au moins de le prévenir. Je crois qu'il est attaché à toi.

– Depuis quand la vie sentimentale de ton voisin de dix-sept ans t'intéresse ? je demande, curieuse.

– Depuis que ma fille est impliquée dedans.

– Tu n'as pas à t'inquiéter, il me déteste autant que moi je le déteste. Si ce n'est plus.

– Ah oui ? Pourtant, ce n'est pas ce que nous a dit Laura.

– Et qu'a-t-elle pu te dire ?

Papa laisse flotter un blanc entre nous puis il se lève de mon lit.

– Bonne nuit, ma puce.

Il referme la porte derrière lui, sans me donner de réponse. J'imagine que je devrais être désintéressée face à ses paroles, parce qu'au fond, je me fiche complètement de William.

Sauf que pour une raison que j'ignore, je me mets à cogiter.

William ressent-il réellement quelque chose pour moi ?

Pourquoi cette question me préoccupe-t-elle autant alors que je devrais être indifférente ?

37

Si je devais donner mon avis sur les familles recomposées, je dirais que, étonnement, j'apprécie ça. Faustine est comme ma deuxième maman et Garance est la sœur que je n'ai jamais eue. Le seul point négatif, lorsqu'on réunit deux foyers, c'est que chacun doit se plier aux habitudes des autres.

Alors en général, cela ne demande pas trop d'efforts, comme par exemple baisser le son de son enceinte pour laisser sa demi-sœur réviser, ou bien directement mettre son verre au lave-vaisselle afin de ne pas créer trop de désordre dans l'appartement.

Mais parfois, certaines coutumes sortent de l'ordinaire.

– Cette année, le Réveillon se tiendra chez les Van der Baart, m'explique Faustine en jetant un coup d'œil à Laura. Cela fait des années que nous célébrons le repas du 24 décembre ensemble et nous comptons bien faire perdurer la tradition !

Laura sourit à pleines dents et prend une gorgée de café puis elle me demande si William et moi pouvons lui rendre un service. Elle n'a pas eu le temps de finir les courses pour demain soir, donc elle aimerait que nous prenions le relais.

Sous le regard insistant de mon père, je comprends que je n'ai pas intérêt de refuser sa demande. J'acquiesce donc par dépit, puis j'attends qu'elle nous tende sa liste de courses.

– Surtout, n'oubliez pas les décorations pour la table ! nous ordonne-t-elle. J'aimerais quelque chose de festif et de convivial, je compte sur vous pour votre imagination et votre créativité.

William et moi écoutons sagement les directives de Laura et Faustine puis nous sortons de l'appartement, prêts à passer l'après-midi ensemble. La liste que Laura a rédigée est démesurément longue et je devine rapidement que la fin de journée s'avère interminable, surtout si je dois la passer aux côtés de William.

Nous devons acheter des parchemins de table, des bougies à la vanille, des paillettes dorées ainsi qu'une quantité peu raisonnable de décorations. Lorsque nous arrivons dans le magasin, je déambule à travers les nombreux rayons, tout en essayant de répondre au mieux aux attentes de Laura.

– Ces guirlandes sont immondes… soupire William.

– Tu n'as qu'à les choisir toi-même ! je renchéris, vexée.

William se contente de ranger les paquets que je lui tends dans le chariot, tout en me faisant comprendre qu'il n'a pas le courage de se prendre la tête pour trois pauvres guirlandes. J'épie les articles avec attention et j'essaie de me concentrer sur la musique diffusée par les enceintes du magasin plutôt que sur la pénible voix du crétin de skateur qui ne fait que se plaindre depuis que nous avons mis les pieds ici.

Le supermarché est un champ de bataille, les chariots se croisent dans les allées étroites, les clients s'arrachent les derniers jouets et la célèbre musique de Maria Carey retentit en fond. Des dizaines de guirlandes de couleurs et de formes différentes sont pendues autour de nous et des boules de Noël scintillantes sont entassées dans de grosses caisses.

Les adultes dévalisent le rayon de déguisements et je devine que plusieurs papis auront le rôle du père Noël demain soir. L'atmosphère est magique, ce qui est exacerbé par les douces odeurs de pain d'épice et de sapin qui se mélangent dans l'air.

J'adore Noël, mais cette fête avait une place bien plus importante dans mon cœur quand maman était toujours là, à mes côtés.

– Tout va bien ? me fait remarquer William.

Je chasse ces vieux souvenirs de mes pensées et je me reconcentre sur notre mission. Mon voisin essaie de m'aider à choisir le thème de la décoration mais je refuse de l'écouter. On ne mélange pas du rouge et du violet, et encore moins à Noël ! Vexé, il s'éloigne de moi et me laisse terminer les achats toute seule. *Bon débarras.*

Lorsque j'atteins enfin la caisse après une heure de courses et de réflexion quant à l'assemblage des couleurs et des textures, je jette de nombreux coups d'œil autour de moi afin de retrouver la personne qui était censée m'aider.

Mon regard se pose rapidement sur William qui est paisiblement allongé sur un canapé en vente situé à l'entrée du magasin, devant lequel une grosse pancarte indique « Interdiction de s'asseoir sur le mobilier ». Je tente de masquer mon rire en le voyant affalé dessus, il n'a pas l'air préoccupé par la pancarte posée devant lui et semble absorbé par son smartphone.

Lorsqu'il relève la tête et qu'il m'aperçoit, il se redresse et m'aide à vider les courses sur le tapis roulant. Nous sortons ensuite du magasin, William saisit les deux gros sacs de mes mains et nous déambulons à travers les rues enneigées.

– On va se poser au parc ? propose-t-il.

– Je croyais que tu me faisais la tête ? je réplique d'un ton provocateur.

– En effet.

Nous ricanons ensemble et nous décidons de faire un petit détour par le jardin des Tuileries. Le marché de Noël est toujours présent et l'ambiance est encore plus merveilleuse à quelques jours du 25.

Les étals en bois s'alignent le long de l'allée, chaque stand est décoré de lumières et de guirlandes colorées. Emmitouflée dans mon gros sweat, j'observe les bougies et les bracelets créés par des petits artisans.

Au centre du marché, une grande roue illuminée tourbillonne lentement. Celle-ci attire rapidement mon attention puisqu'elle scintille et offre un spectacle de couleurs, où les rayons lumineux dansent et se mélangent dans la grisaille environnante. Elle doit offrir un panorama merveilleux sur la capitale française.

— Tu veux y aller ? me questionne William.

J'ai toujours rêvé de faire un tour dans une grande roue afin de contempler la ville depuis les hauteurs, sauf que j'ai le vertige et je ne pense pas être capable de monter dans cette attraction.

— J'ai peur du vide, je réponds.

— Et depuis quand la peur doit-elle diriger tes envies ?

Il ne me laisse pas le temps de réfléchir qu'il me prend par la main et me fait traverser la foule. Nous atteignons ensuite la grande roue et William achète deux tickets, puis nous prenons place dans une petite cabine.

— Parfois, il faut arrêter de réfléchir, m'avoue-t-il.

La cabine s'élève doucement dans le vide et la vue se transforme progressivement. À mesure que le sol s'éloigne de nous, la cadence de mon cœur accélère. La ville s'étend à perte de vue, les bâtiments emblématiques se détachent des autres, les tours scintillent et l'horizon semble infini.

Je suis émerveillée par le décor et je tente de masquer mes peurs. La cabine se balance légèrement et mes mains se crispent sur les petites barrières, la vue est à la fois intimidante et époustouflante.

Lorsque le tour se termine, William et moi redescendons de la cabine. Je ne peux chasser de mon esprit ces images de la ville sous un autre angle, tant l'expérience était grandiose.

Grâce à William, je viens de vaincre ma peur du vide.

— Tu vois que tu en étais capable, me dit-il. Arrête de douter de toi.

Nous retournons ensuite dans les rues du marché et William insiste pour m'acheter une barbe à papa. Je refuse catégoriquement sa proposition, mais comme à son habitude, celui-ci refuse de prendre mon avis en compte.

Il en achète une à la cerise qu'il me tend ensuite avec fierté.

J'hésite longuement puis j'en arrache un petit morceau et je laisse fondre le sucre dans ma bouche. Le pouvoir de persuasion de William est bien trop puissant sur moi. J'avais oublié à quel point la texture et le goût de cette friandise étaient doux et réconfortants.

– Il faut que je te pose une question, je lui avoue timidement.

– Je préfère les chiens aux chats, non je n'aime pas le bleu et oui j'adore les cookies au chocolat.

Je m'esclaffe face à sa blague ridicule. Elle est nulle, mais elle parvient toutefois à me faire rire.

– Quelles sont tes intentions envers moi ? je le questionne.

William s'étouffe avec un morceau de barbe à papa et je suis contrainte de courir chercher un chocolat chaud au stand le plus proche afin qu'il avale quelque chose de liquide. Lorsque je lui tends la boisson, celui-ci pose immédiatement ses lèvres sur la tasse mais il recrache le tout à la seconde même sur mon vieux sweat jaune.

Ce chocolat chaud porte bien son nom, puisqu'il est brûlant.

– Erreur de débutant ! je glousse.

William tente d'essuyer mes vêtements avec de la neige, ce qui ne fait qu'empirer les choses : cela étale le chocolat de partout. Ce n'est pas si grave, je n'aimais pas ce sweat de toute façon. Je repousse alors sa main tout en continuant à rigoler bêtement.

– C'est un message pour me dire que tu n'aimes pas mon pull jaune ? je demande.

– Même pas, répond-t-il. Ça te va bien, le jaune poussin.

– En tout cas, elle est pas mal cette technique pour esquiver ma question.

– Je n'ai pas fait exprès ! se défend-t-il en s'essuyant la bouche d'un revers de manche.

– Allez, sois honnête. Qu'est-ce que tu me veux ?

– Je voudrais que tu me donnes ce pull jaune.

Je vais vraiment finir par croire qu'il déteste mon sweat, ou alors qu'il a développé une obsession malsaine pour cet horrible morceau de tissu.

— Plus sérieusement, continue-t-il. Je voudrais que tu sois heureuse.

Menteur.

— Ce n'est pas très sincère, je rétorque.

— Pourquoi est-ce si compliqué pour toi de me faire confiance ?

— Tu le sais. Je t'ai répété cette histoire un bon nombre de fois.

— Je t'ai demandé pourquoi as-tu tant de mal à *me* faire confiance, pas à leur faire confiance.

— Parce qu'on se déteste mutuellement. Je déclare. Tu cherches constamment à m'humilier.

En guise de réponse, j'ai le droit à un gloussement incontrôlé de sa part.

— Tu es vraiment têtue Jade. Je n'ai jamais rencontré une fille avec autant de caractère que toi.

Mes joues qui se colorent lui donnent une réponse suffisante.

— Je vais m'acheter une pomme d'amour, m'annonce-t-il.

William s'éloigne et s'immisce dans la queue qui est d'une taille démesurée. Aujourd'hui, le parc est bondé, et j'en déduis que les familles profitent de cette journée pour passer du temps ensemble.

Au fond de moi, je les envie.

— Tu en veux ? me propose William lorsqu'il revient, une bonne dizaine de minutes plus tard.

Il me tend la pomme recouverte de caramel et de pépites de chocolat. À quoi joue-t-il ? Je repousse avec force cette bombe calorique génératrice de diabète et de cellulite puis je détourne la tête afin de ne plus avoir à subir ce supplice.

Mon estomac commence à rugir lorsque l'odeur de cette friandise remonte à mes narines. Ce n'est pas comme si je venais d'avaler une immense barbe à papa à la cerise il y a vingt minutes à peine. Mon organisme me joue encore un tour et réclame avec force cette pomme caramélisée.

Un élan de frénésie me pousse à la saisir des mains de William et à croquer dedans.

– Je n'aime pas l'effet que tu me procures, je lui avoue subitement.

– Et moi, je n'aime pas que tu me voles ma friandise !

Nous rigolons tous les deux et je me sens soudain soulagée à l'idée qu'il n'ait pas donné de réponse concrète à ma question. *Ce n'est pas le moment de devenir vulnérable avec lui, Jade.*

– Je rigole, déclare-t-il. Régale-toi, ça me fait plaisir de te voir manger. De quel effet parlais-tu ?

– Je n'arrive pas à me contrôler, lorsque je suis avec toi. C'est comme si mes peurs et mes démons s'envolaient.

Et c'est totalement vrai. Le contrôle que j'ai acquis sur moi grâce à – ou plutôt à cause de – ma maladie disparaît instantanément quand ce garçon est à mes côtés, et je ne sais pas quoi ressentir face à cela. Pourtant, je ne peux pas me permettre d'être différente avec lui. Je dois faire attention.

Je rends alors la pomme caramélisée à William et je bondis hors du banc. Il est temps de rentrer.

– Je dois rentrer, j'annonce.

– Pourquoi tu fuis tes sentiments comme ça ?

De quels sentiments parle-t-il ? Prise de panique, j'empresse le pas sans même me retourner et je me dirige vers Montmartre. William me rattrape toutefois et me suit sur le chemin du retour, les deux sacs de courses à la main.

Sur le trajet, aucun de nous deux n'ose ouvrir la bouche, sans doute perdus face à la tournure de la situation. Notre relation est tellement étrange et paradoxale, je m'y perds moi-même.

Chacun rentre ensuite chez soi, sans reparler de cette discussion. Il vaut mieux oublier cet incident et passer à autre chose. William et moi ne sommes que deux ennemis, rien de plus.

N'est-ce pas ?

38

Ce soir, nous fêtons le 24 décembre chez William. Je ne suis pas spécialement ravie à l'idée de fêter le Réveillon chez les Van der Baart et encore moins avec mon idiot de voisin, mais je n'ai pas le choix.

Passer la soirée toute seule dans mon salon aurait sans doute été pire.

– Tiens, prends ça, me lance ma demi-sœur en me tendant un paquet cadeau. C'est pour toi !

– Mais Noël, c'est demain, je lui rappelle.

– Je n'ai pas besoin d'une occasion particulière pour offrir quelque chose à ma petite sœur, ouvre-le !

Surprise, je délace le nœud du paquet puis j'ouvre la boîte. J'en sors une magnifique robe rouge, plutôt cintrée, qui arbore une fente le long de la jambe droite. Le dos est constitué de lacets, ce qui crée un décolleté plongeant.

– Tu sais que si tu continues à m'offrir des vêtements, je vais vraiment finir par croire que tu essaies de me faire passer un message, j'avoue à Garance.

– Oh mais je ne le cache pas ! renchérit-elle. Tu as réellement besoin de renouveler ta garde-robe. Cette robe est pour ce soir, tu ne peux pas fêter le Réveillon avec un simple jean !

Je prends ma demi-sœur dans mes bras puis j'admire la tenue une seconde fois. Elle est époustouflante, mais ce n'est pas mon style. J'imagine que mon corps va gâcher la prestance de cette tenue.

– Essaie-là !

Je tente d'esquiver les essayages mais Garance sait se montrer autoritaire, quand elle le veut. Je me faufile alors à l'intérieur du tissu puis je la laisse me lacer le dos.

– Tu es magnifique Jade, m'avoue-t-elle. Tu n'as plus le droit de douter de toi.

Je me dirige devant le miroir, assez dubitative. Lorsque mes yeux se posent sur mon reflet, je ne peux m'empêcher de porter ma main à ma bouche. Je reconnais que pour une fois, je me sens belle. Je ne me sens pas trop sophistiquée, ni même ridicule, je me sens jolie. Je tourne sur moi-même afin de laisser voler la jupe dans les airs puis je regarde mon reflet une dernière fois.

Malgré mes kilos reperdus, je constate que mes kilos supplémentaires se voient tout de même. Je ne sais pas si je dois cela à la magie de Noël mais j'ai l'impression que cette prise de poids me va bien.

Je décide donc de garder la robe sur moi puis je m'assois en face de ma coiffeuse pour me préparer. Je me maquille assez légèrement mais je sublime le tout par une couche de rouge à lèvres rouge, assorti à ma robe. Je relève ensuite mes cheveux dans un chignon soigné, puis je me parfume légèrement.

Lorsque notre petite famille est prête, j'attrape le bouquet de fleurs que Faustine me tend et papa prend la bouteille de vin. Nous montons au septième étage.

C'est une Laura étincelante et souriante qui nous ouvre la porte. Je n'avais jamais remarqué à quel point ses dents sont blanches et parfaitement alignées, tout comme celles de son fils, d'ailleurs.

L'appartement des Van der Baart sent la bougie épicée à la vanille, une odeur qui nous rappelle une fois de plus la douce et magique ambiance des fêtes de fin d'année. Tout est excessivement bien décoré et je souris en constatant qu'elle a utilisé les décorations que William et moi avons achetées.

J'en déduis que nous avons fait les choses bien.

Les fenêtres sont agrémentées de petits sapins en carton et de couronnes de houx. Une géante guirlande lumineuse est accrochée autour de la cheminée, dans laquelle un feu crépite doucement. Juste à côté de la cheminée, un sapin d'une taille démesurée est abondamment décoré. En dessous, on repère des boîtes dorées surmontées d'un petit nœud rouge.

L'appartement est en effet trop chargé, les paillettes ainsi que les lumières m'éblouissent légèrement les yeux, mais on ne peut pas dire que Laura ne s'est pas donnée de mal pour nous accueillir dans les meilleures conditions possibles.

Je lui tends le bouquet de fleurs qu'elle saisit avec plaisir tandis que Faustine se dirige dans la cuisine afin de poser le plat de petits fours qu'elle a cuisiné quelques heures auparavant, dans la panique.

Les adultes entament directement les festivités lorsque l'apéritif est disposé sur la table du salon. La table déborde tellement de nourriture qu'il n'y a même plus la place pour poser quoi que ce soit, même les coupes de champagne sont remplies jusqu'à la dernière goutte.

– Marié ou pendu ! lance mon père dès qu'il vide la bouteille dans le verre de Laura.

– C'est la même chose ! répond instinctivement Damien en rigolant.

Ces répliques sont bien des phrases de papas, je ne compte même plus le nombre de fois où mon père a fait cette blague idiote. Les adultes trinquent chaleureusement, ce qui annonce le début d'une belle soirée.

Tout semble être réuni pour passer un agréable moment.

Il y a une douce musique de jazz en sourdine, ma demi-sœur et moi sommes assises dans le canapé, Garance boit sa coupe de champagne avec classe. Elle sourit sans cesse et pousse des petits rires dès qu'un adulte semble faire une blague ou raconte un souvenir d'enfance. Je ne sais pas ce qui est censé être drôle mais je tente de l'imiter afin de ne pas me sentir trop à l'écart.

William n'est pas encore là et je ne sais pas ce qu'il fait. Je ne devrais pas m'en préoccuper mais pourtant, je ne peux m'empêcher de me demander pourquoi il n'est pas encore parmi nous.

Je reste dans mon coin à regarder les cinq adultes qui, eux, semblent s'amuser. Ils ont les yeux brillants et portent la boisson dorée à leur bouche, tout en se gavant de petits toasts. Je n'ose pas me servir de l'apéritif et je décide de rester dans mon coin.

Je me fais tellement petite que j'ai l'impression de disparaître du décor. C'est William qui me fait revenir à la réalité lorsqu'il s'assoit à côté de moi. Il s'excuse pour le retard et saisit une coupe de champagne qu'il s'empresse de goûter.

William s'est mis sur son trente-et-un et ce serait vous mentir en vous disant que je ne le trouve pas extrêmement charmant dans cette chemise grise qui fait intensément ressortir la couleur de ses yeux ainsi que dans ce pantalon noir en lin.

Il s'est coiffé – pour une fois – et j'en viens tout de même à regretter ses cheveux ébouriffés. Mon voisin me sourit discrètement mais je ne sais pas comment réagir face à lui. Je suis encore gênée face à la tournure que semble parfois prendre notre *relation*.

Disons que je suis un peu confuse.

Les convivialités se poursuivent alors et je réalise que n'ai toujours rien avalé. Papa me fixe afin de me faire comprendre que moi aussi, je dois manger, mais je ne l'écoute pas. Cette fichue maladie parvient même à me gâcher l'un des plus beaux moments de l'année.

Dès que j'hésite à saisir un petit four, Ana réagit.

Alors que je sens mon estomac se tordre, je me lève discrètement puis j'explique aux adultes que je vais me servir un verre d'eau, afin de me réfugier dans la cuisine. Dès lors, je pose mes mains de chaque côté de l'évier puis je tente de contrôler ma respiration.

Une odeur familière de lessive aux fruits rouges et d'eau de Cologne me parvient aux narines.

— J'en connais une qui m'évite, me fait reconnaître William.

— Non, c'est stupide… je ne t'évite absolument pas ! je bégaie, tout en sachant que je lui mens.

— Tu es la première à parler de sincérité mais tu oses me mentir tout en me regardant droit dans les yeux.

Je détourne mes yeux en direction de mes pieds.

— Ne rends pas les choses plus compliquées qu'elles ne le sont déjà, je lui demande.

— Qu'est-ce qui est compliqué ?

Je n'arrive même pas à articuler une réponse correcte.

— C'est bien ce que je pensais, confirme-t-il. Tu n'utilises que des prétextes pour cacher ta peur.

— De quoi aurais-je peur ?

— À toi de me le dire !

À cet instant précis, je suis incapable de déterminer si c'est la tension entre William et moi ou la présence d'Ana qui me rend mal à l'aise.

— Je ne vois pas où tu veux en venir, je me défends.

— Tu n'es bonne qu'à ça, te voiler la face.

— Et toi tu n'es bon qu'à ça, emmerder le monde ! je me vexe.

— C'est aberrant mais tu as raison, reste seule dans ton coin. Tu ne mérites pas mon aide et tu ne mérites l'aide de personne d'ailleurs ! riposte-t-il en me regardant droit dans les yeux.

— Tu es trop bête ! je crie avant de le voir s'en aller.

J'ignore pour quelle raison, mais mes mots viennent d'atterrir directement en plein cœur de William. Il disparaît dans le salon, sans doute vexé et humilié. Quant à moi, cette discussion mouvementée m'a tellement brassée que j'en ai la nausée. Je me faufile discrètement dans le couloir et je me rends dans les toilettes afin de vomir tout ce que j'ai ingurgité aujourd'hui, c'est-à-dire : rien.

Je réapparais ensuite dans le salon, sous le regard interrogateur des adultes. Mes yeux sont encore rouges et embués. William me reluque d'une manière suspecte et je comprends à travers ses yeux gris qu'il sait tout. Je détourne donc le regard afin de ne lui laisser aucune chance de creuser plus loin et j'attrape un toast de tapenade verte pour faire disparaître le désagréable goût de vomi qui persiste dans ma bouche.

On nous invite ensuite à passer à table. Laura a dressé la table avec des assiettes en porcelaine à la bordure argentée, des couverts en argent ainsi que des verres en cristal. La table est raffinée et témoigne l'aisance financière de cette *parfaite* petite famille.

Damien apporte le plat principal sur la table. Ce soir, nous avons au menu de la dinde farcie aux marrons, accompagnée de pommes de terre à l'huile de truffe. Même si je m'efforce d'honorer mes aspirations végétariennes, je dois reconnaître que la viande dorée et la merveilleuse odeur qui s'en échappe ouvrent mon appétit.

Laura et Damien ont également préparé une purée de châtaigne ainsi qu'une sauce à la truffe pour accompagner les pommes de terre, qui, pourtant, me semblaient suffisamment grasses.

Mon cœur s'emballe instinctivement à la vue de cette quantité de nourriture et des calories que ces plats représentent. Au fond de moi, je meurs d'envie de déguster ce repas et d'en profiter comme il se doit, mais je sais que ma maladie m'en empêchera.

Damien me sert généreusement et je tente de contenir ma respiration mais ma fébrilité n'échappe pas à William, assis juste à côté de moi.

Les adultes ont accompagné le repas d'une bouteille de *Pinot Noir*. Alors que tout le monde semble se régaler, je fixe ma fourchette et je peine à entamer mon assiette. Seule dans mon coin, mes yeux s'humectent doucement.

Je sens alors la main de mon voisin se poser timidement sur le bout de ma cuisse, ce qui provoque un frisson dans tout mon corps.

– Ça va aller, murmure-t-il.

Et sans contester, j'avale une première bouchée avec fierté.

***

Jusqu'à présent, la soirée se déroule dans la joie et la bonne humeur. Cependant, lorsque Laura apporte le plateau de fromage sur la table, le ton s'élève entre William et Damien à cause d'un différend sur un sujet pourtant futile. Ma belle-mère tente d'apaiser la tension qui règne désormais dans la pièce mais les paroles de Damien restent violentes.

William décide alors de se lever de table, il semble réellement perturbé et s'excuse auprès de tout le monde, puis il sort de la pièce. Assez mal à l'aise, je ne sais pas si je suis censée le rejoindre ou si je dois me contenter de me taire et d'ignorer cet incident.

La situation dans la salle à manger redevient tout à coup calme, voire normale. Laura n'a aucune réaction et fait comme si de rien était, tandis que Damien sourit fièrement. Mon père et Faustine monopolisent la parole de sorte à faire redescendre la pression.

En fait, c'est comme si personne ne remarquait l'absence de William, comme si cette altercation était banale. Personne ne remarque également ma solitude, ni le fait que je n'ai presque pas parlé depuis le début du repas.

Je reconnais que ma tête me fait désagréablement mal, j'ai une migraine depuis le début du dîner et je n'arrive pas à la faire passer. Je demande à Laura si je peux emprunter la salle de bains afin de prendre un cachet.

Lorsque je tourne la poignée de la porte située au fond du couloir, j'entends quelqu'un râler. *Oups !* Je réalise qu'il s'agit en fait de la chambre de William. Je referme aussitôt sa porte mais je décide de la rouvrir quelques secondes plus tard.

– William ?

– Quoi ? grogne-t-il.

– Je cherche la salle de bains.

– C'est la porte là-bas, réplique-t-il en pointant une porte en bois du bout de son doigt.

Je le remercie et je réalise que ses yeux sont plutôt rouges.

– Tu vas bien ? je lui demande timidement.

– Qu'est-ce que ça peut te faire ?

Contrariée par ses paroles, je refuse de lui répondre et je m'enfuis dans la salle de bains. Il a raison au fond. En quoi ça me regarde ? En quoi ça m'intéresse ? Pourtant, cela me triture l'esprit. Je repense à toutes les fois où William – que je le veuille ou non – a été présent pour moi et a su m'épauler. Même si je n'ai pas spécialement envie de retourner le voir, je lui dois un peu de soutien.

C'est comme ça que ça marche, ça fonctionne dans les deux sens.

Je toque à sa porte mais comme celui-ci refuse de répondre, je l'ouvre timidement et je me glisse à l'intérieur de sa chambre. William est allongé sur son lit et ne semble pas réagir face à mon apparition, son regard est plongé dans le vide.

Sa chambre est toute petite, elle est située sous les combles. Les murs sont revêtus d'une peinture grise écaillée qui aurait bien besoin d'un petit rafraîchissement.

Un grand lit en fer occupe la moitié de la place dans la pièce et quelques peluches y sont déposées dessus. L'ambiance est relativement froide, seule une petite lampe de chevet émet une source de lumière.

En me retournant, je tombe nez à nez avec une étagère sur laquelle traîne une pile de bonnets de toutes les couleurs. Il y a également une exposition de coupes et de médailles de handball, ce qui témoigne de toutes les réussites sportives de William.

La décoration est impersonnelle et je n'aperçois que trois petites photos de Laura et lui, il n'y a pas la moindre trace de Damien sur ces photos.

Des planches de skate sont entassées dans un coin à coté desquelles traîne une immense pile de linge sale. William devient d'ailleurs gêné lorsque je remarque le caleçon qui se tient fièrement au sommet de la pile de vêtements.

– Qu'est-ce qui t'arrive ? je le questionne.

Il refuse de me répondre. *Je devais m'y attendre.* Je pousse un faible soupir et j'attends que la tension se dissipe.

– C'est ma mère qui t'envoie, je suppose ?

– Pas cette fois-ci, je renchéris.

Il lance un rire moqueur, le genre de rire qui m'horripile, et j'en déduis qu'il ne me croit pas. Même dans une telle situation, il ne peut s'empêcher de rester le garçon hautain et dédaigneux qu'il est.

J'essaie de prendre sur moi et je lui pose calmement quelques questions mais ma patience a toutefois des limites. Lorsque je constate que celui-ci me répond d'une manière désagréable et désintéressée, je décide de lâcher l'affaire.

Je tourne les talons et je passe le pas de la porte, je n'ai pas autant de patience que lui.

– Attends… reste, s'il te plaît, me demande-t-il d'une voix fluette.

J'opère un demi-tour sur moi-même lorsque j'entends le supplice dans sa voix et je rentre à nouveau dans sa chambre, tout en refermant la porte derrière moi. Intimidée et ne sachant comment agir, je longe son étagère et fais glisser mon doigt le long de ses trophées. Il y en a tellement ! Mon doigt en résulte tout poussiéreux, William ne doit pas être un as du ménage.

Je me retourne vers lui, son assurance semble s'être atténuée et celui-ci semblerait presque vulnérable, recroquevillé dans ce petit lit en ferraille.

Je me pose sur le bord de son lit.

– Je ne sais pas quoi te dire, j'avoue, embarrassée.

Même si les couleurs se sont dissipées, son œil est encore violet et me semble extrêmement douloureux. J'aimerais passer mes doigts fins sur cette peau légèrement violacée, mais je m'abstiens.

– Pourquoi refuses-tu de me dire qu'Enzo t'a fait du mal ? je le questionne.

– Parce que c'est plus compliqué que ça. Crois-moi, je préfèrerais que cela provienne d'Enzo.

Il laisse flotter un certain doute dans l'air, sans me donner d'explications supplémentaires. Je décide de m'allonger à côté de lui, sans la moindre ambiguïté. William fixe son plafond et je finis enfin par comprendre ce qu'il fixe depuis tout à l'heure.

Il y a plusieurs petites étoiles fluorescentes collées au plafond.

– Des étoiles ? je fais remarquer, curieuse.

– Il semblerait bien que mon père aussi, soit astronaute.

Je souris malgré moi, comprenant aisément de quoi il veut parler. William fait référence au dîner à la maison qui s'est déroulé il y a plusieurs mois maintenant, lorsqu'il a fait une jolie gaffe en apprenant que ma mère était décédée.

Comme quoi, tout le monde peut être touché par les difficultés de la vie. Cela n'épargne personne.

– Tu avais quel âge ? je l'interroge timidement, soucieuse de ma curiosité.

– J'avais six ans.

J'observe les étoiles au plafond, il y en a exactement onze. J'ai la terrible envie de lui demander pourquoi il n'y a qu'onze petites étoiles accrochées au mur car je sais que William ne fait rien au hasard, mais avant d'ouvrir la bouche, je finis par comprendre : le père de William est décédé il y a onze ans maintenant, une étoile correspond à une année.

Je ne suis pas très à l'aise à l'idée de me retrouver allongée sur son lit et de pénétrer autant dans sa bulle et sa sphère personnelle. Je ne suis pas familière non plus avec le fait de le voir aussi sentimental. Nous restons comme ça une dizaine de minutes, au moins.

L'atmosphère est d'un calme absolu, c'est assez reposant. Même Ana, ne parle pas.

– Je sais qu'Enzo t'a fait du mal, lance-t-il en brisant le silence.

– Comment es-tu au courant ?

– Je ne peux pas t'en parler.

Je soupire, fatiguée du doute qu'il laisse sans arrêt planer dans nos discussions.

– Je ne suis pas de son côté, se justifie-t-il. Je sais que tu as cette fâcheuse habitude de penser que je suis comme lui et que tu es convaincue que j'essaie de te gâcher la vie. Mais ce ne sont pas mes intentions, je te le promets.

Je reste perplexe mais sa voix semble tellement sincère que j'ai envie de le croire, et je décide de lui faire confiance, même si j'ignore totalement les conséquences de cet acte.

– Je ne parle plus à Enzo, m'avoue-t-il.

– Je ne veux pas que tu te disputes avec ton meilleur ami pour moi.

– Ce n'est pas pour toi. Jamais je ne supprimerai quelqu'un de ma vie pour une fille, et encore moins pour toi, rigole-t-il. Mais je ne supporte pas la manière dont il se comporte, la façon dont il a agi avec toi en est un exemple. C'est répugnant et inhumain, je ne peux pas le tolérer.

Laura entre dans la chambre sans prendre la peine de toquer, ce qui met malheureusement fin à cette discussion.

– Tout va bien les enfants ? nous questionne-t-elle.

Je me redresse rapidement lorsque je me rappelle que je suis allongée sur le lit de son fils. Le sourire que Laura affiche sur son visage est significatif et j'en déduis qu'elle me remercie d'avoir réussi à apaiser son fils.

Elle nous demande si l'un d'entre nous désire profiter du plateau de fromage.

Lorsque nous refusons, elle s'en va.

– Je suis certain qu'elle écoute tout ce qu'on dit ! grogne-t-il. Suis-moi.

Il se met debout sur son lit et ouvre le velux du plafond, puis il l'escalade. William est désormais sur le toit et j'hésite avant de le suivre mais j'attrape finalement sa main et je finis par monter, moi aussi.

Je lui fais confiance, après tout.

39

Perchée à une vingtaine de mètres au-dessus du sol, je contemple la vue époustouflante sur la ville enneigée. Il fait extrêmement froid au sommet du toit, William me prête un de ses pulls que je n'hésite pas à enfiler. Ma robe à bretelles est bien trop fine pour supporter cette température.

Le temps est glacial mais le jeu en vaut la chandelle.

– C'est quoi ça ? je crie, terrifiée à l'idée de me retrouver sur le toit d'un immeuble.

– C'est mon endroit, un peu comme la place Émile-Goudeau pour toi. Je me réfugie souvent ici, la vue est merveilleuse, tu ne trouves pas ?

J'acquiesce, morte de peur mais toutefois émerveillée. Sous nos yeux, se dessine la fabuleuse ville de Paris le soir du Réveillon. Les lumières de la ville scintillent à l'unisson, la Tour Eiffel est étincelante. William et moi admirons la ville dans un silence profond. Je sens qu'il veut entamer la conversation mais qu'il n'en est pas capable.

Alors je décide de lui simplifier la tâche.

– Pourquoi te rends-tu chez le psychologue ? je murmure.

Je ressens sa douleur à travers sa puissante expiration et je comprends que je ne suis pas la seule à souffrir, tout compte fait. William se racle la gorge et concentre son regard sur la Dame de fer qui brille de mille feux.

Je tourne la tête dans sa direction et lorsque nos yeux se croisent, son regard s'adoucit

— J'ai toujours eu quelques différends avec mon beau-père, avoue-t-il.

— Damien ?

Il confirme.

Son timbre de voix est si faible qu'on peut ressentir tout le désespoir qu'il renferme au fond de lui. Croyez-moi, ce n'est pas beau à voir.

— Il t'a fait du mal ?

Mon voisin reste silencieux et ferme instinctivement les yeux. Dès lors, je comprends tout. Je réalise que William a raison.

Finalement, nous ne sommes pas si différents, lui et moi.

— C'est délicat d'en parler… et surtout avec toi, me fait-il remarquer.

— Je peux comprendre.

— Depuis le début, tu as toujours été la première à me balancer en plein visage que je menais une petite vie parfaite, que j'avais de la chance d'avoir deux parents aussi gentils et affectueux, que mon destin était déjà tracé jusqu'à la dernière ligne, que j'allais finir ma vie avec Samia dans une énorme maison familiale. Tu m'as jugé si rapidement, sans même savoir à quoi ma vie ressemblait vraiment.

Il n'a pas tort, pour le coup. Moi aussi, je me suis comportée comme une sacrée garce.

Je ne vaux pas mieux qu'eux tous, finalement.

— Quand j'étais plus jeune, Damien rentrait tard du travail, il sentait l'alcool et le tabac. Je l'entendais crier sur ma mère, constamment. S'ensuivaient des bruits de coups, des pleurs et des cris de douleur. Dès que j'allais voir ce qui se passait, il me ruait de coups et me forçait à retourner dans ma chambre.

Je porte ma main à ma bouche.

— Il me battait car j'essayais de venir en aide à ma mère. Maintenant que je grandis et que j'ai plus de force, il s'en prend aussi, des poings. Maman n'a jamais voulu le quitter. Tout au long de mon enfance, auprès de tout le monde, ces bleus et ces égratignures étaient dus à de simples chutes de vélo ou à des accidents de bricolage avec mon soi-disant beau-père. Je peux te garantir que maintenant que j'en ai l'âge, je compte venger ma mère.

— Pourquoi Laura ne l'a jamais dénoncé ?

— L'amour Jade… l'amour est plus fort que tout.

Je n'ai jamais été en mesure de comprendre comment les femmes — et les hommes — victimes de tels actes parvenaient à garder le silence. Mais après tout, qui suis-je pour juger ? On ne peut pas comprendre quelque chose tant qu'on ne le vit pas, et donc, on ne peut pas se permettre de juger un sujet qu'on ne connait pas.

William doit avoir raison. Je ne suis jamais tombée amoureuse, il est évident que je ne peux pas comprendre quels sont les sacrifices de l'amour.

— Tu as peut-être raison, j'affirme. Au fond, je ne connais rien à l'amour.

— Tu m'as toujours jugé comme une personne arrogante… mais si j'utilise cette image de moi, c'est parce que je refuse de montrer aux autres qui je suis réellement. Parce qu'en réalité, je suis un putain de faible, et il ne se passe pas une seule seconde sans que je pense à mon père. Il n'y a pas un seul moment sans que je me sente minable, minable de ne pas être parvenu à sauver ma mère de cet homme.

Je me bascule en arrière et je pose ma tête sur les tuiles froides. Je contemple le ciel scintillant plongé dans l'obscurité et je me concentre sur les étoiles qui brillent au-dessus de nos têtes. Le spectacle est magique et je repense alors aux onze étoiles accrochées au plafond de la chambre de William.

Finalement, on a tous notre lot de problèmes.

— On devrait peut-être rentrer ? suggère William en claquant des dents.

— En effet, je réponds, ne pouvant même plus bouger mes doigts.

Dehors, le froid devient insupportable et nous décidons de rentrer. Ce serait bête de passer la fin de l'année sous la couette avec quarante de fièvre.

— Tout va bien se passer, je murmure à l'oreille William lorsque je remarque la nervosité qui s'empare de ses membres à mesure que nous nous rapprochons de la salle à manger.

Je sais qu'il redoute les retrouvailles avec son beau-père. L'idée de revoir Damien faire comme si de rien était le met hors de lui, et moi avec.

Nous entrons timidement dans la pièce, soucieux à l'idée d'éveiller un quelconque soupçon auprès de nos parents. Malgré nos tentatives pour nous faufiler discrètement à notre place, notre entrée se fait immédiatement remarquer puisque toute la table se retourne dans notre direction. Papa affiche un sourire amusé tandis que Garance me fixe avec incompréhension.

Je reprends ma place et je remarque directement Damien dans mon champ de vision. *Ce gros lâche !* Je n'ose même plus le regarder dans les yeux maintenant que je sais quelle misérable personne il est réellement.

Je suis enfin parvenue à terminer le casse-tête que représente William. Que ce soit l'origine de son œil au beurre noir, la raison de ses consultations chez le psychologue ou encore son air condescendant et indifférent. Je comprends pourquoi Laura émet tant de difficultés à canaliser son fils.

William souffre de sa vie, tout comme moi, en fait. Nous sommes tous les deux aussi perdus. La différence est qu'une fois de plus, lui, il n'a a pas choisi de subir tous ces problèmes.

Moi, oui.

Je ne peux m'empêcher de regarder Laura avec beaucoup de compassion, désormais. Ce soir, elle est resplendissante dans sa chemise émeraude et elle ne cesse de sourire. J'aimerais savoir ce qui se passe dans sa tête. J'émet beaucoup de peine à rester là et faire comme si je n'étais au courant de rien, alors que je suis consciente des horreurs qui se déroulent au sein de ce foyer.

– Tu veux une part ? me propose-t-elle pour la troisième fois.

Je sors de ma réflexion et constate que les regards autour de la table sont rivés dans ma direction.

– Ça ira, je réponds.

William saisit l'assiette de mes mains et la tend à sa mère, sans me laisser la chance de réagir. Elle y place une bonne part de gâteau puis repose l'assiette devant moi. Je sais que ces gestes partent d'une bonne intention mais je ne peux m'empêcher de leur répondre par un regard noir.

Après le repas que je viens de manger, je ne peux pas me permettre d'ingurgiter des calories supplémentaires.

Avec une immense fierté, papa met en scène ses dernières découvertes et donne une leçon d'œnologie au six personnes qui l'écoutent avec beaucoup d'attention. De mon côté, je fixe cette part de beurre et de sucre avec répulsion, incapable d'y toucher.

Le sourire rassurant que William lance dans ma direction me donnerait presque envie de plonger ma cuillère dedans, mais je m'y résigne.

Ce ne sera pas pour ce soir.

– Vous avez des plans pour le Nouvel An ? nous questionne Faustine.

– Oui ! renchérit ma demi-sœur. Nous allons chez Hélène.

– Nous ? je réagis.

– Hélène organise une soirée dans sa maison et nous sommes tous les trois conviés. C'est la dernière soirée de l'année, tu es obligée de venir !

Mon père répond à ma place et souligne à quel point l'idée est *merveilleuse*. Je décide de les ignorer, déclencher une dispute maintenant n'est sans doute pas la meilleure idée.

Les festivités prennent fin aux alentours de minuit. Nous remercions une fois de plus les Van der Baart pour leur invitation et nous rentrons nous reposer.

Dans quelques heures, je pourrai enfin ouvrir les cadeaux qui nous narguent sous le sapin.

***

Le matin-même, j'ouvre les yeux à neuf heures pétantes, excitée à l'idée d'ouvrir mes cadeaux. Je me lève d'une traite sans même laisser le temps à mon corps de s'étirer, j'enfile une grosse polaire par-dessus mon pyjama rouge et je cours dans le salon.

Papa est assis dans le canapé et feuillette le journal tandis que Garance et ma belle-mère sont déjà derrière les fourneaux.

– Joyeux Noël ma chérie ! me souhaite mon père lorsque je lui saute dans les bras.

L'anorexie m'a retiré la joie de beaucoup de moments de vie, mais aujourd'hui, je ferai de mon mieux pour qu'elle ne me gâche pas ce 25 décembre. Il s'agit du premier 25 décembre *en famille* depuis que maman nous a quittés et je veux l'honorer comme il se doit.

Je pars saluer les filles dans la cuisine – tout en jetant un œil discret à leur préparation – et celles-ci m'enlacent chaleureusement. Elles préparent des pancakes. Une douce odeur de vanille et de sucre caramélisé embaume tout l'appartement, ce qui réveille mon estomac par la même occasion.

À table, ma demi-sœur empile les tranches de pancakes dans son assiette et fait généreusement couler du sirop d'érable par-dessus. Elle y rajoute ensuite des cubes de pommes caramélisées ainsi qu'une dose – trop – importante de cannelle en poudre. Ensuite, elle plante sa fourchette dedans avec amour.

J'essaie alors de l'imiter et je prends deux pancakes dans mon assiette. Lorsque mon bras se tend en direction du sirop d'érable, une désagréable sensation s'empare de mon corps, ce qui me fait immédiatement dévier le bras vers la cannelle en poudre.

À quoi t'attendais-tu, après tout ?

C'est vrai que je me suis sentie pousser des ailes, comme si j'étais capable de manger autant de sucre et de calories en un seul repas.

– Et si on allait ouvrir les cadeaux ? propose papa.

Sans plus attendre, ma demi-sœur court en direction du sapin. On pourrait presque se demander laquelle de nous deux est la plus âgée. De jolies boîtes dorées entourées de nœuds rouges sont disposées sous le sapin. Je décide d'ouvrir le premier cadeau sur lequel j'aperçois mon prénom, écrit en lettres dorées.

La boîte est remplie de vieux livres, certains proviennent même d'une édition très rare. En voyant la mine attentive de Faustine, je comprends qu'elle est elle-même à l'origine de cette surprise.

– J'ai épluché toutes les librairies et les vide-greniers de la ville à la recherche de pépites. J'espère que ces livres te plairont.

Sans s'en rendre compte, Faustine vient de m'offrir le plus merveilleux des cadeaux. Je jette un bref coup d'œil aux livres et recueils entassés dans l'immense carton et je suis déjà impatiente à l'idée de les commencer.

Ma demi-sœur me tend un autre paquet et je défais le nœud rouge avec soin, soucieuse à l'idée d'abîmer l'emballage soigné. À l'intérieur, je découvre une magnifique palette en bois ainsi qu'une trentaine de tubes de peinture.

– Je sais que tu t'es mise au dessin, m'explique-t-elle. Avec du matériel, j'imagine qu'il sera plus facile de laisser parler ta créativité.

Nous passons la matinée en famille à ouvrir les paquets cadeaux dissimulés sous le sapin et à se couvrir de bisous pour se remercier mutuellement de chaque petite attention.

Aujourd'hui, je me sens heureuse, et je réalise à quel point je suis chanceuse d'être tombée dans la famille de Faustine et Garance.

Alors que je tente de ranger mes nouveaux livres dans ma bibliothèque qui déborde déjà, la sonnerie de mon téléphone retentit. Le prénom d'Enzo s'affiche sur mon écran et je décline l'appel. Cependant, celui-ci m'appelle une seconde fois et je l'ignore à nouveau.

Finalement, il décide de m'envoyer un message.

Le message est cru et terrifiant, bourré d'insultes et de menaces. Sans parvenir à me contrôler, je balance mon téléphone contre le mur et j'hurle à travers mon oreiller.

Le choc de mon portable contre le mur n'est visiblement pas suffisamment violent puisque celui-ci continue à émettre des vibrations. Paniquée, je décide de quitter l'appartement à la recherche de réconfort.

Sans même réfléchir, je suis mon instinct et je me retrouve au septième étage, devant la porte des Van der Baart.

– Jade ? Que t'arrive-t-il ma puce ? s'inquiète Laura.

Laura m'ouvre la porte et fait un bond en arrière lorsqu'elle aperçoit la couleur rouge sang de mes yeux. Elle me dévisage ensuite de haut en bas et je remarque que je suis toujours en pyjama, les cheveux en bataille.

– William est là ? je la questionne.

– Il est dans sa chambre. Entre.

Je longe le couloir et je toque timidement à sa porte. Je reçois un désagréable ruminement en guise de réponse puis je m'immisce dans la petite pièce, d'un pas hésitant. Lorsque j'apparais dans l'encolure de sa porte, William se redresse et fronce les sourcils. Les larmes ruissellent encore le long de mes joues, et par conséquent, traduisent mon état actuel.

– Je ne sais pas pourquoi je suis venue, je lui avoue.

– Tu as un problème ?

– Ma vie est un carnage, William.

– Calme-toi, dit-il sereinement. Viens, assieds-toi.

Je m'assois timidement sur son petit lit en fer et je me noie dans mes sanglots. William tente de garder son calme mais je devine rapidement qu'être dans l'incompréhension lui déplait fortement. Je ne comprends toujours pas pourquoi je suis venue me réfugier ici, chez *lui*.

– Jade, est-ce qu'un jour tu vas te décider à me dire ce qui ne va pas ?

— C'est Enzo, je réponds, tout en essayant de canaliser mes pleurs.

— Il t'a fait du mal ?

— Oui, et je me sens totalement impuissante face à lui. Je n'arrive même pas à me défendre, il est constamment présent et me menace sans cesse. J'ai l'impression qu'il va obtenir ce qu'il cherche, je n'ai plus la force de mener ce combat contre lui.

William tente de comprendre tout ce qui s'est passé entre Enzo et moi mais je suis incapable de lui donner une réponse claire pour le moment.

— Je n'aurais jamais dû suivre ma demi-sœur… je me plains. Si j'en suis là aujourd'hui, c'est parce que j'ai accepté de l'accompagner à toutes ces fichues soirées. J'aurais dû rester fidèle à moi-même et rester dans mon coin. Je n'aurais jamais dû sortir, je n'aurais jamais dû parler à ses amies, à Enzo, à *toi*.

— Ne dis pas ça. Tu ne regrettes pas de m'avoir rencontré.

— Je ne suis pas du genre à me lier d'amitié avec les gens, William… Je ne sais même pas pourquoi je suis ici, ni pour quelle raison je me suis autant confiée à toi ces derniers mois.

Il plisse les yeux et sa bouche s'étire en un léger sourire.

— Rien n'arrive par hasard, affirme-t-il d'une voix confiante.

Je pense instinctivement à Blanche, parce que c'est le genre de paroles qu'elle avait. C'est amusant de voir à quel point William et elle peuvent être similaires, parfois. Cette fille me manque tant, il n'y a pas un jour qui passe sans que je pense à elle.

— J'aimerais tant que ma vie soit différente et revenir à l'époque où je n'étais qu'une jeune fille insouciante, encore entourée de ses deux parents et aimée de ses camarades. Avant, j'étais la petite fille toujours joyeuse, bien entourée, constamment souriante. Je n'hésitais jamais à finir les parts de gâteau au chocolat de mes amis. Qui aurait pu penser que, moi, j'en arriverai là ?

William prend une profonde inspiration mais reste silencieux. Je sais qu'il m'écoute avec attention mais qu'il se sent totalement impuissant.

– Tu t'es enfermée dans une bulle, Jade.

– Une bulle ?

– Tu as subi tellement de choses que tu as créé une bulle autour de toi, un peu comme une carapace. Mais pourtant, tu sais de quoi sont faites les bulles, n'est-ce pas ?

Il me prend pour une idiote ou je rêve ?

– D'eau et de savon, je réponds machinalement.

– Exactement, et cette bulle finira par éclater d'un instant à l'autre. Tu ne pourras pas rester enfermée dedans éternellement.

Je lève instantanément les yeux en direction de mon voisin, étonnée. Des sillons se creusent sur son front et mes dents grincent, puis tout à coup, je finis par comprendre. Tout se met en place dans ma tête, et je bouillonne de colère.

William vient de répéter les mêmes mots que Blanche et je devine qu'il a lu les lettres qui étaient pourtant cachées dans mon carnet.

Ce garçon est constamment chez moi et ma chambre est facilement accessible. Je l'ai déjà vu traîner de nombreuses fois dans les environs, donc je suppose qu'accéder à mes notes ne s'est pas avéré trop compliqué.

Il a osé fouiller et lire mes conversations privées. À présent, je comprends mieux comment il parvient à me cerner avec une telle facilité.

– Je n'aurais pas dû venir, je hurle.

Je bondis hors du lit puis je sors de sa chambre. Je traverse le couloir d'un pas décidé, sous les yeux interrogateurs de Laura. Je la remercie toutefois, tout en m'excusant pour cet esclandre, puis je sors de l'appartement en claquant la porte derrière moi.

Encore une fois, je me suis trompée sur le cas de quelqu'un. Et cela me tue de le reconnaître, mais le fait que ce soit William me brise encore plus le cœur.

40

– Arrête de bouger ou je risque de rater ton maquillage ! me menace ma demi-sœur.

Tout en tenant un feutre eye liner au-dessus de ma paupière, Garance tente de finaliser mon maquillage avant de commencer le sien. Elle applique ensuite des paillettes dorées sur mes pommettes ainsi qu'une épaisse couche de gloss transparent sur mes lèvres. C'est en découvrant la texture visqueuse du gloss que je comprends pourquoi je n'en porte jamais : c'est immonde !

– D'abord tu choisis ma coiffure, ensuite mon maquillage, puis pour finir, ma tenue. Donc, si j'ai bien compris, je n'ai pas le droit de décider à quoi je veux ressembler ce soir ? je lui fais remarquer.

– Tu es très perspicace, petite-sœur.

Il nous reste peu de temps avant de nous rendre chez Hélène. À contre cœur, j'attrape la robe à paillettes qu'elle me tend avec insistance, puis je me réfugie dans ma chambre afin de l'enfiler.

De base, je n'avais pas prévu de fêter le Nouvel An chez Hélène. Je n'avais pas prévu de le fêter tout court, en fait. Je ne vois pas l'intérêt de célébrer la nouvelle année, ce n'est pas comme si renouveler le calendrier nous faisait devenir une toute nouvelle personne du jour au lendemain.

C'est mon père qui m'a forcée à sortir.

Pourtant, j'ai tenté de négocier avec lui. Mais comme vous pouvez le constater, je ne suis pas très forte en négociation. Papa m'a fait comprendre que si je ne sortais pas pendant ma jeunesse, quand pourrais-je profiter de ma vie ? *Jamais*. C'est la réponse que je lui ai donnée.

Malheureusement, cela ne l'a pas convaincu.

– Non, Enzo ne sera pas là. Cela fait cinq fois que tu me poses la question… tu es sûre que tout va bien ? s'inquiète Garance.

Je ne peux m'empêcher de paniquer à l'idée de me retrouver dans la même pièce qu'Enzo. Je sais de quoi ce garçon est capable, et j'en suis terrifiée.

Tout ce que je peux faire maintenant, c'est espérer qu'il n'a pas été rajouté à la liste des invités entre-temps.

– Bonsoir Madame, qu'avez-vous fait de ma petite fille ? me demande mon père lorsqu'il croise mon chemin dans le couloir.

Vêtue d'une robe scintillante et de grosses bottines compensées, je reconnais que ce soir, je suis méconnaissable. Tout cet attirail ne me ressemble pas mais j'ai fait un long trajet ces derniers mois, et désormais, j'accepte de sortir de ma zone de confort.

Ce soir, pour le temps d'une soirée, je suis prête à incarner une Jade différente, une Jade bien dans sa peau.

Reste à savoir combien de temps cela va durer. J'imagine que, tant que je serai loin du buffet, tout ira pour le mieux.

On sonne à la porte et j'en déduis qu'il s'agit de William. Nous ne nous sommes pas reparlés depuis que j'ai découvert sa trahison, il y a maintenant une semaine. Je refuse de briser le silence qui pèse entre nous tant qu'il ne s'est pas décidé à me dire la vérité.

Je lui ai accordé toute ma confiance mais il a dépassé les limites en lisant mon journal intime.

Finalement, il ne vaut pas mieux qu'eux, lui non plus.

– Tu es belle, ce soir, s'échappe une voix dans mon dos.

Je ne réponds pas à William qui ne mérite pas mes remerciements, on n'embellit pas une vilaine âme avec un simple compliment. Nous montons ensuite dans un taxi qui nous dépose devant la porte d'entrée d'Hélène. Vêtue d'une minijupe rose bonbon, celle-ci nous ouvre la porte et nous prend dans ses bras.

— Je suis tellement heureuse de vous voir ! s'exclame-t-elle. Entrez, vous êtes presque les premiers.

Nous la suivons à l'intérieur, où la musique résonne à travers les enceintes. Le salon est déjà plein et Hélène ose nous dire que nous arrivons parmi les premiers. Je suis curieuse de savoir combien de personnes elle attend réellement.

— Jade ! s'écrie Zoé. Cette tenue te va à merveille !

— Merci ! je réponds, flattée.

— Tu as de la chance de recevoir un remerciement, *toi*, fait remarquer William à Zoé. J'en serais presque jaloux…

— Mais Zoé n'a pas lu mon journal, *elle*, je lui rappelle.

— Bon… nous interpelle Garance, allons boire quelque chose.

Elle nous sépare alors, laissant William dans la pièce principale et m'emportant avec elle dans la cuisine.

— Si vous vous disputez ce soir, j'en prends un pour cogner l'autre ! me menace-t-elle.

La cuisine est représentée par une pièce de taille démesurée aux murs anthracites et au mobilier ultra moderne. La table en verre est parsemée de bouteilles d'alcool et je dois épier les boissons avec détail afin d'en trouver une non alcoolisée. Je me sers un verre de soda sans sucre pendant que Garance choisit une bière.

— Je compte sur toi pour que la soirée se déroule bien, me demande-t-elle. Ce soir, c'est la dernière soirée de l'année. Nous sommes là pour passer du bon temps tous ensemble.

C'est plutôt à William qu'elle devrait faire la morale. Ce n'est pas *moi*, l'élément perturbateur. Vexée, je refuse de la suivre dans le salon et je reste adossée au plan de travail. Je sens alors une désagréable décharge serpenter lentement le long de ma colonne vertébrale. Je relève la tête et, sans m'y attendre, je croise le regard noir d'Enzo. Celui-ci s'approche de la table et se sert généreusement un verre de vodka.

— Je croyais que tu n'étais pas invité.

— Elle est sympa cette robe, me fait-il remarquer. Les mecs ont raison, tu es devenue pas mal depuis ton retour de l'hôpital. Comme quoi, devenir grassouillette n'est pas si mal, parfois.

Hop, ça, c'était gratuit. Enzo sait appuyer là où ça fait mal. La confiance en moi que j'ai acquise le temps d'une soirée vient inévitablement de s'envoler, légère comme une plume.

— Je me réjouis de te retirer ce morceau de tissu ce soir, quand tu auras bu deux petites bières.

Instantanément, je me relève et je me rue sur lui, en furie. Je tente de lui donner une gifle mais il se débat facilement, il est bien plus fort que moi. Enzo tient mes deux bras dans ses mains et me fixe avec mépris, il n'hésite pas à resserrer son emprise.

Il profite de sa force, et je le déteste pour ça.

— Ne fais pas des choses que tu pourrais regretter, conclut-il en relâchant mes mains.

Je m'éloigne de lui, les larmes aux yeux.

— Je rigolais, m'informe-t-il. Bien sûr que je ne te toucherai pas. J'ai retenu la leçon, et toi aussi, j'imagine.

Enzo s'en va, me laissant à nouveau seule dans la cuisine. Je suis à la fois morte de rage et terrifiée par cette altercation. Je n'arrive pas à sortir ses paroles de ma tête : j'ai grossi, et il me l'a bien fait remarquer. Je suis devenue grasse, il l'a reconnu lui-même.

Je décide de partir à la recherche de ma demi-sœur afin de lui demander plus d'informations sur la présence de ce type qui pourtant, ne devait pas être là.

Je tente de me faufiler à travers l'amas de personnes accumulées dans le salon. Lorsque je repère les sequins roses de la robe de Garance, je l'attrape par le bras. En remarquant les traits de mon visage, elle comprend instantanément que ça ne va pas.

— Enzo est là, je la préviens.

— Quoi ? Je suis navrée, je t'assure qu'il n'était pas invité.

Je tente de la rassurer pour ne pas éveiller trop de soupçons quant à mes antécédents avec ce garçon.

– Ce n'est pas si grave… je mens. Je vais l'ignorer.

Au fond de moi, je suis paniquée, mais je refuse de le laisser paraître. Je ne laisserai pas ce type gâcher ma soirée et je ne lui donnerai plus jamais l'opportunité de me gâcher la vie comme il a pu le faire auparavant.

L'ambiance augmente en intensité et je ne me sens pas capable de m'amuser pour le moment. Je m'éclipse donc et je tente de trouver le buffet afin d'avaler quelque chose de peu calorique. Je meurs de faim.

Quand j'arrive autour de la table, je repense aux mots d'Enzo. J'ai grossi, et ça se voit. Ai-je vraiment besoin de manger ce soir ? J'y réfléchis à deux fois et je quitte la table, sans rien avaler.

Cependant, un bras me saisit le poignet et me fait opérer un demi-tour.

– Prends-ça, m'ordonne William en me tendant un mini sandwich aux crudités.

Je déteste l'influence que ce type exerce sur moi. Il affiche un sourire ravageur sur son visage et je le déteste pour ça, parce que même si je suis extrêmement remontée contre lui, je ne peux pas résister à ce sourire.

Je croque alors dans le sandwich et je l'avale d'une seule traite.

– Tu as vu ? je l'interpelle. Enzo est présent.

– Je l'ai vu. Il n'était même pas invité, je ne sais pas comment il s'est débrouillé pour entrer. Il ne te fera aucun mal, je te le promets.

– Je te remercie, mais je n'ai pas besoin de toi pour me défendre.

Sans doute vexé, William s'éloigne de moi. Avant de disparaître, il pointe ses yeux avec son majeur et son index et pointe ensuite les miens en retour, de sorte à me dire « je suis là, et je te surveille ». Je ricane bêtement et je saisis un second sandwich que j'avale avec fierté.

***

Désormais, la fête bat son plein. Une multitude d'invités danse dans la salle principale et se déhanche sous le rythme effréné de la musique des années 2000. Des verres en plastique et des morceaux de chips jonchent le sol et je me fais la promesse de ne jamais organiser de fête dans ma propre maison, au risque de ne plus jamais la retrouver dans le même état le lendemain.

Je danse au milieu de la piste avec les filles et j'essaie de rester confiante. Pour une fois, je m'amuse. Ne pas entendre Ana me critiquer ne me fait pas de mal, au contraire, elle me félicite de dépenser quelques calories en sautillant de partout.

L'ambiance se calme le temps de la transition entre deux musiques et mon regard se focalise sur une partie de la maison, occupée par Enzo et William. Ils sont face à face et semblent être seuls, en pleine discussion. William m'a pourtant certifiée qu'ils ne sont plus amis, j'aimerais savoir pourquoi ils sont ensemble en ce moment-même.

Je sors de la piste de danse et je me cache contre le mur.

– Fous la paix à Jade, lui ordonne William. Je pense que tu as fait suffisamment de merde, lâche-là maintenant.

Enzo ricane au nez de William d'un air condescendant puis il s'approche de lui, tout en essayant de l'intimider. Les deux garçons sont désormais très proche et je suis convaincue qu'à cet instant, Enzo peut sentir l'odeur du chewing-gum à la fraise de William.

– Parce que tu crois que tu me fais peur ? se moque Enzo.

Le ton monte et Enzo lève la main sur William qui réagit en le poussant en arrière. Enzo recule violemment d'un bon mètre et se prépare à se venger, sans scrupule.

– C'est ta copine ? ricane Enzo. Tu sors avec cette meuf, c'est ça ? Je comprends mieux pourquoi tu m'as tant demandé de m'éloigner d'elle.

– Non, répond-t-il faiblement.

Il prend une inspiration avant d'enchaîner.

– Jade et moi, sérieusement ? Je ne suis pas tombé aussi bas.

Ils rigolent ensemble et je peine à comprendre ce qui les fait tant rire, si ce n'est se moquer ouvertement de moi. Sans parvenir à me contenir, je laisse échapper un cri de stupeur face aux mots de William. Ils se retournent alors vers moi et William lance un regard noir à Enzo.

Le temps que mon voisin se retourne pour venir me voir, je me suis déjà enfuie. Humiliée, je cours à travers les pièces de la maison en cherchant un endroit où me réfugier. Je ne saurai dire pourquoi, mais les mots de William me touchent réellement. Pensait-il vraiment ce qu'il disait ?

Oui Jade, bien sûr qu'il le pensait. Ne sois pas si naïve.

Mes jambes me paraissent si lourdes, si je fais un pas de plus, je m'effondre au sol.

J'atteins finalement une baie-vitrée et je m'immisce à travers. Je rejoins le patio, illuminé par une grande guirlande lumineuse, puis je m'assois sur le bord de la terrasse. Je ressens un sentiment de rage si intense au fond de moi qu'il vient réchauffer ma température corporelle, contrastant avec la fraîcheur d'une soirée enneigée.

Il est vingt-trois heures quarante et la fin d'année n'a jamais été aussi proche. Je m'apprête à la fêter seule, le cul assis dans la neige, tout en pleurant comme une minable fille.

La porte vitrée coulisse derrière moi et j'entends des bruits de pas crisser sur la neige encore fraîche. Je saisis mon paquet de cigarette, sans me retourner.

Un crétin s'assoit à côté de moi, il enfile son bonnet bleu.

Je tente d'effacer mes larmes d'un revers de manche, il ne mérite pas de voir ma peine. William et moi ne nous adressons pas le moindre mot, nous nous contentons de regarder la neige tomber du ciel, comme deux idiots. Je sors une cigarette de mon paquet, je saisis mon briquet et j'allume la flamme.

Les dents de William claquent à cause de la faible température extérieure mais cela ne l'empêche pas de rester à mes côtés.

Celui-ci tente de rompre le silence en me tendant une papillote au chocolat au lait. Il pointe le petit emballage doré sous mes yeux et attend que je le saisisse. Je le fixe alors d'un air incrédule, puis il me sourit timidement.

Je décide de prendre la friandise de ses mains, tout en frôlant involontairement sa main. Ses yeux se relèvent alors vers mon visage et mes joues rougissent. J'inspecte avec envie le morceau de chocolat aux pralines et je décide de le sortir de son emballage.

Je l'enfouis dans ma bouche.

— Si tu penses utiliser ce minable morceau de chocolat industriel comme tentative d'excuses, sache que tu n'es pas pardonné, je lui fais comprendre.

Nous restons dans le calme, plongés dans l'obscurité. Derrière nous, les invités font le décompte. *3, 2, 1, bonne année !* Les gens crient dans tous les sens, se souhaitant la bonne année à de multiples reprises.

Espérons que cette année se déroule mieux que l'année précédente, mais pour le moment, ce n'est pas gagné. Je débute l'année les fesses trempées et gelée à cause de la terrasse enneigée, aux côtés d'un traître hautain et détestable qui parvient toutefois à me faire sentir plus vivante que jamais. N'oublions pas la présence d'Ana qui m'insulte violemment depuis que le morceau de chocolat a traversé ma trachée.

Si quelqu'un a déjà commencé son année d'une manière aussi sordide, qu'on me le fasse savoir.

— J'imagine que c'est le moment de te souhaiter la bonne année, déclare William.

— Ce n'est pas nécessaire de nous souhaiter la bonne année alors que nous savons pertinemment que celle-ci sera mauvaise, je renchéris.

La chair de poule qui couvre mes jambes nues témoigne de la faible température extérieure mais je ne me sens pas encore prête à rentrer. J'ai besoin d'allumer une seconde clope.

Je n'arrive pas à sortir les paroles de William de ma tête.

— Je n'aurais pas dû dire ça à Enzo, reconnaît-il.

— *Je ne suis pas tombé aussi bas.*

— Je ne le pensais même pas…

Je laisse échapper un rire sarcastique.

— Je te le promets, ajoute-t-il.

— Alors pourquoi as-tu laissé sortir ces mots de ta propre bouche ?

— Je… je ne sais pas, et je n'en suis pas fier. Je ne sais pas ce qui m'est passé par la tête.

Encore et toujours des mensonges, William me fait définitivement perdre mon temps, et ma patience. Je m'apprête à me relever afin de rentrer mais celui-ci attrape ma main et me demande de rester à ses côtés. Ses yeux implorants me poussent à rester par terre quelques minutes de plus.

— Je t'apprécie réellement, Jade.

Une vague d'embarras parcourt mon corps.

— Parfois, j'ai l'impression que tu illumines tout ce qui t'entoures. Tu me donnes de la force et de l'espoir, ajoute-t-il.

Je rigole nerveusement.

— On se déteste mutuellement, William.

— Je ne suis pas de ton avis, je trouve qu'on se complète, toi et moi. Quand nous sommes ensemble, nous sommes invincibles.

Lui aussi, ressent-il la même chose que moi lorsque nous sommes ensemble ? Ou essaie-t-il de me berner après avoir lu tous mes secrets dans mon carnet ?

— Je sais que tu as lu mon carnet, je sais que tu connais le fond de mes pensées, je lui fais remarquer.

— Combien de fois faudra-t-il que je te dise que je n'ai pas touché à ce fichu carnet ? Ce n'est pas parce que tu as une faible estime de toi que tu ne peux pas compter aux yeux de quelqu'un.

Les yeux gris de William sont plongés dans le vide, les couleurs de son visage ont perdu en intensité. Ce garçon est comme moi, il est perdu, il est totalement perdu.

– Tu te souviens de ce que tu m'as dit, à la fête de Vanessa ?

Comment veut-il que je m'en souvienne ? Cela fait plus de deux mois, voire trois. Je hoche la tête pour lui faire comprendre que, non, je n'en ai aucun souvenir.

– *Tu ne fais rien de bien William. Tu n'es qu'un faible, un lâche et tu ne mérites pas ta place dans notre vie. Ton aide est la dernière chose dont j'ai besoin*, répète-t-il.

Quelque chose semble se briser en lui lorsqu'il récite ces deux phrases, ces terribles phrases. Elles viennent tout droit de ma bouche, pourtant. Comment ai-je pu être aussi minable, si méchante ? Comment ai-je pu sortir de telles choses ? J'ai beau haïr Enzo, Manon et leur bande, je ne vaux pas mieux qu'eux, finalement.

Avant même de pouvoir m'excuser, Garance arrive devant nous, complètement éméchée.

– Bon sang, je vous cherche depuis une heure ! hurle-t-elle. Vous avez loupé le décompte, vous êtes archi nuls ! BONNE ANNÉE !

Elle nous saute dessus lorsqu'elle réalise pour la troisième fois que nous avons changé d'année, puis elle nous couvre de bisous. Garance sent l'alcool à plein fouet. Elle nous tire ensuite par le bras et tente de nous relever.

En effet, il est peut-être temps de rentrer.

J'en déduis que William et moi avons suffisamment parlé, même si je suis convaincue qu'il ne m'a pas encore dit le fond de sa pensée.

À l'intérieur, les copines de Garance me prennent dans leurs bras et me souhaitent à leur tour la bonne année. Nous dansons ensuite jusqu'à la levée du jour, en accueillant la nouvelle année comme il se doit.

41

Maintenant que les festivités et que les fêtes de fin d'année ont pris fin, la vie reprend son cours. Aujourd'hui, j'effectue ma première pesée de l'année, sous les yeux observateurs de mon médecin traitant.

Généralement, je n'ose pas ouvrir les yeux lorsque je monte sur une balance. Je suis trop terrifiée à l'idée de voir le chiffre s'afficher sous mes pieds donc je préfère qu'on me le dise à voix haute, sans le voir de mes propres yeux.

Parce qu'au final, si je ne le vois pas, qui me dit que les mots de mon médecin sont vrais ?

Mais aujourd'hui, sans même savoir pourquoi, je rive immédiatement mes yeux sur la balance. Quarante-cinq kilos et quatre-cent-cinquante grammes, c'est le poids qui s'affiche sous mes pieds.

– C'est remarquable ! m'annonce le médecin.

Fière d'avoir été capable d'ouvrir les yeux, je ne peux m'empêcher de sourire. Au fond de moi, je sais que cet effort ridicule est en réalité un pas de plus vers la guérison.

– Tu peux être fière de toi.

Et je le suis.

Malgré les difficultés éprouvées et la désagréable voix d'Ana qui résonne en moi, je suis fière de moi et de ce résultat. Mon poids n'est pas si différent de celui que j'ai atteint en sortant de l'hôpital le mois dernier, mais comme une perte de poids posthospitalisation est inévitable, ce résultat constitue une réelle avancée.

Aujourd'hui, alors que je viens d'atteindre le poids le plus élevé depuis que je suis tombée malade, la voix d'Ana qui parvient à mes oreilles me semble plus faible, moins véhémente et lancinante. Le changement n'est pas significatif mais il est suffisant pour que je puisse m'en rendre compte : je suis en train de combattre Ana, une bonne fois pour toute.

Ce labyrinthe a une sortie et je suis en train de la trouver.

Je décide de longer le parc situé sur le chemin qui me mène à l'appartement. Paris est triste en janvier, mais j'apprécie cette ambiance.

La grisaille est présente, comme d'habitude, mais les fines particules blanches qui tapissent le sol parviennent à nous faire oublier ce ciel maussade. Les enfants continuent d'animer le parc, tout en formant des anges dans la neige à l'aide de leurs bras et de leurs jambes.

Je repense au poids que j'ai atteint aujourd'hui : quarante-cinq kilos et quatre-cent-cinquante grammes, et ceci, sans même avoir avalé un litre d'eau avant de partir chez le médecin. Cela fait des années que je n'ai pas atteint un poids aussi élevé et je crois que je dois une partie de cette victoire à William.

Sans son aide et son soutien, je ne sais pas si j'en serais là aujourd'hui.

Je fais un détour par la place Émile-Goudeau afin de m'allumer une cigarette. Je m'assois sur mon banc préféré, un banc usé mais confortable, puis j'allume la flamme de mon briquet. Le feu crépite puis atteint l'extrémité de ma cigarette.

J'inspire énergiquement cette substance nocive.

La place Émile-Goudeau est magnifique en hiver, tout autant qu'elle l'est en automne, et il me tarde de la découvrir sous les fleurs printanières. Les terrasses sont désertes à cause des faibles températures extérieures mais je peux observer des familles et des touristes se régaler de boissons chaudes à travers la baie vitrée des cafés.

La lumière qui pénètre sur la place est diffuse et froide mais elle n'enlève pas son charme pour autant. Je prends une nouvelle bouffée et me perds dans mes pensées, dans un moment de calme absolu.

Lorsqu'une fine brise vient caresser mon visage, je décide de rentrer à l'appartement. Je resserre mon écharpe autour de moi puis je me lève du banc. Je jette un dernier regard à cette place, à mon petit coin de paradis, et je me promets d'y retourner demain.

Une fois au sixième étage, je prends soin de retirer mes bottes fourrées dans l'entrée puis je saute dans le canapé et je m'enfonce dans les coussins moelleux. Le feu crépite dans la cheminée et j'observe les flammes vacillantes, tout en inhalant l'odeur du bois brûlé. *C'est donc ça, être heureuse ?*

– William risque d'arriver, me prévient Faustine lorsqu'elle traverse le salon. Il veut nous amener le goûter.

William et moi ne nous sommes pas revus depuis une semaine maintenant. Depuis la soirée du 31, plus précisément. Nous n'avons jamais eu l'opportunité de reprendre notre conversation là où elle s'était arrêtée.

Étonnement, il n'a pas essayé de me joindre ni de me voir pour que l'on puisse terminer cette discussion une bonne fois pour toutes. Peut-être que ce n'était pas si important que ça, tout compte fait.

J'observe les bûches se consumer et les flammes danser quand j'entends une voix résonner à travers le couloir, je reconnais le timbre de voix de William. Celui-ci tend un cake aux fruits confits à ma belle-mère puis il me salue timidement.

– Mademoiselle, lance-t-il.

William saute dans le canapé qui s'affaisse juste à côté de moi et se sert une généreuse tasse de thé dans laquelle il verse la moitié du sucrier.

— Tu m'écrases, là, je lui fais remarquer.

— Je sais, répond-t-il. On ne s'est pas vus depuis un moment, laisse-moi te rappeler ce que tu as pu manquer.

— Ce que j'ai pu manquer ? Tu rigoles j'espère ! C'était le bonheur, de vraies vacances !

— Tu viens de cligner des yeux deux fois d'affilée, Jade. Je sais que tu es en train de mentir.

William me taquine et je tente de me défendre en lui donnant de légers coups de pieds.

— Au fait, nous interrompt papa en entrant dans le salon. Comment s'est passé ton bilan, ce matin ?

Je repose mes jambes sur le sol pendant que William se redresse.

— Laissez-moi vous annoncer que devant vous, se tient une jeune fille qui vient d'atteindre le poids le plus élevé depuis le début de sa maladie, je leur annonce.

Mon père me prend dans ses bras, les larmes aux yeux, et me répète à quel point il est fier de moi. Je suppose qu'il ne sait pas encore que ce résultat n'est qu'un petit pas dans le long chemin de la guérison, mais je préfère rester sur une note positive.

Pour une fois, je rends mon père heureux. Je ne veux pas le décevoir.

William me félicite lui aussi, ce qui me fait esquisser un sourire.

— Je savais que tu en étais capable, me fait-il remarquer.

Nous sirotons notre thé sous la chaleur ardente du feu de cheminée, puis Faustine, tout en fredonnant une chanson lancinante, nous apporte deux généreuses parts de cake au fruit.

Malgré mes efforts, Ana est toujours présente à mes côtés et elle m'interdit formellement de toucher à cette part de gâteau. J'ai peur de me transformer en baleine si je continue à prendre autant de poids d'un coup.

William me fixe d'un air insistant et me fait comprendre à quel point sa mère a passé du temps derrière les fourneaux. Pour cuisiner ce cake, elle a utilisé son tout nouveau robot ménager, et donc, je dois impérativement le goûter.

Je découpe alors un petit morceau que je trempe dans mon thé vert puis je l'enfouis dans ma bouche. Mon compteur de calories se met bien évidemment en marche mais je ne suis pas en mesure de calculer avec exactitude le nombre de calories que cette part représente, ce qui rend Ana folle de rage.

Même si mon envie de m'en sortir est importante, je ne suis pas en mesure de vaincre Ana dans chacune de nos batailles.

Cette fois-ci, je la laisse gagner.

– Film ? je propose.

– Film ! acquiesce William.

J'allume la télévision et je zappe les chaînes afin de trouver un programme intéressant. Notre – ou plutôt devrais-je dire *mon* – choix se porte sur une comédie romantique de Noël. La période est passée, certes, mais c'est toujours mieux qu'un documentaire sur les ragondins ou qu'un vieux film policier qui touche à sa fin.

Le film avance et je suis désormais adossée contre mon voisin, nous rigolons en chœur devant la stupidité du film. Je devrais peut-être m'éloigner de lui, mais ressentir la chaleur son corps au contact du mien m'apaise et je ne veux pas m'en détacher.

Dans la vie, il y a plusieurs manières de savoir que l'on se sent bien. Parfois, on le ressent à travers un sentiment de joie intense qui nous fait sourire sans même pouvoir nous contrôler. Parfois, cela se manifeste par une motivation surdimensionnée qui nous pousse à atteindre nos objectifs.

Mais parfois, se sentir bien peut se traduire par une absence de pensées négatives. Ne penser à rien, ne pas avoir le cerveau encombré par une multitude de réflexions, se sentir léger, tout simplement. C'est exactement l'état d'esprit dans lequel je me trouve en ce moment-même.

Je me sens bien, aux côtés de William.

Finalement, ce type n'est pas aussi méchant que je l'imaginais. Au fond de moi, je crois que je le sais depuis le départ, mais ériger des barrières volontairement est parfois la solution la plus simple pour se protéger soi-même.

William est mon ami, et cette fois-ci, je crois que je peux le dire sans le mettre entre guillemets.

Lorsque le téléfilm prend fin, il est presque dix-neuf heures. J'ai somnolé pendant les trente minutes restantes et je tente désormais d'émerger.

William se lève et part voir mon père qui se trouve derrière les fourneaux. Papa et lui s'entendent relativement bien, ce qui est plutôt agréable. Sauf que la plupart du temps, j'ai l'impression d'avoir deux gosses à la maison tant ils sont insupportables ensemble.

Dans la cuisine, papa prépare une sauce aux champignons et à la crème afin d'accompagner les pâtes au tofu. Malgré moi, je scrute le moindre de ses gestes et je ne peux m'empêcher d'effectuer un commentaire à chaque ingrédient qu'il rajoute dans la casserole remplie de crème.

– Je dois faire un tour aux toilettes, je les avertis.

En réalité, je pars m'enfermer dans ma chambre.

Ne te réduis pas à de minables calories, Jade, tu représentes bien plus que de simples nombres, un peu de crème ne te tuera pas.

Je prends place devant mon miroir et j'observe mon reflet, tout en essayant de contenir ma respiration. William entre dans la petite pièce quelques minutes plus tard, il referme la porte derrière lui.

Il lit sur moi comme dans un livre ouvert.

– Je le savais, affirme-t-il, je te connais. Qu'est-ce qu'il y a ?

– Pourquoi tout est si compliqué ? Parfois, j'ai l'impression de m'en sortir et de voir le bout du tunnel, puis quelques secondes après, une violente claque me ramène à la réalité.

– Détends-toi. Tu as déjà fait beaucoup d'efforts jusqu'à présent, tu ne peux pas le nier. Je suis là.

William se rapproche doucement de moi et pose sa main sur la mienne en guise de soutien. Désormais, son visage est si près du mien que j'ose me demander quelle tournure pourrait prendre la situation.

Je sens l'odeur de son chewing-gum à la fraise et son souffle chaud se reflète contre mon visage. Je ferme doucement les yeux, puis je prends une inspiration.

Quelqu'un finit par toquer à la porte de ma chambre.

– Tu viens manger ? me demande Faustine.

Je réouvre les yeux puis nous nous éloignons, complètement gênés.

– Bonne soirée Jade, me lance William lorsqu'il passe le pas de ma porte.

Il s'éclipse alors et rentre chez lui, me plongeant dans un flou total.

À table, mon père me sert une grosse louche de pâtes. Même si je devrais me préoccuper de la crème qui baigne dans mon assiette, je ne parviens pas à chasser William de mon esprit. Je repense à ses yeux gris ainsi qu'à la puissance de son regard.

Qu'est-ce qui se serait passé, si Faustine n'était pas entrée dans ma chambre ?

Cette question ne devrait pas m'importer, mais pourtant, je suis incapable de la faire sortir de ma tête.

42

Ce matin, ma demi-sœur entre dans ma chambre et saute sur mon lit, surexcitée. Elle me secoue dans tous les sens et m'ordonne de me réveiller.
– Quelle heure est-il ? je rumine.
– Sept heures trente.
– Du soir ?
– Du matin ! me corrige-t-elle. Réveille-toi !
Je m'étire dans toute la longueur puis j'enfouis à nouveau mon visage dans mon oreiller, sans comprendre pourquoi ma demi-sœur me réveille à une heure aussi matinale.
– Laisse-moi dormir, je l'implore.
– Très bien, répond-t-elle, alors rendors-toi ! Tant pis pour ta surprise, après tout.
– Une surprise ? je répète.
Garance ne me répond pas et sort de ma chambre, ce qui m'oblige à me lever du lit et à la suivre dans le couloir. Lorsque je pénètre dans la salle principale, mon regard se focalise sur une valise.
– Une valise ?
– C'est la tienne, m'annonce mon père.
– Vous me virez de la maison ? je demande, les yeux encore cotonneux.
Je m'approche de la valise et je constate que ce sont bien mes vêtements qui sont fourrés à l'intérieur. Mes yeux baignent dans

l'incompréhension et je suis incapable de deviner ce qui se passe dans la tête des trois individus qui se tiennent en face de moi.

Avec eux, on ne sait jamais à quoi s'attendre.

— Quelqu'un va finir par me dire ce qui se passe ? je m'impatiente.

— Le but d'une surprise, c'est de ne pas la dévoiler avant, rétorque mon père.

Je déduis rapidement qu'aucune négociation n'est envisageable. J'espère que leur petit stratagème en vaut la peine, parce que se lever aussi tôt pendant les vacances devrait être puni par la loi.

Il ne me reste plus qu'une semaine de vacances avant de reprendre les cours et de retrouver mes bourreaux, donc j'espère l'honorer comme il se doit.

Je fixe alors la valise débordante, un peu paniquée à l'idée de ne pas savoir ce que ma famille me prépare. Si je comprends bien, ils ont tout organisé eux-mêmes et je ne suis pas en mesure de contrôler quoi que ce soit. Malheureusement, je ne porte pas dans mon cœur ce qui demeure hors de mon contrôle.

L'imprévu, ce n'est pas mon truc.

— Va te préparer ! m'ordonne Faustine.

J'enfile rapidement un sweat ainsi qu'un jean, puis je masque mes taches de rousseur. Quand je suis prête, je suis les pas de ma famille en direction de la station de métro. Le trajet me semble interminable, il est constitué de changements entre métros et RER et est bondé de parisiens qui partent au travail.

— Nous descendons ici, m'informe mon père.

Je sors du wagon, tout en faisant attention à ne pas trébucher sur la marche de la plateforme, puis je lève mes yeux en direction du gros panneau accroché au mur sur lequel est inscrit en grosses lettres : **Aéroport Charles de Gaulle T2**.

— Si je vis un rêve, pincez-moi tout de suite ou taisez-vous à jamais ! je préviens ma famille.

Garance pose son index et son pouce sur mon poignet puis pince ma peau à l'aide de ses ongles manucurés.

– Aïe ! je hurle.

– C'est toi qui me l'as demandé ! se défend-t-elle. Regarde, tu n'es pas dans un rêve !

Si mes déductions sont bonnes, ma famille m'emmène en voyage. Moi, Jade Martin, je vais prendre l'avion pour la première fois de ma vie. J'ai des étoiles plein les yeux et je n'ai qu'une seule hâte : découvrir où ma famille et moi allons passer nos prochains jours.

Je suis surexcitée à l'idée de m'envoler dans les airs, d'atteindre les nuages et d'observer Paris se dessiner à des milliers de mètres au-dessus du sol. Je n'ose pas cligner des yeux, de peur de me réveiller.

Mais non, tu ne rêves pas Jade. Tu vas réaliser l'un de tes rêves, celui de découvrir le monde.

Lorsque nous entrons dans l'aéroport, je me sens complètement perdue et je constate que papa aussi, ne comprend pas grand-chose. Nous nous immisçons dans un amas de personnes et de valises. Des femmes vêtues de tailleurs bleus et jaunes déambulent de partout.

Mes yeux sont attirés par un gigantesque panneau d'affichage sur lequel s'affiche un nombre incalculable de vols. Je me surprends à rêvasser en lisant le nom des destinations inscrites au-dessus de ma tête.

– Où partons-nous ?

– Ne compte pas sur moi pour te le dire ! m'informe papa.

– Ne me regarde pas avec ces yeux implorants, me dispute Faustine. Je ne te dirai rien, moi non plus.

J'ai l'impression d'être l'héroïne d'un film, entourée par des individus venant de tous les horizons dont chacun s'exprime dans une langue différente. Les haut-parleurs diffusent un message qui lance un dernier appel à l'intention d'une certaine Isabelle Bauer, qui risque de louper son vol vers Hambourg si elle ne se rend pas à la porte A22 à temps.

Ma famille et moi traversons l'aéroport puis nous atteignons le portique de sécurité. C'est d'ailleurs à cet instant que je réalise qu'aucun d'entre eux ne possède de valise. Comment ai-je pu louper ce détail ? Je les fixe avec incompréhension.

– Ne me dites pas que ? je les questionne.

Ils me prennent dans leurs bras, chacun son tour.

– Sois prudente ma chérie, me supplie mon père.

Faustine me tend un billet imprimé ainsi que mon passeport et j'en déduis que moi seule, serai de la partie.

– Ne t'avise pas de regarder le nom de la destination sur ton billet, me menace mon père. Joue le jeu jusqu'au bout !

Je suis à la fois excitée et terrifiée à l'idée de quitter Paris toute seule.

– Et vous comptez me lâcher sans aucune explication ? je les questionne.

– Si j'étais toi, je ne tarderais pas à passer la sécurité, me conseille Garance.

– Profite de ton séjour et vis ton aventure à fond, lance Faustine. Fais attention à toi.

Je les embrasse à nouveau puis je traverse les portiques de sécurité sous le regard enjoué de ma famille. Je les salue une dernière fois en secouant la main de gauche à droite puis je disparais dans la foule.

Une fois la sécurité passée, je déambule à travers l'aéroport afin de trouver la porte C05. Mes écouteurs sont toujours branchés dans mes oreilles et je me force à ne pas tourner la tête en direction du tableau qui affiche les vols. Moi qui suis sans arrêt obligée de planifier chaque seconde de ma propre vie, ne pas savoir où je me rends est un réel supplice.

J'atteins finalement la porte C05 et je m'assois sagement sur une rangée de sièges en plastique. J'imagine que je dois attendre l'embarquement. À vrai dire, je ne suis pas très familière avec tout ce processus, et plusieurs questions se bousculent dans ma tête. Je ne sais même pas quand je vais devoir me lever pour faire la queue, ni comment je suis supposée choisir ma place dans l'avion.

Une file de plusieurs mètres commence à se former le long du comptoir et je décide de l'allonger en me plaçant derrière les voyageurs. Je suppose que nous nous apprêtons à embarquer.

Je n'arrive toujours pas à croire ni à comprendre comment papa a eu le cran de me laisser partir seule. Il y a cinq mois à peine, il aurait fait un infarctus à la simple pensée de me laisser sortir dans les rues de Paris après vingt-et-une heures.

La queue se vide petit à petit et nous entrons dans l'avion. En inspectant mon billet, je remarque que ma place est notée dessus, en haut à droite : 19F. Lorsque j'atteins ma rangée, située au milieu de l'avion, je saute de joie en constatant que ma place est collée au hublot.

Je m'assois sur le siège, trépignant d'impatience, puis je ferme les yeux en attendant le décollage. Je ne sais pas en quoi consiste le protocole de décollage d'un avion. Autour de moi, les gens s'agitent dans tous les sens, tentant de trouver leur place et de ranger leurs valises dans les compartiments au-dessus de nos têtes.

Vingt bonnes minutes plus tard, l'avion entame son chemin sur la piste tandis que des hôtesses nous font une présentation dans les couloirs de l'appareil. Elles nous indiquent les consignes de sécurité et le comportement à adopter en cas d'atterrissage forcé ou d'amerrissage. *Comme si j'allais penser à effectuer tous ces gestes en m'écrasant au sol...*

L'avion accélère ensuite sur le goudron et le son de mes écouteurs n'est pas assez élevé pour masquer le puissant bruit des réacteurs. J'en viens même à me demander si ce bruit est normal.

Lorsque l'avion quitte le sol, je me cramponne inévitablement à l'accoudoir à côté de moi sur laquelle la main de mon voisin, ou de ma voisine, est posée. Tétanisée, je ferme les yeux.

L'avion finit enfin par se stabiliser et les bruits se dissipent, je devine que le décollage est terminé. Je jette mes yeux à travers le hublot et j'aperçois le ciel bleu. Nous traversons les nuages avec tant de facilité. Être dans un avion est magique, je me sens si légère et si puissante, la ville me paraît tout à coup minuscule, sans importance.

Ici, en dominant le monde, j'ai l'impression que mes soucis du quotidien n'ont plus la moindre signification. Je me sens légère, apaisée.

– Je suis désolée d'avoir écrasé votre main, je m'excuse auprès de la personne assise à côté de moi. C'est la première fois que je prends l'avion et…

Je relève le visage vers l'individu qui partage ma rangée de sièges et j'ai soudain l'impression d'être prise d'une hallucination. Je cligne des yeux trois fois mais je réalise que tout est bien réel. Je connais la personne placée à côté de moi. Non, je ne rêve pas, c'est bien *lui*.

Alors, en une fraction de secondes à peine, je devine vers où nous nous envolons.

– Je comprends mieux pourquoi papa me laisse partir *seule*, je lance alors.

Désormais, je suis morte d'impatience et je suis convaincue que ce séjour promet d'être l'une des plus belles aventures de mon existence, et ceci pour le restant de ma vie.

Fidèle à lui-même, William se moque ouvertement de moi et de ma réaction quelque peu exagérée lors du décollage de l'appareil.

– C'est la première fois que je monte là-dedans ! je tente de me défendre.

– Compte sur moi pour tout raconter à ton père ! rigole-t-il.

Nous rigolons en chœur, impatients à l'idée d'arriver à destination. Je suis persuadée que nous voyageons en direction de Londres, je me souviens avoir dit à William que visiter cette ville était l'un de mes plus grands rêves.

Simplement, je n'aurais jamais pensé qu'il s'en souviendrait.

Les lumières de l'avion commencent tout à coup à clignoter et l'appareil émet des bips sonores de manière continue.

– Ne me broie pas la main, par pitié, m'implore William. Nous n'allons pas nous crasher, l'équipage prépare l'atterrissage.

Mes yeux restent fixés sur le hublot et je suis émerveillée par le plan de la ville qui se dessine petit à petit dans notre champ de vision. L'avion perd de la hauteur et traverse les nuages à une vitesse de plus de mille kilomètres à l'heure.

Je remarque la Tamise sillonner la ville et passer le longs des buildings de la City. Les habitations sont représentées par des petits cubes et semblent minuscules.

L'atterrissage est relativement brutal, ma tête cogne violemment contre le hublot.

– Ce n'est pas de la faute du pilote, me fait remarquer William, c'est parce que ton visage était trop près de la fenêtre ! Tu es collée au hublot depuis le début du vol…

Les passagers se mettent à applaudir. Ne sachant pas pourquoi chacun tape dans ses mains, je me fonds tout de même dans la masse et j'applaudis à mon tour. L'avion roule ensuite sur le tarmac et se gare près du bâtiment principal.

Dès lors, nous pouvons nous lever.

William descend ma valise puis la sienne et nous traversons le couloir de l'avion, absolument impatients. Les hôtesses et le copilote nous lancent leur plus beau sourire commercial, tout en nous remerciant d'avoir choisi leur compagnie.

Nous traversons le *Duty Free* et les nombreuses boutiques de souvenirs anglais jusqu'à atteindre la sortie. Nous attrapons ensuite le premier métro et je parviens à dégotter deux petites places assises.

Les gens qui nous entourent parlent tous anglais, contrairement à moi qui peine à comprendre un dixième de leurs phrases. C'est William qui s'occupe de faire le traducteur et je reconnais que son accent français prononcé est plutôt charmant.

Pendant le trajet, nous écoutons de la musique en partageant la paire d'écouteurs qui est branchée sur le téléphone de William. La batterie du mien est à plat et je me contente de lui dire que j'ai oublié de le charger hier soir.

En réalité, je n'ai pas pu m'empêcher de laisser ma caméra allumée pendant tout le vol.

Mind the gap between the train and the platform[1], nous rappellent les haut-parleurs de la station lorsque nous descendons à l'arrêt *Knightsbridge*. Quand nous remontons à la surface, je me trouve en plein centre de la ville londonienne. Tout à coup, je sens mon cœur tambouriner dans ma poitrine.

Sous le coup de l'adrénaline, je saute dans les bras de William et je lui exprime à quel point je suis heureuse d'être là, à ses côtés. Je me dégage ensuite de cette étreinte, légèrement embarrassée, puis nous continuons le chemin comme si ce contact n'avait jamais eu lieu.

De grands bâtiments gris s'étendent à perte de vue. D'une première impression, l'architecture peut s'apparenter à celle de Paris, si on ne prend pas en compte les maisons victoriennes qui émergent quelques mètres plus loin.

Un bâtiment plutôt raffiné attire particulièrement mon attention, l'édifice est recouvert de briques orange clair et la toiture est constituée de tuiles bleues. Des drapeaux sont suspendus au toit, virevoltants sous l'effet du vent. Des auvents verts sont accrochés au-dessus des portes coulissantes sur lesquelles est écrit *Harrods* d'une couleur jaune pâle.

– C'est un magasin de luxe, m'informe William qui semble déjà tout connaître. Tu serais amusée de voir le prix exorbitant des légumes, nous y passerons plus tard dans le séjour.

Je longe alors les vitrines dans lesquelles nous trouvons par exemple la marque *Dior*. Celle-ci a exposé sa nouvelle collection

---

[1] Phrase diffusée dans les stations de métros anglais afin d'avertir les passagers sur l'écart entre la rame et le quai lorsque ceux-ci descendent du véhicule.

pour l'hiver et il me tarde de découvrir les autres enseignes qu'abrite ce bel immeuble.

Nous arrivons finalement à l'hôtel et c'est William qui s'occupe de faire l'enregistrement avec la réceptionniste pendant que je reste affalée dans un canapé, verre d'eau citronnée à la main. Nous prenons ensuite l'ascenseur jusqu'au quatrième étage et nous entrons dans notre chambre qui porte le numéro 423.

Quand William et moi passons un pas à travers l'encolure de la porte, nos regards se comprennent sans même avoir besoin de mots.

Les murs sont partiellement recouverts d'une tapisserie verte et jaune qui s'arrête à mi-hauteur, venant rejoindre une imposante plinthe en bois qui rappelle les tons jaunâtres du papier-peint. Les rideaux ont des motifs à carreaux orange et vert tandis que les lits jumeaux sont surmontés d'une couverture jaune à la texture capitonnée.

– Bon… commence William. Qu'on soit honnête, c'est immonde. Heureusement que nous ne sommes venus que pour visiter la ville.

William saute sur son lit pour tester le matelas tandis que j'essaie de retirer la couverture poussiéreuse qui surplombe le lit.

Il est dix-huit heures passées lorsque nous décidons de sortir de la chambre. J'enfile une grosse veste que j'accompagne de mon bonnet à pompon puis nous sortons affronter le froid des rues londoniennes.

Quand nous passons devant l'enseigne de luxe qui est désormais éclairée sur toute sa façade, je supplie William d'y faire un tour mais celui-ci refuse, encore une fois.

– Les anglais mangent tôt alors si tu ne veux pas qu'on loupe le repas ce soir, évite de nous rallonger le chemin.

Ana serait ravie, elle, que je saute le repas de ce soir. Je me prive toutefois de le faire remarquer à William, je refuse de laisser ma maladie gâcher notre voyage. Nous traversons donc la ville à la recherche d'un restaurant. L'idée de manger à l'extérieur sans pouvoir exercer le moindre contrôle sur mes repas ne m'enchante pas mais je suis malheureusement contrainte de m'y adapter.

William et moi entrons dans un pub. Dès que je mets un pas dans l'enseigne et que je découvre l'intérieur, j'ai l'impression de me retrouver dans un vieux film d'époque. L'intérieur est couvert de planches d'acacia et le bar d'angle est également en bois, entouré de vieux sièges surmontés de coussins en vinyle rouge.

Je suis interpellée par la collection démesurée de bouteilles d'alcool exposée derrière le bar. Des papis sont accoudés au bar, jeu de cartes dans une main et pinte de bière dans l'autre. William et moi prenons place au fond du pub sur une vieille banquette capitonnée.

Je jette un œil au menu et je grimace inévitablement lorsque je constate qu'il n'y a que des burgers et des *fish and chips*.

– Tu sais que manger un *fish and chips* une ou deux fois dans l'année ne te fera pas de mal, me prévient William. Je suis là, tout va bien se passer.

Je suppose qu'il a raison mais j'ai l'impression que mon corps s'est tant habitué à manger sain et équilibré que si je fais une entorse à mes habitudes, je vais grossir à vue d'œil.

William commande donc deux *fish and chips* ainsi qu'une bière et une bouteille d'eau. Une question me triture l'esprit depuis que nous sommes dans l'avion mais je n'ai pas encore trouvé le bon moment pour la poser à William.

J'aimerais comprendre pourquoi nous sommes tous les deux à Londres, en ce moment-même.

J'imagine que ce n'est pas le genre de choses qui se fait avec n'importe qui, mais surtout, sans aucune raison. Je suppose que je n'aurai pas de réponse ce soir non plus, tant William est obnubilé par le petit écran qui se tient face à lui.

La télé diffuse un match de Premiere League où *Arsenal* affronte *Manchester City*, je crois.

Ses yeux sont rivés sur l'écran et il semble sincèrement concentré sur les joueurs qui trottinent derrière le ballon. Je me contente de me taire, tout en prétendant aimer le football alors que je ne connais absolument rien à ce sport pourtant mondial.

Une odeur de graillon flotte dans l'air et je remarque qu'elle émane de nos deux plats que la jeune serveuse tient entre ses mains. Mon poisson frit est entouré d'un vieux papier journal et de grosses frites grillées, une purée de petits pois repose à côté.

Je laisse flâner ma fourchette au-dessus de mon plat pendant que William, lui, semble se régaler. Il finit toutefois par se rendre compte que mon assiette est encore intacte.

– Ça ne va pas ? s'inquiète-t-il.

– Pas vraiment…

William pose sa main sur la mienne et tente de me rassurer comme il peut, tout en me lançant un regard confiant. Tout à coup, les hommes s'agitent autour de nous et se mettent à hurler à tue-tête. Je comprends qu'*Arsenal* vient de marquer un but et qu'à cause de mes problèmes ridicules, William a loupé l'action du match.

– Jade ! m'interpelle-t-il, tout en me faisant comprendre que ce but est sans importance à ses yeux. Tu as le droit de manger, toi aussi.

Face à son pouvoir de persuasion et à la douceur de ses yeux gris, je finis par goûter un morceau de mon assiette. Je ferme instinctivement les yeux lorsque je prends ma première bouchée et je tente de faire disparaître les voix intérieures qui me noient sous les insultes.

Le poisson est délicieusement cuit, il est croustillant à souhait et je me maudis de m'être privée d'une telle merveille pendant autant d'années. *C'est incroyable.*

– Je suis fier de toi, me dit-il. J'espère que tu l'es aussi.

Je lui lance un sourire timide en guise de réponse et je réalise qu'à ce moment-même, je suis heureuse. Je me sens invincible, prête à affronter la vie et à profiter de ce séjour comme il se doit.

J'ai l'impression qu'en quatre petits jours, ma vie peut prendre une tournure différente.

J'espère alors ne pas me tromper et je décide de croire en la magie de Londres.

Parfois, peut-être qu'il n'est pas interdit de forcer le destin.

43

Je n'ai presque pas dormi de la nuit, tant je suis excitée à l'idée de visiter Londres dans les moindres recoins.

Ce matin, lorsque le réveil de William retentit, je pousse un soupir de soulagement. Cela fait plus de deux heures que je suis réveillée et que j'attends patiemment que celui-ci se réveille à son tour.

William éteint le réveil d'un revers de main mais il se retourne dans son lit afin de se rendormir. Je bondis hors du lit et je me rue sur le sien. Je grimpe sur son matelas puis je saute sur son lit, tout en lui demandant de se réveiller.

– DEBOUT ! je hurle.

– Si tu n'es pas descendue de mon lit dans les cinq prochaines secondes, je vais te le faire regretter, bafouille-t-il, la voix encore endormie.

Je refuse de descendre et William attrape mes pieds, puis il me tire vers lui. Je pers alors l'équilibre et je m'écroule sur son lit, tout près de son corps encore allongé. En guise de représailles, celui-ci m'enroule dans sa couette et se penche au-dessus de moi, tout en se moquant ouvertement de moi.

– Je te l'avais dit, il ne faut pas me provoquer, souligne-t-il.

En réalité, je n'arrive même pas me concentrer sur ses paroles tant je suis perturbée par son torse – nu – qui se tient au-dessus de mon visage. Son corps est très athlétique et je comprends que c'est grâce à ce physique et cette assiduité que ses performances au handball sont aussi brillantes.

Reconcentre-toi, Jade.

William finit par rouler sur le côté, et, honteuse, j'en résulte presque déçue. Je parviens à m'extirper de la couverture et je me relève afin d'ouvrir les rideaux. Dehors, le ciel est gris et brumeux mais je devine l'esquisse de quelques rayons de soleil qui percent à travers les nuages.

Espérons que cela présage une belle journée.

Je m'éloigne de William en me rendant dans la salle de bains et je me prépare en vitesse. Je relève mes boucles dans une queue de cheval haute puis j'enfile un sweat et un jean large, sans oublier d'enfiler deux sous-pulls tant la température extérieure est faible.

Je retourne ensuite dans la chambre, un nuage de parfum au jasmin volant derrière moi. Je pique une crise lorsque je constate que William est toujours affalé sur son lit.

– Si tu ne t'es pas levé de ce foutu lit dans les cinq prochaines secondes, je vais te le faire regretter, je lance, en faisant référence à sa menace précédente.

Il se lève alors et part se préparer.

Dans la rue, William marche d'un pas déterminé. Il semble savoir où nous nous rendons. De mon côté, je ne connais pas le plan de la journée et je décide me laisser porter par mon ami. Je lui fais confiance, après tout.

Nous entrons dans un café et je comprends malgré moi que la première activité de la journée est celle du petit déjeuner. Une fois assis, William commande deux cafés au lait et deux *Full English breakfast*, sans me concerter au préalable.

– *Full English breakfast* ? je le questionne à l'aide de mon accent anglais catastrophique. C'est quoi ?

– Tu verras. Je compte te faire découvrir la ville de la manière la plus traditionnelle possible.

Lorsqu'une anorexique tente d'obtenir plus d'informations sur ce qu'elle s'apprête à manger mais que vous refusez de lui donner une réponse, sachez qu'il s'agit de la pire chose que vous puissiez lui faire.

Je tente toutefois de garder mon calme.

William sort une carte de Londres ainsi qu'une feuille sur laquelle il a noté le planning du séjour. Aujourd'hui promet d'être une journée excessivement chargée. Je parviens à lire Buckingham Palace, Big Ben, Tower Bridge et Piccadilly Circus.

Un serveur pose fièrement deux grosses assiettes sous notre nez, ce qui me fait arborer une mine étrange qui n'échappe pas aux yeux rieurs de William. Il se dandine devant moi.

J'observe minutieusement le contenu de mon assiette et je tente de justifier ma réaction, tout en lui avouant que manger un plat aussi étrange dès dix heures du matin n'est pas très commun.

Mon assiette est remplie d'œufs au plat, de saucisses, de champignons et de pommes de terre sautées ainsi que de vieux haricots blancs qui baignent dans un coulis de tomate.

– C'est quoi ça ? je demande. Tu veux m'intoxiquer dès le premier jour ?

– Il s'agit du petit déjeuner traditionnel.

Si j'avais su que les coutumes de ce pays étaient si étranges, j'aurais réfléchi plus longuement avant de mettre Londres en première position sur ma liste des destinations à visiter. William et moi entamons donc ce mélange étrange, tout en discutant de son planning.

– Tu vois que ce n'était pas si mauvais, me fait-il remarquer.

Je baisse les yeux en direction de mon assiette et je constate que, sans même m'en rendre compte, je l'ai dévorée dans son entièreté. Je tente de prendre sur moi pour ne pas laisser les mots d'Ana me submerger, mais cela ne passe pas inaperçu aux yeux de mon voisin.

Il me propose de sortir du café afin de me changer les idées.

Nous arrivons rapidement devant le palais de Buckingham, où les gardes effectuent la relève. Cette cérémonie m'a toujours intriguée et je suis impatiente à l'idée de la voir de mes propres yeux.

J'attrape la main de William dans la mienne et je l'entraîne dans une course effrénée à travers les passages piétons et les touristes. Nous atteignons enfin le premier rang et je sors mon téléphone afin de filmer le spectacle.

Des gardes à l'apparence immaculée sont vêtus d'une tunique rouge à la ceinture blanche et aux épaulettes dorées. Ils portent un haut de forme en fourrure et se tiennent fièrement devant l'entrée du palais, dans une posture rigide. Leurs pas militaires claquent sur les pavés et se synchronisent à la mélodie de l'orchestre qui les accompagne.

De leurs gestes méticuleusement codifiés, la nouvelle garde arrive et prend le relais. Les derniers accords de la fanfare retentissent puis l'atmosphère redevient tout à coup calme, sereine et formelle. Encore émerveillée, mes yeux brillent face à la majestuosité de cette cérémonie.

– Jade ? m'interrompt William.

– Attends, ce n'est pas encore terminé !

– Tu tiens encore ma main.

Je baisse les yeux sur nos mains et je constate que je n'ai pas lâché celle de William depuis que je l'ai attrapée en arrivant ici. Morte de honte, je m'en détache rapidement et je me retourne afin qu'il ne puisse pas voir le rouge me monter aux joues.

Je laisse la chaleur de mon corps se dissiper puis je tente de me justifier auprès de lui.

– Ce n'était pas volontaire, je me défends.

– Je sais, répond-t-il. Mais si tu continues à te justifier et à rougir comme ça, je vais finir par penser que tu me mens.

Cette conversation s'enterre devant le palais royal puis nous traversons Birdcage Walk en direction de Big Ben, l'horloge emblématique dressée à proximité du siège du Parlement. Le chemin est bordé de bâtiments historiques et de maisons individuelles à l'architecture géorgienne.

Nous déambulons à travers la rue enneigée, tout en observant les jolies façades en briques rouges qui contribuent à l'harmonisation du quartier.

Nous longeons ensuite le pont qui surplombe la Tamise, puis j'aperçois la tour abritant Big Ben ainsi que l'édifice du palais de Westminster. La tour de style néogothique s'élève à plusieurs dizaines de mètres au-dessus du sol et s'impose comme un monument symbolique de la ville.

Je reste subjuguée par les ornements et les statues qui la distinguent. William arrête un touriste et lui demande s'il peut nous prendre en photo devant l'horloge. Son bras entoure délicatement mes épaules, puis nous affichons un sourire enjoué.

— Je dois avouer qu'on est plutôt beaux, je lance à William lorsqu'il me montre la photo.

— Je me demandais si tu allais finir par t'en rendre compte un jour.

Je rougis instantanément et je réalise que, grâce à lui, je commence à relever la tête hors de l'eau. Grâce à lui, j'avance à travers le long chemin qui me mènera, je l'espère, jusqu'à la sortie de ce labyrinthe.

Finalement, Blanche n'avait pas si tort que ça. Diaboliser toutes les relations humaines est idiot et il faut toujours garder de l'espoir. Certes, les bonnes personnes sont rares.

Mais elles existent.

— Quand vas-tu me dire pourquoi ? je le questionne, alors que nous admirons le palais du Parlement.

— Pourquoi quoi ? renchérit-il.

— Pourquoi es-tu venu à Londres avec moi ?

— Jade Martin, vous posez vraiment trop de questions, parfois.

William refuse de répondre à mon interrogation et nous poursuivons notre itinéraire. Il me propose de faire un détour par Hyde Park avant de m'emmener déguster un *afternoon tea*, une tradition anglaise qui consiste à déguster des pâtisseries autour d'une tasse de thé.

Nous traversons les allées en gravillon, tout en profitant de l'air frais et de la nature. Un écureuil court devant moi et grimpe dans un arbre afin de se réfugier dans les hauteurs. L'ambiance du parc, excentrée de l'agitation urbaine, est paisible, voire reposante.

Mon téléphone se met alors à vibrer. Lorsque je lis le nom « Enzo » affiché sur mon écran, je redescends immédiatement de mon petit nuage.

Le message qui suit me retourne complètement le cerveau.

« Bonjour Jade. Tu ne m'en voudras pas, je passe les formalités. Je ne t'envoie pas ce message pour prendre de tes nouvelles, mais plutôt pour rétablir la vérité.

Si j'étais à ta place, je ne sais pas quelle serait ma réaction, si j'apprenais que William me mentait sur toute la ligne. Et toi ? Comment réagirais-tu, si je t'apprenais que Blanche ne t'a en fait jamais envoyé de lettres lors de ton séjour à l'hôpital puisqu'elle est en phase terminale, à deux doigts de crever.

Alors tu te demandes certainement, « mais qui m'a envoyé ces lettres ? ». En réalité, il s'agit du garçon qui marche paisiblement à tes côtés. Je me doute que tu ne t'y attendais pas et que tu pensais enfin être accompagnée d'une personne digne de ton respect et de ton amitié.

Désolé.

Personnellement, je n'accepterai jamais une telle trahison. Se faire passer pour quelqu'un d'autre, sans même te le dire, afin de récolter des informations personnelles sur toi… que c'est moche.

Je suppose que si je ne t'avais pas envoyé ce message, tu n'aurais jamais découvert cet ignoble secret. William est bien trop fort en manipulation pour se permettre d'être avec honnête avec toi.

Plein de courage pour la suite de ce périple.
See you soon!
PS: *Mind the gap between the train and the platform* ☺. »

Je m'arrête net et je relis le texte une seconde fois, puis une troisième fois. Je lève ensuite les yeux vers William, pénétrée par une incompréhension sans précédent. Son visage se décompose instinctivement, et je comprends que les mots d'Enzo sont bien réels.

– Qu'est-ce qui se passe ? ose-t-il me demander.
– À toi de me le dire, je m'insurge.

Alors qu'il se tient face à moi, j'espère du plus profond de mon cœur qu'il nie les faits et qu'il clarifie la situation.

Mais ce n'est malheureusement pas le cas.

– Je peux tout t'expliquer, m'annonce-t-il.

Mes sanglots se libèrent de leur cage et dégoulinent le long de mes joues.

– Je ne veux plus jamais entendre parler de toi William, je hurle, noyée par le désespoir.

Une vague d'émotions négatives parcourt ses yeux gris. Il tente de me retenir par le bras mais je me dégage de son emprise.

– En fait... je ne sais même plus comment je suis censée t'appeler : Blanche, ou William ?

Je le repousse en arrière pour ne pas qu'il s'approche de moi puis je m'enfuis en courant, tout en tentant de m'éloigner de ce monstre.

Alors que je poursuis ma course à travers les allées en gravier, je réalise que j'ai trop longtemps sous-estimé mes capacités de course à pied. Finalement, ma condition physique n'est pas si déplorable que ça.

Les kilos supplémentaires qui se sont accumulés récemment y sont sans doute pour quelque chose.

Je tente de mettre le plus de distance possible entre ce traître et moi, puis je finis par m'effondrer en pleurs sur un banc.

44

Affalée sur un banc gelé, le visage entre les mains et les jambes recroquevillées, je tente de reprendre mon calme. Les larmes inondent mes joues creusées, emportant avec elles l'entièreté de mon fond de teint. J'espère me réveiller de ce vilain cauchemar, mais rien n'y fait. Je suis toujours avachie sur ce banc en bois à la peinture écaillée, congelée sur place.

J'entends des halètements se rapprocher de moi et je comprends que William vient de me retrouver. Malheureusement, je n'ai plus assez d'énergie pour le fuir à nouveau. Sa respiration pantelante se fait de plus en plus proche, jusqu'à ce qu'elle vienne étouffer le bruit de mes sanglots.

– Va-t'en ! je hurle.

William hésite avant de s'assoir sur le banc, puis il prend finalement place à côté de moi. Son souffle est saccadé et semblerait presque douloureux. Nous n'osons pas prendre la parole. Incapable de rester à ses côtés une seconde de plus, je me redresse sur mes pieds.

William attrape ma main et me retient près de lui.

– Je te dois des explications.

Je hausse les yeux en attendant qu'il me dévoile la vérité.

– Je n'avais pas prévu de me faire passer pour cette fille, m'explique-t-il. Pour être honnête, je ne savais même pas de qui il s'agissait.

Un fragment supplémentaire de mon cœur se brise lorsque je comprends qu'il m'a réellement menti, droit dans les yeux. Il s'est donc fait passer pour Blanche.

– Pourquoi tu n'as pas été honnête dès le début ? je renchéris d'une voix tremblante, marquée par les pleurs et la déception.

– J'ai pris peur.

– Peur de quoi ?

– De te perdre, m'avoue-t-il.

– Tes réponses ne sont pas suffisantes William. Si tu veux que je me calme, tu me dois la vérité.

– Tu as immédiatement supposé que Blanche était l'auteure de ces lettres, m'explique-t-il. Je sais que notre relation a toujours été chaotique et que tu ne me portais pas dans ton cœur à cette période-ci, du moins tu ne voulais pas reconnaître que le lien qui nous unit est spécial, continue-t-il. Je n'ai pas voulu prendre le risque de perdre contact avec toi, alors j'ai accepté de faire vivre ton interprétation.

Sa voix erratique devient désagréablement douce et j'aimerais tant le croire, mais malheureusement, on ne peut pas toujours donner vie à ses désirs.

William m'a menti et m'a manipulée, et malgré moi, ces tromperies me semblent plus douloureuses que tout ce que les autres ont pu me faire endurer jusqu'à présent.

– Je ne comprends pas pourquoi tu es si obnubilé par moi ! je m'énerve. Franchement, j'en viens à me demander si tu n'as pas un trouble obsessionnel-compulsif. Dis-moi quelles idées tu caches réellement derrière ce comportement !

William n'est pas en mesure de me donner la moindre explication.

– Tu sais, je poursuis, j'ai fini par croire que tu t'intéressais sincèrement à moi. Je pensais que notre amitié comptait à tes yeux, que nos fous rires et nos après-midis dans le parc étaient sincères. Finalement, la crainte qui s'est manifestée depuis le début était bien réelle, tu te fiches de moi. Tu es comme les autres, tu ne cherches qu'à me faire du mal.

— Ne me compare plus jamais aux autres, m'implore-t-il.

— Je commençais à me sentir vivante à tes côtés, et pour une fois, je pensais être importante aux yeux de quelqu'un. Je te déteste William, je te déteste plus que tout pour m'avoir donné cette illusion.

— Tu l'es, se défend-t-il. Tu comptes réellement à mes yeux.

Ses mots sont un réel supplice pour moi. Mon cœur aimerait boire chacune de ses paroles mais ma tête me rappelle que tout ce qui sort de sa bouche n'est que mensonge.

— Notre alliance donnait enfin un sens à ma vie et je ne m'étais pas sentie aussi bien depuis tant d'années. Tu étais mon meilleur ami William, je lui avoue timidement. Tu as vu, je viens d'employer le mot *amitié* pour décrire notre relation. Comment ai-je pu être aussi naïve ?

— Je réalise que tu n'avais pas si tort, reconnaît-t-il. Je ne fais rien de bien, je ne suis qu'un faible, un lâche qui ne mérite pas sa place ici.

Sa voix est si pénétrante et chargée de douleur que je relève le visage dans sa direction. William semble vulnérable et ce n'est pas seulement dû aux larmes qui font briller ses yeux. Cette phrase, c'est la deuxième fois qu'il me la répète depuis que je lui ai balancée en plein visage, et je réalise qu'il la connaît par cœur.

— Cette phrase t'a marquée, je lui fais remarquer. Pourquoi ?

— Parce que ce sont les mots que me répète Damien depuis mon enfance.

Je ne sais même pas comment je dois réagir. Devrais-je le prendre dans mes bras ?

Non, pas après cette immense trahison.

— Damien m'a toujours fait comprendre que je n'étais qu'un minable et que je ne servais à rien. Même si je méprise cet homme, j'ai fini par croire qu'il avait raison. Je gâche tout ce que je fais, j'échoue tout ce que j'entreprends.

J'écoute ses mots attentivement, tout en essayant de ne pas me laisser submerger par mes sentiments.

– J'ai fini par me réfugier dans le sport. Grâce au handball, j'ai réalisé que je n'étais peut-être pas si nul que ça. J'ai commencé à gagner des compétitions et des prix, je me suis fait repérer par des agences. Je commençais à me sentir important.

– Pourquoi as-tu changé d'avis ? je lui demande.

– Le jour où ma mère s'est fait hospitaliser car elle a réellement été blessée par ce connard, je me suis rendu compte que je n'étais qu'un minable. Je n'ai jamais réussi à sortir ma mère des griffes de cet homme... Tu te rends compte, Jade ? Je suis tellement nul que je n'ai pas pu la sauver, et ça me ronge de l'intérieur. Je sais que ma mère souffre continuellement mais je demeure impuissant.

J'ai envie de réconforter William et de me lover au creux de son épaule. J'ai envie de sentir mon corps s'embraser sous l'étreinte de ses bras rassurants. J'aimerais lui dire qu'il n'est pas minable et qu'il est capable de faire de grandes choses.

Mais je fais tout pour retenir mes pulsions.

Ce traître ne le mérite pas.

– Lorsque nous nous sommes rencontrés pour la première fois, dans cette cage d'escalier, j'ai immédiatement su que tu étais malade. Dès que j'ai croisé ton regard, j'ai compris que tu souffrais. Puisqu'au final, nous nous ressemblons, toi et moi. Nous subissons les aléas de la vie.

– Et ? je lui demande, curieuse.

– Et j'ai voulu t'aider. Au début je ne m'attendais pas à le faire pour toi, mais plutôt pour moi. Tu semblais si triste et je voulais me rendre utile. Je pense que j'ai voulu prouver à moi-même que j'étais capable de faire quelque chose de bien au moins une fois dans ma vie. Sauf qu'encore une fois, j'ai échoué lamentablement.

– Ne dis pas ça, *Will*. Tu as fait énormément de belles choses.

Ses yeux s'illuminent lorsque, pour la première fois, j'accepte de l'appeler par son surnom.

– C'est faux. Je te fais souffrir encore plus.

J'attrape sa grande main dans la mienne puis je repose mon visage humide sur son épaule gauche.

– Pendant un instant, j'ai pensé que j'avais réussi, poursuit-il. Je pensais que j'étais enfin parvenu à t'aider, à te rendre heureuse. Je me suis senti utile et je n'avais pas ressenti une telle émotion depuis bien trop longtemps. Tout ça n'était en réalité qu'une illusion, regarde dans quel état je t'ai rendue.

Les larmes déferlent sur nos visages respectifs.

– Je n'aurais jamais dû me faire passer pour ton amie, concède-t-il. Mais sur le coup, je ne me suis pas rendu compte de la maladresse et de la malhonnêteté de mes gestes. Je ne voulais que t'apporter du soutien et obtenir de tes nouvelles. Parce qu'en réalité, même si j'ai essayé de lutter contre, je me suis attaché à toi, Jade. Et s'il y a bien une chose que nous ne pouvons pas contrôler, c'est bien nos sentiments.

Mon cœur tambourine dans ma poitrine et j'essaie de refouler mes émotions, mais j'en suis incapable. William continue de se lamenter et de reconnaître combien il a mal fait les choses.

Même si ces révélations me perturbent, je suis persuadée de son honnêteté.

– Je suis désolé, termine-t-il. Je n'aurais pas dû te mentir, je n'ai jamais voulu te briser encore plus.

– Tu m'as rendue plus vivante que jamais, je le corrige. Dès que je suis à tes côtés, je me sens vibrer. J'ai l'impression de trouver un sens à ma vie, j'ai l'impression de vivre enfin.

– Ce n'est qu'une impression.

– Je suis sortie de l'hôpital en partie grâce au soutien de *Blanche*. Enfin devrais-je dire, grâce à *ton* soutien, William. Même si tu m'as menti de la manière la plus minable possible, c'est grâce à *toi* que je ne me suis pas laissée mourir. C'est grâce à *tes* mots et à *ton* soutien remarquable.

— Comment peux-tu être persuadée qu'il ne s'agit pas d'une illusion ?

— Je rigole dès que je suis à tes côtés, je parviens à chasser mes démons intérieurs et mes peurs dès que je suis avec toi. Je me sens tellement puissante et invincible lorsque nous sommes tous les deux, quand mon regard croise le tien, quand ta main frôle la mienne.

William me sert dans ses bras. Il m'enlace avec tant de force que je sens mes côtes craquer sous l'influence de ce geste. Pourtant, je ne veux pas me dégager de cette étreinte et je donnerais tout pour qu'elle dure le plus longtemps possible.

— Notre relation est spéciale, je poursuis. Je pense qu'au fond de moi, c'est le genre de relation que j'ai toujours espéré vivre un jour. Tu me redonnes foi en la vie, tu parviens à me faire sortir du gouffre dans lequel je suis tombée, dans cette maladie qui me détruit la vie depuis bien trop longtemps maintenant. Grâce à toi je réalise que ce labyrinthe a une sortie et qu'elle n'est pas si loin que ça.

Je ressens un profond sentiment de joie au fond de moi lorsque je le vois esquisser un faible sourire. Il est tellement plus beau lorsque son visage est illuminé.

— Si je devais revenir en arrière, je laisserais les choses telles qu'elles se sont déroulées, je lui affirme, parce que mon prénom sonne tellement mieux lorsqu'il est accompagné du tien.

Je tourne mon visage dans sa direction et je laisse mes yeux se perdre dans la profondeur des siens. Le visage de William se rapproche doucement du mien et à ce moment-là, je pourrais prendre peur. Je pourrais détourner le regard et m'éloigner de lui.

Mais ce n'est pas ce que je fais.

Je fais perdurer ce regard, alors que la distance qui nous sépare ne fait que diminuer dangereusement. L'odeur de son chewing-gum aux fruits s'empare de mes narines et, maintenant qu'il est suffisamment proche, je réalise que ce que je pensais être de la fraise est en fait de la cerise.

Les lèvres de William effleurent doucement les miennes. Son baiser est simple et délicat, chargé de passion et de signification. Le garçon écarte ensuite ses lèvres des miennes et, prise d'une pulsion, je saisis son visage dans mes mains gelées.

Je lui rends son baiser.

Ce n'est pas un baiser comme les autres mais celui que j'ai toujours voulu conserver pour le garçon qui le mériterait véritablement.

Et cette fois-ci, je les ai ressentis. Vous savez, les papillons.

William et moi restons dans les bras de l'autre, à nous embrasser sur ce banc enneigé au cœur de la ville de mes rêves. Ses doigts s'enroulent aux miens et je me sens plus puissante que jamais, mais surtout, je me sens complète. Cet intense vide au fond de moi se referme petit à petit.

Je comprends enfin ce qui m'a tant manqué dans ma vie : c'est *lui*. C'est William, ce crétin de skateur aux bonnets multicolores, cet idiot de voisin aux cheveux ébouriffés, c'est tout simplement son amour, son amitié et toutes les sensations qu'il parvient à me faire ressentir avec tant de simplicité et de sincérité.

Plus indirectement, c'est *cette* personne qui est là pour moi et qui sait me faire sentir spéciale et importante.

Je devine que tant qu'il sera à mes côtés, plus rien ne pourra jamais m'atteindre. Même si je suis la seule à pouvoir me sortir de cette maladie mentale, William est celui qui est parvenu à me faire comprendre l'importance de la vie.

Celle-ci vaut d'être vécue, *croyez-moi*.

Désormais, je refuse de me laisser dicter par une misérable voix, je refuse de laisser ma propre vie me glisser des mains. La vie est si belle et si précieuse, elle est bien trop courte pour se prendre la tête, et c'est tout ce qu'il faudrait retenir.

Nous n'avons pas de temps à perdre pour des choses futiles et encore moins lorsqu'il s'agit de se faire du mal à soi-même, inutilement.

Je vous souhaite plus que tout de trouver votre moitié, de trouver cette personne qui vous fait vibrer, mais surtout, qui donne un sens à votre existence. Que ce soit votre meilleure amie, votre maman, ce garçon que vous croisez tous les jours à l'arrêt de bus, ou encore, *vous-même*.

Plus que tout, je vous souhaite de tout cœur de réaliser que *vous* êtes les *seuls* à contrôler votre vie, et vous méritez de la vivre pleinement.

Nous ne vivons qu'une seule fois et chaque seconde vaut la peine d'être vécue.

Ana n'en a plus pour très longtemps, et cette fois-ci, je vous en fait la sincère promesse. En ce qui me concerne, un nouveau chapitre de mon existence s'amorce. Maintenant, il est temps d'exister et de prendre ma revanche sur la vie.

Et j'aimerais que vous fassiez de même.

Au-dessus de nos têtes, le soleil commence à percer les nuages et le ciel s'éclaircit doucement. Je souris au fond de moi en réalisant que maman avait raison : le ciel reflète mes émotions, et je comprends que le moment est enfin venu.

Le moment de vivre.

EPILOGUE
William

Aujourd'hui, nous sommes le 2 octobre, et Jade fête ses dix-huit ans.

Jade m'a toujours dit qu'elle n'aimait pas fêter son anniversaire, pourtant, aujourd'hui, je n'ai pas l'impression qu'elle est triste.

Au contraire.

Ma *petite copine* est assise sur mes genoux et je l'encercle de mes bras amoureux. Elle souffle ses bougies, avant de se couper une généreuse part du roulé au chocolat et aux fruits rouges que j'ai cuisiné pour elle.

Je ne sais pas pourquoi elle me l'a tant demandé, mais elle a réellement insisté pour que je lui prépare ce gâteau. Alors, hier, j'ai passé toute ma journée à suivre la recette écrite par sa mère afin d'honorer sa demande.

Étant donné qu'elle vient déjà de manger l'entièreté de sa part et qu'elle lèche le fond de son assiette, j'en déduis que c'était bon.

Finalement, je ne suis pas si nul que ça, en pâtisserie.

– Je crois que tu as trop laissé cuire la génoise, murmure-t-elle. Décidément, tu n'es pas le meilleur cuisinier que je connaisse !

– Alors pourquoi as-tu mangé l'entièreté de ta part ? je lui demande, un peu déçu.

– Parce qu'Ana est en train de pleurer à chaudes larmes et je lui ai toujours promis de me venger pour tout le mal qu'elle m'a fait.

Si vous saviez comme je suis fier d'elle et de tous les efforts qu'elle a fait jusqu'à présent. Jade va beaucoup mieux et elle continue de progresser de jour en jour.

Aujourd'hui, nous sommes le 2 octobre, le soleil brille intensément au-dessus de la place Émile-Goudeau et le ciel est d'un bleu azur irréprochable.

Je ne sais pas ce qui la met dans cet état là, mais Jade est rayonnante, elle ne peut s'empêcher de sourire.

Je crois qu'elle est heureuse.

Et peut-être bien que le soleil y est pour quelque chose.

Remerciements

Deux types de personnes se dessinent lorsqu'on approche les remerciements : il y ceux qui ferment le roman pour en ouvrir un autre, puis ceux qui prennent le temps de lire des dizaines de prénoms et de mots doux pourtant insignifiants à leurs yeux.

Je pars du principe que si vous êtes arrivés jusque-là, c'est que votre curiosité est plus forte que votre envie de démarrer un nouveau roman (ou que vous faites partie de mes proches, ce qui paraît plus plausible).

Pour commencer, je voudrais remercier mes parents, les meilleurs du monde : mon *daddy* et ma *mamounette*, qui ont toujours su me motiver et m'encourager dans mes projets, et ceci depuis mon plus jeune âge. Merci pour votre soutien, votre confiance, vos multiples relectures et vos précieux conseils.

Ensuite, je souhaiterais remercier mon petit frère, Pierre, mon meilleur ami, la prunelle de mes yeux. ~~Merci de ne jamais avoir lu mon manuscrit~~. Merci d'avoir toujours cru en moi, merci de m'avoir motivée dans ce projet, merci d'avoir affirmé qu'un jour, je réaliserai mon rêve. Car si tu lis cette phrase, c'est que j'y suis parvenue. Enfin, encore faudrait-il que tu lises ce livre…

Merci à mes quatre grands-parents, mes plus grands fans, pour votre soutien et votre amour démesurés. J'espère que cette version vous plaira tout autant que celles que vous avez pu lire auparavant.

Je remercie profondément ma superbe et talentueuse amie Emma pour le temps qu'elle m'a consacré en imaginant et dessinant ma couverture. Sans son aide précieuse, je n'aurais jamais eu la chance d'avoir une couverture aussi jolie et personnelle. Cette illustration dépasse toutes mes attentes et est encore plus belle que dans mes propres rêves.

Je remercie sincèrement mes copines et mes copains, qui ont cru en moi et qui m'ont toujours poussée à poursuivre mes objectifs afin de faire quelque chose de ce manuscrit. Tous vous citer revendrait à rajouter trop de pages supplémentaires (et qu'on se le dise, une page de plus dans l'autoédition n'est pas gratuite, mais je sais que vous vous reconnaîtrez tous). Merci pour vos encouragements et votre soutien à n'en plus finir, vous êtes les meilleurs <3

Je remercie particulièrement Marie et Clara, mes deux copines chéries, qui ont accepté de lire la toute première version de ce livre il y a déjà quatre ans. À cette période, il s'agissait encore d'un manuscrit maladroit, bourré d'incohérences et de redondances. Merci pour votre patience et pour vos avis – peu objectifs je suppose – mais remplis de soutien, d'amour et de motivation.

Je pense qu'elles ne le verront jamais, mais je remercie Manon et Joanna, qui, à un moment crucial, ont tout fait pour éclaircir mon ciel alors que j'étais perdue au milieu d'un orage menaçant. Sachez que vous y êtes parvenues.

J'aimerais adresser mon dernier remerciement à une personne bien particulière, Ana. En effet, Ana peut toucher tout le monde, et surtout quand on s'y attend le moins. Qu'on se le dise, je ne souhaite à personne de faire sa connaissance. Cependant, je me permets toutefois de la remercier. Car oui, à cause de *toi*, j'ai vécu les moments les plus difficiles de ma vie. J'ai gâché de nombreux souvenirs, j'ai mis mon corps à rude épreuve, j'ai blessé mes proches, j'ai perdu mon sourire, ma joie de vivre et même ma volonté de vivre. Sauf que je t'ai vaincue. Ce combat à fait de moi la femme que je suis aujourd'hui. Grâce à toi, Ana, j'ai compris que j'étais une femme forte, je suis parvenue à me relever seule, à combattre mes démons intérieurs, à forger mon caractère et à prendre conscience de l'importance de la vie.

Alors merci, merci de m'avoir montré que j'étais bien plus forte que toi.

Camille.